室町時代の女装少年×姫《ボーイ・ミーツ・ガール》

『ちごいま』物語絵巻の世界

阿部泰郎［監修］

江口啓子
鹿谷祐子
末松美咲
服部友香
［編］

笠間書院

◉目次

I 現代語訳

Ⅱ 本文と語注 139

IV　読みのポイント　227

はじめに◉室町時代の「男《おとこ》の娘《こ》」の冒険！

今から六〇〇年ぐらい前、日本は「室町時代」と呼ばれる時代でした。室町時代は、他の時代に比べるとちょっと地味な印象ではないでしょうか。しかし実は、この頃日本ではたくさんの物語が生まれていました。「お伽草子」と呼ばれるこれらの作品は、四〇〇種類以上あると考えられていますが、残念ながらまだ十分には世の中に紹介されていません。今回、その中からひとつの作品を――なんと、室町時代の「男の娘（女装少年）」が活躍する物語を皆さんにご紹介します。

本書で紹介する『ちごいま』の主人公は、「児《ちご》」と呼ばれる存在です。現代でも神社やお寺のお祭りで、化粧して練り歩く小さな子どもたちがそう呼ばれていますね。本書の児はそれとは少し違って、お寺に仕える十代の男の子を指します。「ちご」は現代では「稚児」と書くことが一般的ですが、室町時代には漢字をあてるなら「児」でした。そのため本書でも、物語が作られた頃のように「児」としています。物語に登場する彼らは基本的に美少年で、女性との接触を禁止されていたお坊さんから恋愛や性の対象にされることがありました。しかし、女性と恋愛する者もいて、『ちごいま』は、そんな児と女性の恋物語です。

この物語では、児はあるお姫様に一目惚れしますが、身分違いのため通常の方法ではお姫様に近づくことすら叶いません。そこで、自らの女性的な容姿や芸能の腕前を利用して、女装してお姫様の世話をする女房《にょうぼう》として接近するのです。暗躍する「乳母《めのと》」や、不思議な術を使う「天狗《てんぐ》」など、ページをめくればわくわくする冒険の世界が広がっています。「児」は無事にお姫様と結婚することができるでしょうか――。

本書は、古文をあまり読み慣れていない皆さんにも少しでも親しんでもらえるように、構成を工夫しました。四部構成になっていて、パートⅠは現代語訳です。ここでは文法などの難しいことは一切考えずに、まずは『ちごいま』という物語を楽しんでください。パートⅡでは原文を活字に起こし、わかりづらい語句には注を付け、現代語訳の背後に広がる『ちごいま』の世界を明らかにしています。パートⅢの「解説」では、『ちごいま』の「ハード」の部分である本の情報を中心に、この物語の特徴をまとめています。昔は人の手で物語を書き写して本を作っていたので、写し間違いや改変も多く、今と違って色々な本文があったのです。そしてパートⅣでは『ちごいま』の「ソフト」面にスポットライトを当てています。ユニークなキャラクターや、女性と児の関係、王朝文学との関わりなど、さまざまな視点からこの物語を解釈していきます。ハーバード大学のメリッサ・マコーミック教授の論文も紹介しています。

私たちは学生であった頃から、長い間この物語と向き合ってきました。本書は、私たちから読者の皆さんへの物語のプレゼントです。近藤ようこ先生の表紙によって、そのプレゼントに美しいリボンをかけて、皆さんにお渡しすることができます。古典は、決して現代の私たちとまるで関係ないものではなく、私たちと同じ人間の営みが息づいています。登場人物たちが悲しいと思って泣いたり、面白いと思って笑ったりすることには、皆さんにも共感できることがたくさんあるでしょう。現代とは言葉が違うので、少しとっつきにくく感じるかもしれませんが、勇気を持って飛び込めば、とても楽しい世界です。さあ、室町時代の「男の娘」の冒険が、いよいよ始まります！

鹿谷祐子

『ちごいま』登場人物紹介

児関係者

変身

児《ちご》

比叡山《ひえいざん》に仕える児。
姫君に一目惚れし、女装して内大臣《ないだいじん》家《け》に潜入する。

比叡山

僧正《そうじょう》

比叡山のトップ。
児を寵愛する。

乳母宅

乳母《めのと》

児の母親代わり。
児の恋をサポートする。

侍従殿《じじゅうどの》（乳母の娘）

播磨殿《はりまどの》

菊《きく》の前《まえ》

対立

天狗の世界

太郎房《たろうぼう》

天狗たちのリーダー。児を誘拐する。

尼天狗《あまてんぐ》

天狗たちの母。児と姫君を助ける。

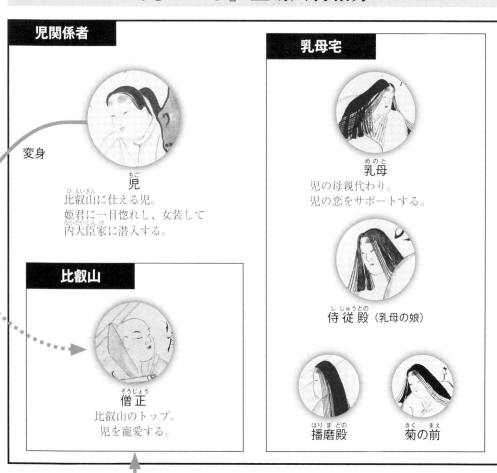

内大臣家の人々
母上《ははうえ》
姫君の母。
大臣殿《おとどどの》
姫君の父。
信頼
姫君《ひめぎみ》
内大臣家の姫君。春宮《とうぐう》への入内《じゅだい》を控える。
少将殿《しょうしょうどの》
姫君の兄弟。
内大臣家の女房たち
恋心
乳母《めのと》の宰相殿《さいしょうどの》
姫君のお世話役。
春日殿《かすがどの》
姫君の教育係。
今参《いままい》り（児）
新参女房。児が女装した姿。
新大夫殿《しんたいふどの》
冷泉殿《れんぜいどの》
中納言殿《ちゅうなごんどの》
高倉殿《たかくらどの》
近衛殿《このえどの》
按察使殿《あぜちどの》
民部卿殿《みんぶきょうどの》
堀川殿《ほりかわどの》
兵衛佐殿《ひょうえのすけどの》
侍従殿《じじゅうどの》

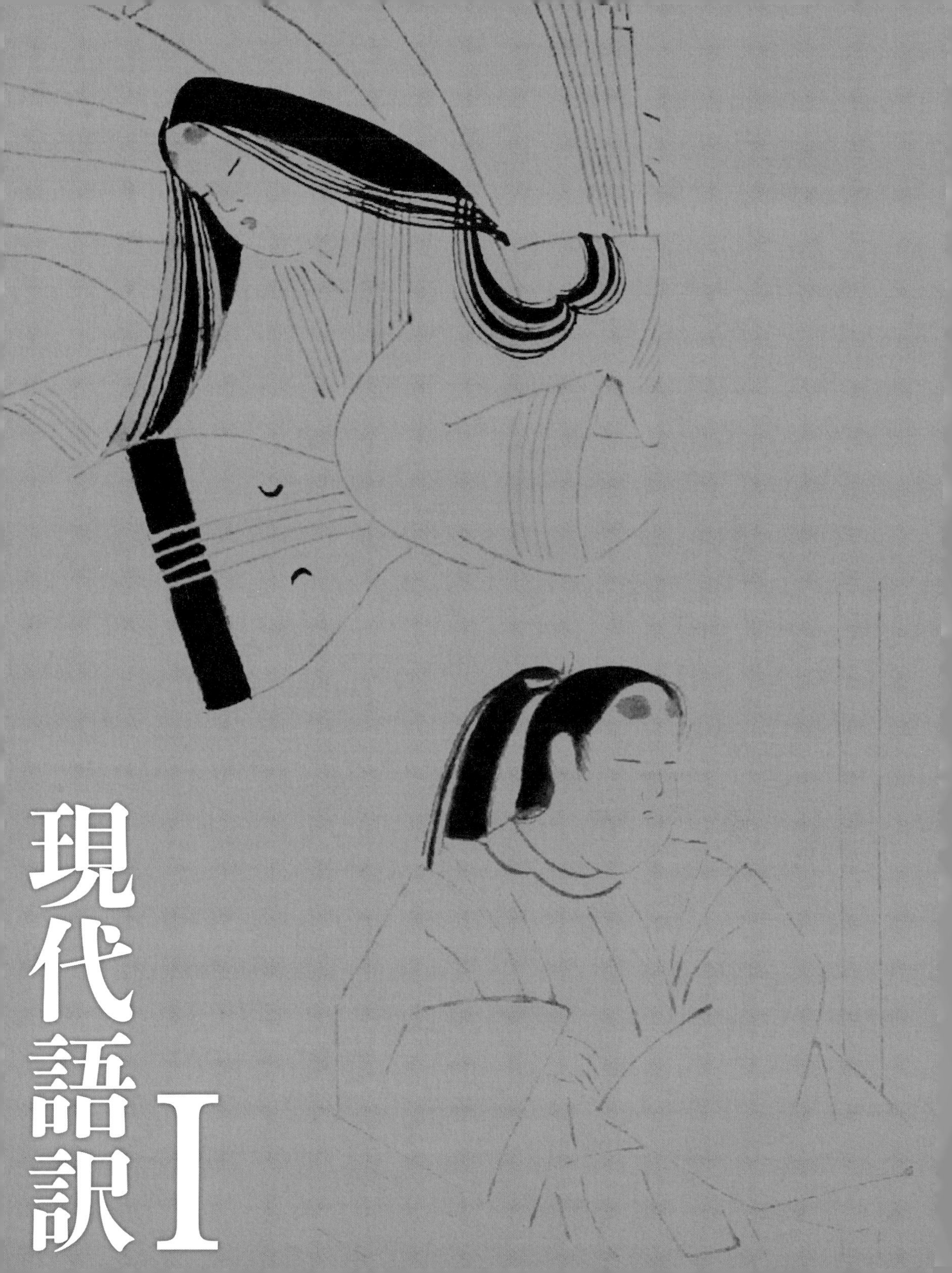

現代語訳 I

【全体について】

一、『ちごいま』の絵巻は、物語の筋を語る「詞書《ことばがき》」と「挿絵」、そして絵の中に書き込まれた登場人物の名前や台詞である「画中詞《がちゅうし》」とで構成されています。この現代語訳は絵巻の構成を忠実に再現しています。「詞書」も「画中詞」も現代人からすればどちらも古文ではありますが、実は「詞書」は書き言葉、「画中詞」は話し言葉で書かれています。そのような文体の違いも訳に反映させています。

二、敬語の訳出は最小限にとどめました。身分制の社会では今よりもずっと細かい敬語のルールがありましたが、すべて忠実に訳出すると読みづらくなってしまいます。本書では現代の読者が違和感なく読むことができる現代語訳を目指

現代語訳をお読みになる前に

しました。

三、和歌は本文を引用した後に現代語訳をつけています。和歌はあくまでも「歌」ですので、意味がわからなくても言葉の響きやリズムをまずは味わってみてください。また、和歌の一部を引用した表現についても、和歌は本文を引用し、括弧内で現代語訳を示しています。元の和歌については「II本文と語注」をご覧ください。

【絵・画中詞について】

一、画中詞は吹き出しに振られた番号順にお読みください。番号は、黒地に白文字と白地に黒文字の二種類があります。同じ種類の番号は続けてお読みください。

二、番号の下の［　］の中の名前は台詞の発話者です。複数の人間でおしゃべりをしていて、誰がどの台詞を言っているのか特定できないものについては、会話に参加している全員の名前を発話者として示しました。

三、絵巻は右から左へと開いて読んでいくものです。絵が長い場合、一つの絵を二場面に分けて、右・左の順で写真を掲載しました。画中詞の現代語訳は写真にあわせて配置しています。そのため、遅い番号の画中詞が早い番号の画中詞よりも先に配置されることがあります。二場面に分かれてしまっている絵については、もとは一つの絵だったことを考慮していただきつつ、画中詞は番号の早い順にお読みください。

四、絵には詞書に登場しない人物もたくさん登場します。それぞれの人物については前掲の人物相関図や「II本文と語注」をご参照ください。

【写真】甲子園学院《こうしえんがくいん》所蔵の絵巻です。ただし、第五段と第二十段の絵は甲子園学院所蔵の絵巻にはないため、前者を円福寺《えんぷくじ》蔵本、後者を細見実《ほそみみのる》氏旧蔵本より補いました。諸本の詳細については「III解説」をご参照ください。なお、甲子園学院本の写真は二〇一五年の調査の際に撮影したものを使用しています。

第1段 すばらしい姫君

………上巻

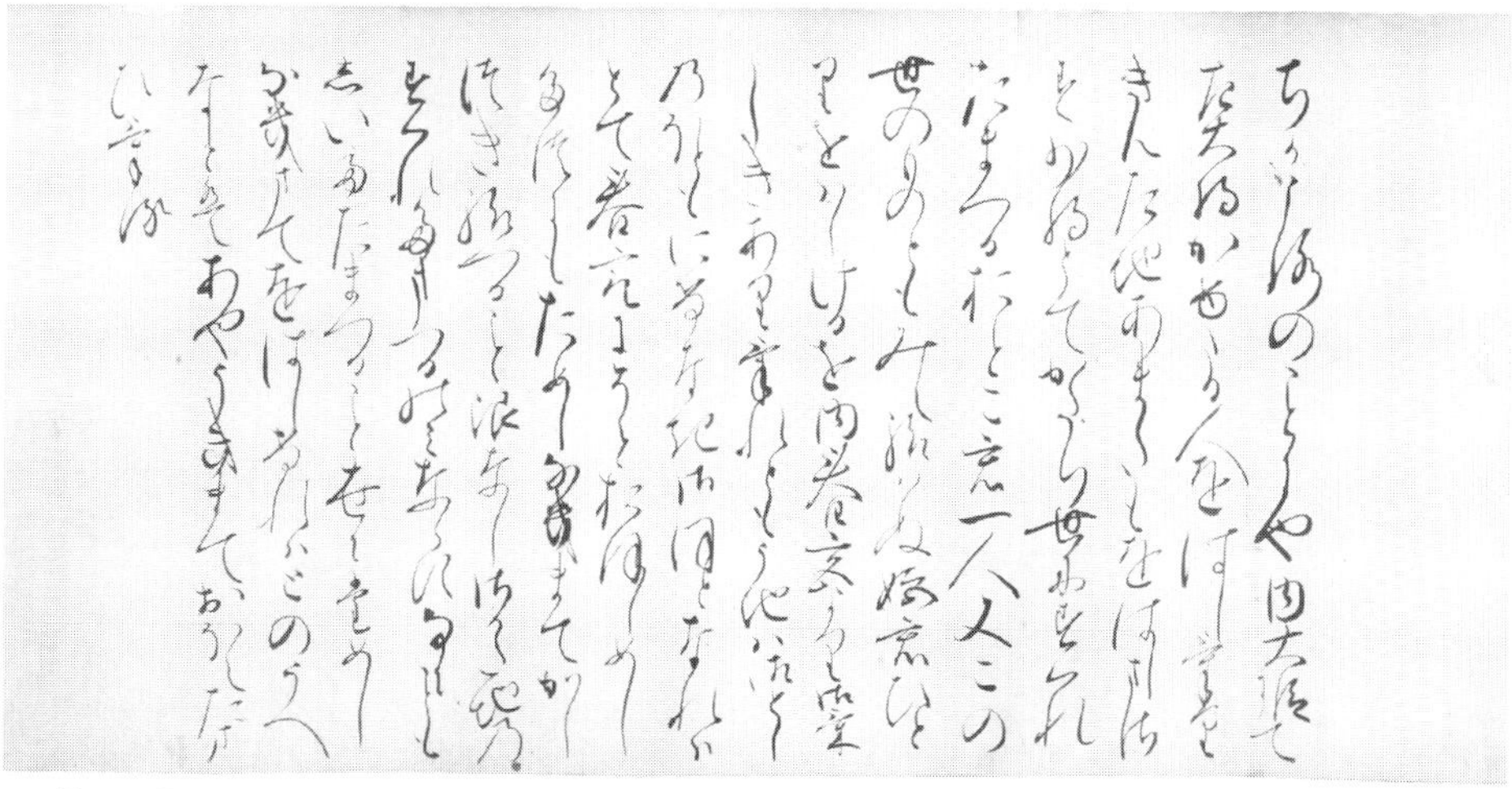

▲【原本】

▼【現代語訳】

近頃のことである。内大臣《ないだいじん》で左大将《さだいしょう》を兼ねている人がいた。子どもは多くはおらず、少将《しょうしょう》の地位にある見目麗《みめうるわ》しい男君が一人と、この世のものとも思えないほど美しい姫君が一人いるばかりである。この姫君は、帝《みかど》や春宮《とうぐう》からも后《きさき》にと望まれていた。しかし帝とは年齢が釣り合わないため、両親はぜひ春宮の后にと思い、この上なく大切に育てた。姫君は容姿が美しいだけでなく、何事につけても他に類を見ないほどすばらしかったので、両親たちは優れ過ぎていて心配だと思うほどであった。

②［春日殿］
あのお琴の絃をお張りしなさい、
新大夫
お琴の絃をお張りしている間は、
琵琶はしばらくお置きなさいな

春日殿《かすかどの》

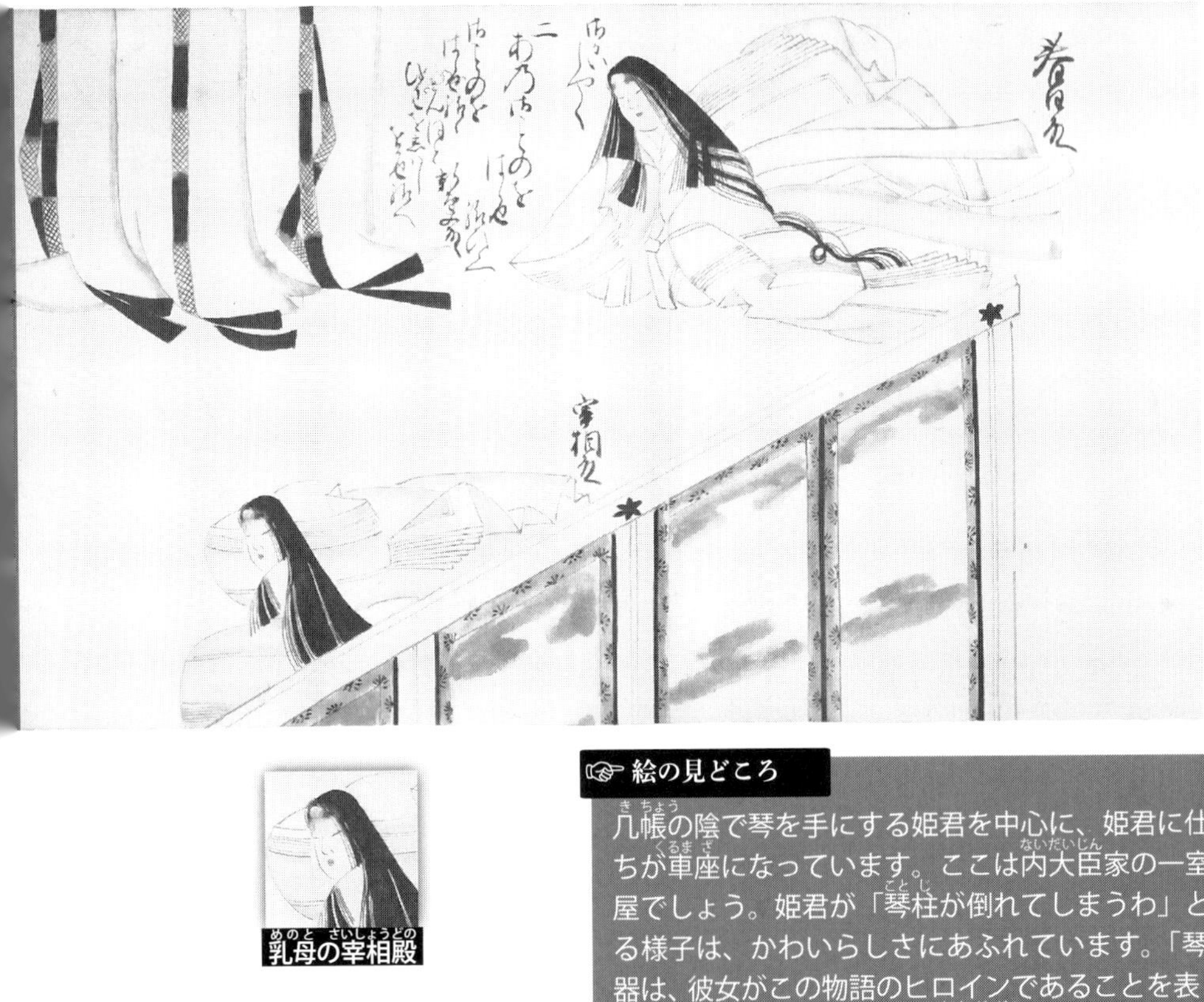

乳母《めのと》の宰相殿《さいしょうどの》

絵の見どころ

几帳《きちょう》の陰で琴を手にする姫君を中心に、姫君に仕える女房たちが車座《くるまざ》になっています。ここは内大臣《ないだいじん》家の一室、姫君の部屋でしょう。姫君が「琴柱《ことじ》が倒れてしまうわ」と無邪気に困る様子は、かわいらしさにあふれています。「琴」という楽器は、彼女がこの物語のヒロインであることを表しています。他の女房たちより奥にいる春日殿《かすがどの》は、セリフから、姫君の音楽教育を担っていて、女房たちの中で指導的な立場にいることがわかります。絵の中で音楽について話し合われているのは、今後この物語が音楽をきっかけに大きく展開していくことを暗示しています。

第1段 すばらしい姫君

①［姫君］
この琴の絃《げん》を張りたいのだけど
琴柱《ことじ》が倒れてしまうし、
難しいわ

姫君

③［新大夫殿］
そのお琴をお寄越しになって
お張りいたしますわ
冷たい琵琶の甲《こう》が胸にあたって
つらいのよね

新大夫殿《しんたいふどの》

冷泉殿《れんせいどの》

第2段 姫君の病

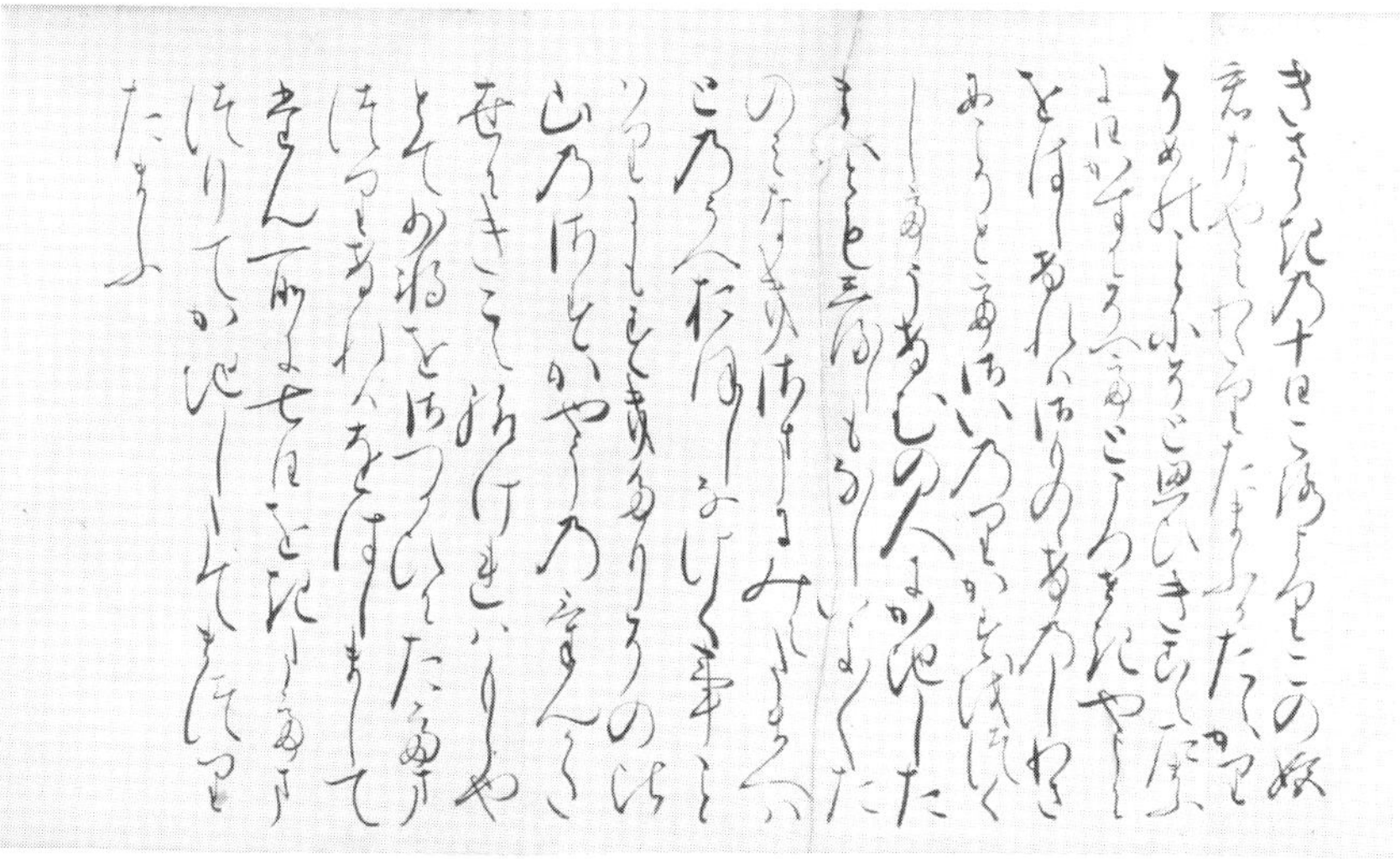

▲【原本】

▼【現代語訳】

二月の十日頃から、この姫君はずっと病に苦しんでいた。はじめは一時的なものだろうと思っていたが、病状は日増しに悪化していくばかりである。そこで、これはもののけの仕業《しわざ》に違いないと、あらん限りの祈祷《きとう》を行った。しかし霊力のある僧たちがいくら加持《かじ》をしても、その効《き》き目はない。姫君は目に見えて弱っていくので、両親はたいそう心を痛めていた。

その頃、比叡山《ひえいざん》の座主《ざす》である僧正《そうじょう》が、病気平癒《へいゆ》の力を持っていると評判だった。両親は、もしかしてこの僧正が姫君を救ってくれるのではないかと思い、少将を遣わした。僧正は内大臣家《ないだいじん》へやって来ると、祈祷のための壇所《だんしょ》を設《もう》け、そこで七日間の加持を行った。

大臣殿《おとどどの》

❶［大臣殿］
姫の容体は日増しに悪化しているように見えます
かたじけなくも、あなた様にこうしてご祈祷《きとう》に来ていただきましたので、そうはいっても心強く思われます

❷［僧正］
そのような加持《かじ》祈祷はしばらく行っていませんので、果たしてお役に立てるかどうか
しかし今日から七日間ご加持をいたしてみましょう

僧正《そうじょう》

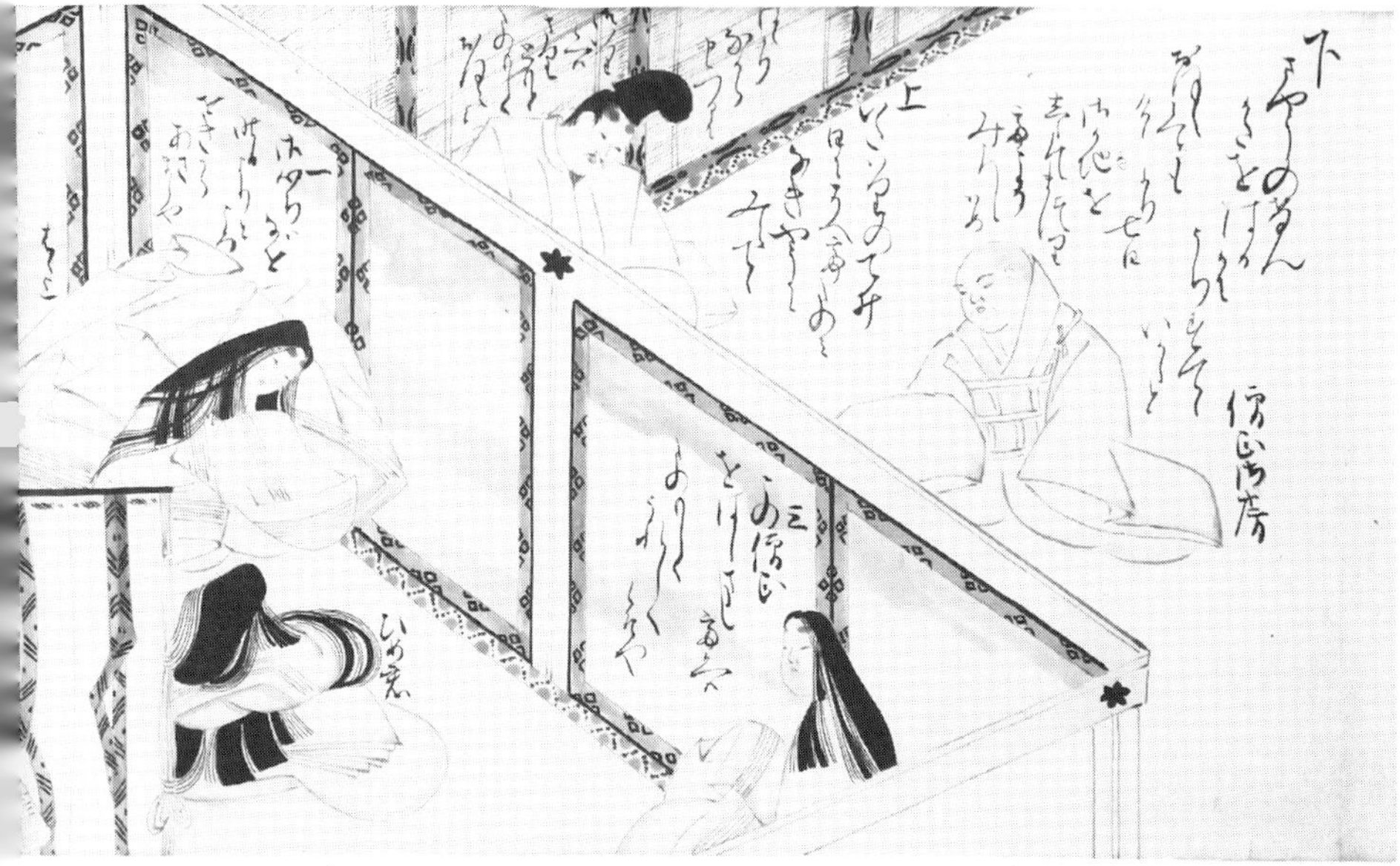

母上

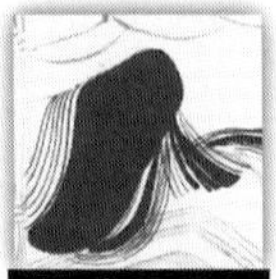
姫君

①［母上］
ご気分は昨日よりもさらにお苦しいのじゃないかしら、かわいそうに

③［女房一］
この僧正さまがいらっしゃいましたから、頼もしく、うれしゅうございます

女房一

第2段 姫君の病

絵の見どころ

画面右側、姫君の部屋の外では父の大臣殿《おとどどの》と比叡山《ひえいざん》の僧正《そうじょう》が病気平癒《へいゆ》の祈祷《きとう》について相談をしています。一方、部屋の内側には多くの女房たちがひしめいています。画面の中心、几帳《きちょう》の陰《かげ》にいるのが姫君で、その周囲に母上や姫君に近しい女房たちが描かれています。画面左上部、部屋の出入り口に描かれた二人の女房は食事の世話をする下級の女房ですが、彼女たちも姫君の様子が心配なようです。

夕霧《ゆうぎり》さぶらふ

⑥［夕霧さぶらふ］
ちっともお食事を召し上がってくださらないわ
もののけのせいで
いらっしゃるのねえ

女房二

⑦［女房二］
この煎じ薬をお飲みくださいまし

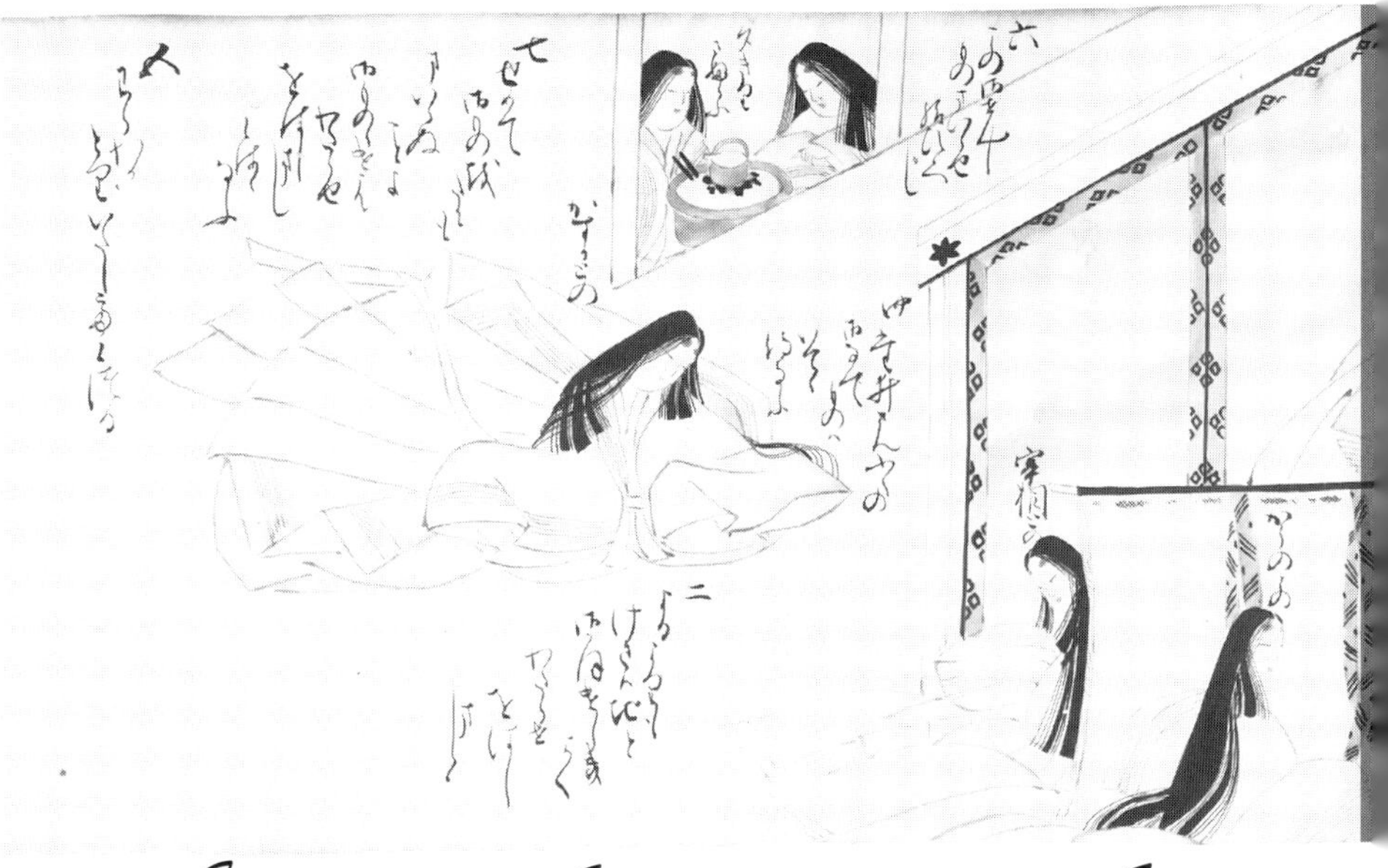

督《こう》の殿《との》

②［督の殿］
昨夜よりも今朝は少しだけ
お顔の色がよくなって
いらっしゃいますわ

④［乳母の宰相殿］
泰山府君《たいざんぶくん》の祭《まつり》のための
撫《な》で物は出ている
かしらねえ

乳母《めのと》の宰相殿《さいしょうどの》

⑤［春日殿］
わたくしが出して
おきましたわ

春日殿《かすかどの》

第3段 垣間見《かいまみ》

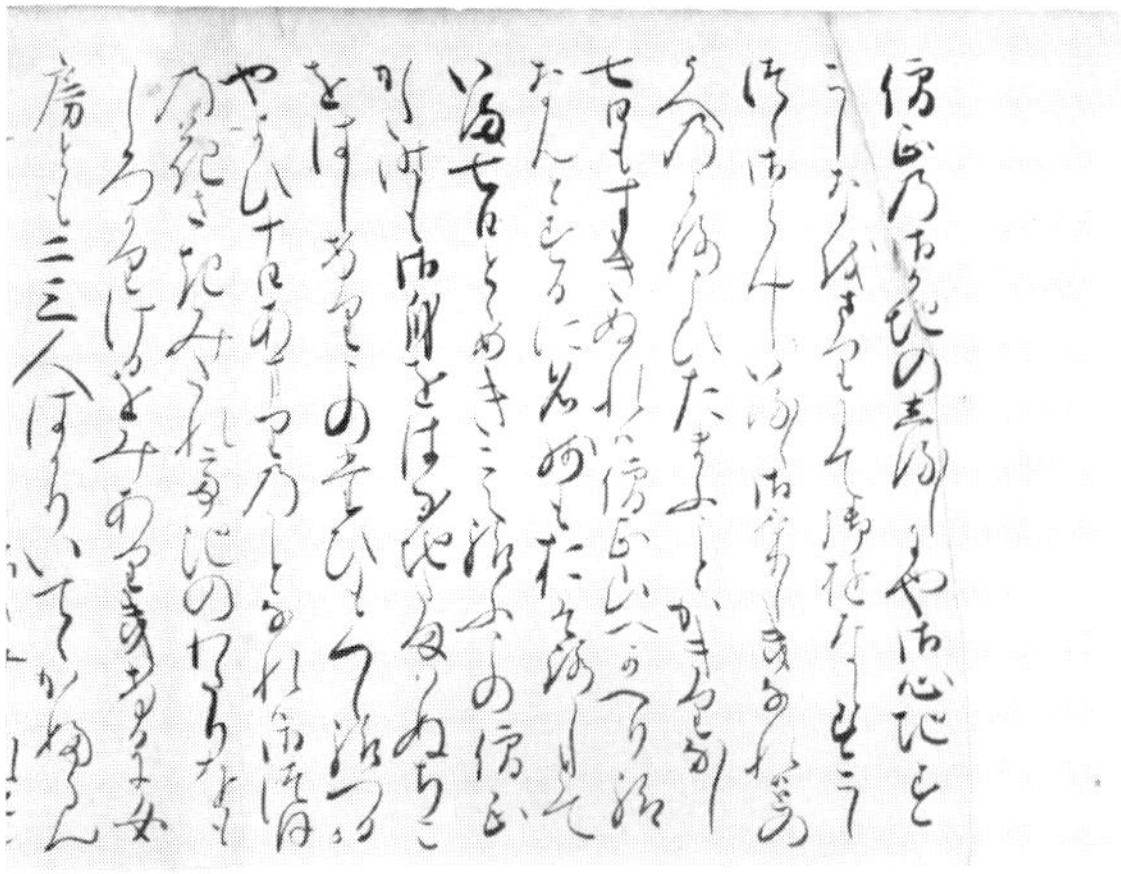

▼【現代語訳】

僧正《そうじょう》の加持《かじ》のおかげか、姫君の病気は次第によくなってきたようである。薬湯《やくとう》なども少しずつ飲むようになったので、父の大臣殿《おとどどの》と母上は非常に喜んだ。僧正は七日の期間が過ぎたので比叡山《ひえいざん》に帰ろうとしたが、両親から「まだ何かあるかもしれないから」と言われ、もう七日留まること

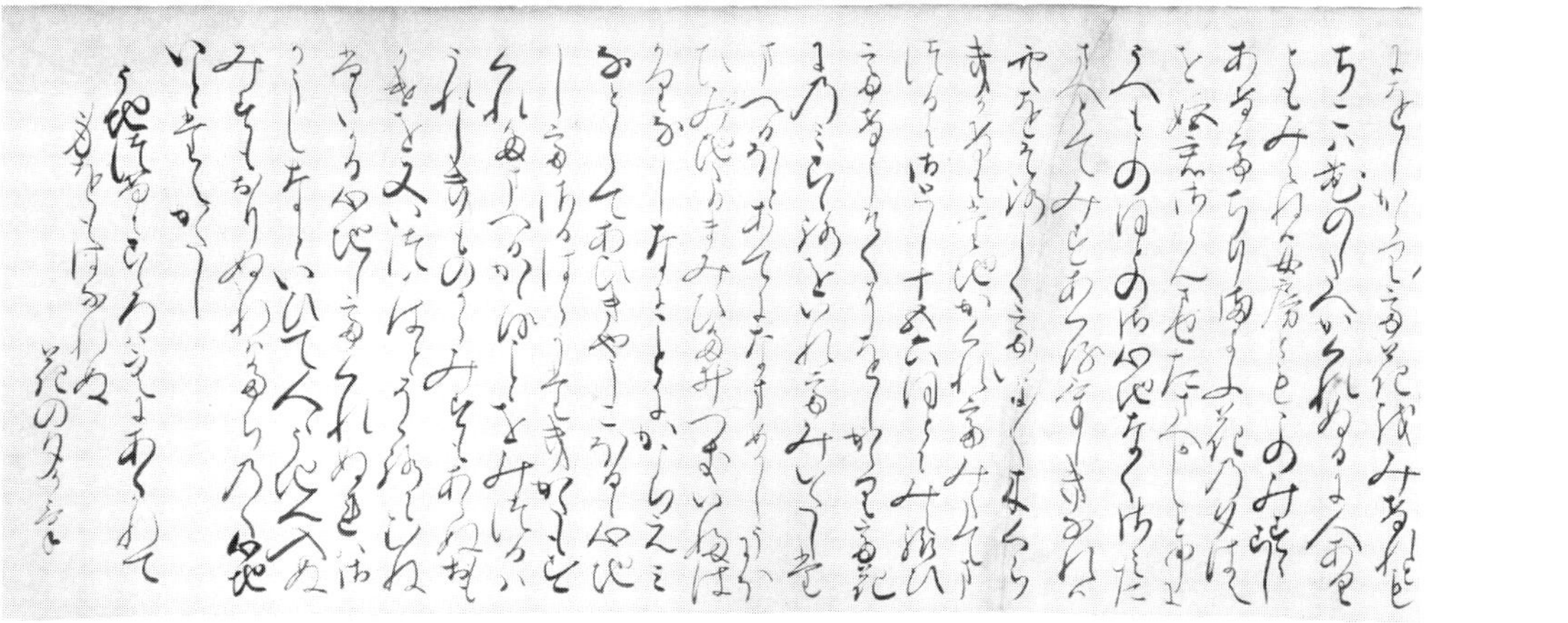

▲【原本】

となった。

この僧正には、可愛がっている児《ちご》がいた。その寵愛ぶりは、片時も傍らから離さないほどであり、今回も連れて来ていた。ある時この児は、内大臣《ないだいじん》家の庭を見て回っていた。三月十日過ぎのことなので、庭の花は咲き乱れ、池の辺りは風情のある様子である。そこに、女房たちが二、三人ばかり縁側に出てきて、高欄《こうらん》に寄りかかって花を見はじめた。児は見つからないよう花の下に隠れた。女房たちは誰かいるとも思わず、「姫君、この御簾《みす》を少し上げて、散り紛《まが》う花が美しく映える夕暮れ時をどうぞご覧ください」と言う。また母上も「気分転換をなさいませ」と言って御簾を上げようとする。児は見つかるのではないかと心配になって、さらに鬱蒼《うっそう》とした薄暗い木陰に立ち隠れ、その様子を見ていた。すると、御簾の向こう側から十五、六歳ぐらいの姫君が顔を出した。脇息《きょうそく》に寄りかかり、花にばかり夢中になって外を見ている。姫君は優美で若々しく、輝くばかりの美しさが満ちた目もとや額《ひたい》など、えも言われぬすばらしさである。

姫君が何にか微笑みかける様子には、こぼれんばかりの愛嬌《あいきょう》があった。そればかりか、容姿もこの上なく麗《うるわ》しい。児はこのような姫君を見られて嬉しいものの、ほのかな面《おも》影《かげ》を、次にいつ見ることができようかと思うと、何となく胸がふさがるような気がした。日が暮れてくると、人々は「格子《こうし》を下ろしなさい」などと言って中に入ってゆく。御簾も下りてしまったので、児は非常に堪えがたい気持ちでそこを立ち去った。

うちつけに心は空にあこがれて身をも離れぬ花の夕影

（児）姫君を垣間見てからというもの、そのまま心は身体から離れ、空に彷徨《さまよ》い出てしまった。一方、姫君の面影はこの身を離れない。

児《ちご》

絵の見どころ

王朝的な男女の恋物語では、垣間見《かいまみ》場面の絵はヒロインを中心に構成されます。しかしここでは児《ちご》の存在がかなり大きく、もうひとつの中心のように描かれています。また児を隠すはずの桜も児の美しさを引き立てる役割を果たしています。

実は「児と桜」は中世において非常に人気がある取り合わせでした。ただし多くの場合、桜の中の児は僧の心をときめかせる対象として描かれます。これに対して『ちごいま』は伝統的な桜と児の取り合わせを利用しながらも、児を恋の主体へと転換しているのです。

⑤［中納言殿］
桜が散って、
庭は雪が降ったかのように見えて、
梢《こずえ》は雲が降り立ったような様子で
いいわね
薄情かもしれませんけど、
花はただ散ることにこそ趣きが
ございます

④［姫君］
病のせいで、
春がどうなったかも知らずに
部屋に籠っていたわ
花は早くも色あせて、
散ってしまっているのね

③［女房］
「春の曙（春の曙はすばらしい）」
とは申しますけど、
ただ今の夕暮れは、
例えようがないほど素敵ですわ

①［中納言殿］
花は盛りよりも、
散るころの方がいいわよねえ

②［高倉殿］
薄情なご趣味でいらっしゃるのね
わたくしは桜の花に「覆うばかり
の袖もがな（花が散らないように
覆い隠すくらいの袖があったら
いいのに）」と願っているわ
花にとっては優しくないお心ね

第4段 恋の病

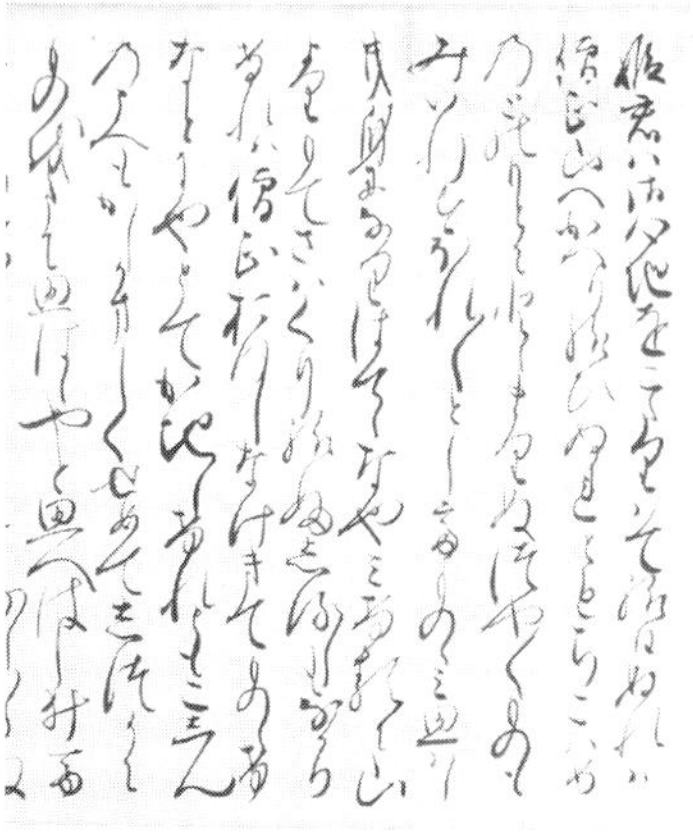

▼【現代語訳】

姫君の病気がすっかりよくなったため、僧正《そうじょう》は比叡山《ひえいざん》へ帰って行ったが、児《ちご》は乳母《めのと》の家に残った。児は食事もまったく喉《のど》を通らない様子で、ただぼんやりとして、もの思いばかりして苦しんでいる。比叡山から遣わした医者が

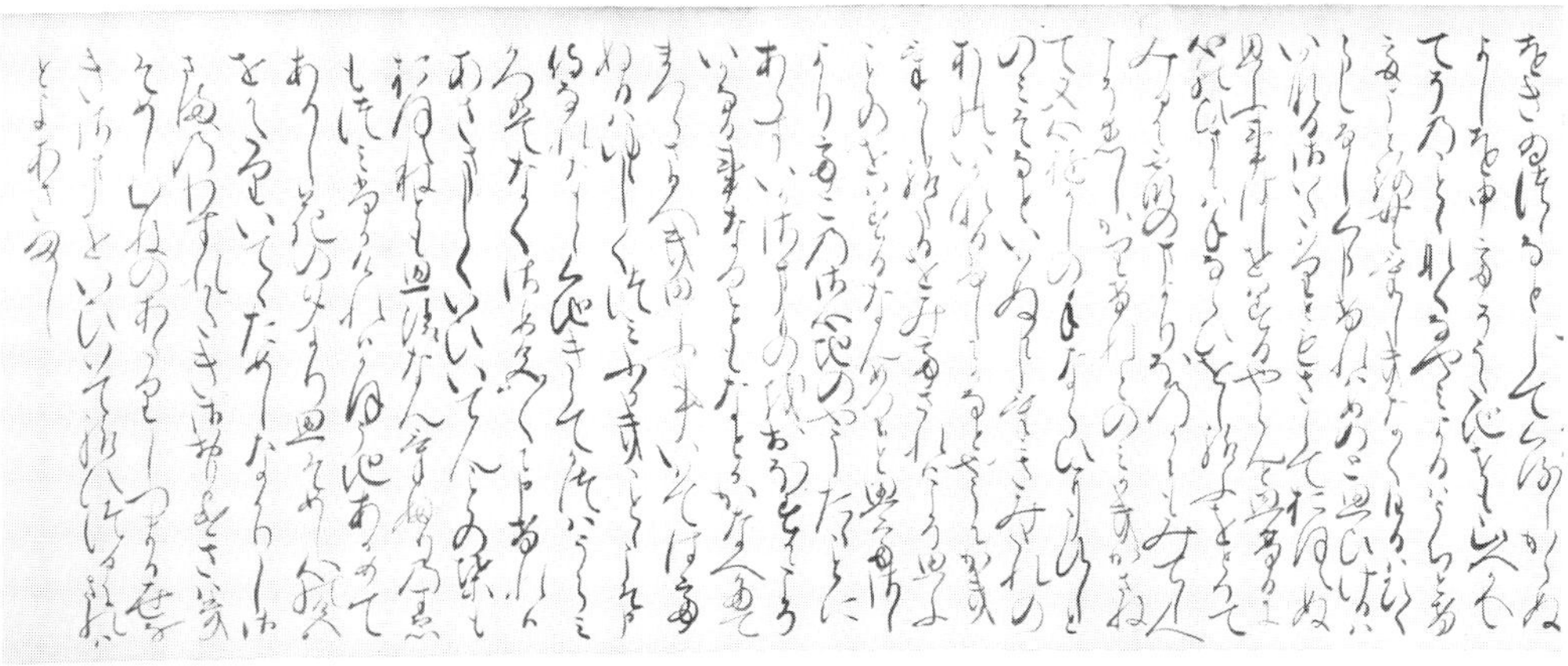

▲【原本】

治療にあたっても、一向によくなる気配はなかった。僧正はこれに心を痛めて、もののけの仕業《しわざ》かと加持祈祷《かじきとう》を行うが、児はその声すらもやかましく感じる。せめて静かにもの思いにふけりたい。そう思った児は、無理矢理に体を起こして僧たちにもう大丈夫だと告げると、彼らをみな山へ帰してしまった。そしてその後も、これということもなく思い悩んでいるのである。

児は、夜は落ち着いて眠ることもなく、昼は一日中伏せっている。この様子を見た乳母は、何の病気とも思えないから、きっと思い悩むことがあるのだろうと考えていた。そこで、児が気分のよい時にしていた手習いを取って見てみると、「霞《かすみ》の間《ま》よりほのかにも見てし人こそ恋しかりけれ（春霞の間からほんの少し見えた人が恋しいなあ）」とばかり同じことを書き重ねている。また「心ゆかしの手習ひに、恋しとのみぞなど言はぬに繁《しげ》き乱れ葦《あし》のいかなる節《ふし》にか（気晴らしの手習いには、恋しいとだけ。どうして、口に出さないのに文字が乱れてしまうのだろう）」などと書き散らしてある。乳母はそれを見て、やはり思い悩むことがあるのだと悟った。そして児に近寄ると「そのご病気の様子、尋常《じんじょう》ではありません。何かお悩みなのでしょう。たとえどんなことであっても私が叶えて差し上げます。思っていることを言わないで死んでしまうことは、ひどく罪深いことだと言いますよ」と、言葉巧みに恨んだり慰めたりした。児は情けなく、自らの気持ちを言い表す言葉も思い付かない。しかし、乳母が言うように、もの思いゆえに死んでしまうのも罪深いことだと、顔を赤らめながら心情を語り出した。あの花の夕べより恋い慕い始めた、すばらしい姫君の姿が忘れがたく、その面影《おもかげ》に胸の鼓動が静まる夜がないのだという児の告白を聞いた乳母は、「そんなことが」と驚いた。

児《ちご》

①［児］
絵に描いた岩に本当の
松が生えるよりも、
さらに難しいことだよ

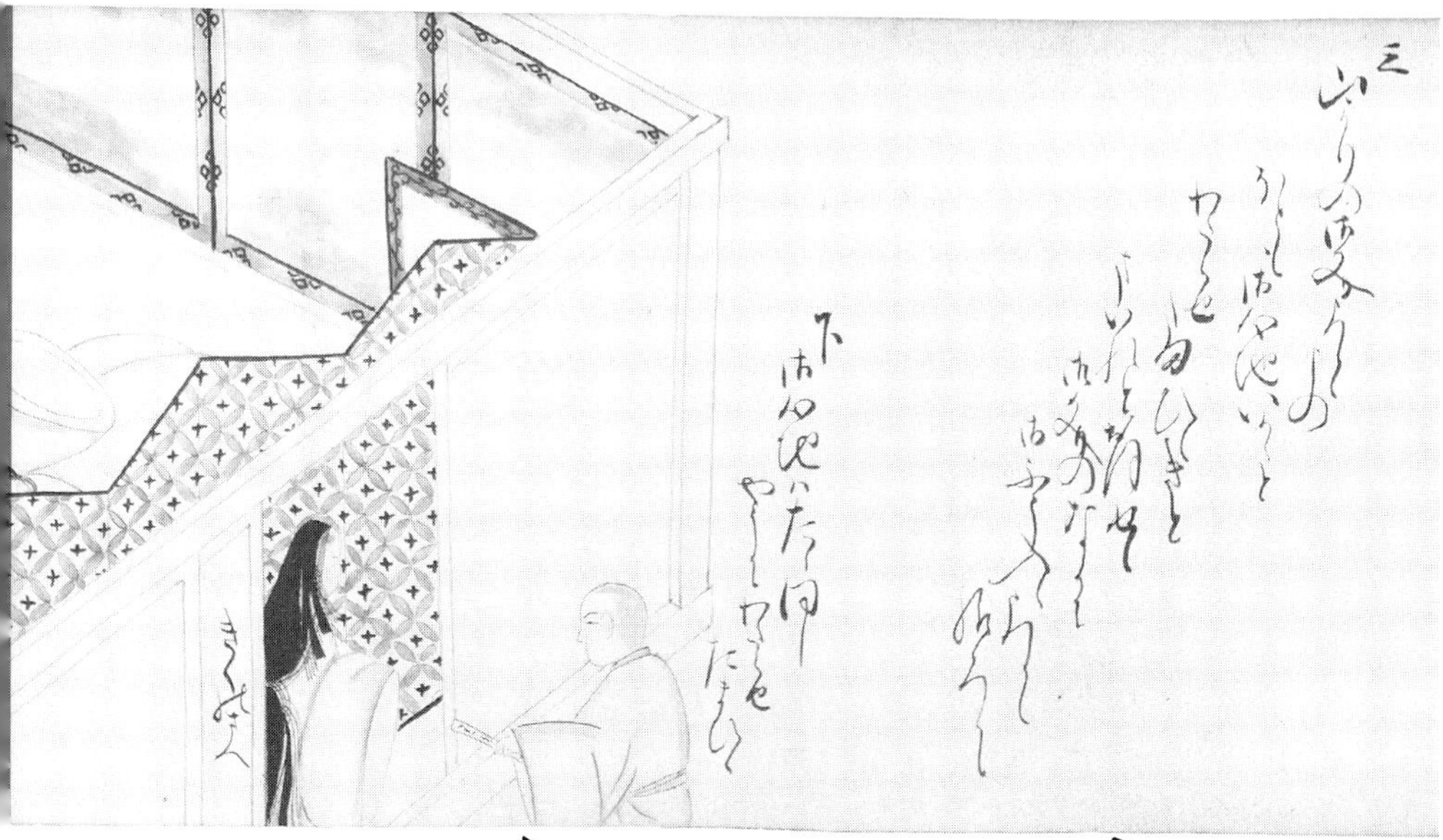

山からの使者

❶［山からの使者］
僧正《そうじょう》さまからのお手紙を差し上げます
「夜の間のお加減はいかがであろうか
必ず山に戻ってまいれ」との仰せです
お手紙の中に護符《ごふ》が入ってございます
児殿にお渡しください

❷［菊の前］
お加減はずっと同じようで
いらっしゃいますよ

菊《きく》の前《まえ》

第4段 恋の病

乳母《めのと》

②［乳母］
ああ情けない
そのように思ってはなりません
「種しあれば（種さえあれば
岩にも松が生えるものだ、恋を
し続ければどうして逢えない
ことがあるだろうか）」
と古い和歌にもございますのに
神仏がいらっしゃるならば、
どうしてあなた様をお見捨て
なさいましょうか
いずれにせよ、
わたくしがいるからには、
うまく取り計らって
差し上げましょう
つい今も、
ふと思いついたことがございます
ぜひとも心強く
お思いくださいまし

絵の見どころ

室内には恋煩《わずら》いの児《ちご》が気晴らしに手習いをする様子が描かれています。そして、そのすぐ横には乳母《めのと》が座り、恋に弱気な児を励ましています。一方、部屋の外には、比叡山《ひえいざん》からの使者が児のご機嫌うかがいに訪れています。比叡山にとって、児の存在がいかに重要かわかります。なお、ここで児は顔周りの髪（鬢《びん》）を削いだ成人女性の髪型で描かれています。本来であれば男性である児が鬢を削ぐことはないため、他本ではこのようには描かれません。おそらくこれは絵師の誤りなのでしょう。

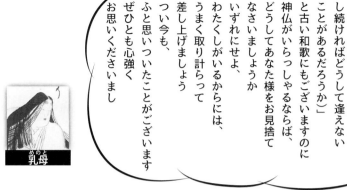

第5段 乳母《めのと》の策略

▼【現代語訳】

乳母は一日中考えを廻《めぐ》らせて、出かける準備を整えた。以前、何という宮様だったかがご出家の際、お布施《ふせ》として出された手箱《てばこ》を、僧正《そうじょう》が児《ちご》に与えたことがあった。それは世に例を見ないほど美しいものであったが、乳母はその

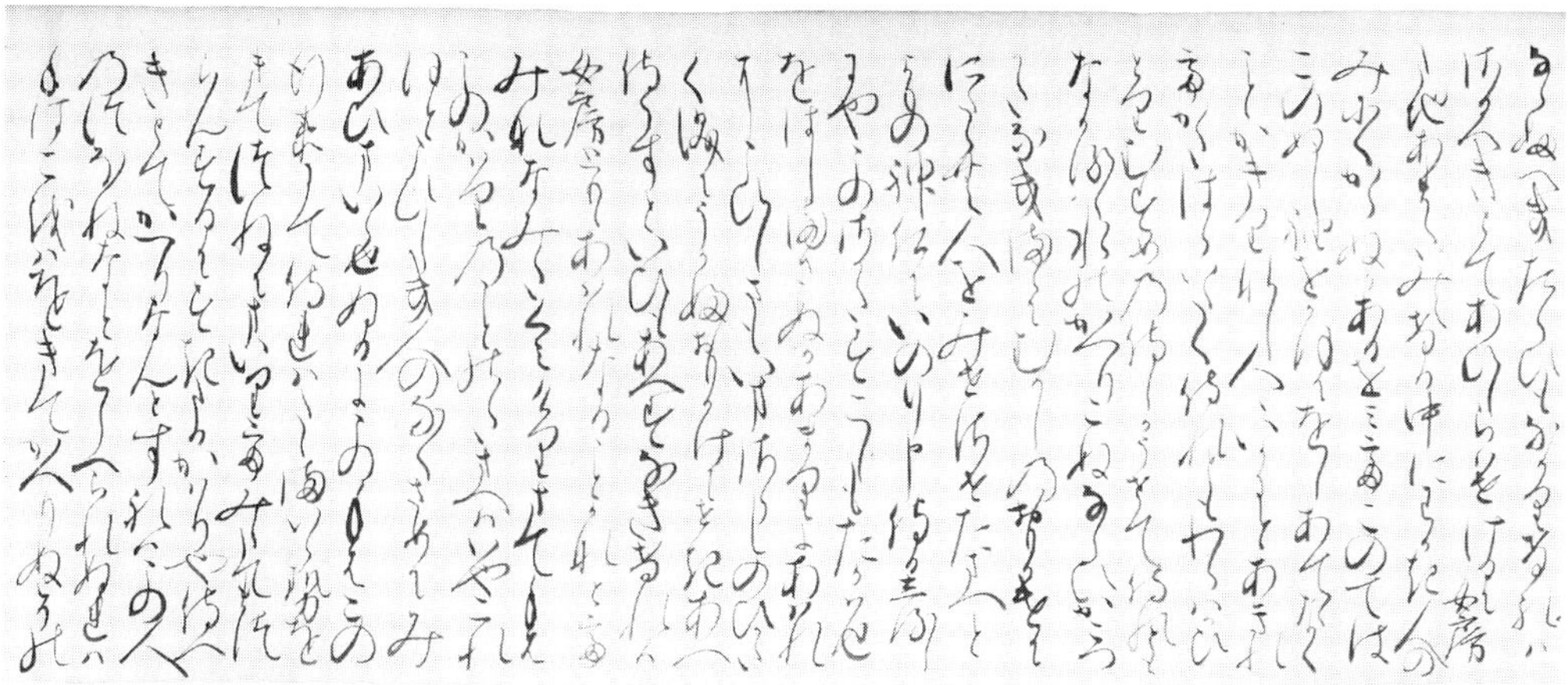

▲【原本】

手箱を童《わらわ》に持たせて、一緒に内大臣家《ないだいじん》の局町《つぼねまち》へ行った。そこで童に「手箱はご入用ではありませんか」と言わせたところ、ある局に呼び入れられた。

　内大臣家の女房たちは、この手箱がとても美しかったので、母上のもとへ持って行って見せた。すると、姫君の春《とう》宮《ぐう》参りのためにさまざまに趣向を凝らして準備したいくつかの手箱よりも、その手箱はいっそうすばらしく見える。母上はこれを召し上げるのがよいと考えて、女房たちに対応をさせた。その時、手箱の持ち主は、多くの女房たちの中に若くて見た目の悪くない者がいるのを見て、顔に袖を押しあてて激しく泣きだした。人々が驚いて「一体どうしたのか」と尋ねると、彼女は「答えるのもつらいことですけれども、私は一人娘を亡くしました。それは流れる水がもとの場所に戻ることがないように、どうしようもなく、娘を失ったやり切れなさを嘆くこともできないまま、『娘の面影《おもかげ》がある人に会わせて下さい』と、あちこちの神仏に祈るばかりでございました。そのかいがあったのでしょうか、このお方が、私の娘によく似ているのです。それがあまりにつらく、今さらになって恋しさも押さえきれなくて……。死んだ娘が思い出され、涙を我慢することができないのです」と言い終えないうちに泣いてしまったので、女房たちも「かわいそうなこと」と皆涙ぐんだ。

　さて、母上が手箱の代わりの品について言うと、「いえ、娘を思う心の慰めに、このように恋しい方を見ることができたのも、この手箱のおかげです。手箱はこちらに差し上げます。私がいつでもここへ来てこの方に会えるならば、それに代わるものなどありましょうか」と言って帰ろうとする。そこで彼女はこの女房の局のことなどを教えてもらい、手箱を置いて帰った。

①［乳母］
私の嘆きようを不思議に
お思いになっているの
でしょうね
お話しするのもつらいことで
ございますけれども、
大切な一人娘に先立たれ、
その悲しみは並々ならぬもの
でございました
「せめて娘に似ている人に
会わせて下さい」と、
あちこちの神仏にお願い申し
上げておりましたところ、
このお方が私の娘に大変よく
似ていらっしゃるのです
お側で拝見しても、今まさに
娘が目の前にいるような
気持ちになり、悲しみが
こみ上げて参りましたので、
こぼれ落ちる涙を包み隠す
こともできなくて
ううう

乳母《めのと》

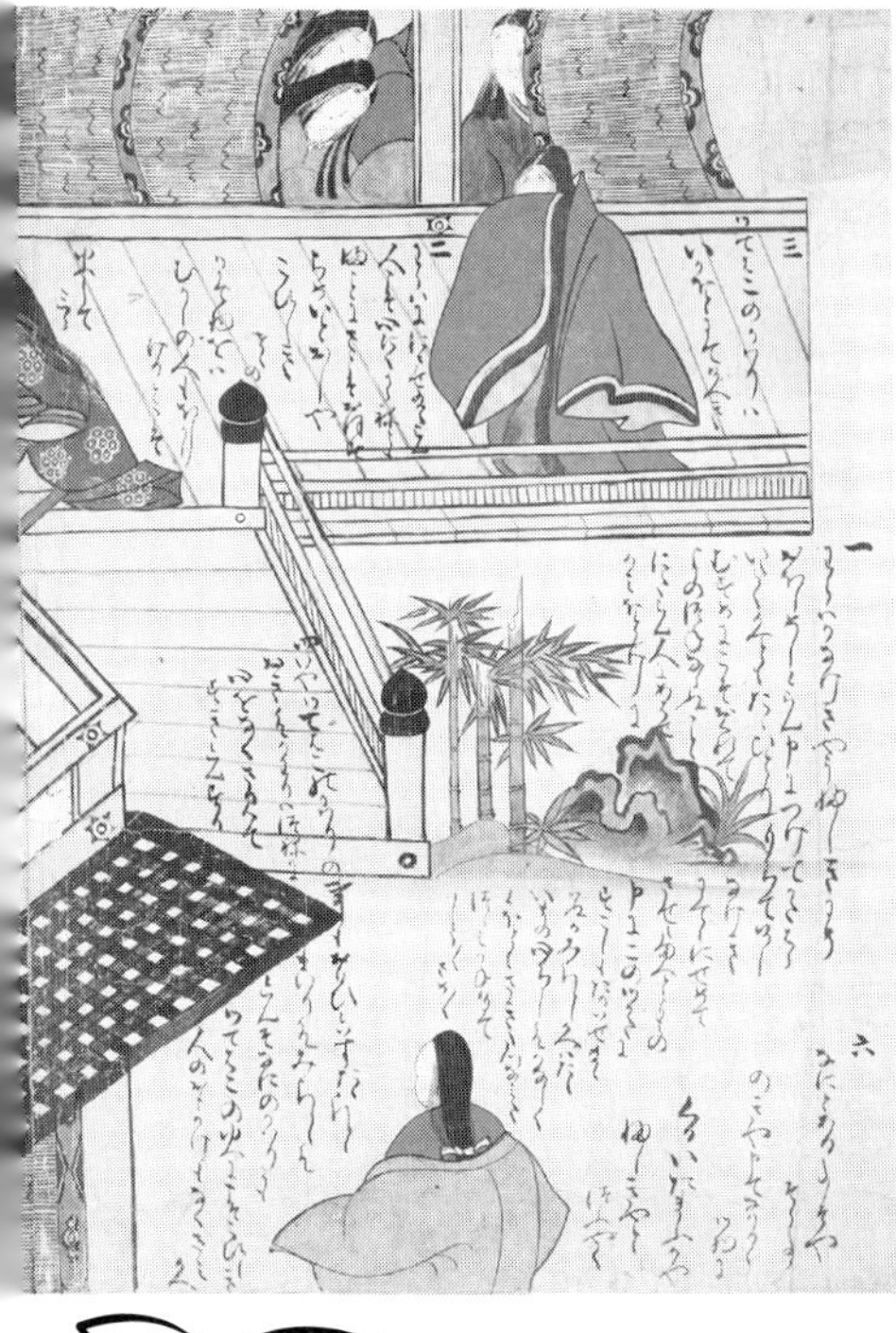

④［乳母］
いえ、
手箱の代わりの品のことなど
考えてもおりません
手箱はこちらに差し上げますから、
その代わり
いつでもこちらへ参上して、
お姿を拝見し、
心を慰めることを
お許しいただけるのなら、
この上ない喜びでございます
この手箱のおかげで、
娘を恋しいと思う気持ちを
慰めることができます

⑤［ゆふしでさぶらふ］
それで慰めとなるならば
お安いご用ですよ
局《つぼね》はこの並びに
ございますよ
いつでも会いにいらして
下さいね

ゆふしでさぶらふ

⑥［童］
どうしちゃったのかしら
嘘を申し上げて泣くなんて、
おかしくなっちゃったのかしら
不思議だわ

童《わらわ》

☞ 絵の見どころ

今回、底本とした甲子園学院本にはこの場面の絵がないため、円福寺本で補っています。これは児《ちご》の乳母《めのと》が内大臣《ないだいじん》家と接点を持つために手箱を売りに行く場面で、画面右側にはもっともらしく嘘を語る乳母と応対の女房、乳母の嘘に突っ込みの呟きを入れる童《わらわ》が描かれています。童は髪を後ろで一つに結んで衣の間に入れていますが、これは身分が低い女性の髪形です。画面左側では母上や兄の少将《しょうしょう》殿《どの》の監督下で、姫君の春宮参《とうぐうまい》りの準備が行われています。物語の写本作りが結婚の準備だなんて…？と思われるかもしれませんが、豪華な装丁《そうてい》の物語は当時の嫁入り道具のひとつだったのです。

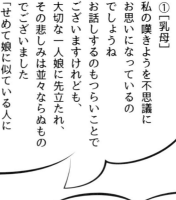

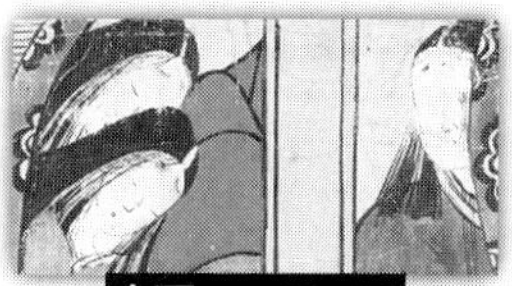
女房一、二、三

②［ゆふしでさぶらふ］
私に似ていらっしゃると
いう方のことを詮索する
気はないけれども、
本当にそのように思って
いらっしゃるのね、
可哀想なことだわ
恋しい人の身代わりを、
昔の人も欲しがったと
いうから

③［ゆふしでさぶらふ］
手箱《てばこ》の代わりに、
何を差し上げるのが
よろしいでしょう

母上

少将殿《しょうしょうどの》

❸［高倉殿］
さあ、
二人で一緒に読みましょうよ

高倉殿《たかくらどの》

❶［女房四］
たくさん泣いて涙も枯れ果てて
しまいましたわ
もう亡骸《なきがら》さえもないのですから

女房四

❷［近衛殿］
ああ、
紛らわしいわね
今の言葉も物語の内容かと
思ってしまったわ
もし書き間違えでもあったら、
文句を申し上げますからね

近衛殿《このえどの》

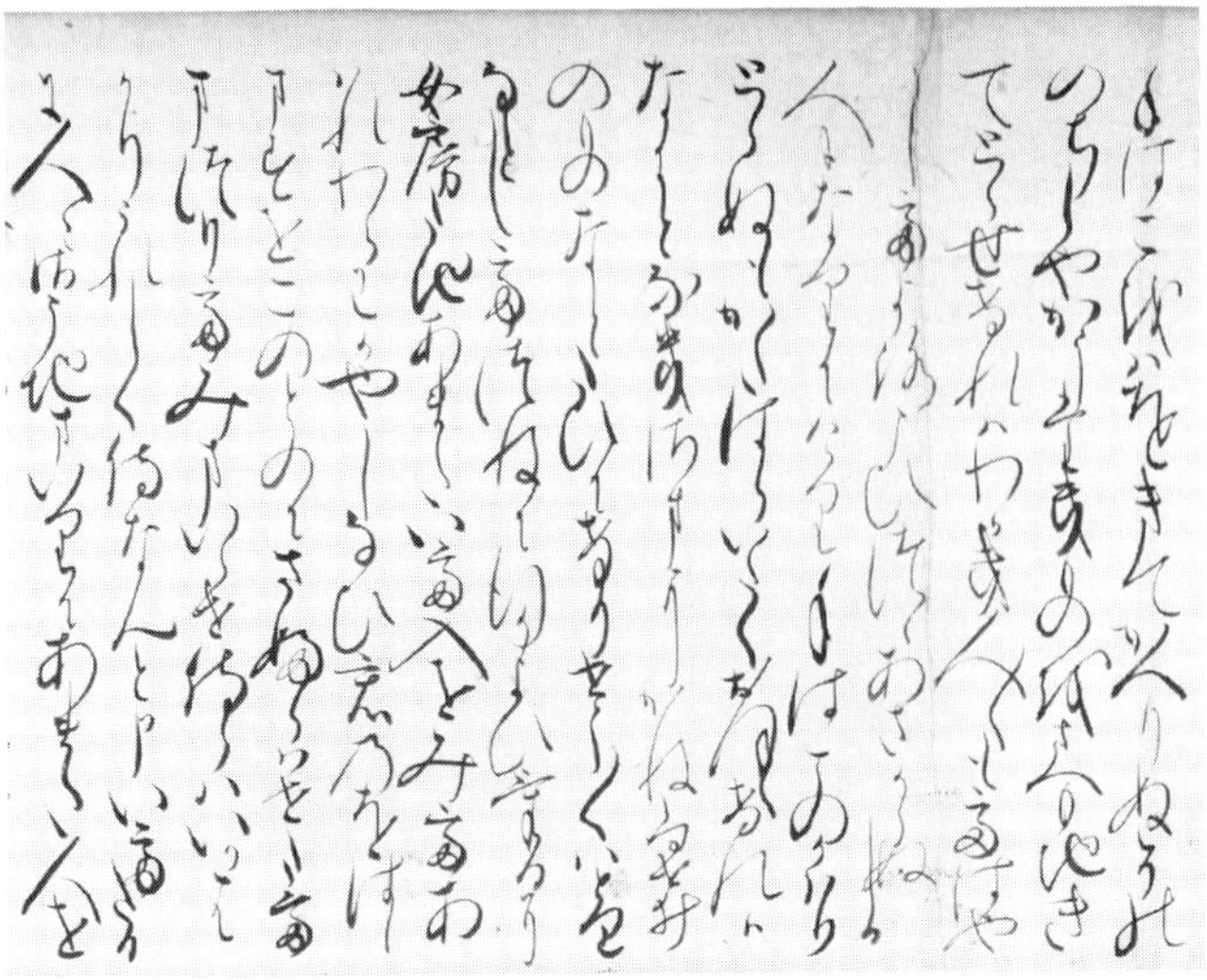

第6段 「今参《いままい》り」誕生

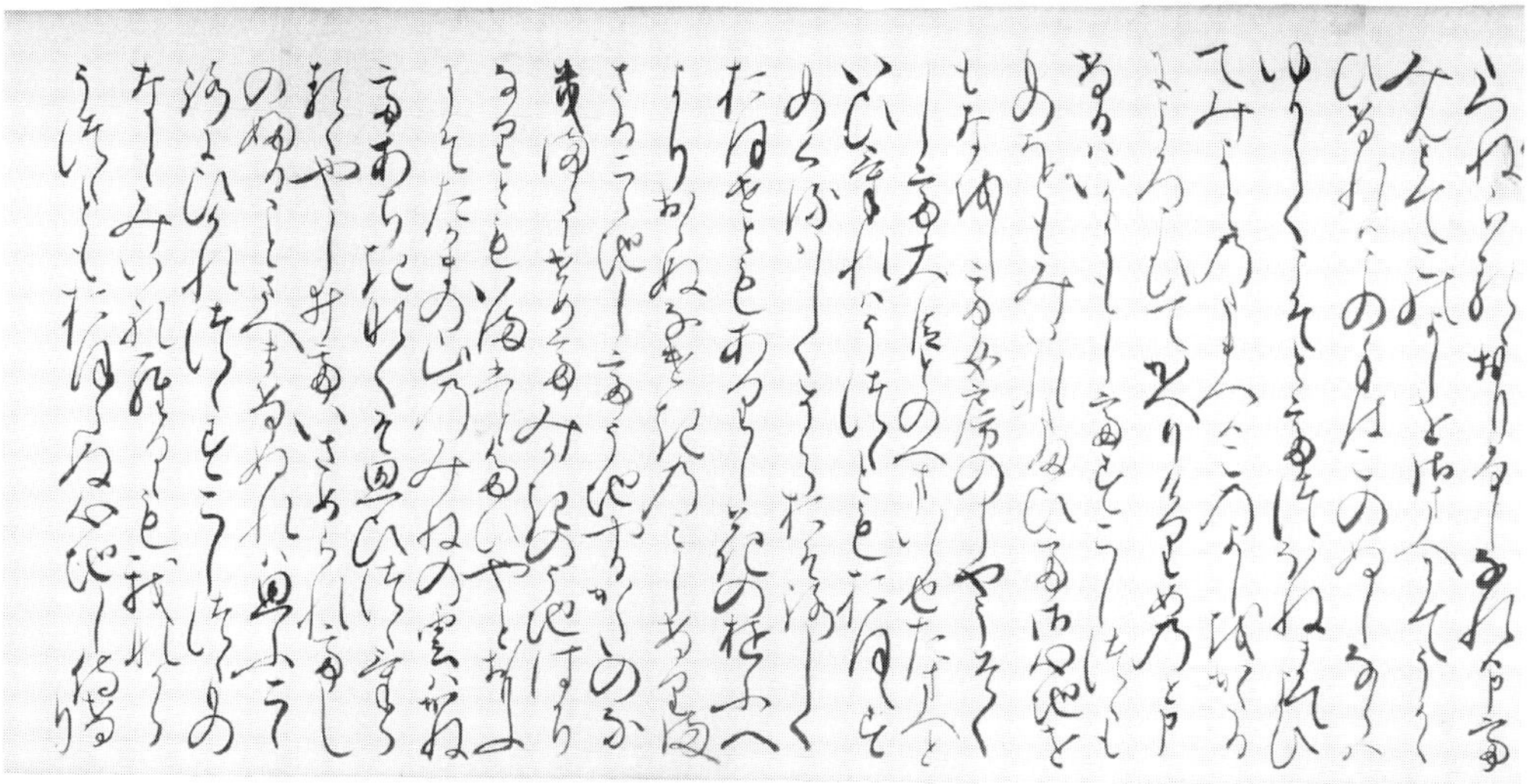

▲【原本】

▼【現代語訳】

その後、手箱《てばこ》の持ち主は麝香《じゃこう》や薫物《たきもの》までも持ってきたので、内大臣《ないだいじん》家の若い女房たちはもてはやして喜び、親しい知人同士となった。内大臣家では、彼女が手箱の代わりの品を受け取らないのも体裁が悪いということで、それとなくお金などを与えた。彼女は少しだけ受け取って、毎日のように内大臣家に通ってきていた。ある時彼女は、内大臣家へ女房たちがたくさん出入りするのを見て、このように言い出した。「ああ、私には養い君がいますが、その君をこのお屋敷に参上させられたなら、どんなに嬉しいでしょう」と。これを聞いた人々は、「姫さまの春宮《とうぐう》参りのためにたくさん女房を探している時なので、申し上げてみましょう」と言って、このことを母上に尋ねた。母上はこの人の養い君ならば会ってみたいものだと思い、局《つぼね》まで呼んでみようと言う。それを彼女に伝えると、喜んで帰った。

さて、この手箱の主―乳母《めのと》は、児《ちご》に「何とかして、少しずつでも食事をとり、病気をお治しください。そして女房の格好をして内大臣家に参上なさいませ」と言う。児は、乳母の言葉が現実とは思えず、もの狂おしく恐ろしく感じた。けれども、あの花の夕べ以来、折ってもいない投げ木（たきぎ）が増えていくように、姫君に会えない嘆きは深まっていくばかりである。この思いを晴らす術《すべ》もないので、せめて内大臣家の中だけであっても、もう一度姫君に会いたいと思った。高間《たかま》山の峰にかかる雲のように、姫君に手の届かないことが、相変わらずやるせないのである。児は乳母に強く責められ、秘密にしていた恋心さえ抗《あらが》いきれず打ち明けてしまった。あらわになった姫君への恋心に導かれるように、少しずつ食事なども食べられるようになった。それもまた、我ながら現実とは思えない気がした。

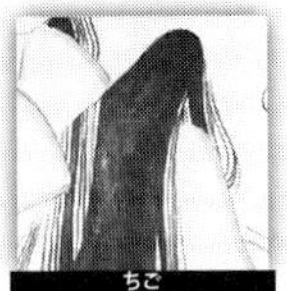

児《ちご》

①［乳母］
ああ、
なんて美しい御髪《みぐし》なんでしょう
最近は髪をお結《ゆ》いになって
解くこともなかったのに、
結び目に跡も残らないなんて

②［児］
恋のために女装までするなんて、
自分はどうかしている
さすがに恐ろしい気がするよ

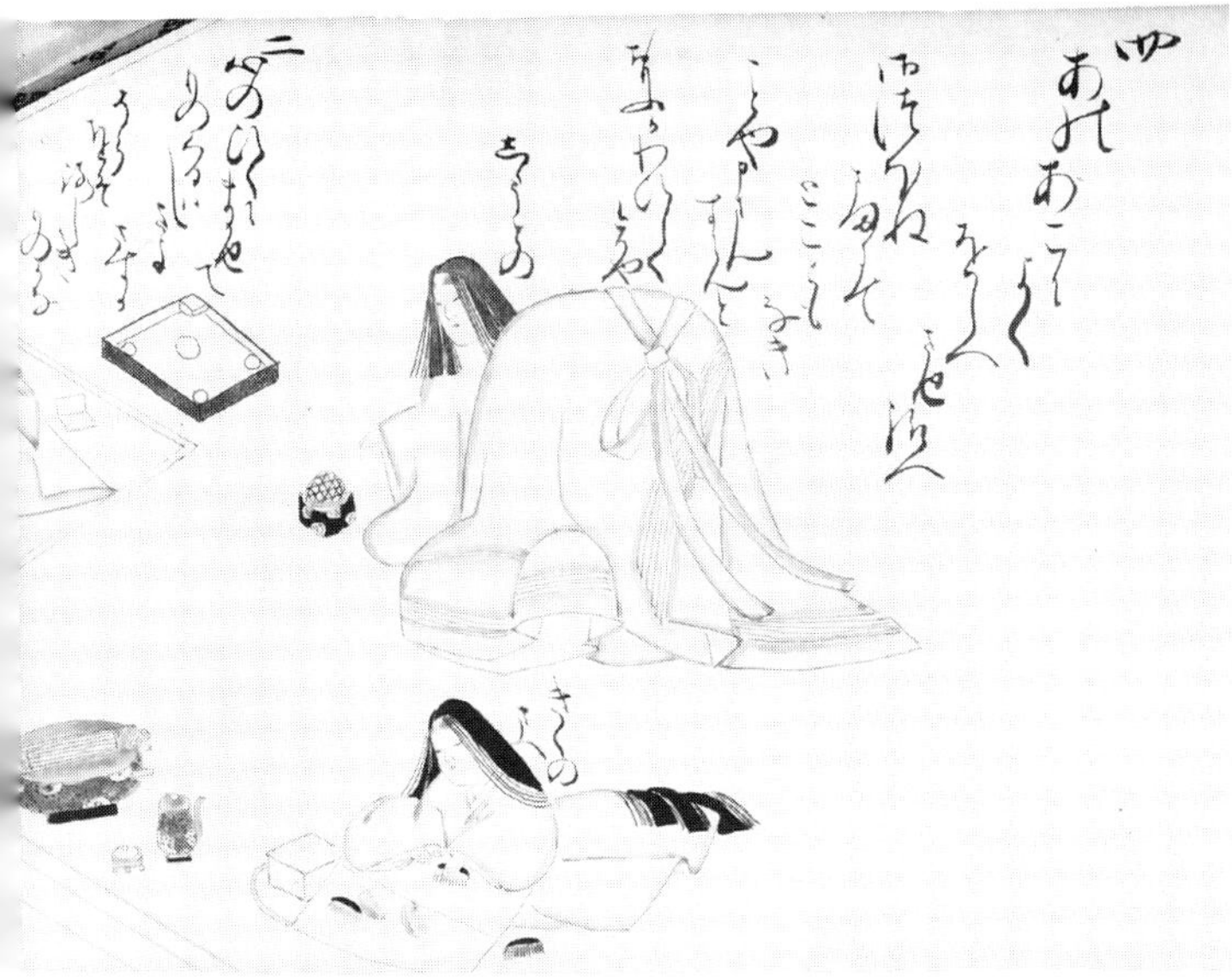

侍従殿《じじゅうどの》
（乳母《めのと》の娘《むすめ》）

④［侍従殿（乳母の娘）］
あの女童《めのわらわ》によく教え込んで
おおきなさい
内大臣家の御局《みつぼね》で場違いな
ことを口にしかねないと
思ったら心配で

⑤［菊の前］
私たちの中に一人前に
ああだこうだと言える者は
とてもおりませんわ
それにあの子を御局に
置いたりしないでしょうよ

菊《きく》の前《まえ》

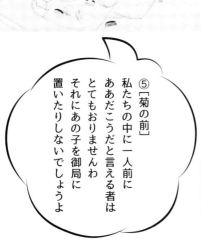

③［乳母］
このお姿を見て、
男と思う人はまずいませんよ
内大臣《ないだいじん》家で何人も女房を
お見かけしましたけど、
これほどまでに美しい方は
いらっしゃいませんでしたわ

乳母《めのと》

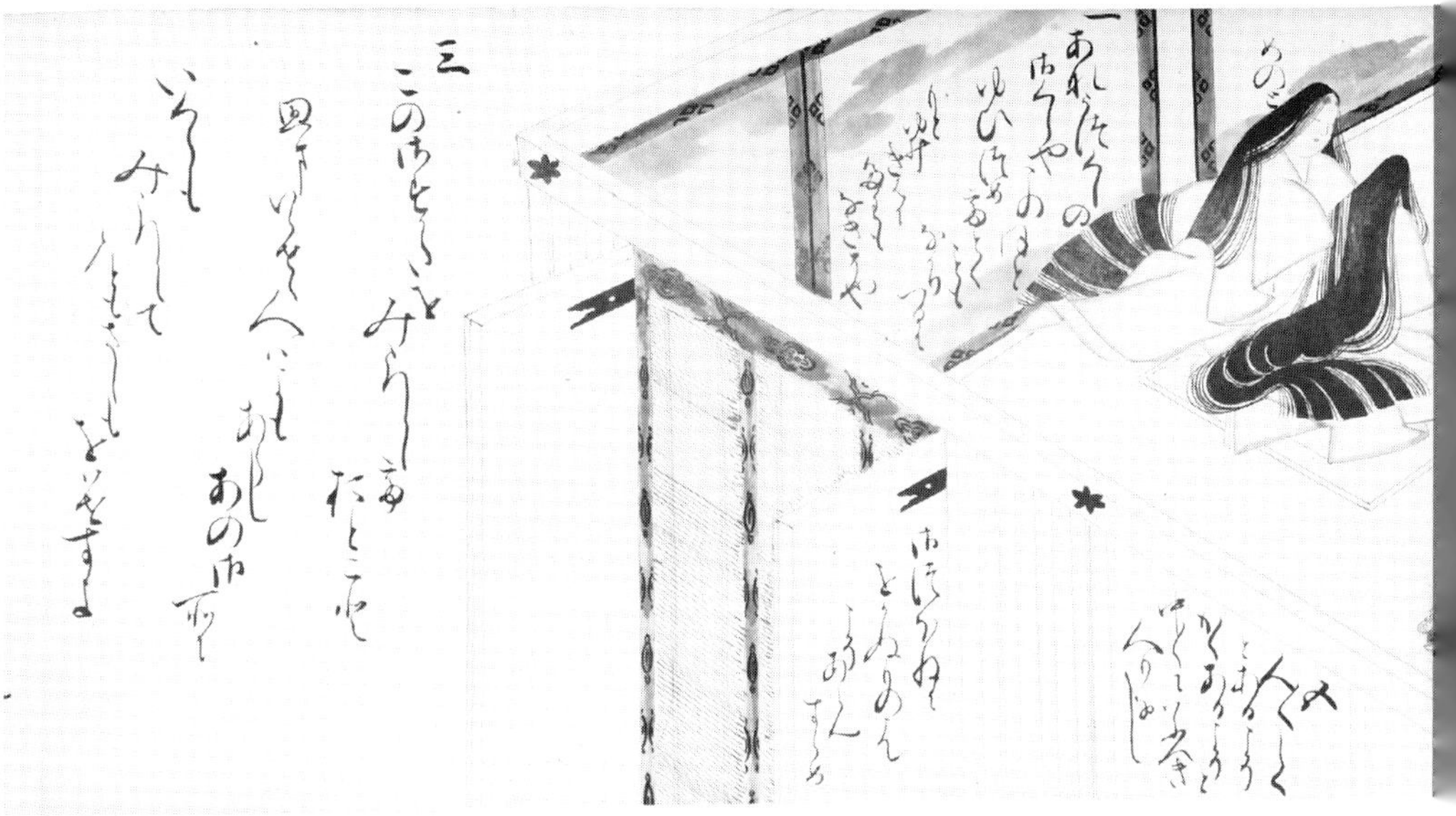

☞ 絵の見どころ

児《ちご》が、乳母《めのと》の家で女装しています。画面中央の、敷物に座った後ろ姿の人物が児です。長い髪を豊かに垂らした姿は、女性にしか見えません。彼の前には、化粧道具を入れる箱が置かれています。右手にいる侍従殿《じじゅうどの》（乳母の娘）は、児の着物に香《こう》を焚《た》きしめようとしています。香炉の上に籠をかぶせ（伏籠《ふせご》）、その上に衣装を載せることで衣装に香の薫りが移ります。侍従殿はその香炉に手を伸ばしています。菊《きく》の前《まえ》という女房は、櫛の手入れをしています。傍らには、お歯黒を付けるための道具があります。

第7段 女装して内大臣家へ

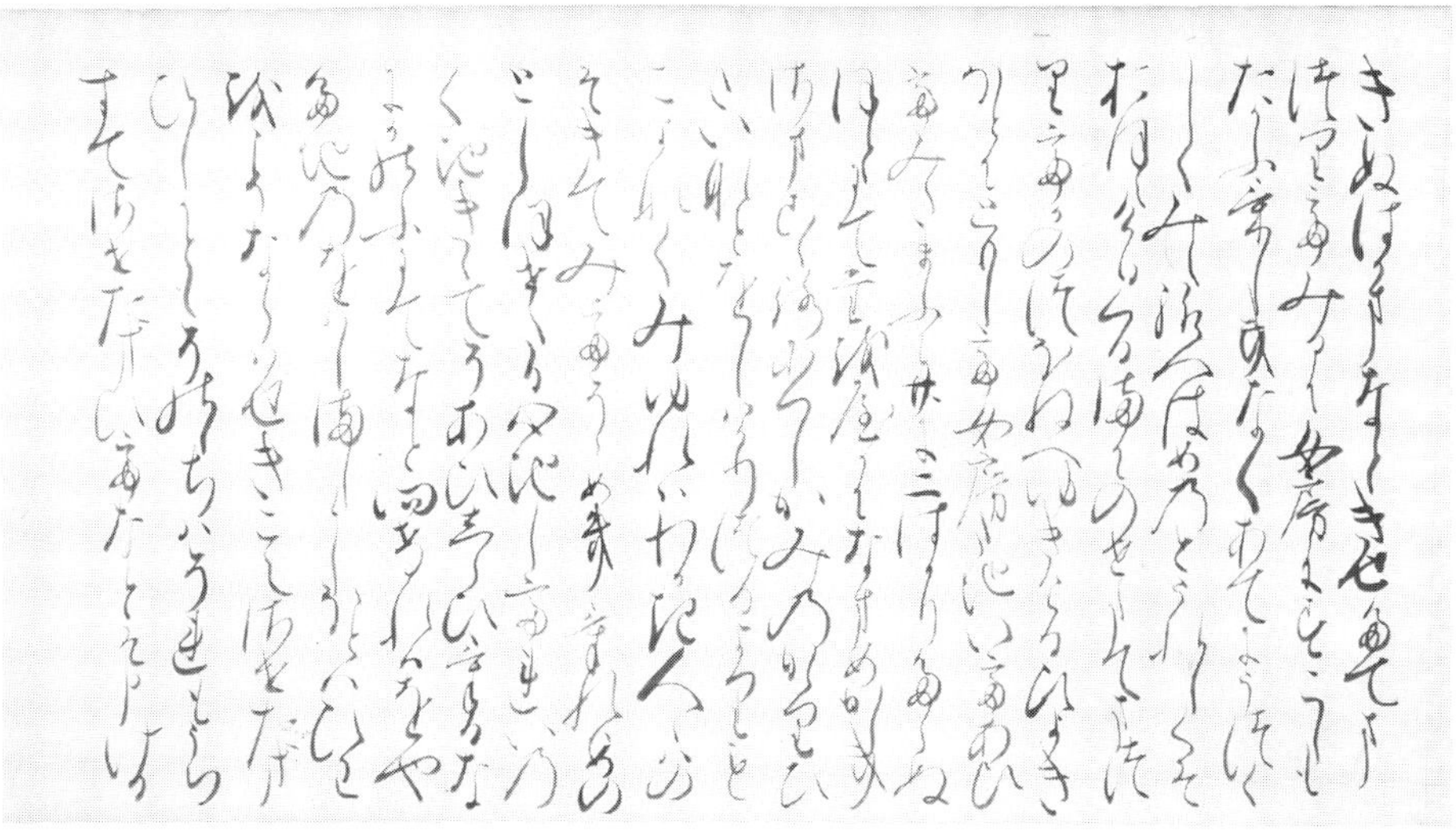

▲【原本】

▼【現代語訳】

児《ちご》に女房の衣装を着せてみた。すると他の女房たちに少しも見劣りせず、それどころか優雅に美しく見えるので、乳母《めのと》は喜ばしく思った。そして児を牛車《ぎっしゃ》に乗せると、内大臣《ないだいじん》家の局《つぼね》へ向かった。

明かりをほどよく灯《とも》した室内で、女房たちが対面して見ると、児は年齢は十七、八歳くらいに見える。上品で優美で、魅力的な様子である。髪のかかり方、額《ひたい》の形など、予想していたよりもはるかにすばらしいので、若い女房たちは児を覗《のぞ》き見て、噂し合っている。乳母は狙い通りだと感じて、いつものように巧みな口調で対応した。女房が「何か技芸《ぎげい》などはたしなんでいますか」と尋ねると、乳母が「両親がいらっしゃった頃は、琵琶を習わせておいでになったけれども、先立たれた後にはそれも止めてしまわれました」などと答えた。

①［女房一・二］
姫さまの春宮《とうぐう》参りのために女房を
たくさん探しておりました
一目見ただけで、あなた様はふさわしい
ご様子ですので、姫さまのおそばに
お仕えいただきたく思います
そうはいっても私の心一つで
決められることでもございませんから、
しばらくはこちらへ
いらっしゃってください
相談して参ります

女房一

女房二

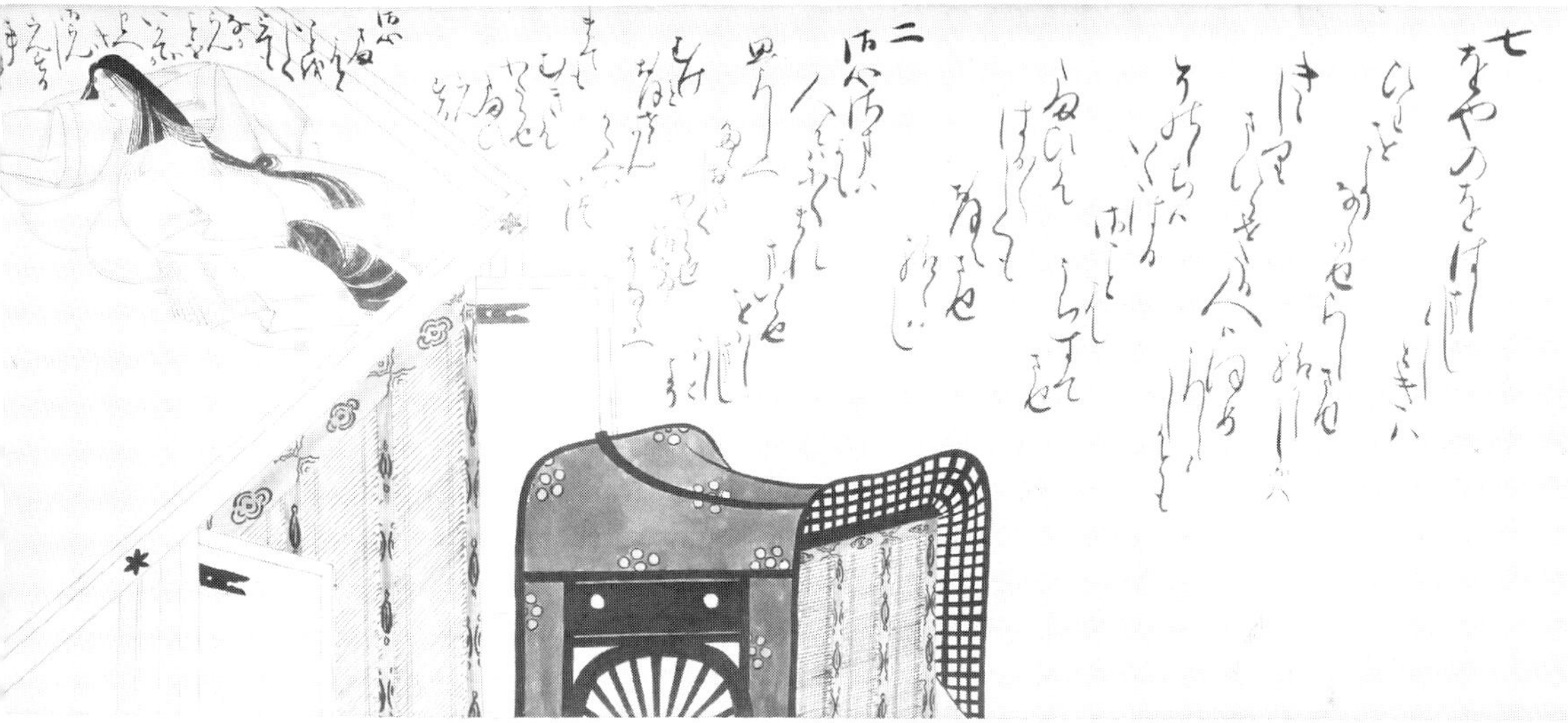

④［乳母］
幼いときにご両親に先立たれなさって、
わたくしばかりを頼りにして
いらっしゃいましたので、
人前に出ることも恥ずかしくて
出仕する気にもならずに
いらっしゃいました
「いつまでそのようでいらっしゃる
おつもりか」とご助言申し上げても、
物怖《ものお》じばかりなさっておりました
奥ゆかしいご性格なので、
姫君についての宮中への出仕の
任からは外れなさるのでしょうが、
姫君のお伽《とぎ》役としてはよくお仕え
申し上げなさると思います

⑤［女房一・二］
誰でも初めのうちは初々《ういうい》しゅう
ございますけれど、
自然と板についていきますから、
今は仕事に慣れるようにして、
熱心にお仕えくだされば、
私たちもうれしゅうございます

第7段 女装して内大臣家へ

②［乳母］
ご性格は、まさか人から憎まれるようなことはございますまいと思っております
ただ心穏やかでいらっしゃって、あちらを向けと言われれば、言われた方へいつまでも向き続けていらっしゃるようなご性格でございます
いくら養い君がかわいいからといっても、ありもしないことをどうして申し上げることができましょう
ご覧くださっている通りのお人柄でございます

③［女房一・二］
何よりもそのように穏やかな性格でいらっしゃることが望ましいことでございます
みっともなく、ろくでもないようには、ちょっとお姿を拝見しただけですが、とても見えませんねえ

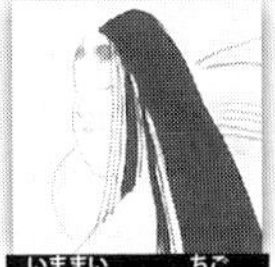
今参り《いままいり》（児《ちご》）

乳母《めのと》

⑥［女房一・二］
管弦などは、何かされていらっしゃるのいかにも上手そうでいらっしゃるけれど

⑦［乳母］
ご両親が生きていらっしゃった時は、琵琶を習わせていらっしゃいましたので、その演奏を聞き知っている人たちはほめ申し上げておりました
その後はご不幸がおありになって、お止めになってしまいましたので、しっかりとはおできになりますまい

❶［女房三］
牛車《ぎっしゃ》から降りる姿を見ると、ちょっとボーイッシュで、さわやかで整った容姿でいらっしゃるわ

女房三

第7段 女装して内大臣家へ

絵の見どころ

児《ちご》はついに女房として仕えるべく内大臣《ないだいじん》家を訪れました。室内では、内大臣家の女房たちが、新参女房の「今参《いままい》り」を面接しています。その質問に答えるのはもっぱら乳母《めのと》であり、当の児は恥ずかしそうに顔を背けています。また部屋の外には、そんな新参女房を一目見ようとする二人の若い女房たちが、襖《ふすま》の間から覗《のぞ》き見る様子が描かれています。新入りを品定めするように、美しい児の姿を噂し合っているのです。

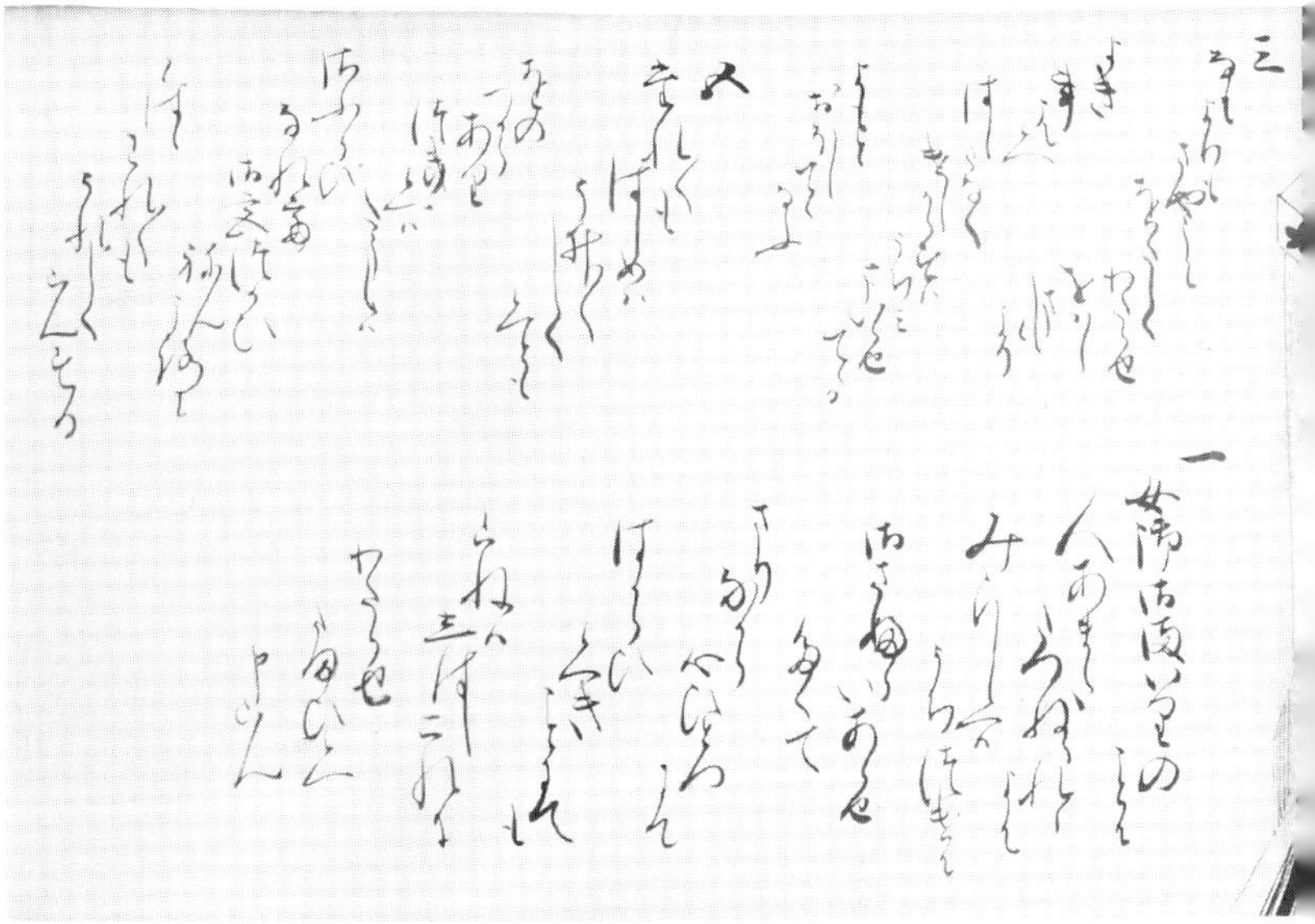

❷［女房四］
思っていたよりもいい感じね
美しい御髪《みぐし》だわ
体つきもしなやかで、
うらやましいわ

女房四

第8段 琵琶を弾く児《ちご》

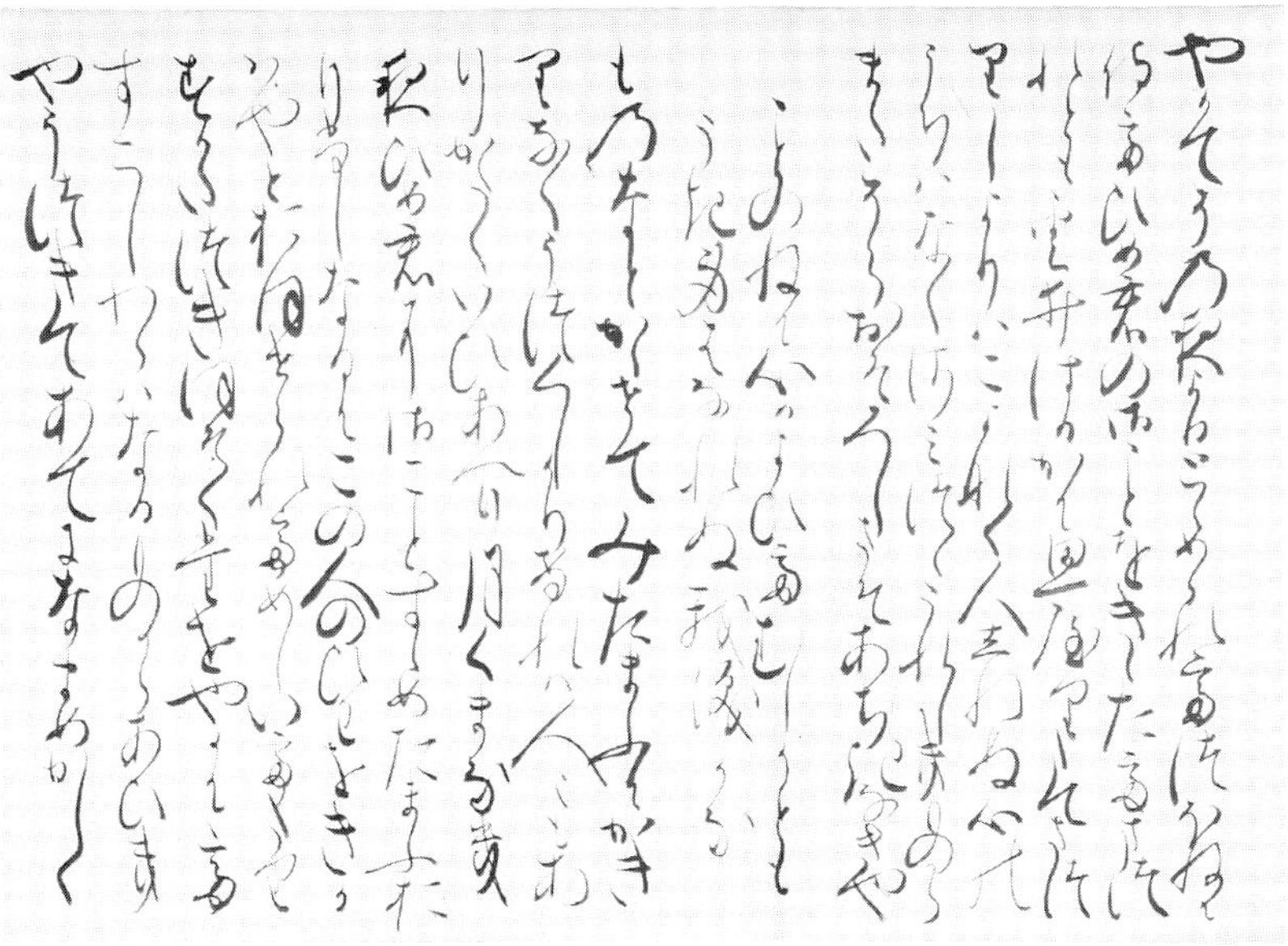

▲【原本】

▼【現代語訳】

その夜から、そのまま屋敷に留められ、局《つぼね》で姫君の琴を聞くこととなった。姫君は、手の届かない所から想い描いていたよりもはるかにすばらしく、秘めた恋心が報われるような気さえする。それが嬉しいものの、一方で正体がばれたらと思うと、そら恐ろしくて気が休まらないのである。

琴の音《ね》に心通ひて来《き》しかどもうき身離れぬ我が涙かな

（児）琴の音に心が引かれてやって来たけれども、憂鬱な我が身ゆえに相変わらず涙が流れることだよ。

児に何か書かせて見ると、筆跡がこの上なく見事だったので、人々も「素晴らしいこと」と言い合っていた。

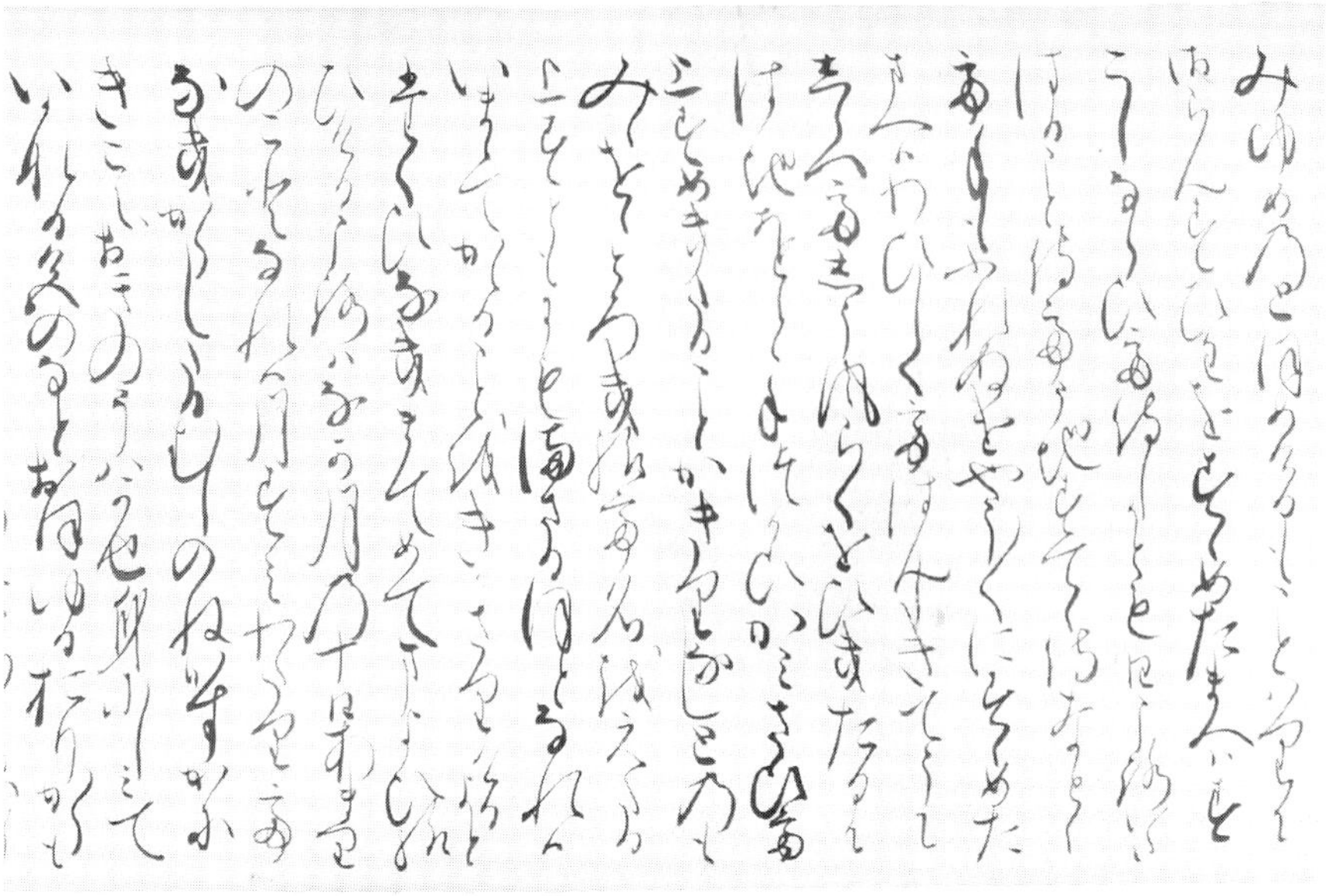

（続き）

月が曇りなく輝く晩、大臣殿《おとどどの》が姫君に琴の演奏をすすめた。その時、「この人の琵琶を聴きたい」と言って、児《ちご》を呼び寄せた。児は、身体つきが細くしなやかで、少し少年めいているものの、愛らしく、上品で優美に見える。乳母《めのと》が褒めるのももっともであろう。児に琵琶をすすめると、「少し習っていましたが、ここしばらく気を病むことがあって、弾いておりません」などと言って琵琶に手も触れない。しかし大臣殿が重ねて促すので、児は困りつ

第8段　琵琶を弾く児

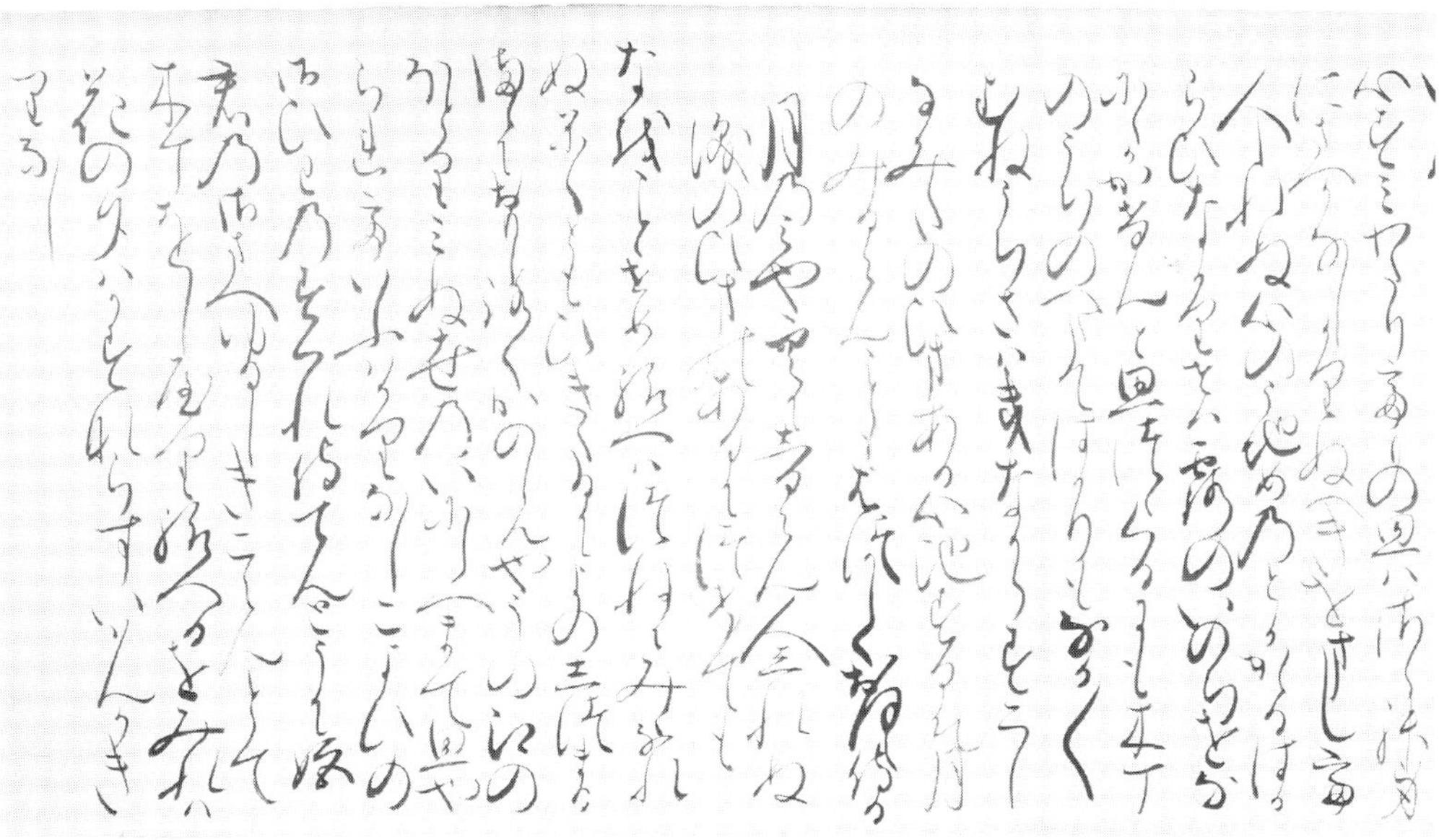

つも琵琶を盤渉調《ばんしきちょう》に調律して秋風楽《しゅうふうらく》を弾いた。すると、撥《ばち》音《おと》、手さばきが、神がかって上手く聞こえる。大臣殿も驚いて、評判の高い名人たちにも勝るくらいなので、今までこのような名手がいるとは知らなかったと、たいそう感心した。頃は九月十日過ぎのことなので、月が澄み渡り、鳴き枯らした虫の音がかすかに聞こえる。荻《おぎ》の上葉《うわば》を渡る風が身に染みて、「いかなる色の（秋に吹くのはどのような色の風なのだろうか。身に染みるほどしみじみとするよ）」という昔の歌まで思い出される。心が澄みきって、もの思いをしない人でさえ悲しくなるような季節なのに、まして人知れぬ恋心を抱える児にはいっそう切なく思われた。乳母が取り計らってくれなければ、露のようにはかないこの命は、何に望みを託して生きていられただろうか…そんなことを思い続けるが、姫君と几帳《きちょう》一つの隔てしかない今の状況ではかえって胸が騒いで、しばらく涙が止まるような気持ちさえする。そして、月がそんな自分を見ていることも恥ずかしく思われるのである。

　月のみや空に知るらん人知れぬ
　　涙の隙《ひま》のあるにつけても

（児）人に知られていない私の恋心が、ただ辛いだけではなく、心が慰められて涙の止まる時もあることを、空の月だけが知っているのだろうか。

皆がますます琵琶の演奏を求めるので、あまり知られていない曲なども弾いた。夜が更けるにつれて興が深まり、あの「琵琶行《びわこう》」で語られた遥か昔の潯陽江《じんようこう》での一夜のことまで思いが馳《は》せられて、何とも言えぬ情趣がある。すると大臣殿が「今宵《こよい》の琵琶の褒美に、姫君の御前《ごぜん》を許そう」と言って几帳を押しのけた。姫君を見ると、花の中で垣間見《かいまみ》た記憶の中の姿などは取るに足りず、児はそのすばらしさに息をのんだ。

⑤［女房二・三］
今夜は月の光が澄み渡って、
琵琶の音と虫の音が
調和したような感じがして、
なんとなく夢見心地ね

女房二

☞ 絵の見どころ

この段の絵は部屋の内と外とで場面が大きく二つに分かれています。画面右側には庭の様子と月見のために縁側に集った女房たちが描かれています。庭には菊や萩などの秋の草花が咲き乱れ、空には丸く光り輝く月という構図で趣深い秋の夜を演出しています。縁側に集った女房たちは空の月を眺めながら、気ままなおしゃべりをしています。一方、画面左側の室内には児《ちご》が大臣殿《おとどどの》らの前で琵琶を演奏している場面が描かれています。ここで児と姫君は左右対称になるように配置されています。二人にセリフはありませんが、見る者の視線を集め、一種の緊張感を感じさせます。

⑥［女房二・三］
あの月をどれぐらいの
大きさとご覧になるかしら
私には杯《さかずき》ぐらいに
見えるのだけれど
小さいわよね

⑦［女房二・三］
どれだけ小さいのよ
私には唐傘《からかさ》ぐらいに見えるわ

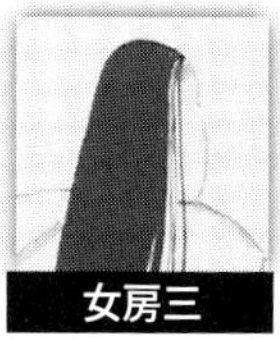

⑧［女房一］
ああ、美しい月ね
いつも暗いと言われる小倉山は、
こんな月の夜でも暗いのかしら

⑨［近衛殿］
「積もれば人の老いとなる（月を
見ることが積もり積もると
人の老いの元となる）」なんて
それは困るから、
月の顔など見ませんわ

①［母上］
姫のお伽《とぎ》役にぴったりだわ
なんて嬉しいことでしょう

母上

姫君

大臣殿《おとどどの》

②［大臣殿］
高名な琵琶の名人であっても、
この撥音《ばちおと》ほどのものは出せません
これほどの才能を持ちながら、
今まで表に出ていらっしゃら
なかったなんて
もう一度、お聞かせくださいな

按察使殿《あぜちどの》

④［按察使殿］
これまで何度も琵琶は
聞いて参りましたが、
これほど素晴らしい演奏
はございませんでした
時節柄《じせつがら》、
特に心に染みる夜ですね

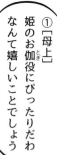

今参り《いままいり》（児《ちご》）

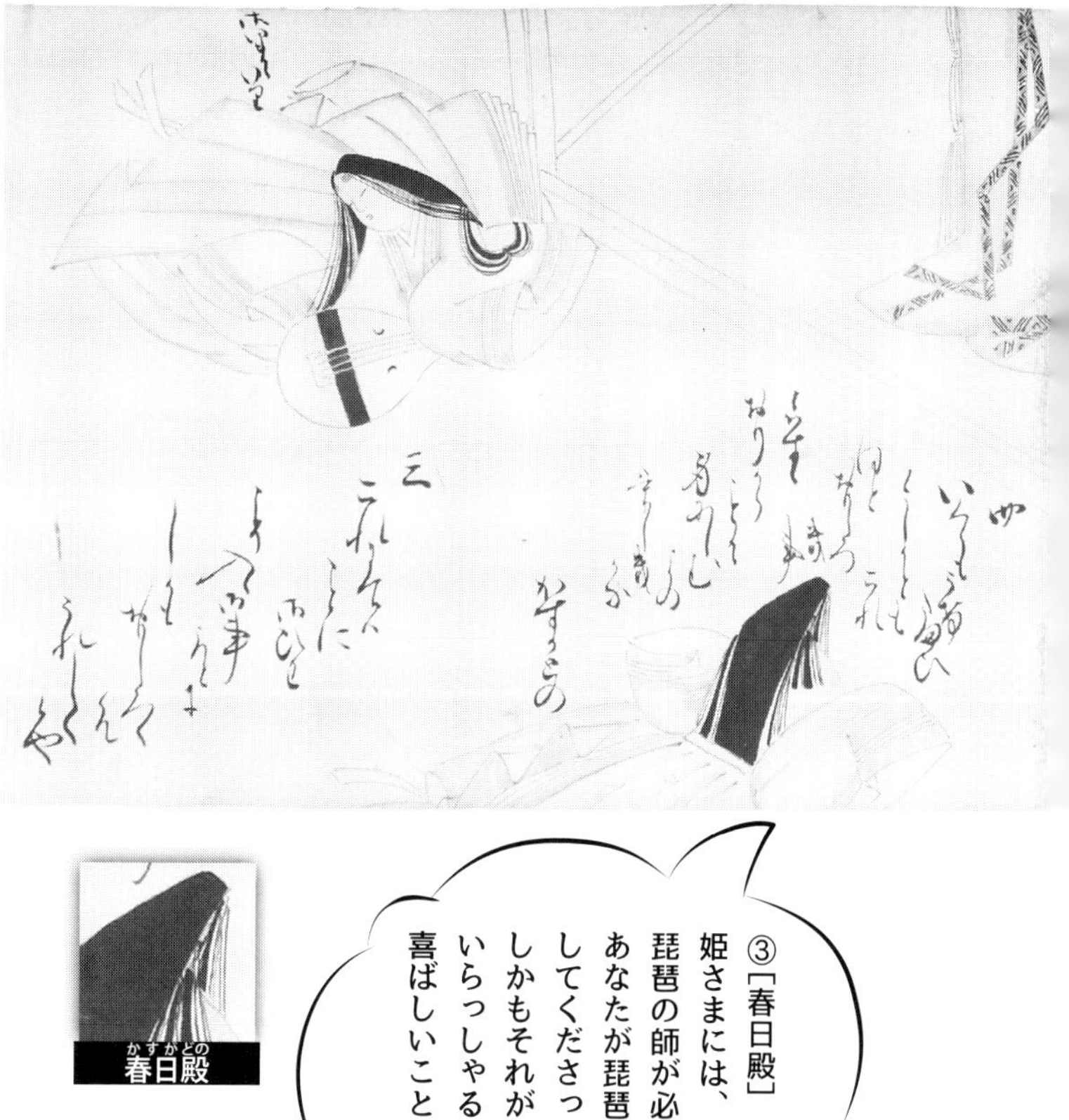

春日殿《かすがどの》

③［春日殿］
姫さまには、とりわけ
琵琶の師が必要です
あなたが琵琶の演奏を
してくださって、
しかもそれが上手で
いらっしゃるなんて、
喜ばしいことですわ

第9段 姫君のおそばへ

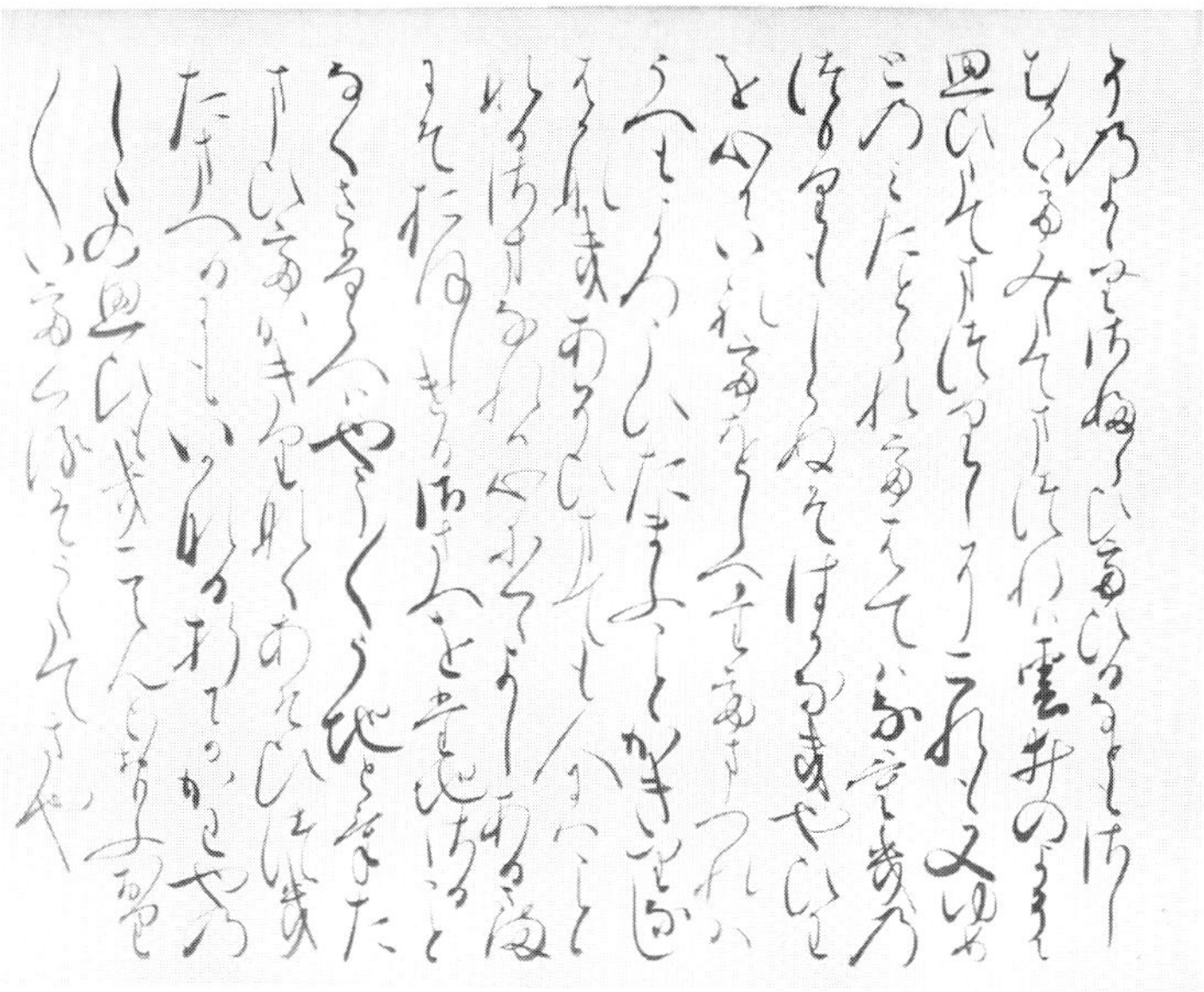

▲【原本】

▼【現代語訳】

その夜からお仕えして、昼も向かい合って姫君を見るようになった。今まで手の届かない存在だと思っていた児《ちご》には、これもまた夢ではないかとばかり感じられる。この後、嘆きが山のように積み重なっていくというのに、そうとも知らず愚かなことである。児は琵琶を熱心に教えたので、母上はとても喜んでいる。また、児はちょっとした遊芸まで人よりも優れていたため、奥ゆかしく由緒《ゆいしょ》ありげに見えた。御前《ごぜん》を立ち去ることなくお仕えしていると、姫君もだんだん児と打ち解けて、いつも一緒に遊ぶようになった。すると、この恋心をいつ姫君に伝えようかという気持ちが折に触れて出てきてしまう。情けないことである。

②［按察使殿］
どうやったらこのような
才能をお持ちになれるの
うらやましいわ

按察使殿《あぜちどの》

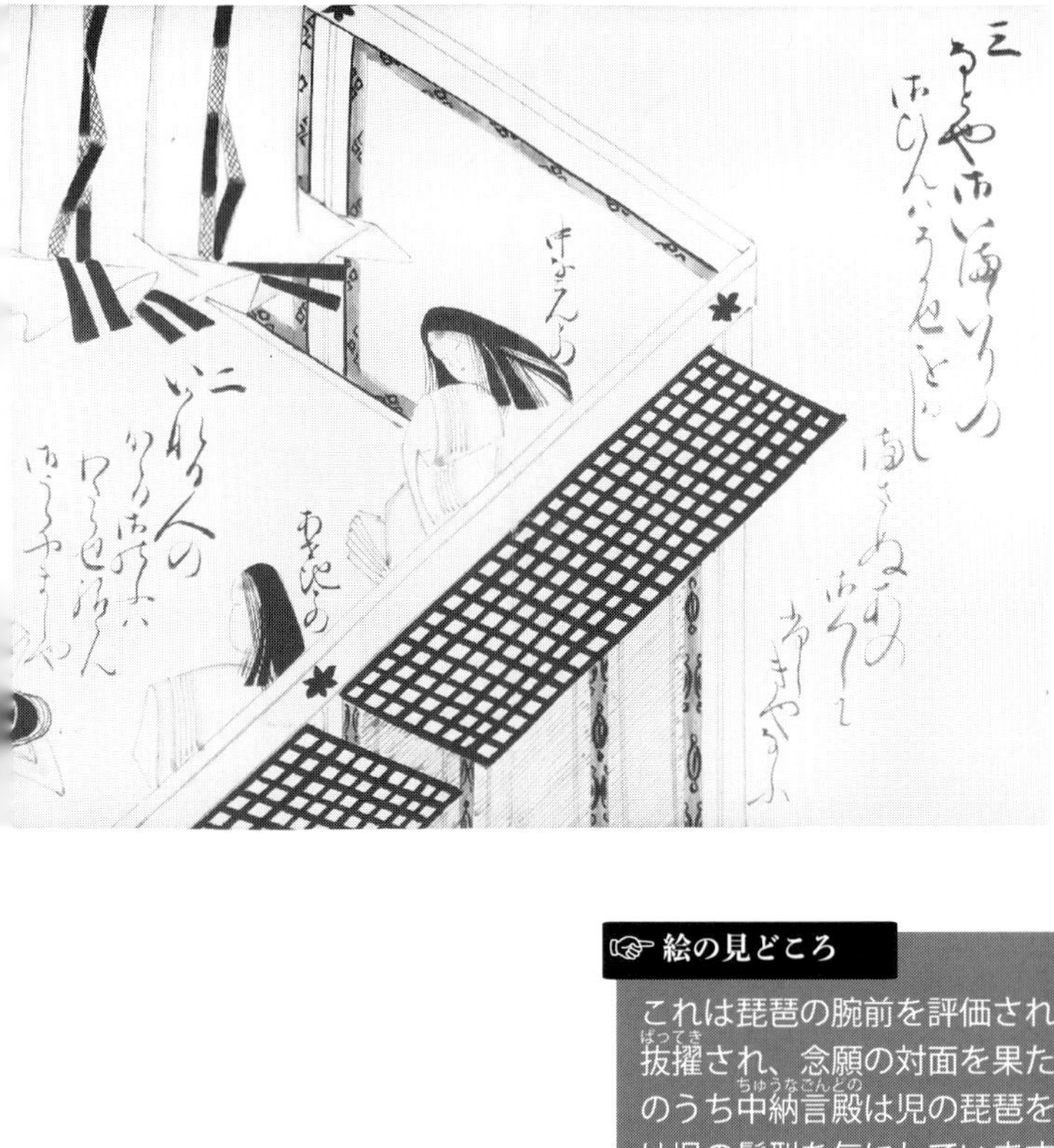

中納言殿《ちゅうなごんどの》

③［中納言殿］
どうして今参りさんは
鬢《びん》の毛をお削ぎに
なっていないのかしら
あんなに素晴らしい
御髪《みぐし》なのに不思議だわ

☞ 絵の見どころ

これは琵琶の腕前を評価された今参り《いままい》（児《ちご》）が姫君の琵琶の師に抜擢《ばってき》され、念願の対面を果たしている場面です。周囲の女房たちのうち中納言殿《ちゅうなごんどの》は児の琵琶を褒めていますが、按察使殿《あぜちどの》と坊門殿《ぼうもんどの》は児の髪型を気にしています。他の女房たちは顔周りの髪を短く切る（鬢《びん》を削ぐ）ことをしていますが、児だけはその部分も長いままだというのです。以降の場面でも、基本的に児は鬢を削がない髪型で描かれているので探してみてください。

第9段 姫君のおそばへ

春日殿《かすがどの》

①〔春日殿〕
姫さまは琴の腕前は
すでに極められて
おいでです
琵琶を教えて
差し上げてください

姫君

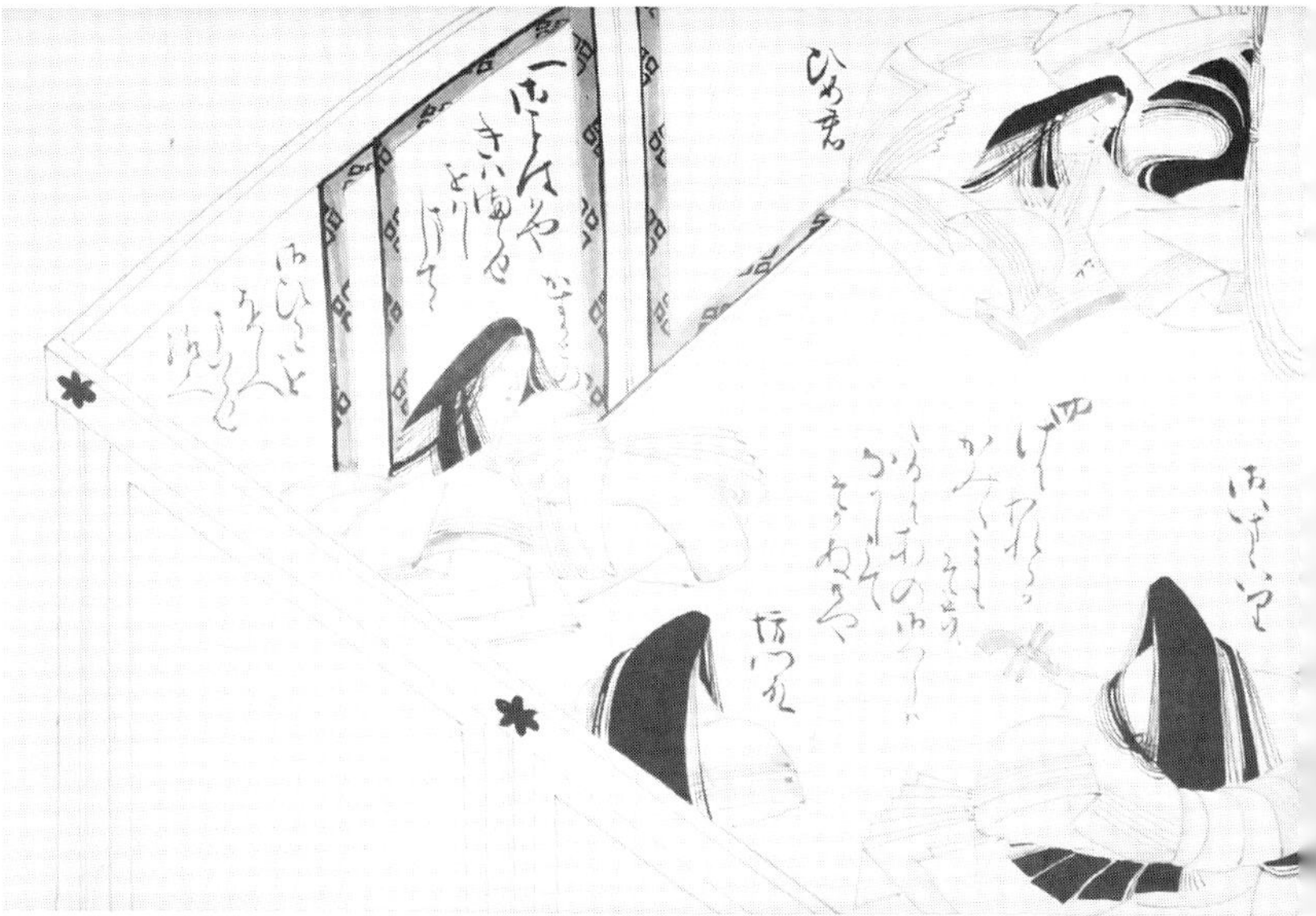

今参り《いままい》（児《ちご》）

④〔坊門殿〕
本当ね
私たちの髪でさえ鬢は
削いでいるというのに
あの御髪は長くて
もったいないから
削がないいのかしら

坊門殿《ぼうもんどの》

第10段 想いを伝える

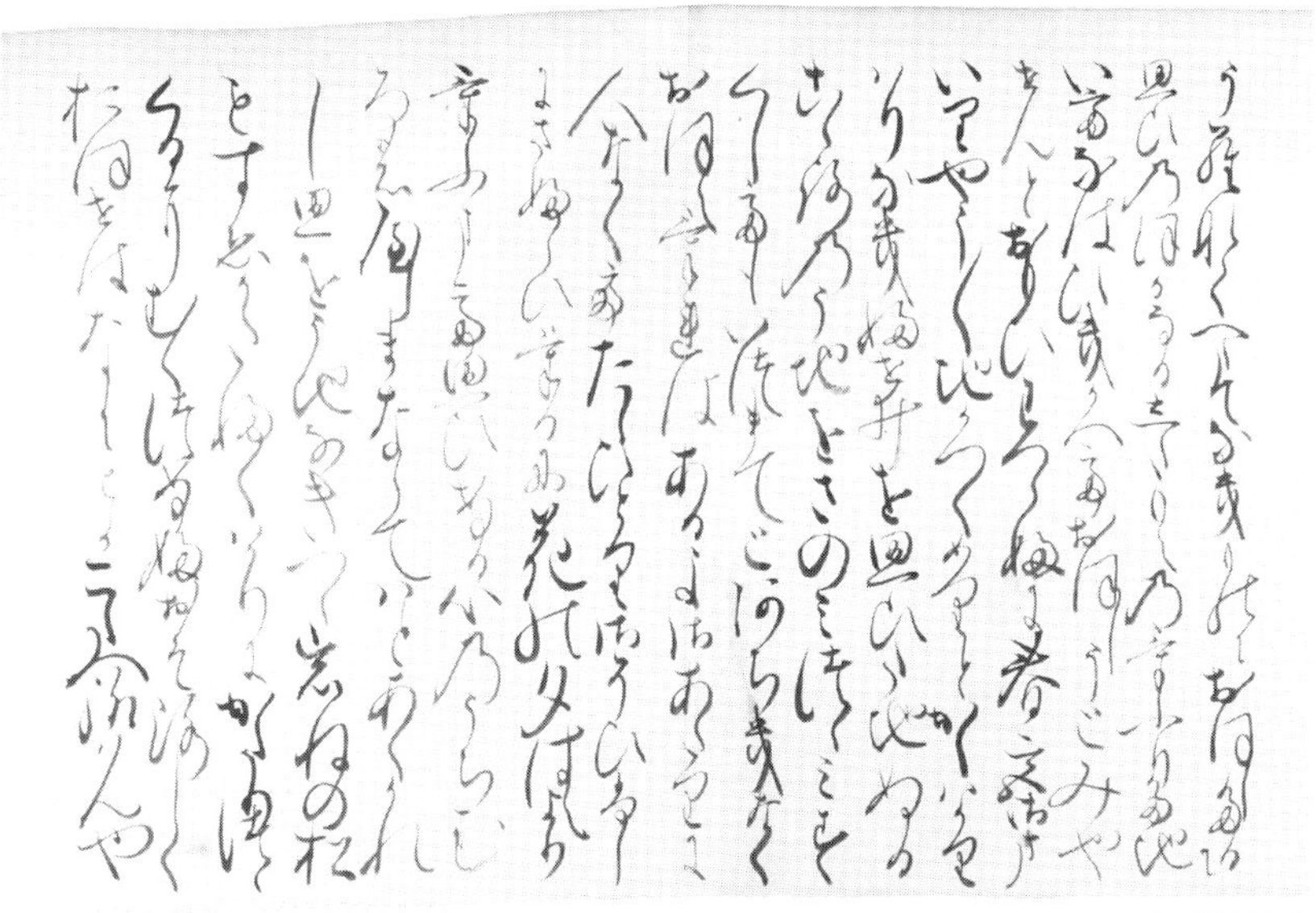

▲【原本】

▼【現代語訳】

児《ちご》は思い悩んでいた。姫君は自分を信用して打ち解けているのに、下燃《したもえ》の煙が立つように思いがけない恋心が現れてしまったならば、これまでとはうって変わって嫌われてしまうだろうか。しかし、春宮《とうぐう》参りは次第に近づいているようである。児は、このような状況で、道理に合わない女装を決心した心の内をむやみに隠し過ごしても、いつまでもお側にはいられないとやるせない気持ちになった。そこである夜、御前《ごぜん》に人が少なく、ただ一人添い寝役としてお仕えしたときに、花が散り紛《まが》うあの夕暮れに初めて姿を見た時から、今日まで思い続けてきた心の内をついに伝えた。室《むろ》の八島《やしま》の煙ではないので、どのように伝えたら良いだろうかと思っていた姫君への恋心を、児は泣きながら、岩根《いわね》の松の末《すえ》も傾いてしまうほど熱心に語り続けたのである。しかしこれを聞いた姫君は、気味が悪く、恐ろしいと感じて、何も言うことができなかった。

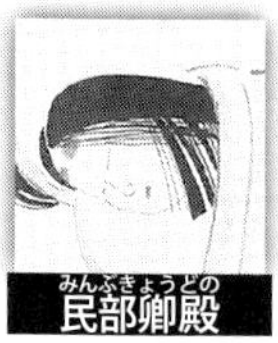

❶［民部卿殿・新大夫殿］
どうしたのかしら、
姫さまたちが目を
お覚ましになったのかしら
お話をなさっているような
声がするわ

❷［民部卿殿・新大夫殿］
何事ですか
添い寝役が若い者ですから、
絵物語のことでもお話しに
なっているのでしょうよ

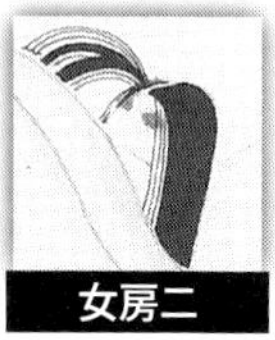

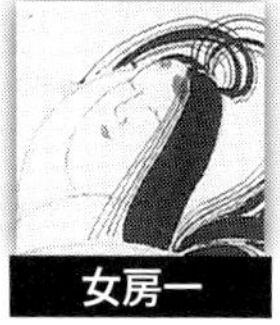

①［今参り（児）］
今となっては何を隠しましょう
いつぞや、
あなた様がご病気であった折、
私がお仕えします僧正《そうじょう》さまが
内大臣《ないだいじん》家にしつらえられた
壇所《だんしょ》にお入りになる時に、
私も連れられてこちらへ参ったのです
うつろいゆく春の様子を見たくて、
桜の花の下に足を止めて
おりましたときに、
女房たちが花をご覧になろうとして
出たり入ったりして
いらっしゃいましたので、
木陰に立ち隠れておりましたところ、
どなたかが「御簾《みす》を少し上げて
姫さまにお花をお見せください」と
申し上げなさったところでした
そこで、
木の陰で暗くなっているところに
身を隠しまして、
あなた様の姿を拝見しました

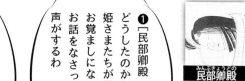

☞ 絵の見どころ

まず画面左側には姫君の寝所のそばで眠る女房たちの会話が記されます。姫君の寝所から何やら話し声がするよう。しかし詳しくはわからないのか、女房たちは若い二人が絵物語の話で盛り上がっているのだろうと判断します。ところが画面右側で繰り広げられているのはまさに物語の男君のような児《ちご》の口説きです。物語の中で「物語」が意識されるという興味深い場面です。

姫君

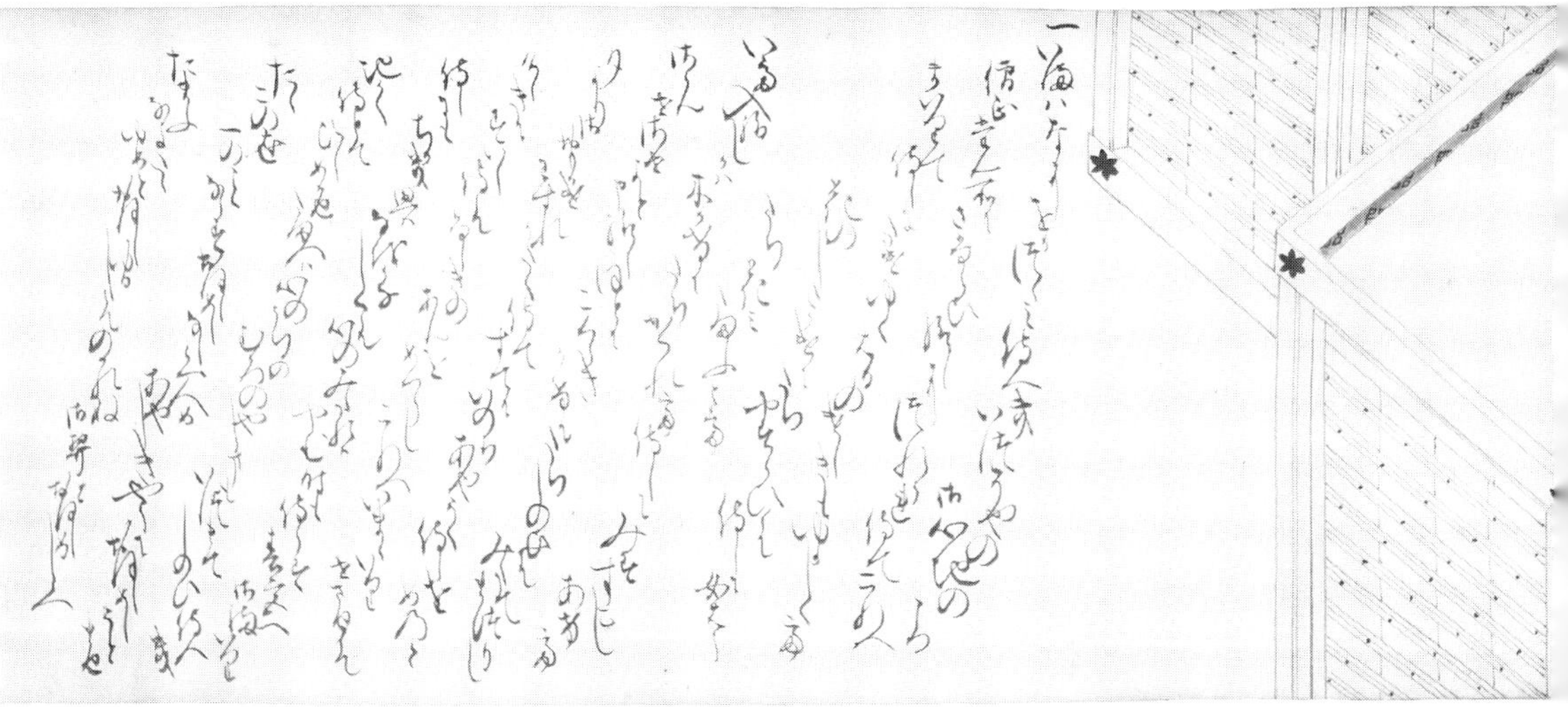

その夕べからあなた様の面影が
忘れ難うございまして、
恋煩《こいわずら》いですでに命まで危うくなって
おりましたところ、
乳母《めのと》が私の様子から事情を察しまして、
一風変わった計略を思いつき、
私はこちらへ女房として参ったので
ございます
しかし、お側にお仕えすると
恋心はいや増して、
心が乱れて仕方ありません
春宮《とうぐう》参りの日が近づいて、
邸内も騒がしくなってきたので、
私の秘めた恋心も抑えきれなくなって、
室の八島の煙のように現れて
しまいました
私たちの縁はただこの現世限りのもの
ではないとお思いください
人から不審がられるようには
疎んじくださいますな
これはただ夢と思ってお許しください
逃れることのできない
宿命なのだとお思いください

第11段 はかない蜜月《みつげつ》

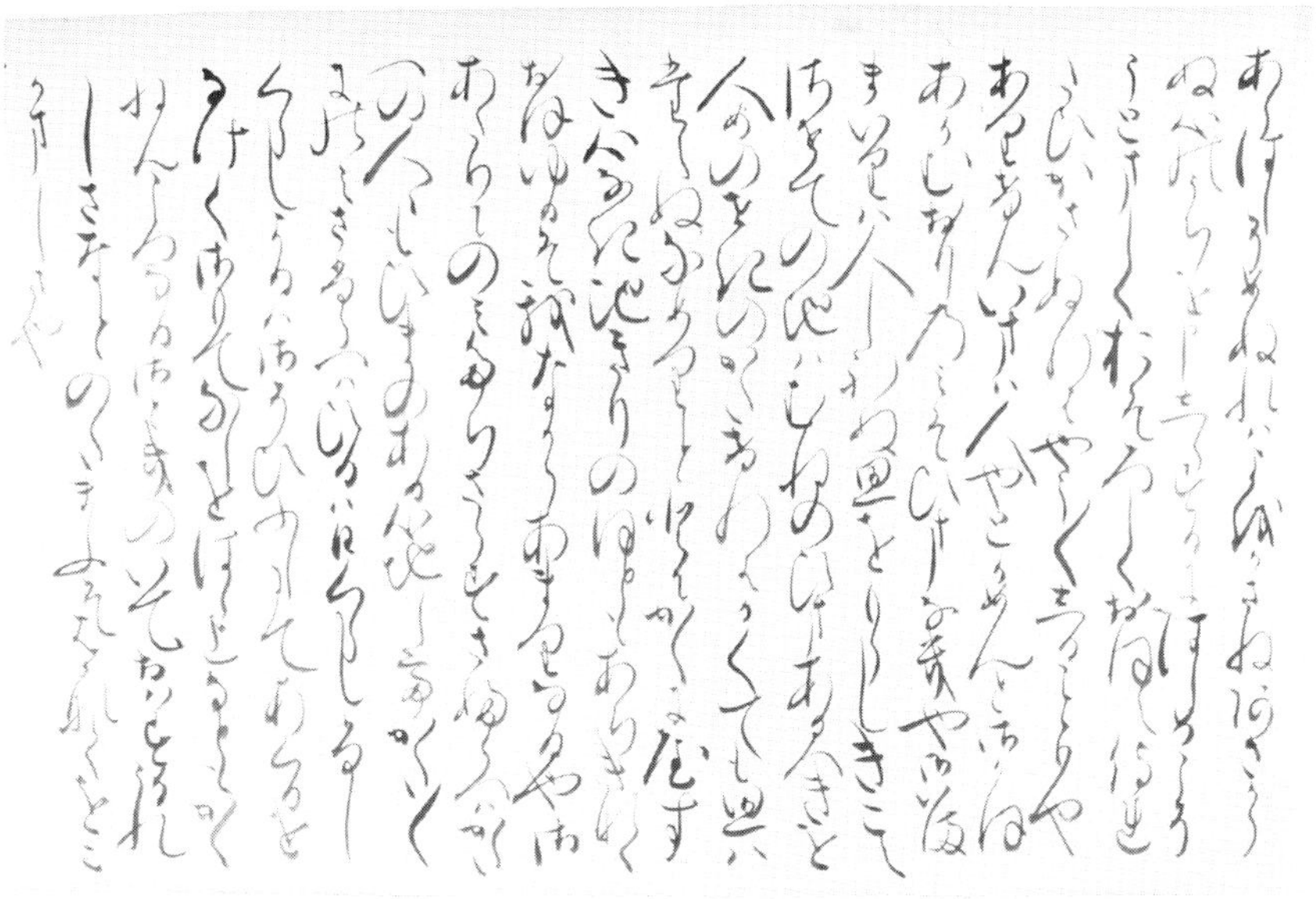

▲【原本】

▼【現代語訳】

隠していた気持ちも正体も知られてしまった児《ちご》は、夜《よ》な夜《よ》な姫君へ真剣な思いを伝えた。姫君は、最初こそ嫌で怖いと思ったが、夜を重ねるうちにだんだんと児の思いも伝わったのだろうか、今は、二人の仲を誰かに怪しまれるのではないかと、顔を赤らめているばかりである。一方児は、秘めていた恋心を伝えたあとは気が晴れるはずだが、人目が気になって思うようにならない。これでは恋が終わってしまいそうだと、何かにつけて不安な姫君との関係にやきもきして、自分ながらに心配性だと思う。

児が姫君の近くにずっとお仕えしているので、お付きの女房たちは手持《ても》ち無沙汰《ぶさた》となった。もっぱら姫君のそばを離れてあちこちに行っているので、児は姫君と日中は睦《むつ》み合って過ごし、夜は添い寝役を務めて夜明けを悲しむほどにお世話をした。事情を知らない母上などは、このように熱心な話し相手が来たことが嬉しいなどと言っている。浅はかなことである。

①［堀川殿］
『源氏物語』を感動的な
場面からお読みくださいな

③［堀川殿］
本当にその通りだろうと
思いやられて、
胸がつまりますわ

堀川殿《ほりかわどの》

衛門佐殿《えもんのすけどの》

②［衛門佐殿］
「誰《たれ》も千歳《ちとせ》の松ならぬ身は
遂《つゐ》に留《と》まるべきにと、
仏神《ほとけかみ》をも託《かこ》たん方なきは、
これ皆さるべきにこそ
（松のように千年の寿命を
保つことは誰にもできない
から、この世は生き留まって
いられるものではない）」
などございますあたりは、
涙に暮れて声高に読むことが
できませんわ

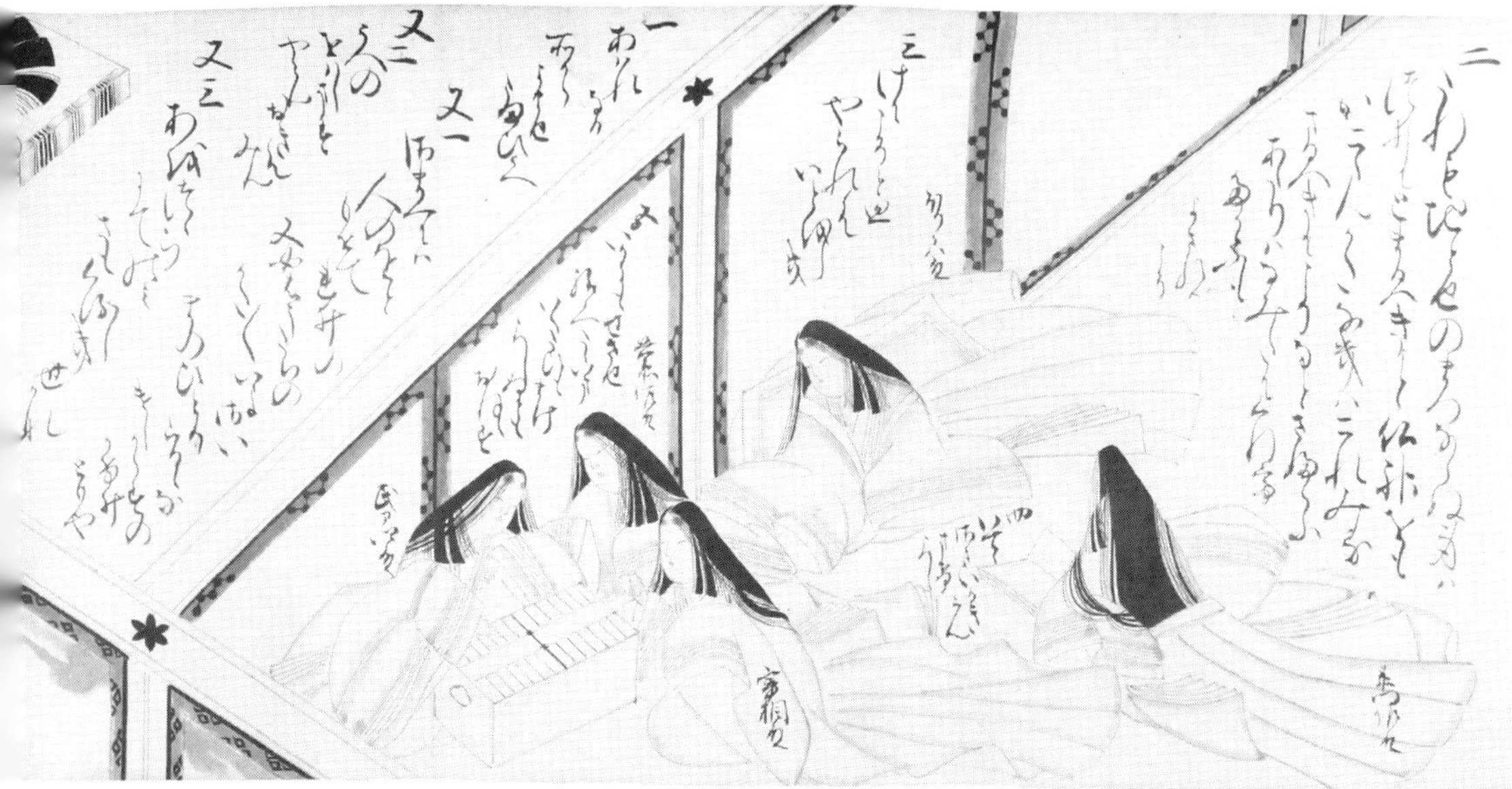

④［乳母の宰相殿］
さあ、
さいころを振りますわよ
負けておりますからね

乳母《めのと》の宰相殿《さいしょうどの》

⑤［民部卿殿］
さあさあお振りなさい
今は何度やっても
負ける気がしませんよ

民部卿殿《みんぶきょうどの》

兵衛佐殿《ひょうえのすけどの》

第11段 はかない蜜月

☞ 絵の見どころ

この絵は、襖《ふすま》によって大きく３つに分けられます。画面右側に姫君付きの女房たちが集まり、物語を読んだり双六《すごろく》をしたりしています。奥の部屋では、児《ちご》が姫君に寄り添って、話をする親密な様子が描かれます。姫君の「起きましょう」という言葉から、日が高くなるまで二人きりで過ごしていたことがわかります。そして部屋の外には、姫君たちを覗《のぞ》く母上の姿があります。この構図には、秘密の関係を持った児と姫君、そのせいで手持ちぶさたな女房たち、娘の秘密にまったく気づかない母上という三者三様の有様が見事に表れています。

❸［今参り（児）］
人目を憚《はばか》る、
何とも苦しい関係だよ

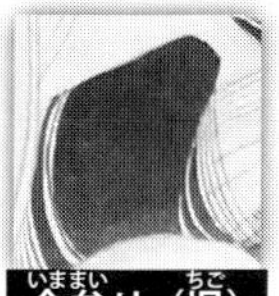
今参り《いままいり》（児《ちご》）

❷［姫君］
母上がいらっしゃった
ようだわ
起きましょう

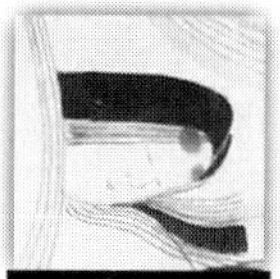
姫君

❶［母上］
姫の御前には人の気配が
しないわね
いつものように女房たちは
あちらこちらで
好き勝手していて、
今参りだけがお仕えして
いるようね
他の女房たちは見えない
所で遊んでいるなんて、
許しがたいわね

母上

第12段 姫君の懐妊

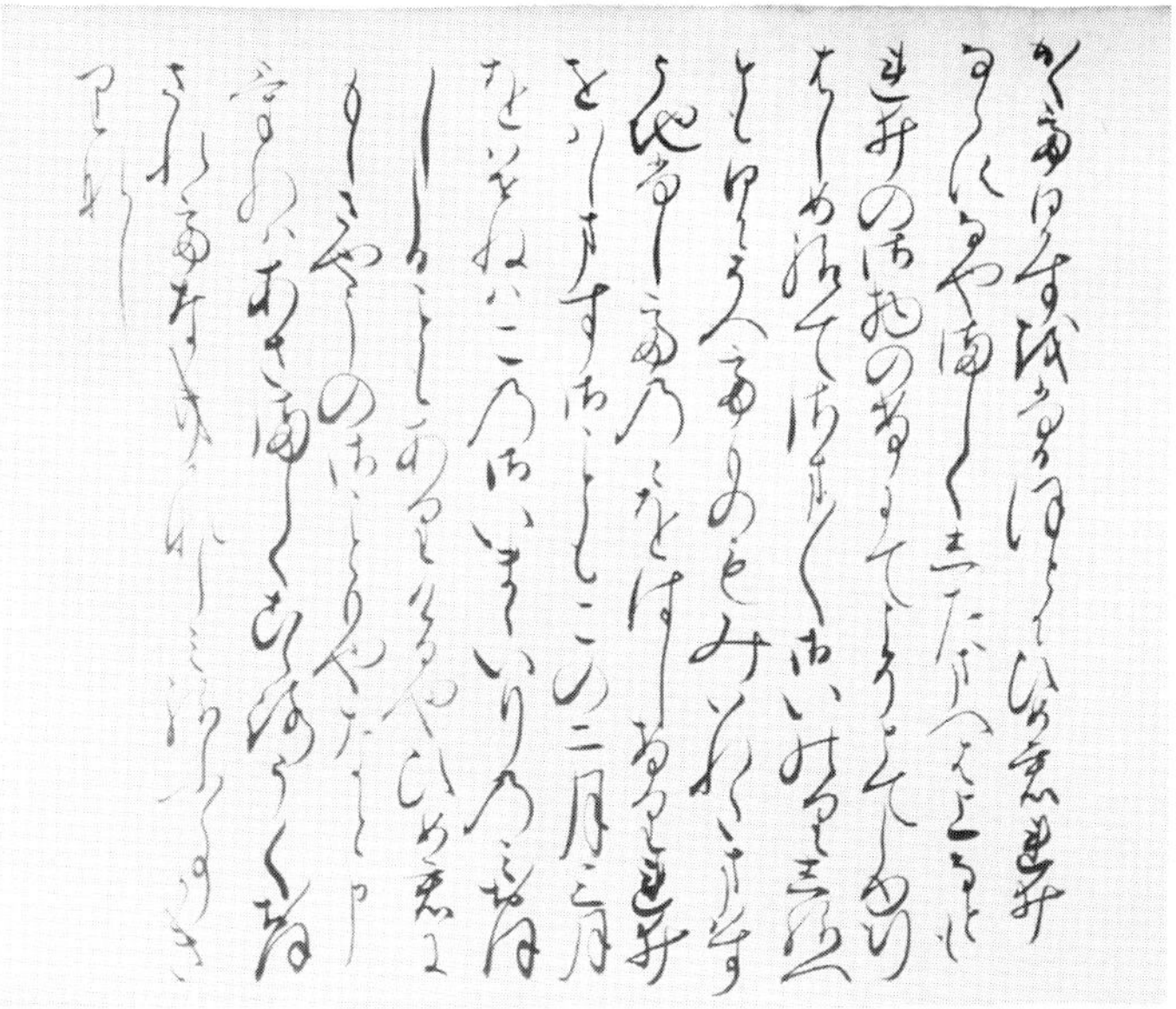

▲【原本】

▼【現代語訳】

こうして日が経つにつれて、姫君はいつになく体調が優れない様子となった。母上などが、またもののけのせいだろうと言って僧を呼び経を読ませ、色々と祈祷《きとう》をさせたけれども、日増しに食は細り、臥《ふ》せるばかりとなっていった。この二、三ヶ月は月のものもないので、この児《ちご》だけは思い当たることがあったのだろう。姫君に「ひょっとして妊娠したのではありませんか」と言うと、姫君は大変驚き、つらく思って、深く嘆き悲しんだ。

❶［女房・備前殿］
お食事を差し上げても
またちっとも手を
お付けにならないわ
よくお姿もお顔も美しい
ままでいらっしゃるわねえ

❷［女房・備前殿］
早く僧を呼んでお経を
読んでいただくべきだわ
ただ事とは思えないもの
今回は姫さまの嘔吐が
おさまらないから、
ひっきりなしにたらいを
持って行っているわ

❸［女房・備前殿］
またもののけのせいで
苦しんでいらっしゃるのね

女房

備前殿《びぜんどの》

今参《いままい》り（児《ちご》）

①［今参り（児）］
このようにまったく
お食事さえ召し上がらないで、
どうしたというのですか
少しずつでもお召し上がり
くださいませ

②［姫君］
水の泡とでもなって消えて
なくなってしまいたいのに
生き永らえても、
誰にも合わせる顔なんて
ないのだから

姫君

第12段 姫君の懐妊

絵の見どころ

部屋の外側にいる女房たちと、内側にいる児《ちご》と姫君の会話の内容のギャップが印象的な段です。外側にいるのは食事の世話を担当する下級の女房たちですが、姫君の体調不良を以前にもあったもののけによる病気であると認識しています。しかし、それは違うということが読者にはわかっています。姫君の体調不良の原因はつわりなのです。一方、児と姫君の会話を見てみると、望まぬ妊娠をしてしまった姫君が将来を悲観して嘆いています。児が必死に慰めていますが、この後どうなってしまうのだろうとハラハラする展開となっています。

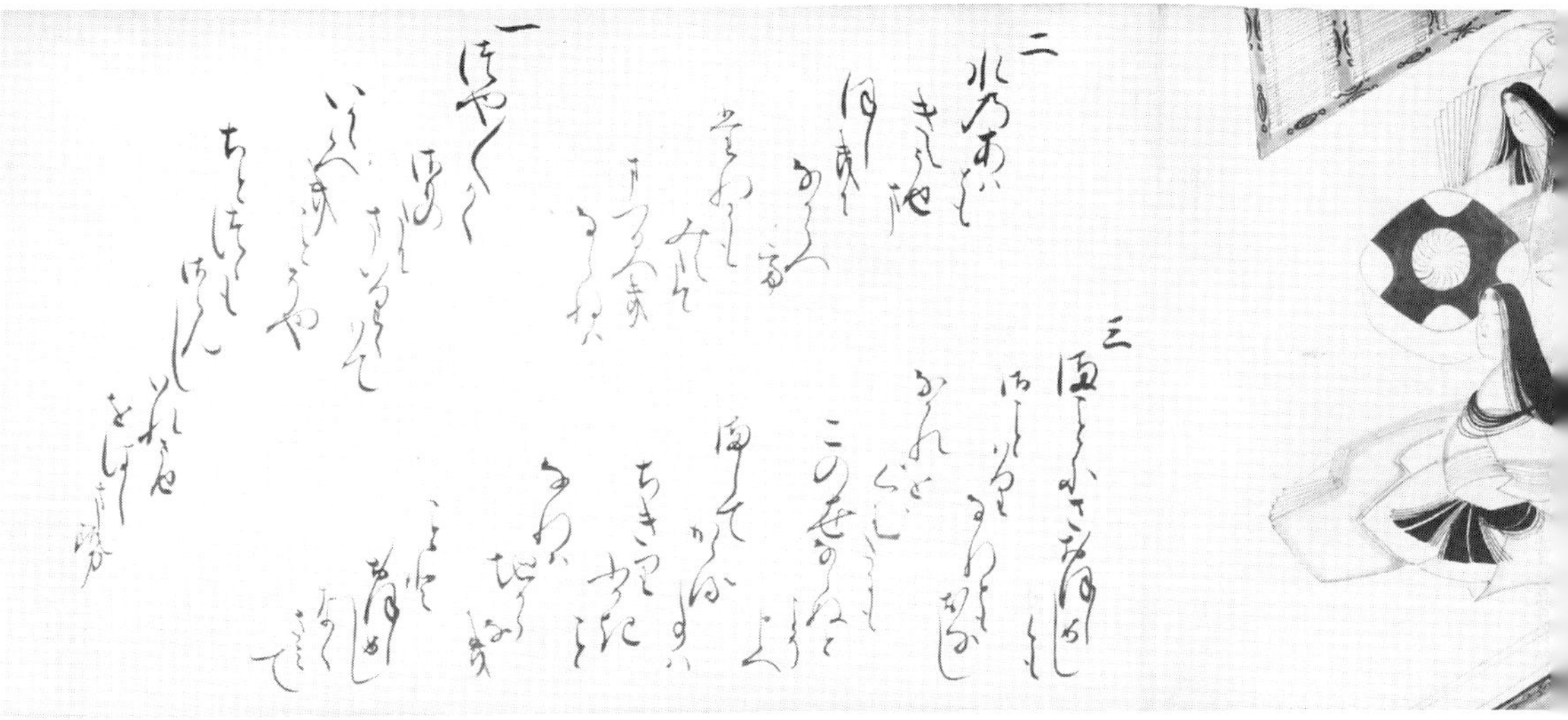

③［今参り（児）］
本当に、そのようにお思いになるのももっともですが、同じ川の水を汲むのでさえ前世からの縁であると申します
ましてやこのように子を授かるというのはその因縁が深いからこそ起きることなので、どうしようもないと思ってお気持ちをやわらげてください

第13段 帰還の命《めい》

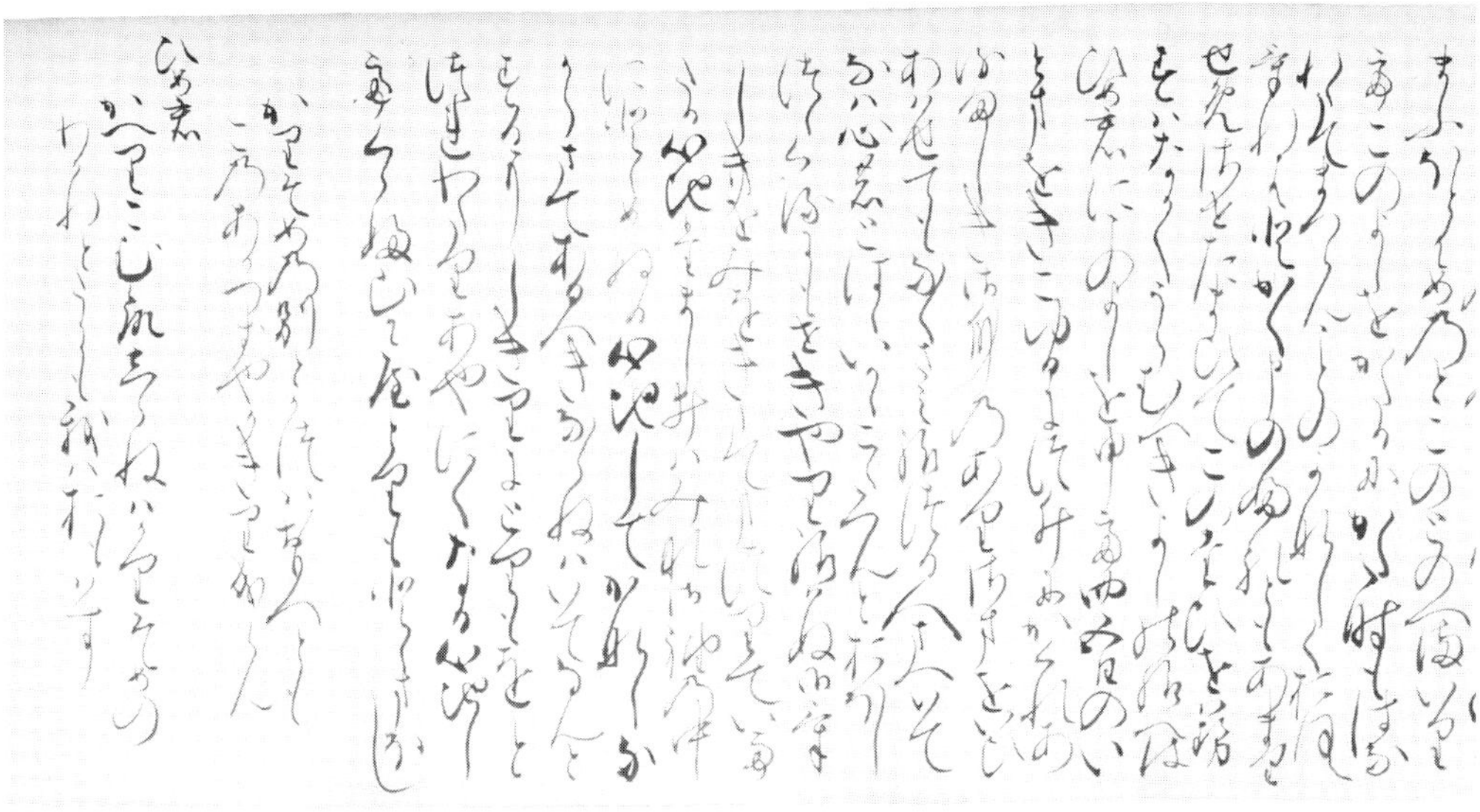

▲【原本】

▼【現代語訳】

一方比叡山《ひえいざん》からは、児《ちご》の具合が良いようならば戻ってくるようにとの仰せがあった。乳母《めのと》は色々と言ってあしらっていたが、「当山に多くの人が集まって重要な催《もよお》しをするのに、この若君がいらっしゃらないなど興ざめですよ」と言い逃れのできないように言う。そのため、乳母は内大臣《ないだいじん》家に行って児に状況を話した。児は、少しの間でも姫君と離れることが悲しく、何やかやと言い訳を口にするが、乳母は、比叡山から酷く責められているので、今回戻れないのであれば長く禍根《かこん》を残すだろうと語る。そこで児は姫君にこのことを伝えて、四、五日の暇《いとま》を願い出た。これを聞いた姫君は、あふれる涙を抑えることができなかった。妊娠を隠しきれなくなった自らの身体《からだ》の様子を相談し、気持ちを落ち着けていた相手さえ出て行ってしまうならば、私は良心の呵責《かしゃく》に耐えられないだろう……。そう思って姫君は泣き続ける。そんな姫君を置いて出て行かなければならない児は、魂が姫君の袖の中にすっかり留まってしまったように後ろ髪を引かれている。悲しいけれども、いつまでもそうしてはいられないので、出発しようとすると、しきりに鶏の声も聞こえてくる。夜の短さが憎らしく、夜明けがこないという暗部《くらぶ》の山にでも宿を取りたい気持ちである。

仮初《かりそ》めの別れとかつは思へどもこの暁《あかつき》や限りなるらん

（児）ほんの少しの間のお別れだと一方では思っているけれど、ひょっとして今朝があなたに会える最後なのでしょうか。

姫君、

帰り来《こ》む命知らねば仮初《かりそ》めの別れとだにも我は思はず

（姫君）あなたが無事に帰ってくるかどうかわからないので、ほんの少しの間のお別れとは思えないのですよ。

乳母《めのと》の宰相殿《さいしょうどの》

中　将殿《ちゅうじょうどの》

②［乳母の宰相殿・中将殿・冷泉殿・中納言殿］
どなたですか
何事でしょう

④［乳母の宰相殿・中将殿・冷泉殿・中納言殿］
今参りさん、ねえ、
お迎えが参りましたよ
ご退出なさいませ

中納言殿《ちゅうなごんどの》

冷泉殿《れんせいどの》

①［女房］
あのう、もしもし

③［女房］
「今参りさんのお迎えに参りました
早くお出でください」とのことで、
お急ぎのようです

女房

⑥［乳母の宰相殿・中将殿・冷泉殿・中納言殿］
今参りさんはご実家へ
戻られるのですか
名残惜しいわ
今参りさんが姫さまに熱心に
お仕えくださっていたから
私たちも余裕があったというのに
残念だわ
いつ戻られるのでしょう

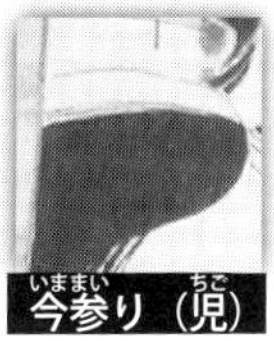

今参り《いままいり》（児《ちご》）

⑤［今参り（児）］すぐに参りますとお伝えください

⑨［乳母の宰相殿・中将殿・冷泉殿・中納言殿］楽器の演奏も上手で、字も美しくお書きになるわよね

⑩［乳母の宰相殿・中将殿・冷泉殿・中納言殿］何よりも怖がったりなさらないで、たった一人で寝殿《しんでん》の掛け金を掛けに行ってくださるのよ

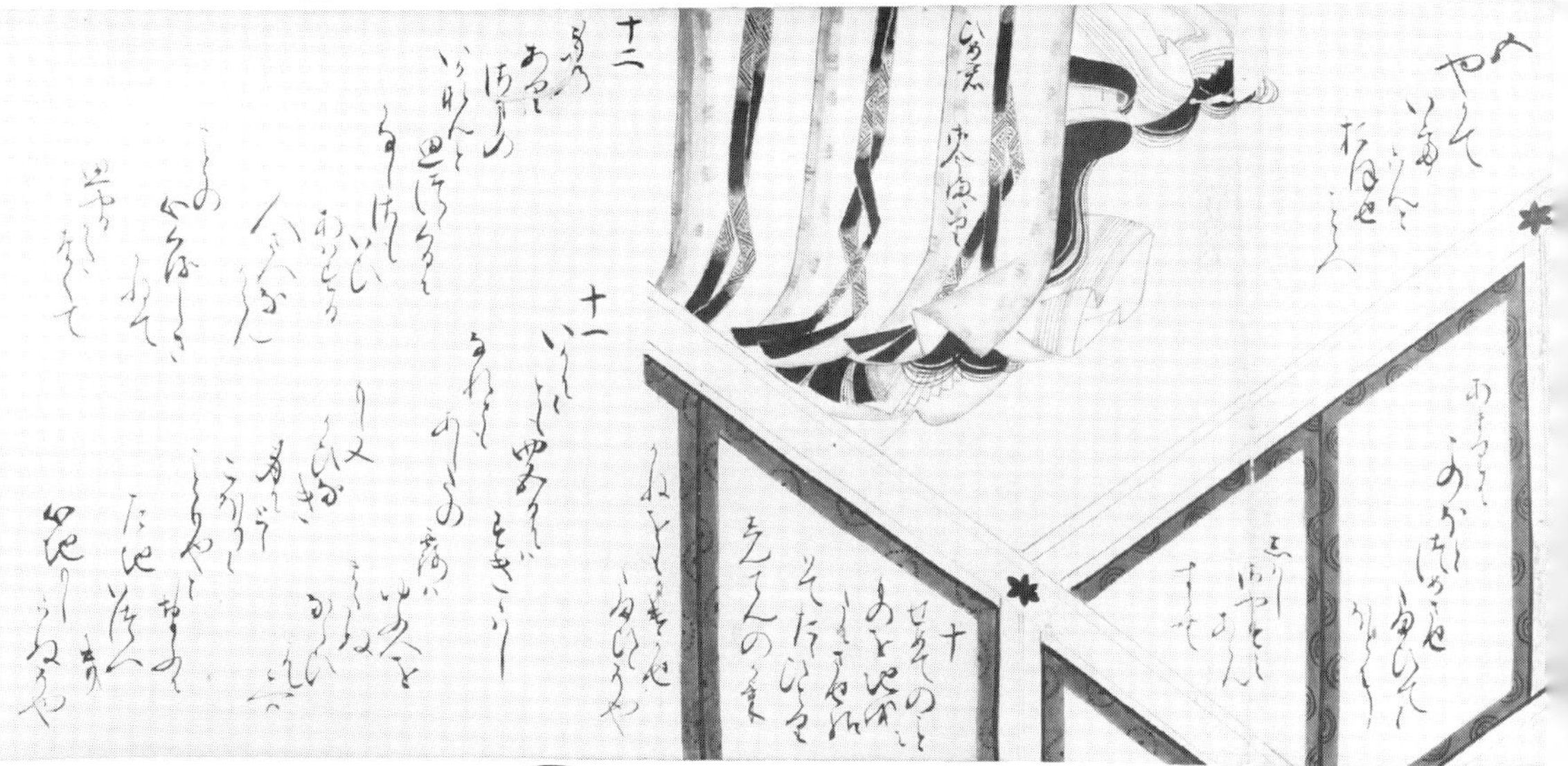

⑦［乳母の宰相殿・中将殿・冷泉殿・中納言殿］見た目といい、髪の様子といい、これほど恵まれた人はいないわよねえ どこかの神社へお参りするのだとおっしゃっていたわ 最近はあまりに姫さまのお側につきっきりでいらっしゃったから、しばらくお休みなさるのでしょう

⑧［乳母の宰相殿・中将殿・冷泉殿・中納言殿］本当にご性格もよくて、穏やかで、お仕事も熱心になさっていたのに、しばらく退出なさってしまうのは残念だわ

⑪［今参り（児）］
さすがに山での滞在は四、五日を
過ぎることはございませんでしょう
しかし、朝の草葉にたまった
露は夕べを待たずに消えてしまうのが
世の常ですから、
取るに足りない我が身ですが、
もしかしてまた差し障りがあって
戻れないかもしれないと思うと、
出発する気になれないのです

今参《いままい》り（児《ちご》）

⑫［姫君］
妊娠している自分の身が
どうなるかしらと
思い悩み続けているのに、
その悲しみを分かち合える
人までいなくなってしまう
なんて
こんな苦しみは今まで
想像したこともなかったわ…

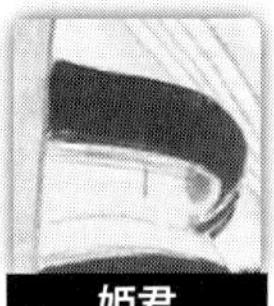
姫君

絵の見どころ

画面右手から、児《ちご》を呼びに来た女房、寝ている女房たちのおしゃべりの場面、児と姫君の二人の別れの場面と、三つの場面で構成されています。女房たちは、姫君と児とは襖《ふすま》を隔て、全く別の空間に配置されていますが、児が姫君の元を去ることについて、あれやこれやとおしゃべりしています。一方、女房たちと離れ、一人姫君の近くに侍る児は、御簾《みす》の内で姫君と向かい合っています。よくよく見てみると、姫君と児は顔を向かい合わせ、口づけしているようにも…。ほとんど彩色を用いない白描絵巻ですが、ここでは淡い色で着色しており、姫君と児の二人きりの空間を際立たせています。

第14段　つらい別れ

……下巻

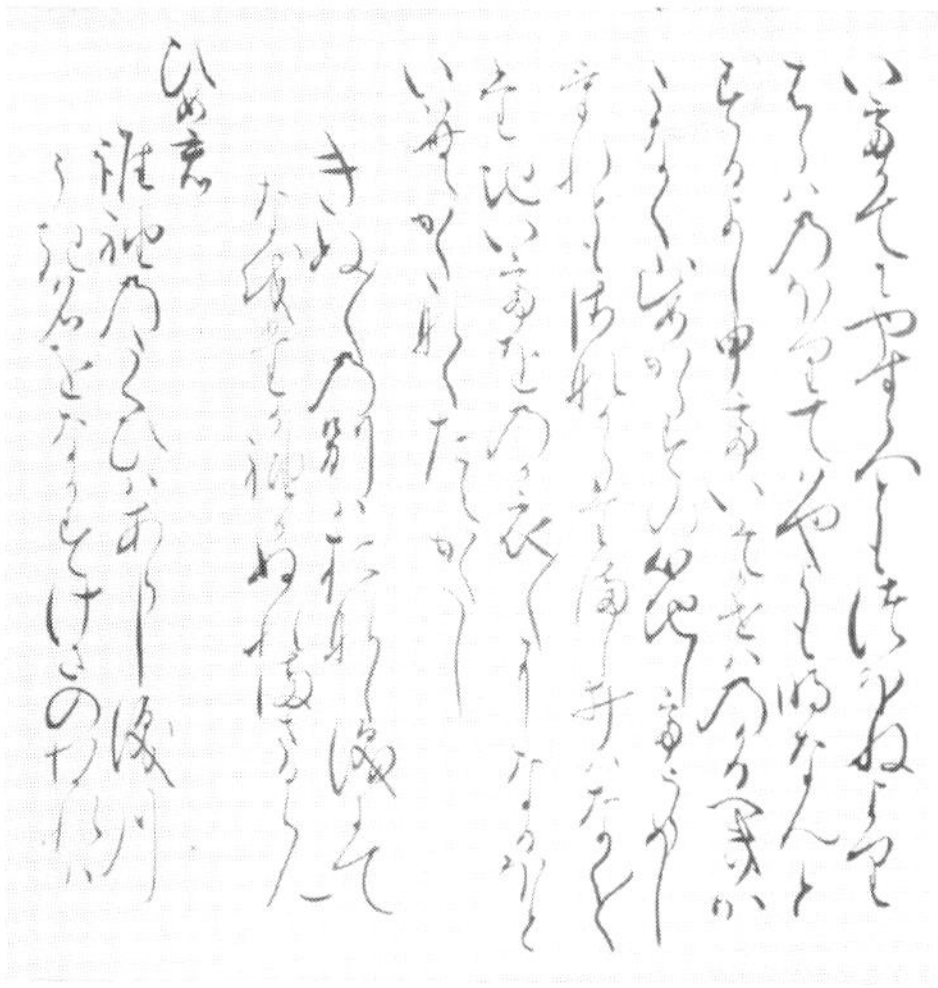

▼【現代語訳】

児《ちご》は姫君のそばを立ち去りがたく、ためらっていた。しかし局《つぼね》からは童《わらわ》がやって来て、もう夜が明けますよと言って急《せ》かす。児はどうすることもできず、夜明けを告げる寡烏《やもめがらす》のような童を恨めしく思った。それはまるで、魂が泣く泣く姫君のもとから出ていくようで、後朝《きぬぎぬ》の別れをしなければならないことが言いようもなく堪えがたい。

　きぬぎぬの別れは同じ涙にて
　　なほ誰《た》が袖か濡れ勝るらん

（児）後朝の別れでは誰もが涙をこぼすけれど、一体私以上に涙で袖が濡れている人はいるでしょう

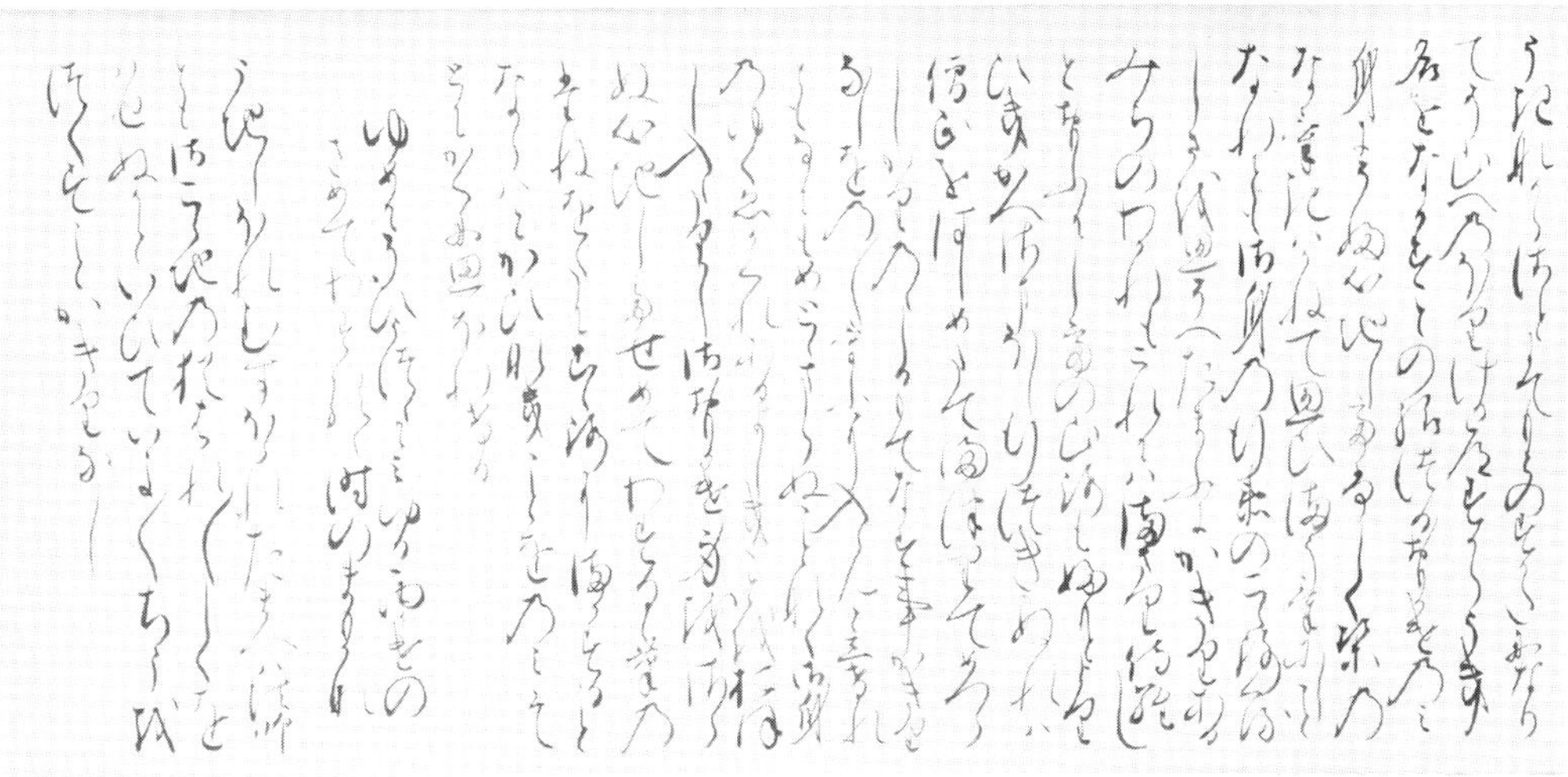
▲【原本】

か。いや、私の袖が一番濡れているでしょう。

誰が袖の類《たぐい》はあらじ涙川うき名を流す今朝の別れは

（姫君）誰の袖と比べることもできないほど、私の袖は涙で濡れています。秘密が世間に知られて、悪い評判が立つと思えば、いっそうつらい今朝の別れです。

児は、つらい気持ちのまま乳母《めのと》の家で元の児姿となり、比叡山《ひえいざん》へ上った。道中も「うき名を流す（悪い評判が立つ）」と言った姫君の姿が頭から離れない。契《ちぎ》りを交わした姫君と別れる悲しさは前々から覚悟していたけれど、姫君がこれからどうなってしまうかと考えるといっそう胸が痛む。死別でさえも、このような形で姫君と生き別れることより悲しいとは思えない。これがたとえ冥途《めいど》の旅路の途中であっても、引き返したいほどである。

さて、比叡山に行き着いてみると、僧正《そうじょう》をはじめ、みなが児をいとおしみ、大喜びでもてなした。そしてそれぞれに児の関心を引こうとするが、児の方は何にも興味を示さない。姫君がこれからどうなってしまうのか、妊娠を隠し通せるはずもないと思い詰めていた様子が、どうしても気にかかる。忘れ草は苦しみを忘れさせるというが、せめてその種だけでも心に蒔《ま》くことができたら…などと、思ってもかいのないことを一心に考えてぼんやりとしていた。

夢に添ひうつつに見ゆる面影《おもかげ》の
覚《さ》めて忘るる時の間《ま》もがな

（児）夢の中でも、起きている間でも姫君の面影が頭から離れない。そのような状態から抜け出して、一瞬でも忘れたいものだよ。

児が沈んだ暗い顔をしていると、僧たちは「まだご気分がお悪いのですか」と言って、ますます真心を込めてもてなすのである。

③［僧正］
折よく若君が京から上って
いらっしゃったのですから、
今日一日遊びましょう
宰相法印の猿楽《さるがく》など、
各々《おのおの》が心を尽くし、
くつろいで色々な芸能を
楽しみましょう

④［宰相法印］
今日はただ猿楽を精一杯
おやりなさい
三位法眼《さんみのほうげん》殿、
あなたのいつもの曲舞《くせまい》を
見せていただきたいと
思いますが

①［中納言法印］
これほど長く、
松の木の寿命ほどもお待ち
するのは珍しいことですよ

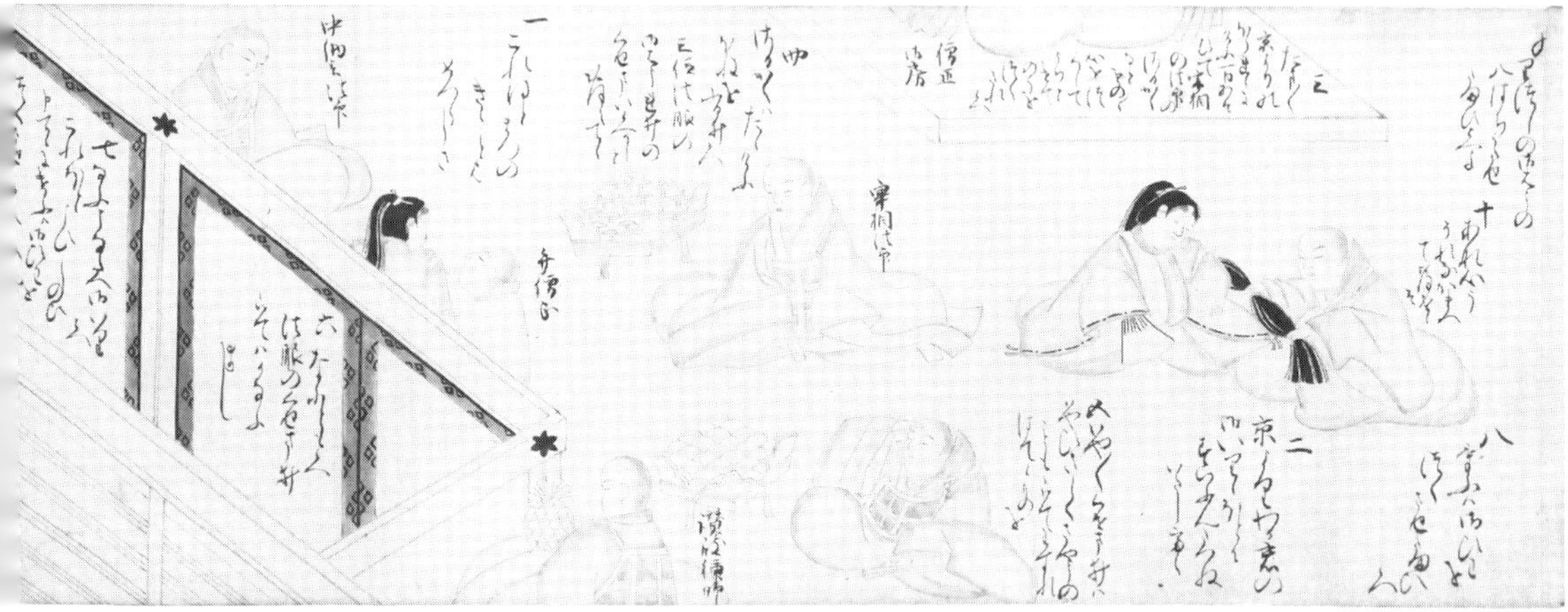

⑧［律師］
今日は琵琶をたっぷり
弾いてくださいな

⑩［律師］
ああいやだなぁ
それは言ってくださるなよ

⑨［山の児一］
律師殿は羯鼓《かっこ》をお打ちなさいよ

②［三位法眼］
京から若君が比叡山に上って
いらっしゃいました
何度も催促して、
やっと来ていただくことが
できました

第14段 つらい別れ

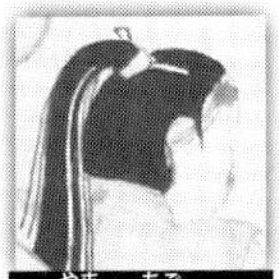
山《やま》の児《ちご》二

弁僧正《べんのそうじょう》

児《ちご》

⑦［中納言法印］
さあ、こちらへお入りなさい
これほどあなたのことを
待ちわびておりましたのに
今日は琵琶をたっぷり
弾いてくださいな

中納言法印《ちゅうなごんのほういん》

⑤［三位法眼］
いやいや、曲舞はちょっと…
長らくそのようなこともして
おりませんので忘れ果てて
しまいましたのに

⑥［讃岐律師］
何をおっしゃいますか
法眼殿の曲舞がなくては
場がおさまりませんよ

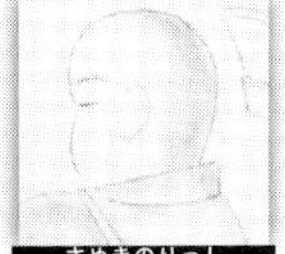
讃岐律師《さぬきのりっし》

☞ 絵の見どころ

室内では、僧侶や山の児《ちご》たちが、管弦の宴に興じています。画面右側で、山の児の髪を引く僧侶の姿や、中央で懸命に山の児に話しかける僧侶の様子からは、寺院における僧侶と児の関係性がうかがえます。一方、姫君と別れ傷心の児は、宴会から離れ一人縁側で物思いにふけっています。その目の前には、紅葉が一葉描かれており、次の段へと続く伏線となっています。また、画中詞では中納言法印《ちゅうなごんのほういん》が児の帰還を長い間待ちわびていたことを松の木の寿命に例えていますが、室外の庭には大きな松が描かれており、僧侶たちの気持ちを象徴しているかのようです。

第15段 児《ちご》の誘拐、姫君の出奔《しゅっぽん》

▲【原本】

▼【現代語訳】

　このようにして四、五日が過ぎた。児は「叢雲《むらくも》迷ふ夕暮れに、忘るる間《ま》なく忘れぬ（群がった雲が風で乱れる不安な夕暮れにも、片時も忘れられないあなたです）」などといつものように古い和歌を口ずさんで、ぼうっと山の方を眺めていた。すると、美しい紅葉《もみじ》がひとひら、こちらへ舞い落ちてくる。児がそれを取ろうとして足を踏み出すと、そこに恐ろしい姿の山伏《やまぶし》が現れた。山伏は「さあ、おいでなさい」と言うやいなや、そのまま児を抱えて空高く飛んで行ってしまった。

　僧たちは「どうしたのですか、いつまでも一人でいらっしゃるのは良くないことですよ。中にお入りなさい」と児に声をかけるが、返事がない。そこであちこち探して回ったが、児の姿は見えず、どこへ行ったかもわからない。僧《そう》正《じょう》も慌てふためいた。僧たちは比叡山《ひえいざん》中を探すが見つからない。これは天狗《てんぐ》の仕業《しわざ》にちがいない。そう思った僧正は、みすみす児を奪われたと噂されるのも悔しく、壇《だん》を建てて祈祷《きとう》をした。しかしその霊験《れいげん》もなく、日数は過ぎていくばかりである。このことは都にも伝わって、みな不思議なことだと言って騒いでいた。その噂は内大臣《ないだいじん》家にも届いた。屋敷の人々は何とも思わず気にもかけなかったが、姫君だけはあの人のことに違いないと気づき、心配して胸を痛めた。

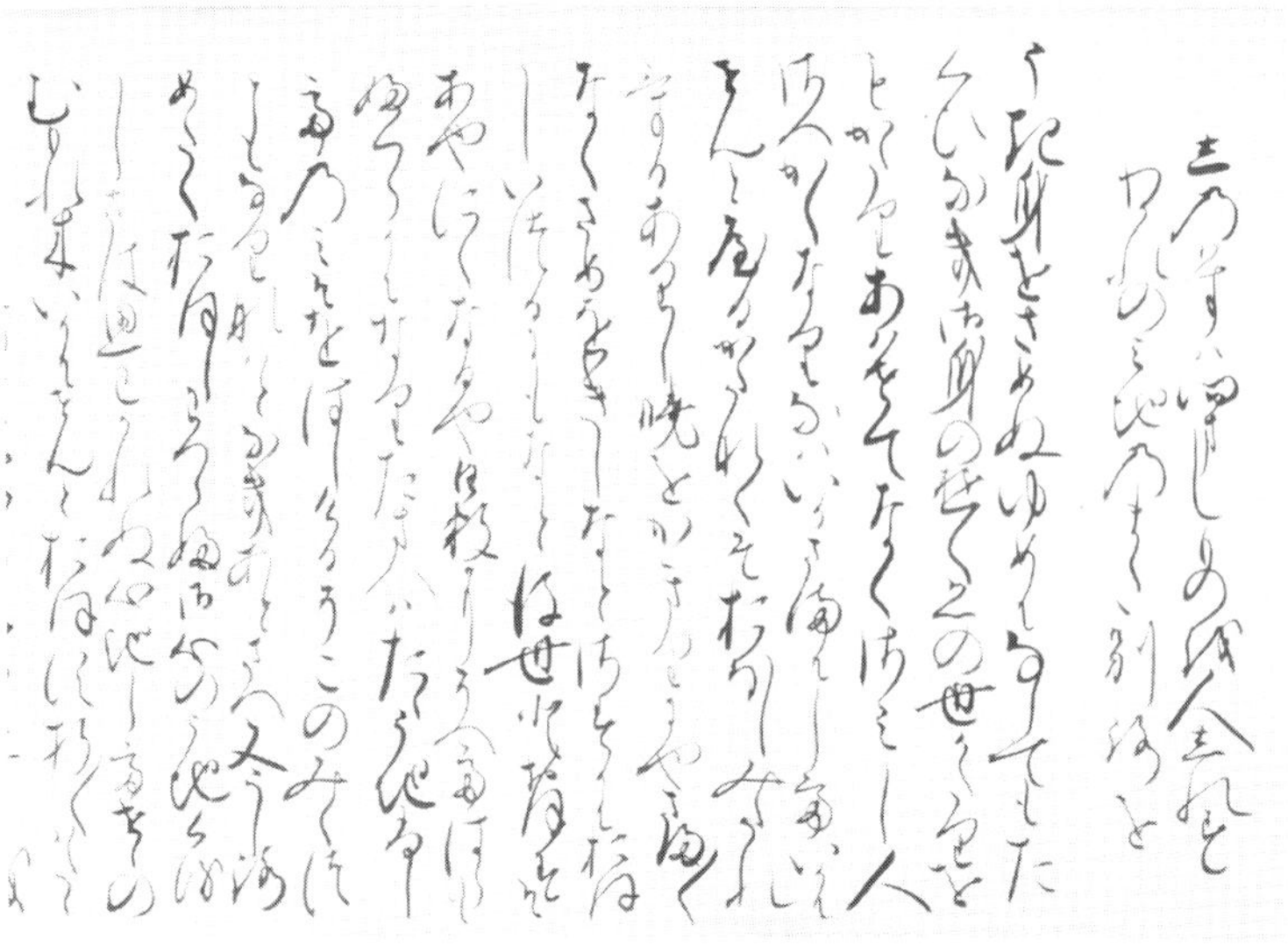

（続き）

忍ばずは訪《と》はましものを人知れず
　別れの道のまた別れ路《じ》を

（姫君）人目を忍ぶ関係でなかったら、探しに行きたいのに。私たちが誰にも知られず別れたあと、あの人が天狗にさらわれて連れていかれた道を。

このつらさを覚めない夢にしたとしても、この身は世間の噂になってしまうだろう。そんな自身の今後について相談し、心を慰めていた相手すらいなくなってしまった。これから一体どうしたら良いのか…と姫君は途方に暮れた。そして、あの人はほんの少しのお別れだと言って慰めてくれたけれど、あの暁《あかつき》が共に過ごす最後の時間だったのかしら、などと思うようになった。どうしてこの世での再会を諦めてしまうのだろうか。思い通りにならないものである。

第15段 児の誘拐、姫君の出奔

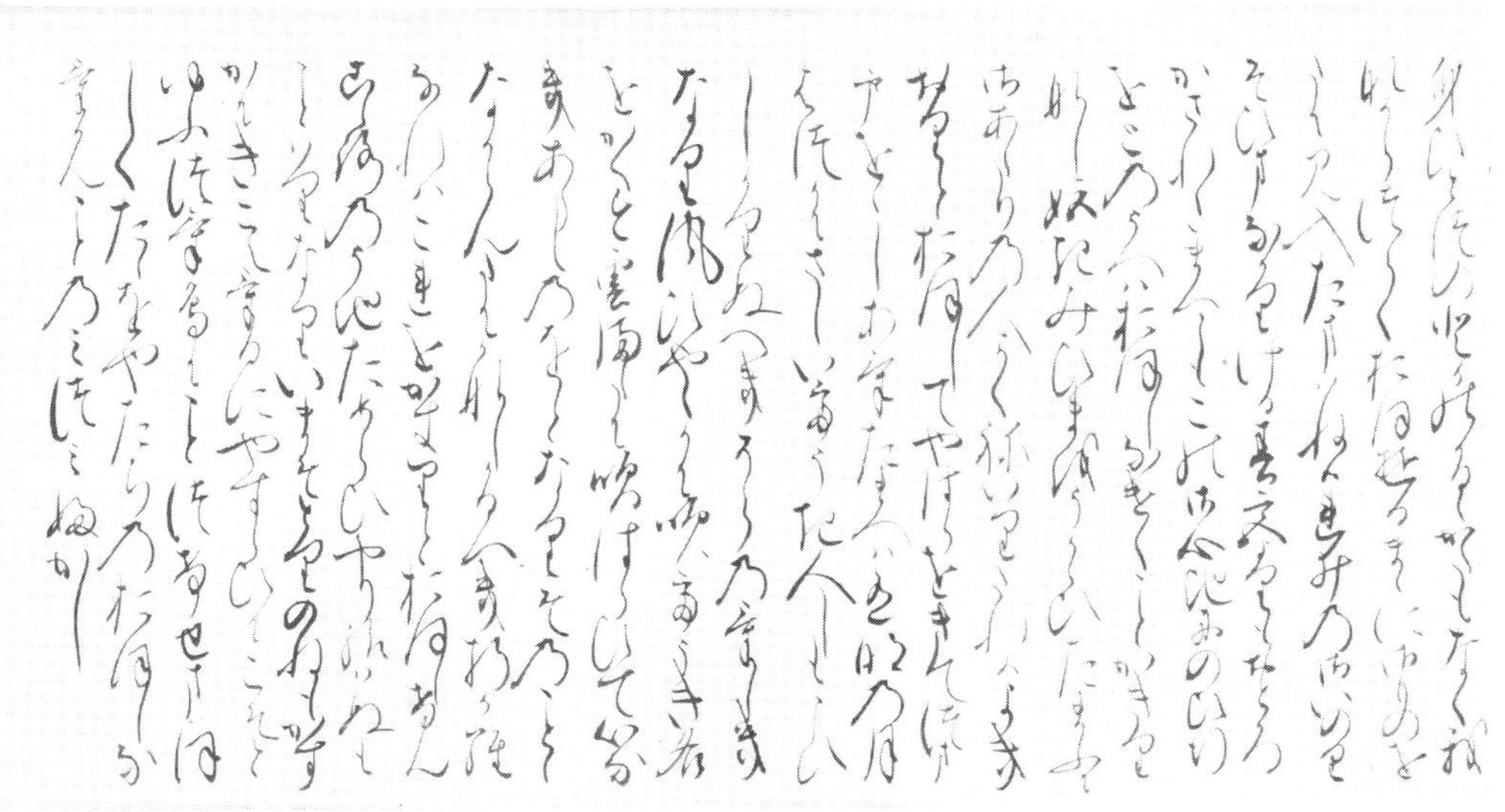

姫君は、日が経つにつれてお腹もふっくらとしてきたので、ひたすら臥《ふ》せっていた。身を投げて川底の水屑《みくず》になってしまいたいが、死んだ後も噂になることを思うと気がとがめ、生き続けることも死んでしまうことも苦しかった。あの人との関係が知られたらどうしようかと考えると、こうなったのもただ自分のせいだと思えて辛かった。そうして思い悩み、姫君が食事すらとらないので、内大臣家では毎日のように祈祷が行われた。春宮《とうぐう》からもお見舞いの便りが届いたが、この病気によって姫君の入内《じゅだい》が延期してしまうのを、大臣殿《おとどの》も母上もひどく嘆いていた。

姫君は屋敷を抜け出すために機会をうかがっていた。すると、仕えている女房たちがすっかり眠ってしまったので、今だわ、とおもむろに起き上がり、妻戸《つまど》を押し開けた。ちょうど空には有明《ありあけ》の月がわずかに残っていて、つらい思いをさせる相手さえも恋しくなってしまいそうな空の様子である。冷たい風が吹いて、情けない噂を隠してくれる雲間《くもま》さえ吹き払ってしまうような、無情な嵐の音がする。何の悩みがなくても悲しくなってしまいそうな時なので、これっきりで命を絶とうと思っている姫君にはなおさら、涙を抑えることができない。今や夜が明けて、鶏の鳴き声が微《かす》かに聞こえていた。鶏に、「やすらひにこそ（私はためらいながら出て行きました）」と両親への伝言を頼みたく思う。姫君はただ、両親を深く悲しませてしまうことの罪深さばかりを考えていた。

惜しからぬ身をば思はず
たらちねの親の心の闇ぞ悲しき

（姫君）惜しくもない我が身のことなどはどうでもいい。
子を思い惑う両親のことばかりが、ただただ悲しいのです。

姫君

第15段 児の誘拐、姫君の出奔

絵の見どころ

死を決意して、妻戸《つまど》から出て行こうとする姫君が描かれています。これまでの場面の姫君は几帳《きちょう》の陰で座るか横になり、女房たちに囲まれていましたが、ここでは一人で立ち、これから足を踏み出してゆく外の世界を見つめています。妻戸《つまど》の外にあるのは簀子縁《すのこえん》という、建物の外側に造られた濡縁《ぬれえん》でしょう。内大臣《ないだいじん》家の姫君ほどの身分の女性になると外出することもほとんどなく、移動も牛車《ぎっしゃ》などを使っていたでしょうから、自分の足で外に出て行く、というのは現代の我々からすれば想像もつかないほどに勇気のいることです。なおこの絵は、『源氏』手習巻《てならいのまき》で、浮舟《うきふね》が死を決意して外に出て行こうとしながらも、簀子縁の端に足をさし下ろしながら迷った、という場面を思い起こさせるものでもあります。

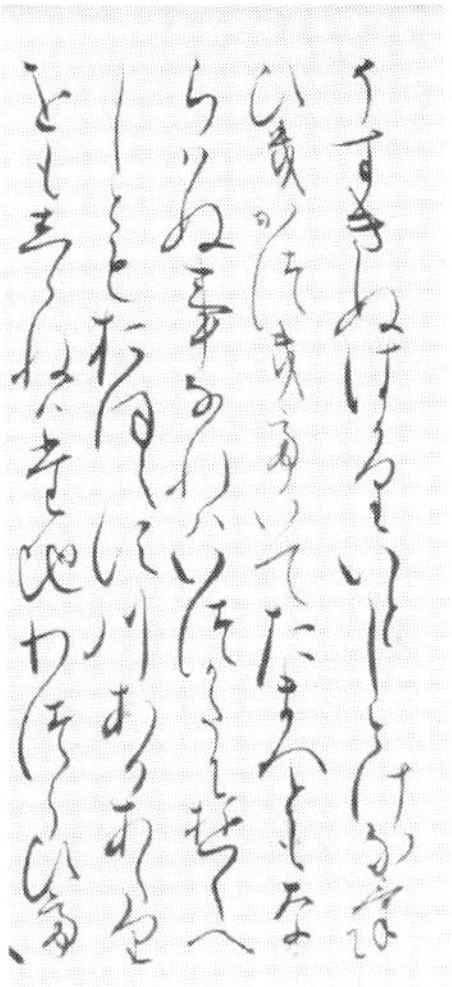

第16段 さまよえる姫君

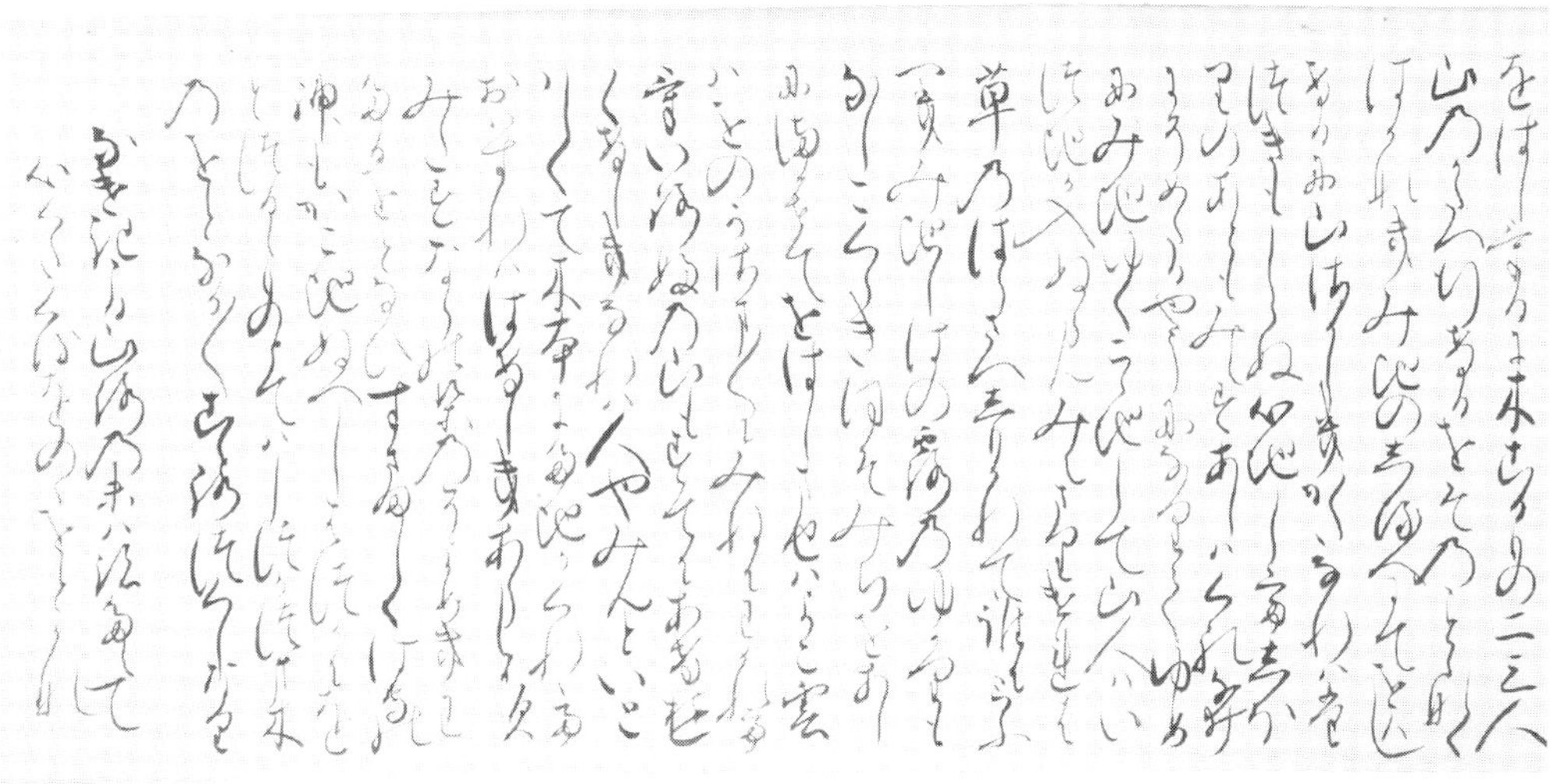

▲【原本】

▼【現代語訳】

姫君は、薄衣《うすぎぬ》だけを無造作《むぞうさ》に頭からかぶって屋敷を出たが、慣れないことなので、どこへ行ったら良いかもわからない。身を投げる川の場所も知らず、立ち往生していると、木こりが二、三人、山に向かって歩いていった。そこで、彼らに何となく付いていったが、険《けわ》しい山道なので歩きあぐねてしまった。木の枝を折った道しるべの跡も見えず、流れる血で真っ赤に染まった足で彷徨《さまよ》っていた。木こりたちはどこへ行ってしまったのだろうか、姿が見えない。草の原も霜枯れて、誰に死に場所を尋ねれば良いかもわからない。

うす暗い細道を足に任せて歩いて行くと、横雲がそれぞれ峰に分かれて、鶏籠《けいろう》の山も次第に夜が明けてきた。姫君は、誰かに見られるのが煩《わずら》わしくて、木の根元に立ち隠れた。激しい風に楢《なら》の葉が吹き乱れてざわめく音が恐ろしく、樹木の神に文句を言ってしまいそうである。わずかに聞こえるのは、木こりが木を切る斧《おの》の音ばかりで、物思いにふけってしまう。

なげきこる山路《やまじ》の末《すえ》は跡絶えて心砕《くだ》くる斧の音かな

(姫君)深く嘆きながら歩くうちにこの山路は人の行き来がなくなってしまいました。木を切る斧の音が私の心を砕くようです。

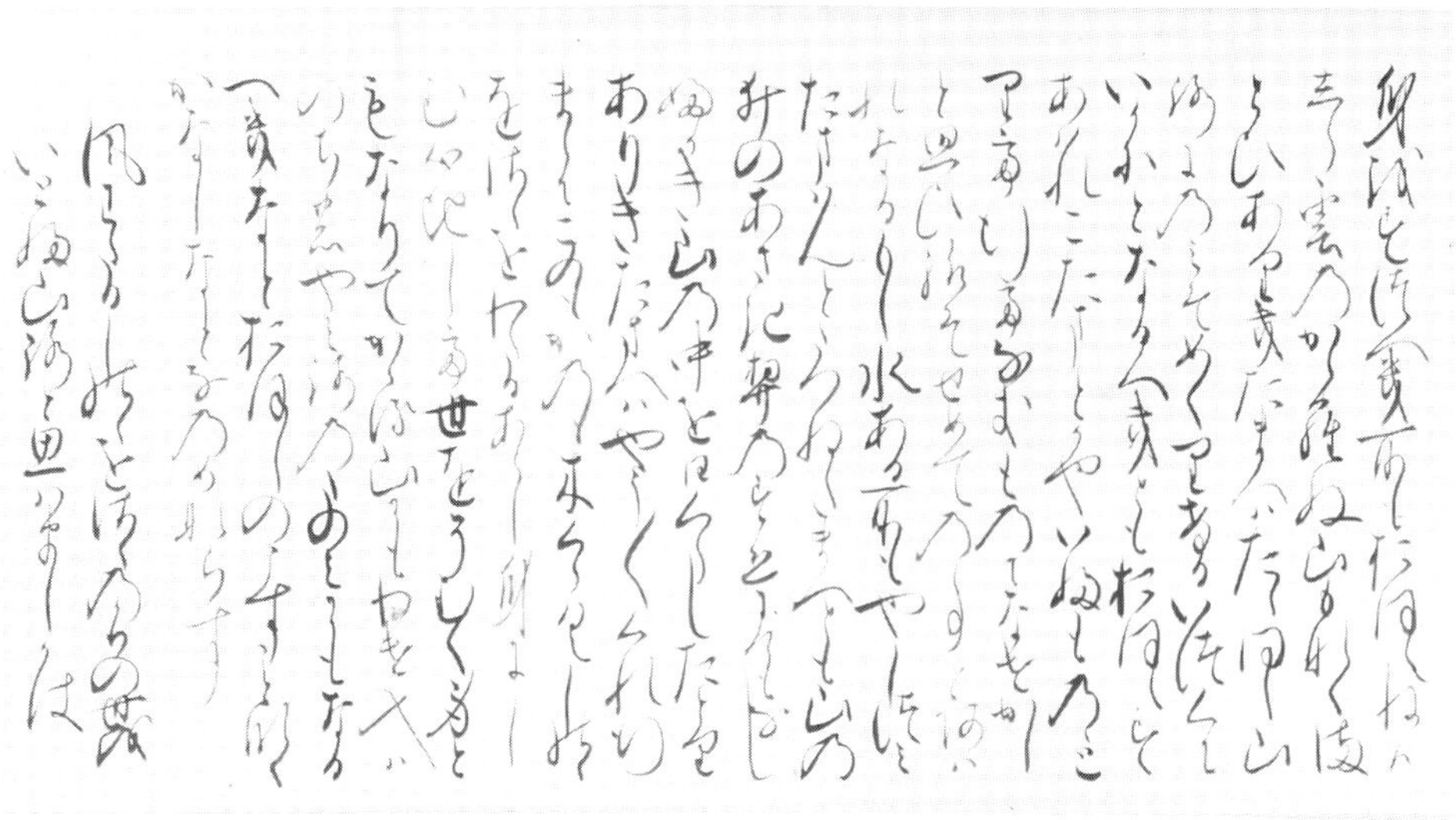

（続き）

死に場所が見つからず、白雲に閉ざされた山路を泣きながら彷徨い歩いたが、同じところばかりを巡っていたようである。どこにいるのか、どうなるのかもわからない。ああ、木霊《こだま》とかいう恐ろしいものが、私を捕まえて亡き者にでもしてほしい…そんなことを望むのも、姫君にとっては精一杯のことだろうと思えばかわいそうである。姫君は、もしかして水場があるだろうかと、身を沈める場所を探し求める。しかし、児《ちご》との浅い契《ちぎ》りの末に身を投げるような、浅い川さえない。深い山中を一日中探し歩くと、だんだんと日が暮れて行く。どこもかしこもうす暗くて、篠竹《しのだけ》を揺

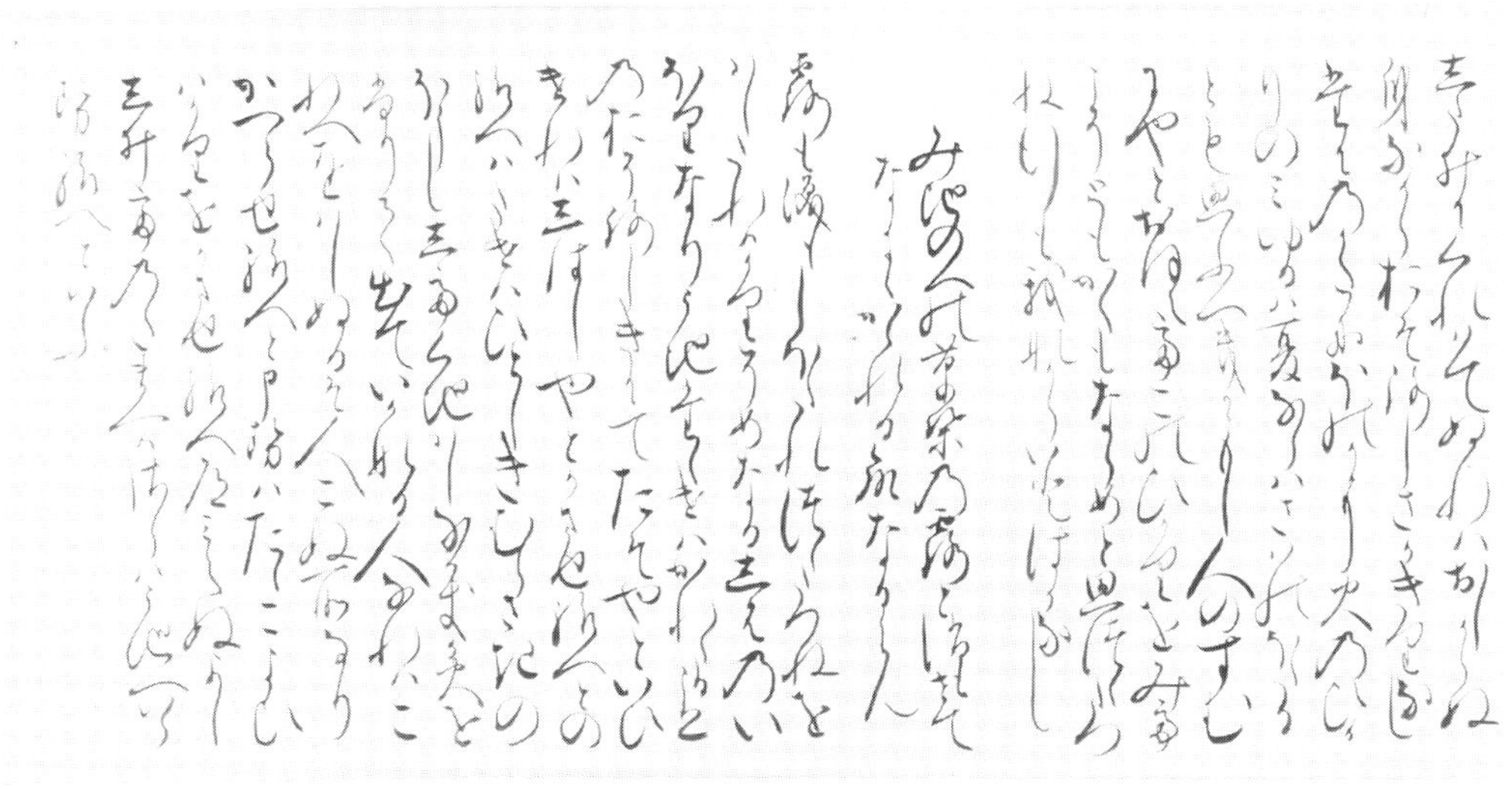

らす激しい風が身に染みる。世を背く出家の身となってこのような山に入るのであれば、死後は安寧《あんねい》で思い残すことはないはずだが、そうではないこの身には、とても悲しく感じる。

風渡る篠《しの》の小篠《おざさ》のかりの世を厭《いと》ふ山路《やまじ》と思はましかば

(姫君)風が通り過ぎていく篠の小笹を刈る、そんな仮の世に背を向けて山路へ入ると思えるなら良かったのに。

次第に日がすっかり暮れてしまった。惜しくはない身とはいえ、やはり恐ろしさは極まりない。その時、谷の方にかすかに火の光が見えた。夏であれば沢辺《さわべ》の蛍と思うところだが、もしかしたら人が住んでいるのではないかと姫君は思った。この光に向かって行けば、きっとどうにかなるだろうと思いながら訪ねて行く。我ながら浅はかなことだと感じていた。

道の辺《べ》の草葉の露と消えもせで
何にかかれる命なるらん

(姫君)道端の草葉に置いた露のようにはかなく消えていかずに、何をたよりにして生きているこの命でしょうか。

露と涙でしとどに濡れて訪ねて行くと、柴《しば》で葺《ふ》いたささやかな庵《いおり》があった。戸を打ち叩くと、嗄《しわが》れた恐ろしい声が「誰じゃ」と応えた。姫君が「少しだけ宿を貸して下さい」と言うと、尼が松明《たいまつ》をかざしながら出てきた。その背は庵の軒《のき》ほどもあり、紫の帽子を被り、帽子の下の顔には長い嘴《くちばし》を持っている。その尼は「ここへいらっしゃるとはどのような人か。人間が来るようなところではないから、すぐに帰られよ」と言う。姫君が「日が暮れて道が見えないので、今夜だけでも置いて下さい」と重ねて請うと、「それならば、中へお入り」と招き入れた。

①［姫君］
私に宿をお貸しくださいませんか、今夜だけでも

第16段 さまよえる姫君

絵の見どころ

尼天狗《あまてんぐ》の庵《いおり》を訪れる姫君の姿が描かれています。苔むした岩、杉や松といった木々が配置された深山幽谷《しんざんゆうこく》の風景はこれまでの絵とは大きく異なるもので、人の世界に生きていた姫君が天狗の支配する恐ろしい領域へと足を踏み入れてしまったことを示唆《しさ》しています。ここでの尼天狗は、目が丸くてどこか愛らしい顔つきをしています。しかし旧細見本ではもっと恐ろしく迫力があり、いかにも「山の主」のような姿です。

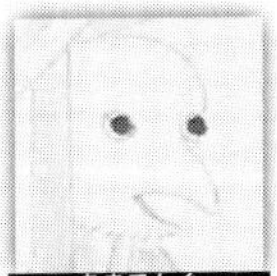

尼天狗《あまてんぐ》

②［尼天狗］
ここは人間が泊まれるようなところではないのじゃ

③［姫君］
どのようなところでもよいのです
こちらへ置いてください、
夜の間だけでも

④［尼天狗］
では、
恐ろしいことが
起こるやもしれぬが、
今夜だけお入りよ

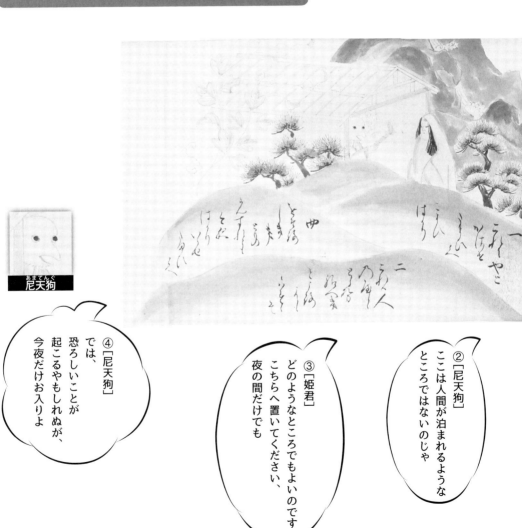

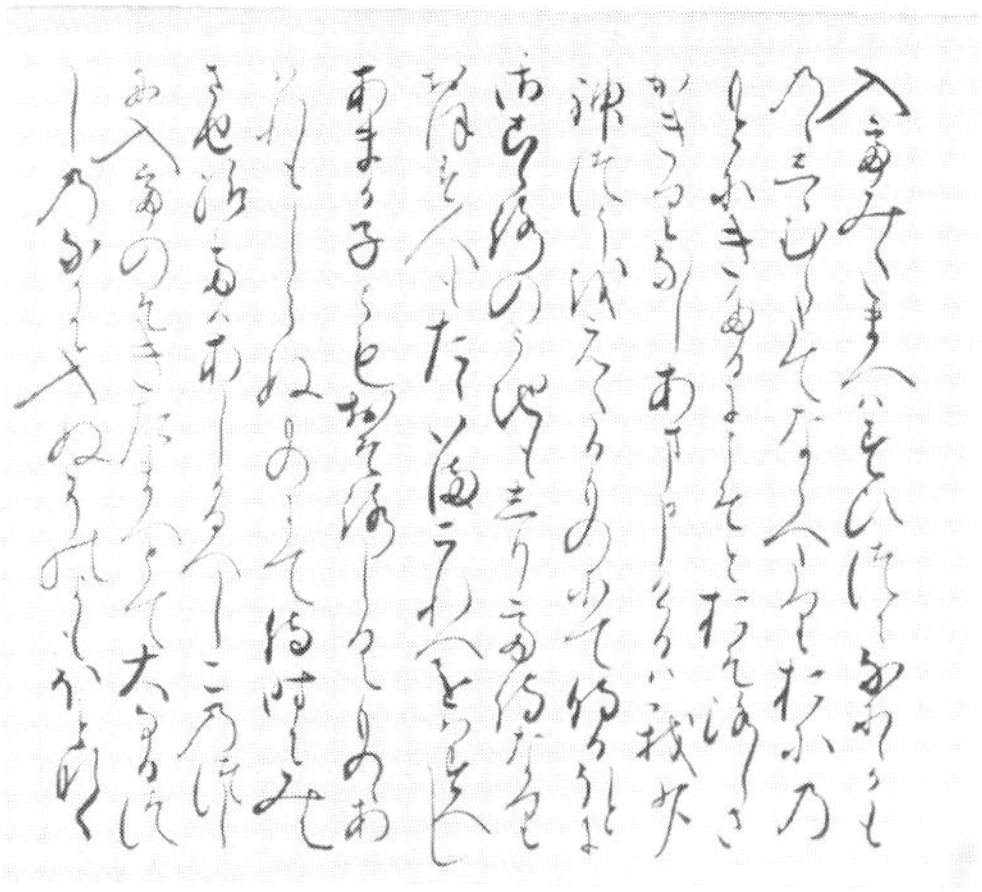

第17段 天狗《てんぐ》の世界

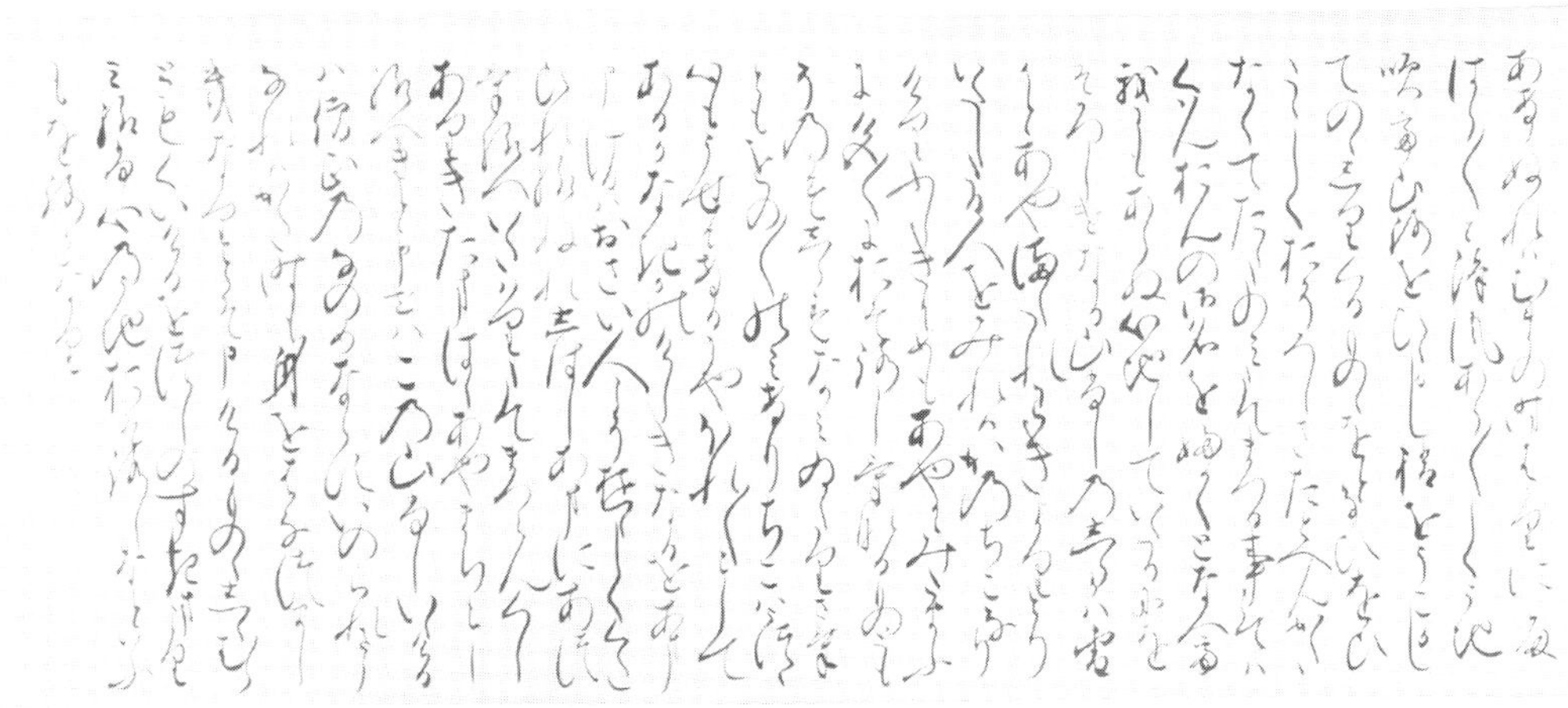

▲【原本】

▼【現代語訳】

姫君が尼天狗《あまてんぐ》の庵《いおり》に入って見ると、囲炉裏《いろり》に何であろうか、肉のかたまりを並べて立てている。鬼のもとにやって来てしまったのだと、ひどく恐ろしく思った。尼天狗は、「わしはちょっとした神通力《じんつうりき》を持っておる。ゆえに、そなたの心の中もお見通しよ。そなたの思い人もまもなくここへ来るはずじゃ。ただし、わしの子どもは、恐ろしくて情けを知らぬものでな。そなたが目に入ってはまずかろう。この厨子《ずし》に入って様子をうかがっておられよ」と言って、大きな厨子の中に姫君を入れた。

やがて夜が明け、昼の十二時頃のことである。激しい雨が降り、風が荒々しく吹きはじめた。そして山路《やまじ》を響かせ梢《こずえ》を揺らして、何かが声高に騒ぎながらやって来るすさまじい音がした。姫君は喩《たと》えようもなく恐ろしくて、ただ観《かん》音菩薩《のんぼさつ》のお力にすがろうと懸命にその名前を唱えて、無我夢中でいた。すると、雪のような白髪《しらが》頭をした恐ろしげな山伏《やまぶし》がやってきて、脇に抱えていた人を降ろした。それを見ると、あの児《ちご》である。姫君が思いがけないことに驚いてよくよく見てみると、様々な姿の恐ろしげな天狗たちが大勢居並び、めいめいに酒などを飲んでいる。児は正気を失ってしまったのか、ぼんやりとしていた。生きているかどうかもわからないほど弱々しい様子である。そこで、尼天狗が「その子はずいぶんお疲れのようじゃ。少しの間わしに世話を任されよ。疲れを癒し申し上げようぞ。このままあちこち連れまわせば、その子を失ってしまうかもしれないのう」と言うと、山伏は「僧正《そうじょう》がこの子を取り戻そうと熱心に祈っておるので、片時も離すつもりはないぞ」と応えた。姫君は、厨子の隙間《すきま》から天狗たちが肉のかたまりを食べているのを見て、言いようもない恐ろしさを覚えた。

⑯［上の空なる翔り房］
いろいろ面白いことがありますよ
はやくこちらへいらっしゃい

上《うわ》の空《そら》なる翔《かけ》り房《ぼう》

⑰［早風房］
あれま、
遅く来てしまったようだ
つまらないつむじ風と
舞い遊んでいたら、
遅刻してしまったよ

早風房《はやかぜぼう》

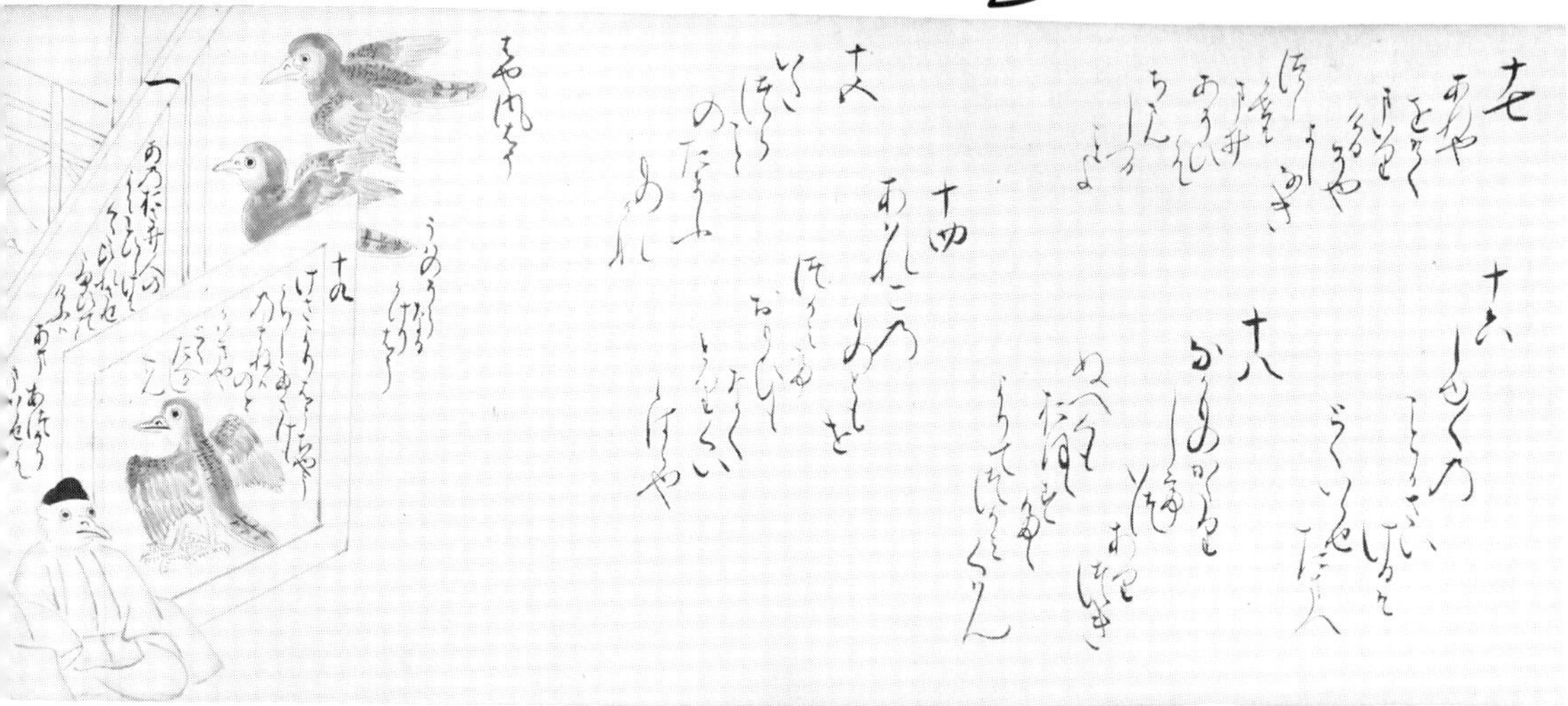

⑱［天狗一］
長話をして、
いつご馳走にありつけるかわからん
もう近寄って掴み食ってしまおう

天狗一

☞ 絵の見どころ

児《ちご》をさらった天狗《てんぐ》たちの宴会です。リーダーの太郎房《たろうぼう》とその母尼天狗《あまてんぐ》、児を中心にたくさんの天狗が周りを囲んでいます。人間に近い姿のものは鼻が高く描かれています。鳥の姿の天狗はふつう鳶《とび》として表現されますが、この絵ではあまり猛禽類《もうきんるい》らしい迫力がありませんね。畜生《ちくしょう》の世界を離れたいと願う尼天狗は、手に数《じゅ》珠《ず》を持っています。背後の厨《ず》子《し》には姫君が身を隠しています。ところで、部屋の右端に四角形の出入り口のような枠が描かれています。他本では囲炉裏《いろり》なのですが、描き写す過程でこのようによくわからないものになってしまったようです。この場面は**十四**の僧たちの宴会に似ていて、人間の社会が風刺されているようです。

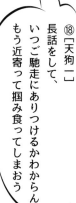

第17段 天狗の世界

天狗四

⑳［天狗四］
大峯房殿はまだ酒も
召し上がっていないのか
客人の相手ばかりして
一杯どうだ

㉑［大峯房］
我が身は精進《しょうじん》中で
ございますので、
ご馳走はいただけないのです
一度お酒をいただいて、
腹の虫を鎮めましょう

大峯房《おおみねぼう》

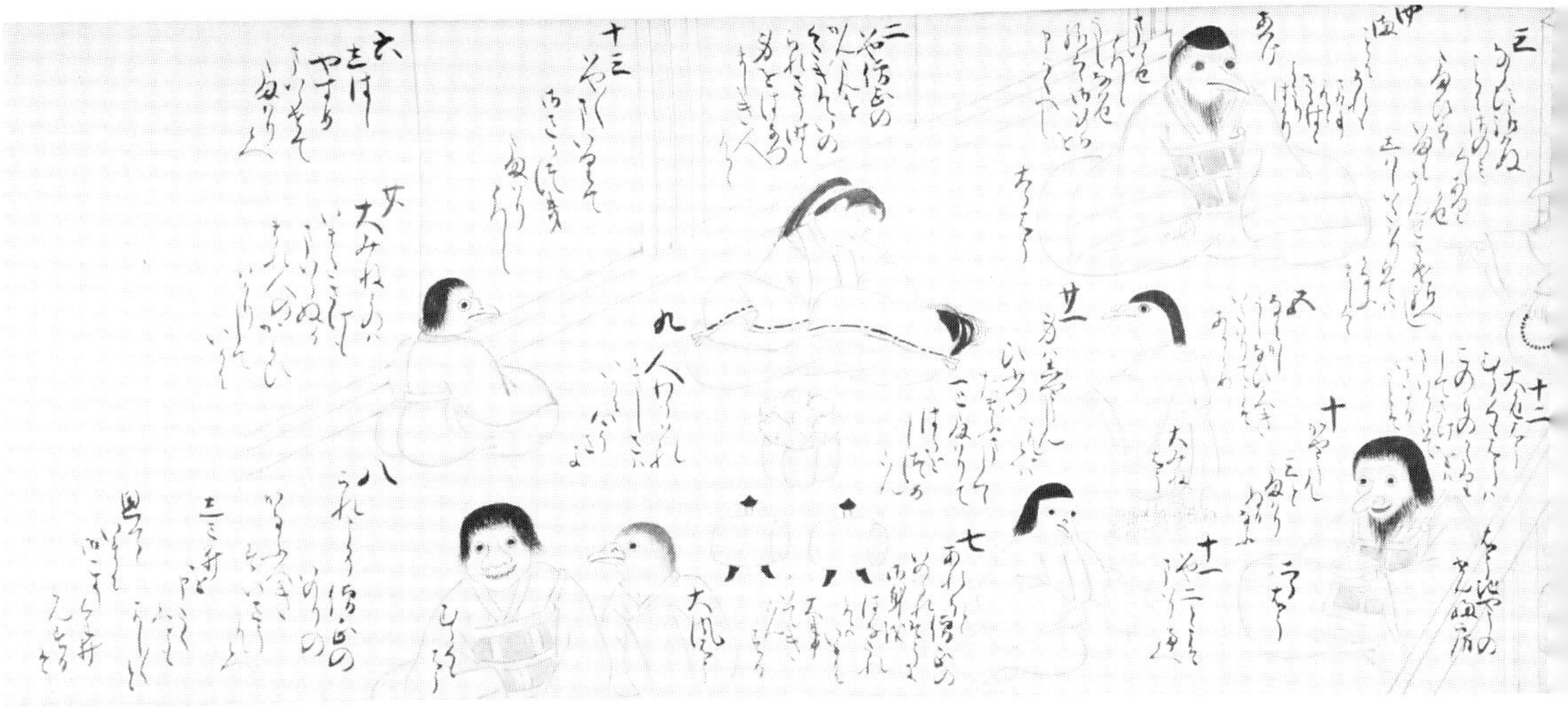

⑭［天狗一］
ああ、この肉を掴《つか》んで、
思う存分食らいたいものだ

⑮［天狗二］
つまらないことをおっしゃるものだ

天狗二

⑲［包丁の膳部房］
今朝から料理をしていて
酒も飲んでいないから、
喉《のど》が渇いてしもうた
早く食べたいものだ
食っちまおう

包丁《ほうちょう》の膳部房《ぜんぶぼう》

①［尼天狗］
あの子は、
たいそうお疲れのようじゃ
今日のところはこの尼が
お預かりして、
疲れを癒し申し上げようぞ

②［太郎房］
いや、
僧正《そうじょう》が懸命に祈っておる時に、
我が身から離すわけには
いきませぬ

③［尼天狗］
慣れておらぬのに、
さように連れ回しては、
今にその子が壊れてしまうぞ
しばらくの間、疲れを癒さねば、
残念なことになるであろう

尼天狗《あまてんぐ》

二郎房《じろうぼう》

⑩［二郎房］
こうしてもう三杯も酒を
いただいておるよ

⑪［天狗三］
いやいや、二杯しか
召し上がって
いませんよ

⑫［二郎房］
大風房、村雲房は、
話ばかりして酒も飲まずに、
どうしたことだ

⑬［天狗三］
早く早く、
その酒を召し上がって、
その杯《さかずき》をこちらにください

天狗三

太郎房《たろうぼう》

児？

④［太郎房］
たしかに、
それももっともなことよ
それならば、
夜の間だけお預けしよう
もしその子を失いなさったなら、
お命を頂戴することとしよう

⑤［尼天狗］
どうして失うことが
あるのじゃ
疲れが癒えてこそ動ける
はずじゃ

⑥［太郎房］
では、
しばらく休ませてくだされ

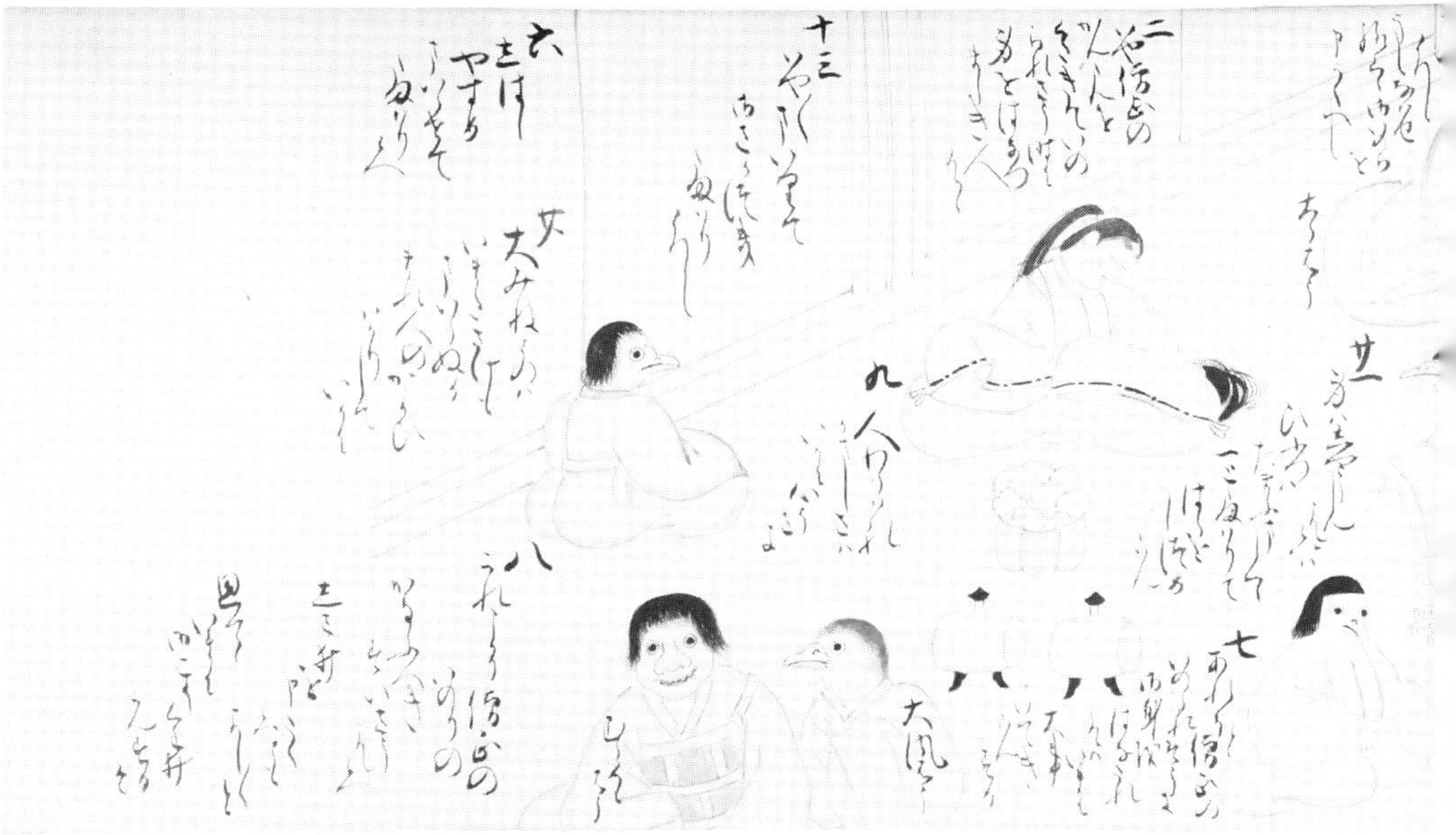

⑦［大風房］
あれほど僧正が祈っておる
というのに、
お側からお離しなさっては、
今に大変なことが起こり
ましょうぞ

⑧［村雲房］
これこそ僧正の祈りが叶う
という前触れでござろう
意見を申し上げたいが、
太郎房は気にして
いらっしゃらないからな
今に後悔なさるぞ

⑨［大風房］
いい笑い者になりそうじゃ
いかがいたそう
まいったまいった

村雲房《むらくもぼう》

大風房《おおかぜぼう》

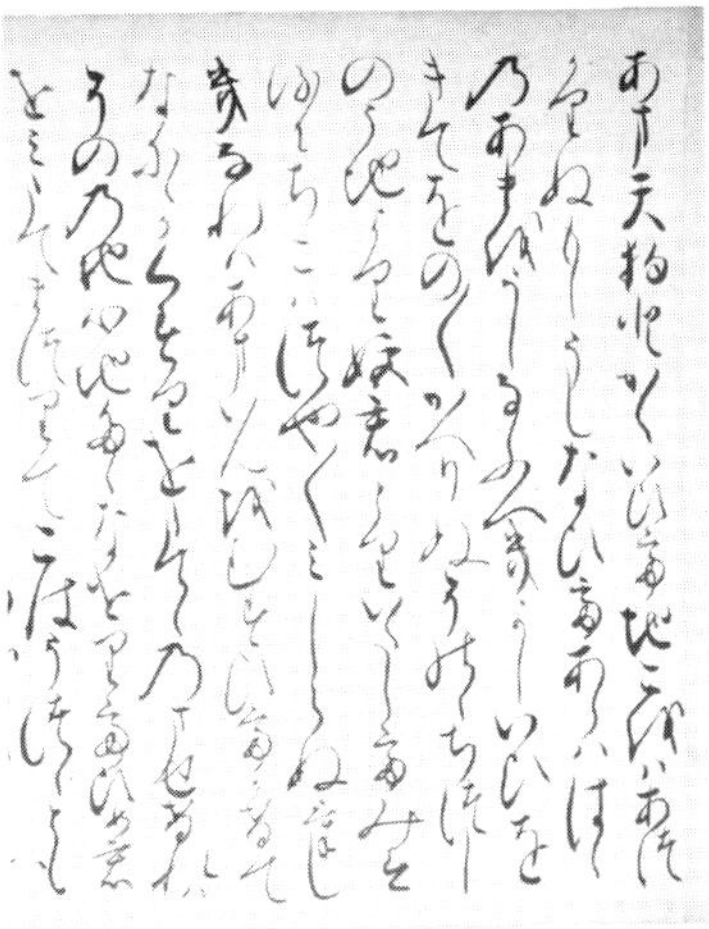

第18段 尼天狗《あまてんぐ》の助力

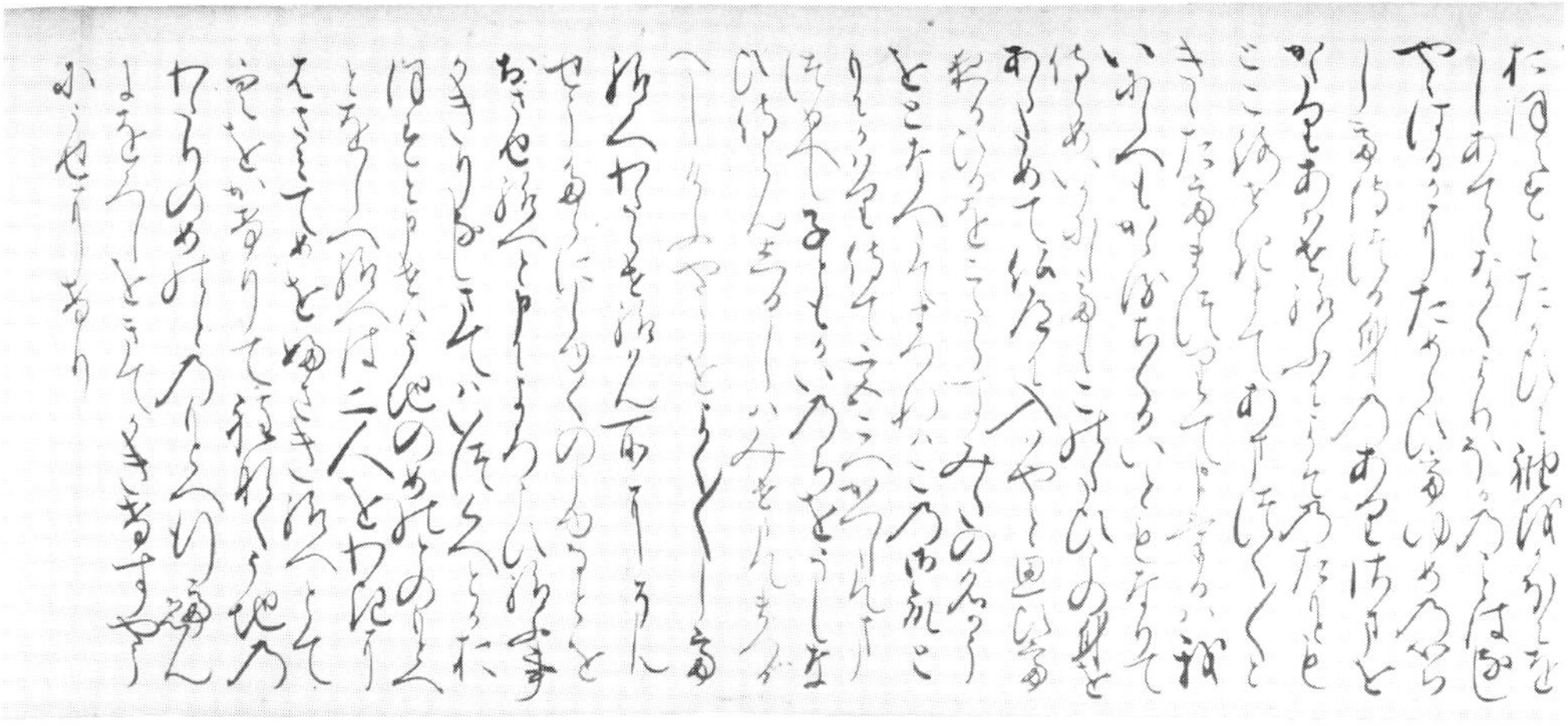

▲【原本】

▼【現代語訳】

　尼天狗は、あれこれ言いくるめて児《ちご》を預かった。もしも児を失ったならば、母である尼天狗を亡きものにするだろうと言い残して、天狗たちはみな帰っていった。その後、尼天狗が厨子《ずし》の中から姫君を取りだして児に会わせたが、児はすっかり姫君を忘れてしまった様子である。そこで、尼天狗は児に向かって印《いん》を結び、何であろうか薬を調合して飲ませた。するとやがて児は正気に戻った。そして姫君を見ると「信じられない」と驚く。その後は互いに袖を顔に押し当てて、ひたすら泣くばかりであった。

　児と姫君は、しばらくして落ち着くと、これまでの自身の夢のような経験を語り合った。聞いている人までも、袖を涙で濡らしてしまいそうな話である。尼天狗はこれをじっと聞き、「わしは、昔からこのような畜生《ちくしょう》の身であったのだろうよ。しかし、どうしても今生《こんじょう》でこの身を改めて、仏道に入りたいものだと思っておる。そのため、夜も昼も欠かすことなく南無阿弥陀仏《なむあみだぶつ》と唱えておるのじゃ。ゆえに、いまそなたらの身代わりとなって、わしがそなたらを都へお帰しいたそう。子どもがわしを亡きものにしたら、そのしるしをお見せいたそう。どうか後の供養《くよう》をよくしておくれ。これから行く所では、尊勝陀羅尼《そんしょうだらに》や慈救《じく》の呪《じゅ》などの札をお貼りなされ」と言う。児と姫君はこれを聞いて、この上なく喜んだ。

　「さて、どこへ行きたいのじゃ」と尼天狗が言うので、児は「宇治《うじ》にいる私の乳母《めのと》のもとへ」と教えた。尼天狗は二人を脇に挟み、「目をふさいでおれ」と言うやいなや、空を翔《か》け上がった。するとまもなく宇治の辺りに住む乳母のもとへ着いた。そして二人を縁に降ろし置くと、尼天狗はかき消すように姿を消した。

⑤［姫君］
身を投げて
川底の水屑《みくず》になって
しまおうと決心して
出てきましたけれども、
あいにく川の辺りへは
行かずに、
この山に迷い込んで
しまいましたわ

姫君

児《ちご》

①［児］
夢とも現実とも
わからない状態で、
かえって言葉もなくて

②［尼天狗］
尼はこう見えても、
神通力《じんつうりき》を会得《えとく》しておるのじゃ
ゆえに、
そなたらが心の中であれこれ
考えていることも、
すべてお見通しじゃよ
かわいそうにのう
お助けいたそうぞ
命に代えてお助け申し上げた
あかつきには、
尼の供養《くよう》をしておくれ
なんて清らかで美しい者たち
なのじゃ
この歳で、この姿の何が
惜しいことがあろうか

第18段 尼天狗の助力

☞ 絵の見どころ

無事に尼天狗《あまてんぐ》に助けられた児《ちご》と姫君は、尼天狗の庵《いおり》で身の上話をしています。庵内に何やらよくわからない家具が描かれています。これは前段で姫君が身を隠した厨子《ずし》（仏像などを安置するための扉付きの棚）だと考えられます。旧細見本では厨子だとわかるように描かれていますが、**十七**と同様にこの本では繰り返し書写が行われてきた過程で、もとの形状がわからなくなってしまっていたようです。また空には「帰還」のイメージを持つ雁《かり》が描かれています。これは児と姫君が異界から現実世界へ帰ることを暗示させるものです。

③［児］
そこまでしてお助けくださるのならば、
心の及ぶ限りのご供養をいたしましょう
なんと嬉しいことでしょう

④［尼天狗］
どこへなりとも、
望みのままにお連れしようぞ
前世で思いやりがなかったがために、
いまこのような姿に生まれて来たのであろうと、
悲しく思っておるのじゃ

尼天狗《あまてんぐ》

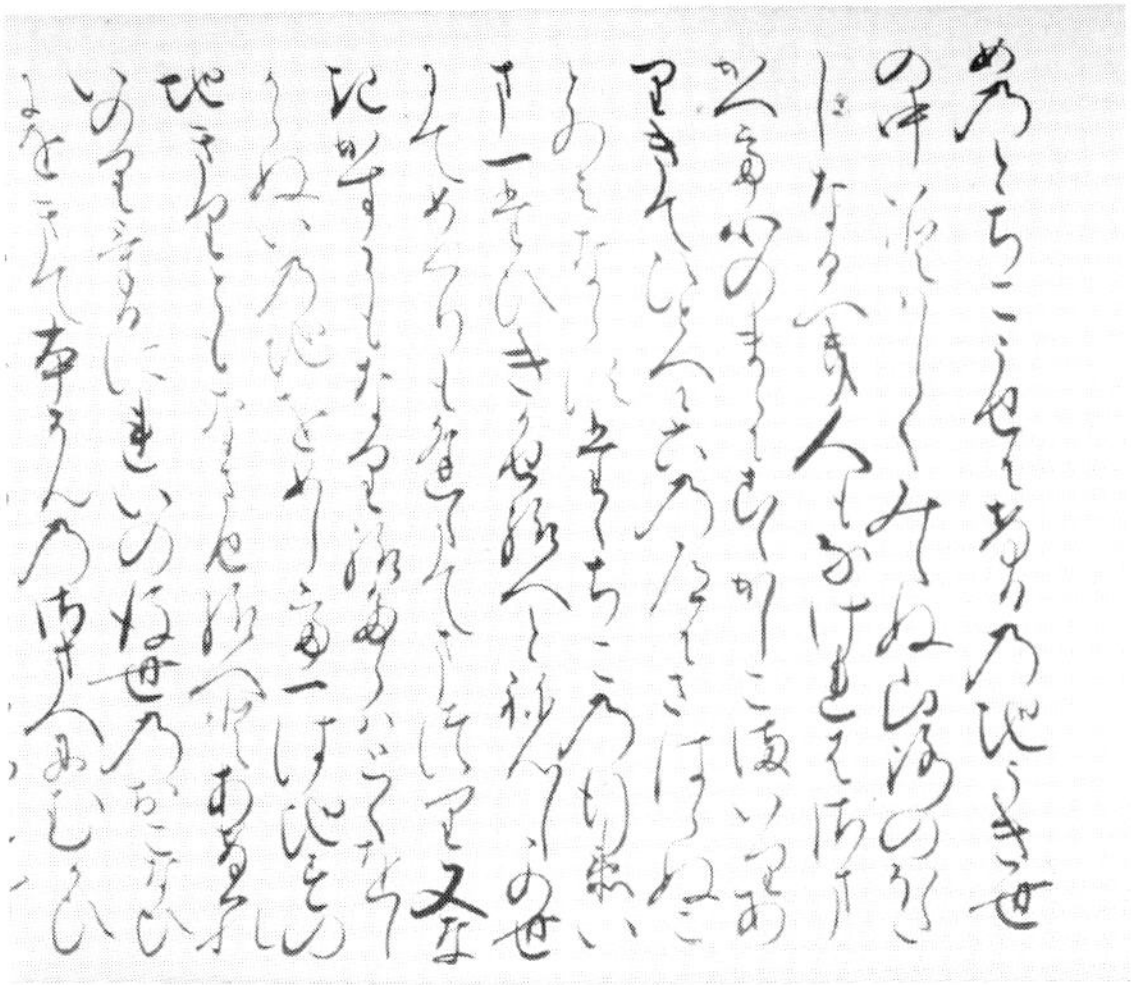

第19段　乳母《めのと》との再会

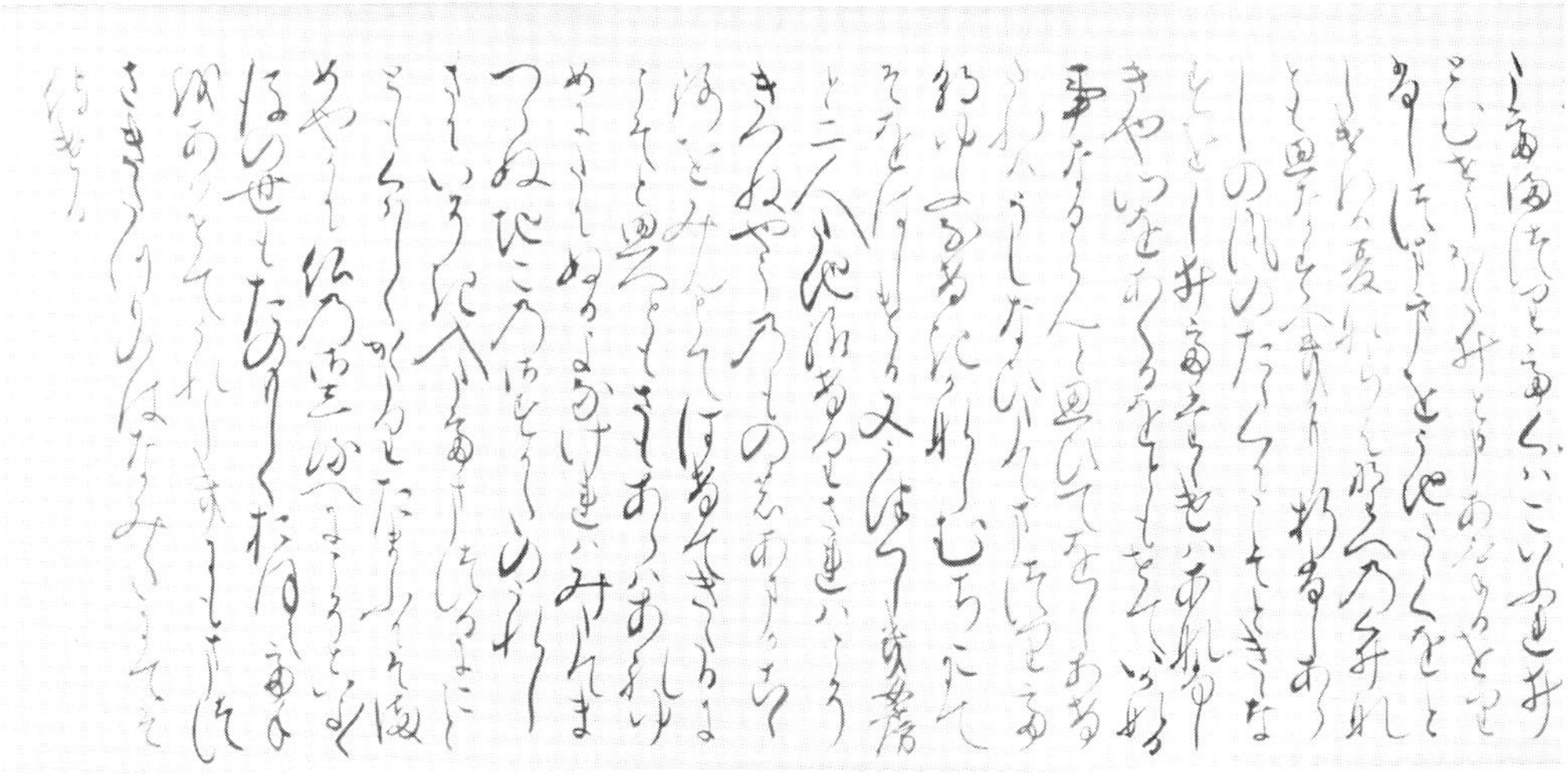

▲【原本】

▼【現代語訳】

児《ちご》が失踪した後、乳母はつらい世の中が厭《いと》わしくなっていた。俗世《ぞくせ》を捨てる心残りとなるような人もいないので、尼となり、思いのままに方々の寺社に参詣した。来世の妨げにならぬことを願うだけでなく、ひたすら「もう一度会えるように、児の行方をお知らせ下さい」と念じた。そして「この世で再会し申し上げたい。もしも亡き者におなりなら、早くこの私の惜しくもない命を召して、浄土で一緒にならせて下さいませ」とばかり、明けても暮れても祈っていた。

ある日、いつものように来世を祈る勤行《ごんぎょう》のために起きて、本尊に向かって「過去幽霊頓証菩提《かこゆうれいとんしょうぼだい》」と唱えていると、妻《つま》戸《ど》を打ち叩く音がした。夏ならば野辺《のべ》の水鶏《くいな》の鳴き声かと思うところだが、季節柄、嵐の音だと判断した。しかし、むやみに叩くので、あら不思議なこと、門を開ける音もしないのにどうしたことだろうと思って、妻戸を押し開けた。すると、亡くなったと思って朝夕嘆き悲しんでいた児が、美しい女性と二人で立っていた。乳母は、なるほど、狐のようなものが私の信仰心を試そうとして化けて来たのだろうと思った。しかし、それならそれで構わない。夢にさえ見ることのなかった児が目の前にいる嬉しさに、急いで二人を中へ入れた。児が今までのことを詳しく語ると、乳母は、本当に仏のお導きなのだわ、と来世もますます頼もしく思え、手を合わせた。嬉しいときも、何よりも先に出てきてしまうのは涙であるのだ。

☞ 絵の見どころ

天狗《てんぐ》の世界から、人間の世界へと帰還した児《ちご》と姫君の様子です。室内には、失踪した児のために、仏の絵像を掛けて祈る乳母が描かれています。詞書《ことばがき》では、乳母《めのと》は尼になったとありますが、この絵では尼姿ではありません。また、帰還した二人は尼天狗《あまてんぐ》によって乳母宅の門の内に降ろされたため、乳母から「門を開ける音もしないのに、妻戸《つまど》を叩く音がする…」と怪しまれています。

①［児］
ここを開けておくれ
人の声がしないなあ
誰の気配もしないよ

②［姫君］
私たち、
お顔が赤いようだわ

姫君

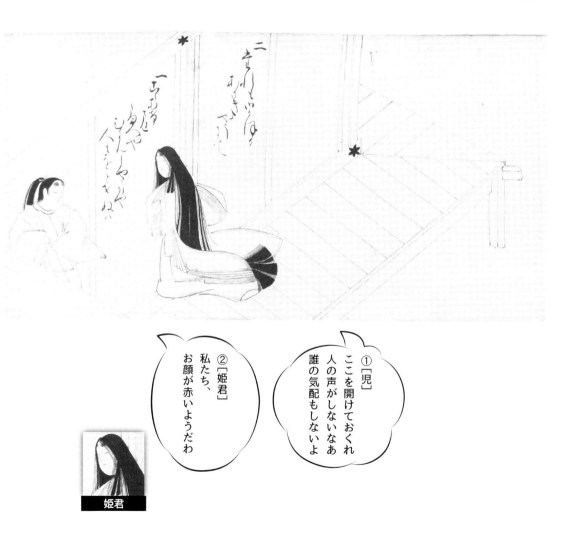

第19段 乳母との再会

④［乳母］
あら不思議だわ
門を開ける音もしないのに、
誰かが妻戸《つまど》を叩いて
いるのはなぜかしら

乳母《めのと》

③［児］
のぼせたみたいで
気分が悪いなあ

児《ちご》

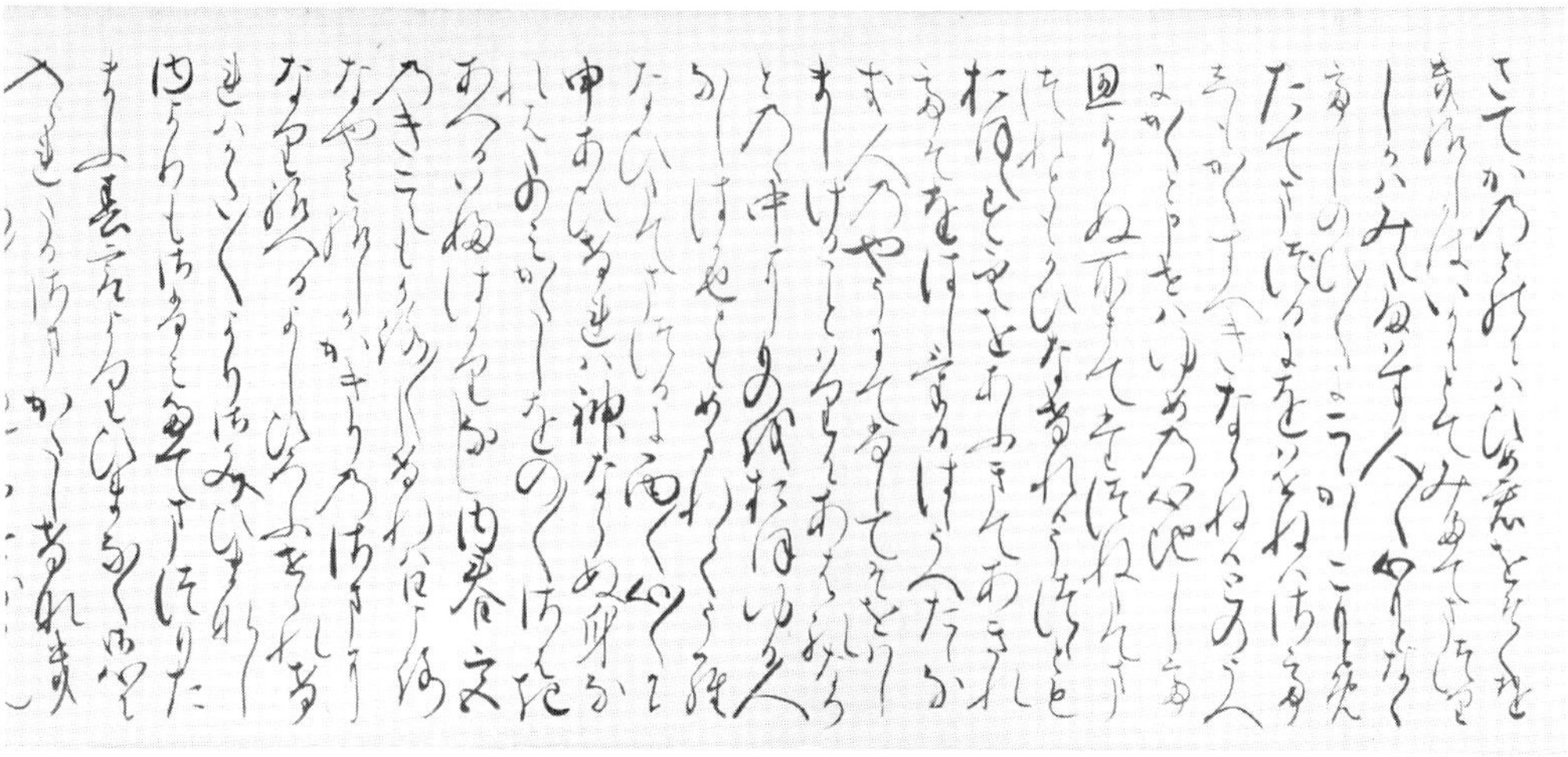

第20段 内大臣《ないだいじん》家の騒ぎ

▼【現代語訳】

一方、内大臣家では姫君が遅くまで起きないので、どうしたのかと見てみたところ、姫君の姿がない。人々は心配し、こっそりとあちこちを探すが、見つからない。こうなっては隠し通せないと、大臣殿《おとどどの》と母上に事態をお伝えした。両親は悪い夢のようで、いるとは思えないようなところまで探すけれど、そのかいもなく見つからなかった。現実の

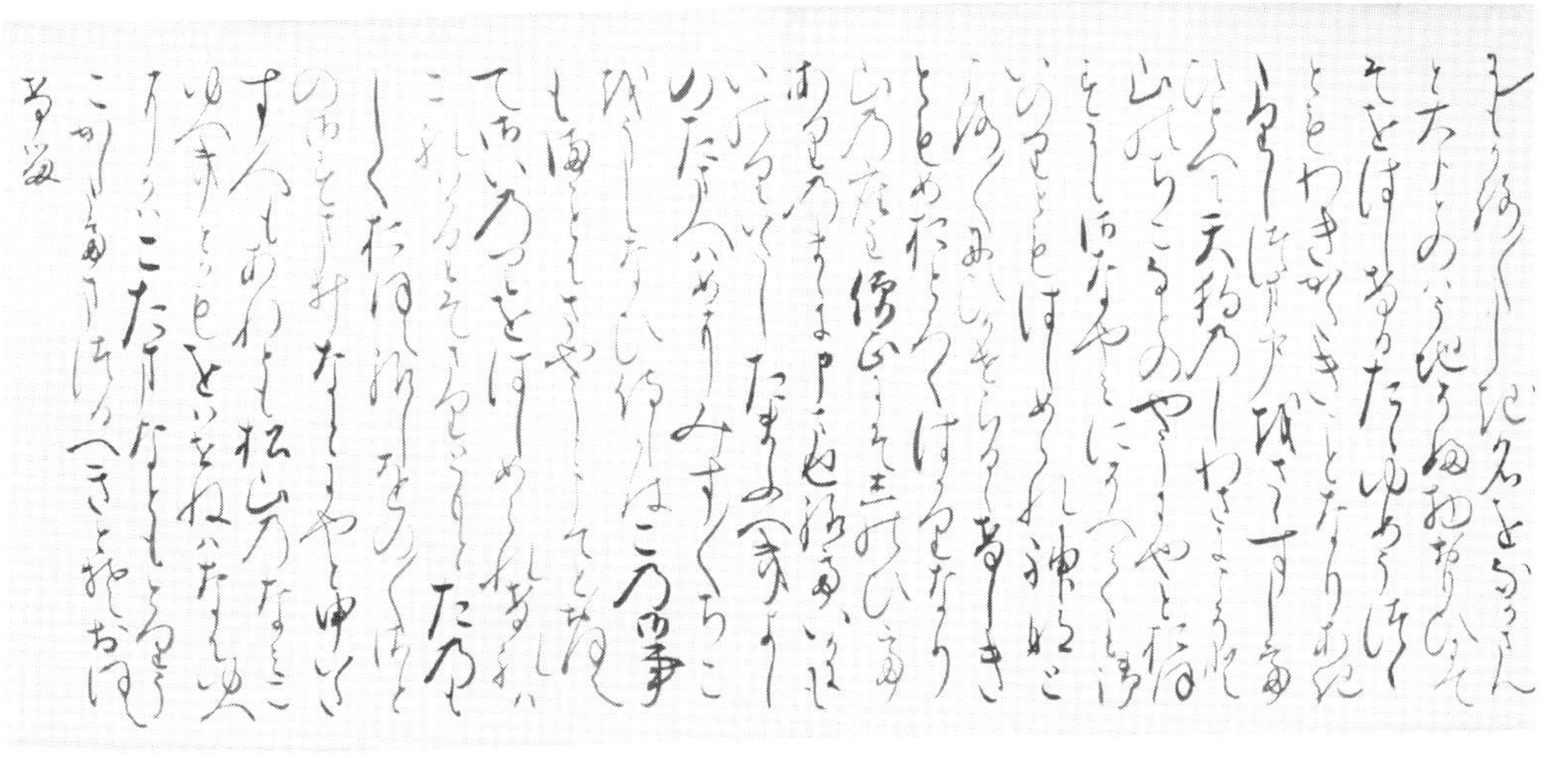

▲【原本】

こととも思えず、空を仰ぎ見て呆然としていた。母上がただ死んだように打ち臥《ふ》しているのももっともなことで、気の毒なことである。内大臣家の内に冷静でいられる者などいなかった。

陰陽《おんみょう》博士たちが呼ばれて占いをするものの、てんでばらばらなことを言う。神ではない者を頼りにはできない。みな、それぞれにひどく騒ぎ合っている。姫君失踪という事実は、帝や春宮《とうぐう》に対して体裁が悪いので、両親は、この所患《わずら》っていた姫君が臨終になったということにした。すると方々からの手紙がひっきりなしにあり、帝からも手紙が遣わされた。春宮も常に気にかけてくれる様子である。もったいないことだが、真相が知られたら悪い評判が流れてしまうのではないかと、大臣殿はこの点でも頭を悩ませていた。ただ夢とも現実ともつかぬ、信じられないような出来事であった。

大臣殿は、開いていた妻戸《つまど》には鍵がかかっていなかったのだ、ただただ天狗《てんぐ》の仕業《しわざ》にちがいない、比叡山《ひえいざん》の児《ちご》のようになってしまったのでは…と思った。さまざまに心痛が募《つの》る中で祈祷《きとう》などを始め、神馬《じんめ》をあちこちに奉納する様子なども、驚くばかりの仰々しさである。山の僧正《そうじょう》には、こっそりありのままを伝えて、是非《ぜひ》とも祈祷をして姫君を探し出してほしいと願った。目の前でみすみす児を失ってしまった僧正は、今回のことも本当にそういうことだろうと思って祈祷を始めたので、大臣殿はこれこそが頼みの綱だと心強く感じた。

「もしかしたら、『源氏物語』の浮舟《うきふね》が小野《おの》の里に身を置いたように、どこかに身を隠していらっしゃるのではないか」と言い出す人もいたが、姫君には出奔《しゅっぽん》の原因となるような男女関係の罪はない。だから、浮舟と違って木霊《こだま》などが姫君を連れ去るはずはないのだと両親は思った。

①［母上］
一体これは夢なのかしら
亡骸《なきがら》さえ残っていないなんて
あんまりだわ
あの子はどこへ行って
しまったのかしら
とても現実のことだとは
思えないわ
②［大臣殿］
あまりのことに
言葉も出ない…
外向きにはここの所患《わずら》って
いた病気で臨終になったと
いうことにしよう
母上
大臣殿《おとどの》
宮内卿殿《くないきょうどの》
❶［宮内卿殿］
春宮《とうぐう》参りで大騒ぎに
なるはずが、
一変してしまったよ
❷［左近侍従］
何が起きるかわからない
世の中であるなあ
④［少将殿］
この妻戸《つまど》が開いていたぞ
民部卿《みんぶきょう》
少将殿《しょうしょうどの》
蔵人《くろうど》
女房
左近侍従《さこんのじじゅう》

第20段 内大臣家の騒ぎ

春日殿《かすがどの》

③［春日殿］
亡骸を残していらっしゃったならば、せめて世の理《ことわり》として納得できますけれど、それさえないのですから一体どうしてこんなことになってしまわれたのかと胸が痛みます

堀川殿《ほりかわどの》

⑧［堀川殿］
世間で噂の天狗《てんぐ》が姫さまもさらってしまいましたのよこの世の人とは思えないほど、あまりにも美しくていらっしゃいましたから

乳母《めのと》の宰相殿《さいしょうどの》

⑤［女房］
私が起きて参りましたのは、夜明けの空に残る月が沈む頃でしたが、すでに妻戸は開いていましたどうしてか風が開けたのだと思いましたわ
きっと姫さまはここからどこかへ行ってしまわれたのね

⑥［乳母の宰相殿］
どんな恐ろしい目にあっていらっしゃるのかと思うと、どうしようもなく辛いのです

近衛殿《このえどの》

⑦［近衛殿］
姫さまはここの所、本当にお加減が悪そうで、朝遅くまでお休みになっていらっしゃったので、今朝も起きていらっしゃらないのはいつものことだと思ってしまいましたわ

☞ 絵の見どころ

画面中央では姫君の両親や側近の女房たちが一室に集まり、姫君の失踪を嘆き悲しんでいます。しかし部屋の左端には、堀川殿《ほりかわどの》の泣き顔の眉の様子を笑う女房たちもいます。彼女たちは姫君にさほど思い入れがないため、愁嘆場《しゅうたんば》が滑稽《こっけい》に見えているのかもしれません。一方、画面左側の部屋の外で言葉を交わす身分の低い女房たちはこの事態を深く悲しんでいます。女房たちの、主人への忠誠や、思い入れの度合いが、この事態を通して露《あら》わになっているのです。

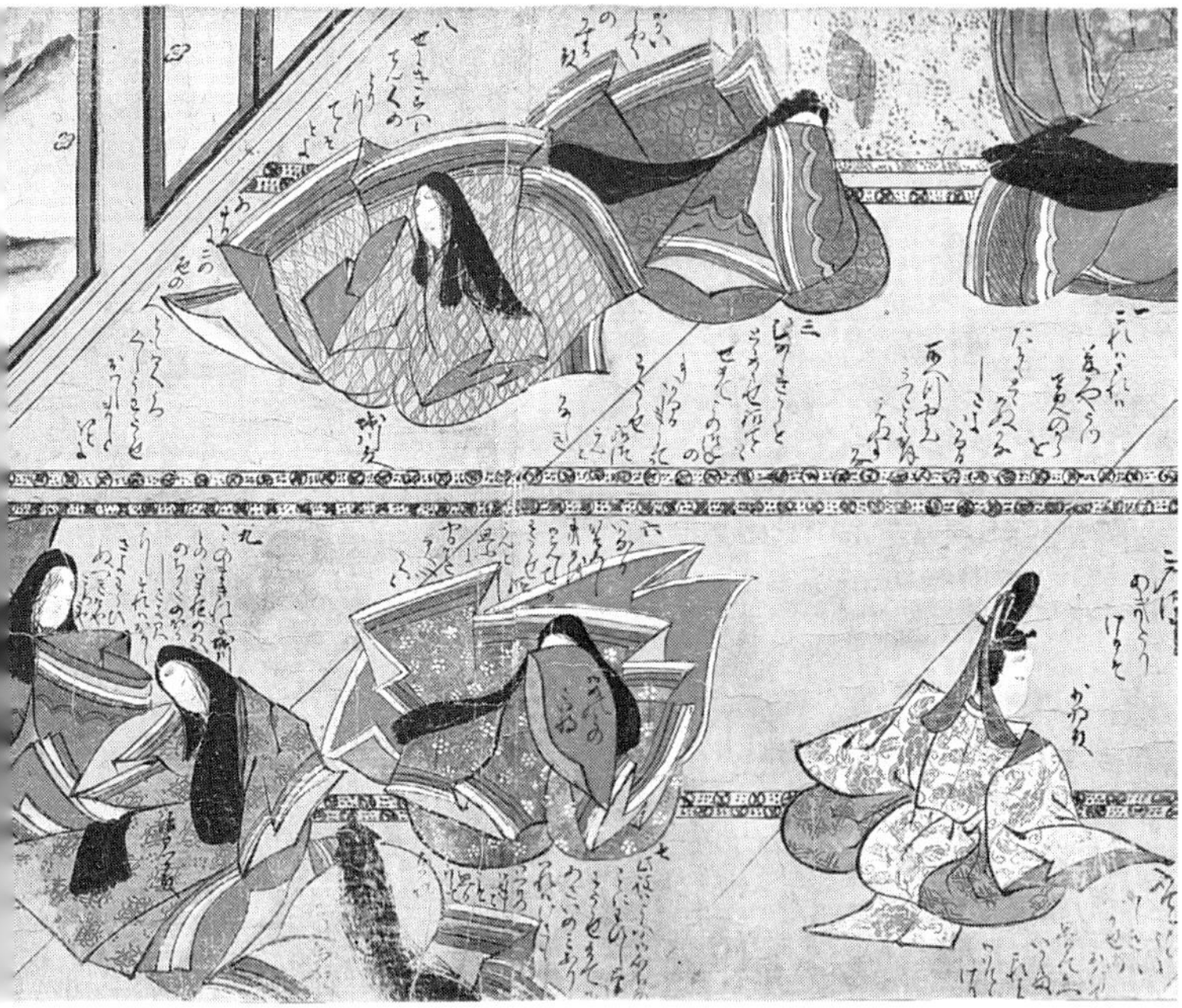

侍従殿《じじゅうどの》

⑨［侍従殿］
この騒ぎの中で堀川さまの
眉が寄っているのが
おもしろくて
拝見するとおかしいの
笑っちゃいそうだわ
いやだわ

治部卿殿《じぶきょうどの》

⑩［治部卿殿］
まあ、おかしな眉の様子ね
あきれたことに、
いつもの私の笑いぐせで、
つい笑ってしまいそうな
気がするわ

❸［宿木さぶらふ］
ここの所、
姫さまのお加減がよくないから、
夜通し起きてお仕えしていたのに
今からは誰に対してそのように
熱心にお仕えすればいいの
悲しいわ

宿木《やどりぎ》さぶらふ

❹［葎こそ］
ただお一人で出て
行かれたのでしょうね
どのような姿で姫さまを
さらったのかしら
きっと妖《あやかし》が出たのだわ

葎《むぐら》こそ

ゐせきこそ

❶［こや人さぶらふ］
姫さまの春宮《とうぐう》参りの
折には私をお連れくださる
約束だったので…
これは悪い夢なのかしら

❷［ゐせきこそ］
私たちのような者こそ、
天狗も姫さまの身代わりに
攫《さら》って行けばいいのに
残念なことだわ、
本当に

こや人さぶらふ

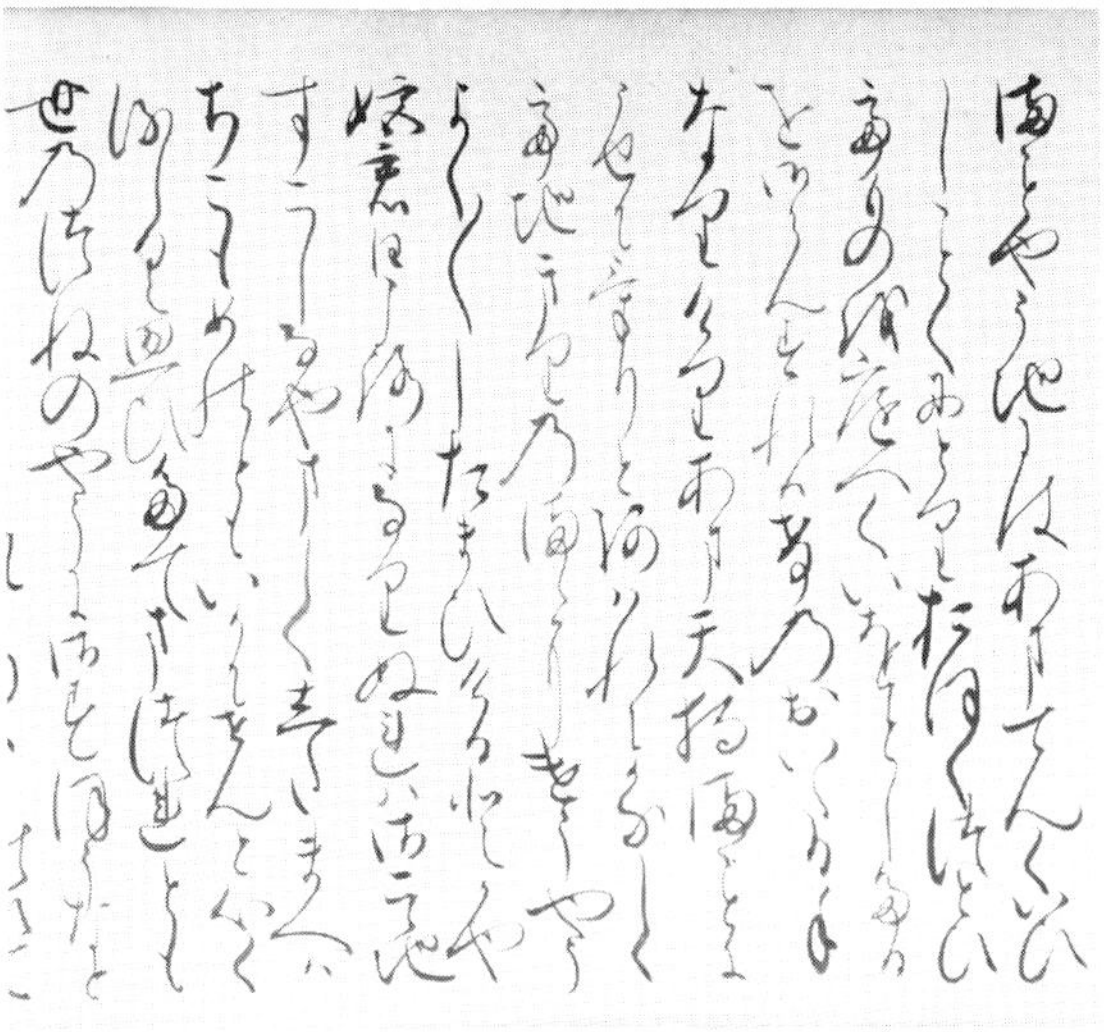

第21段　姫君の出産

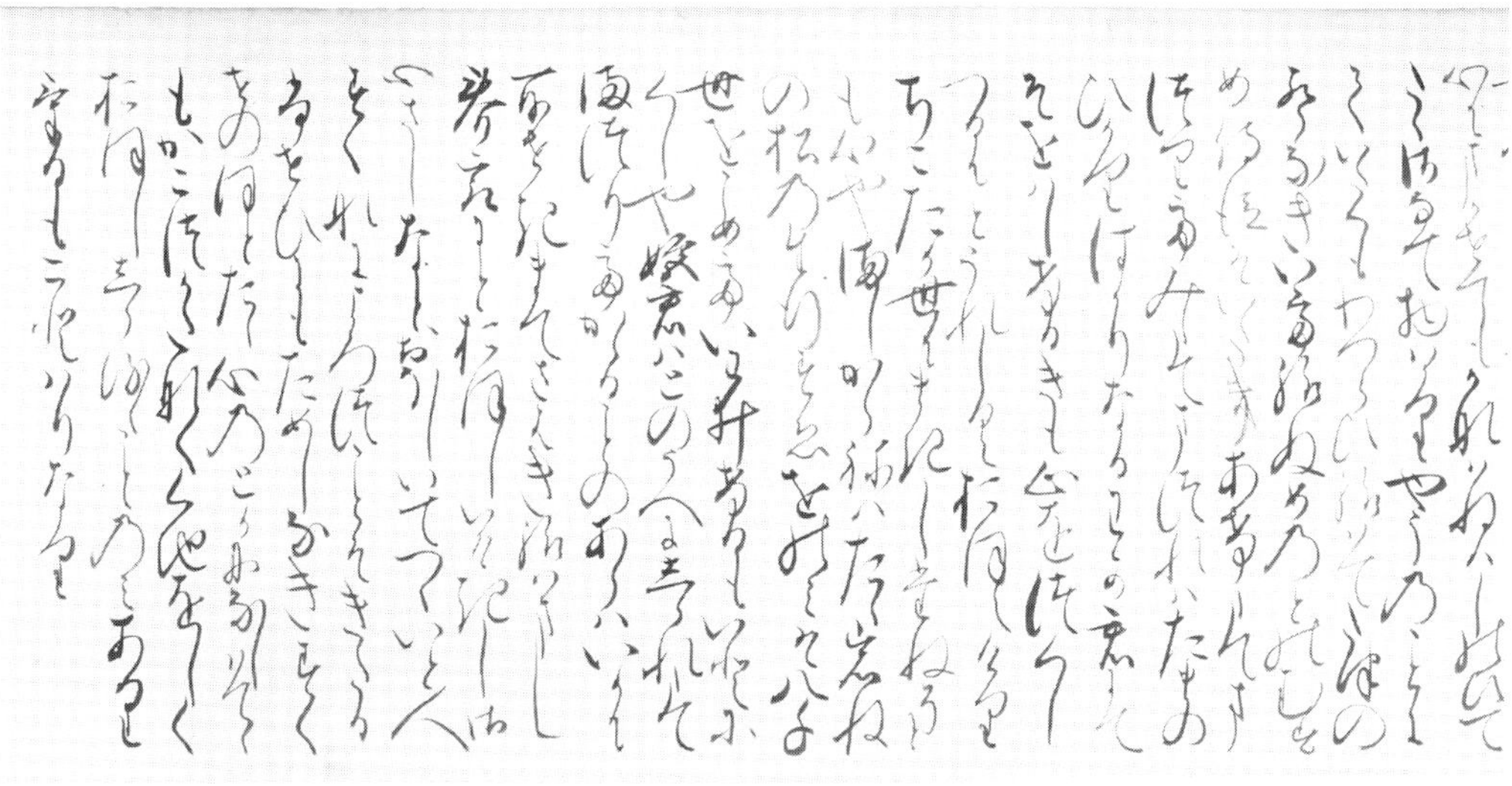

▲【原本】

▼【現代語訳】

さて、宇治《うじ》では尼天狗《あまてんぐ》が言った通り烏《からす》がたくさん集まって、くわえていたものを庭に落として行った。児《ちご》と姫君がそれを見ると、毛の生えた手であった。二人は、尼天狗は本当に死んでしまったのだと悲しくも心打たれて、約束通り手厚く供養《くよう》をしたということである。

姫君は出産が近づいたので、少し苦しそうにしていた。児も乳母《めのと》もどうすればいいのかわからずただただ心配していた。なかなか普通のお産のように思い通りに祈祷《きとう》などはできず、こっそりと撫《な》で物《もの》を用意しただけだった。しかしあまり苦しむことなく、鶴の一声のような産声《うぶごえ》を上げて赤ちゃんが生まれた。乳母の娘の侍従殿《じじゅうどの》が抱き上げて見ると、玉のように可愛い男の子である。みな、とても心配したけれど良かったと喜んだ。児は、いったい誰の子かと気を揉《も》む必要もないので、ただ岩に根ざして育つ松のようにすくすくと若君が成長することを、長寿と繁栄を込めて願うばかりであった。なんとすばらしいことだろうか。

一方姫君は、父上や母上がこの出産を知っていたならば、どんなに大騒ぎして準備してくださったことかと、春宮《とうぐう》参りの支度《したく》を急いでいた両親の気持ちを思い出した。ここでは仕える人の数が少なく、何事も質素で物寂しい様子である。めったにない運命を自業自得だと思えば、他のせいにはできなくて悔しく、色々と思い知らされる気がした。それももっともなお気持ちであろう。

①［侍従殿（乳母の娘）］
ご両親のどちらに
似ていらっしゃるか、
まだわからない頃
ですけれども、
かわいらしいお顔ですこと
まだお乳を差し上げて
いないのは、
どうしたことでしょう

侍従殿《じじゅうどの》
（乳母《めのと》の娘《むすめ》）

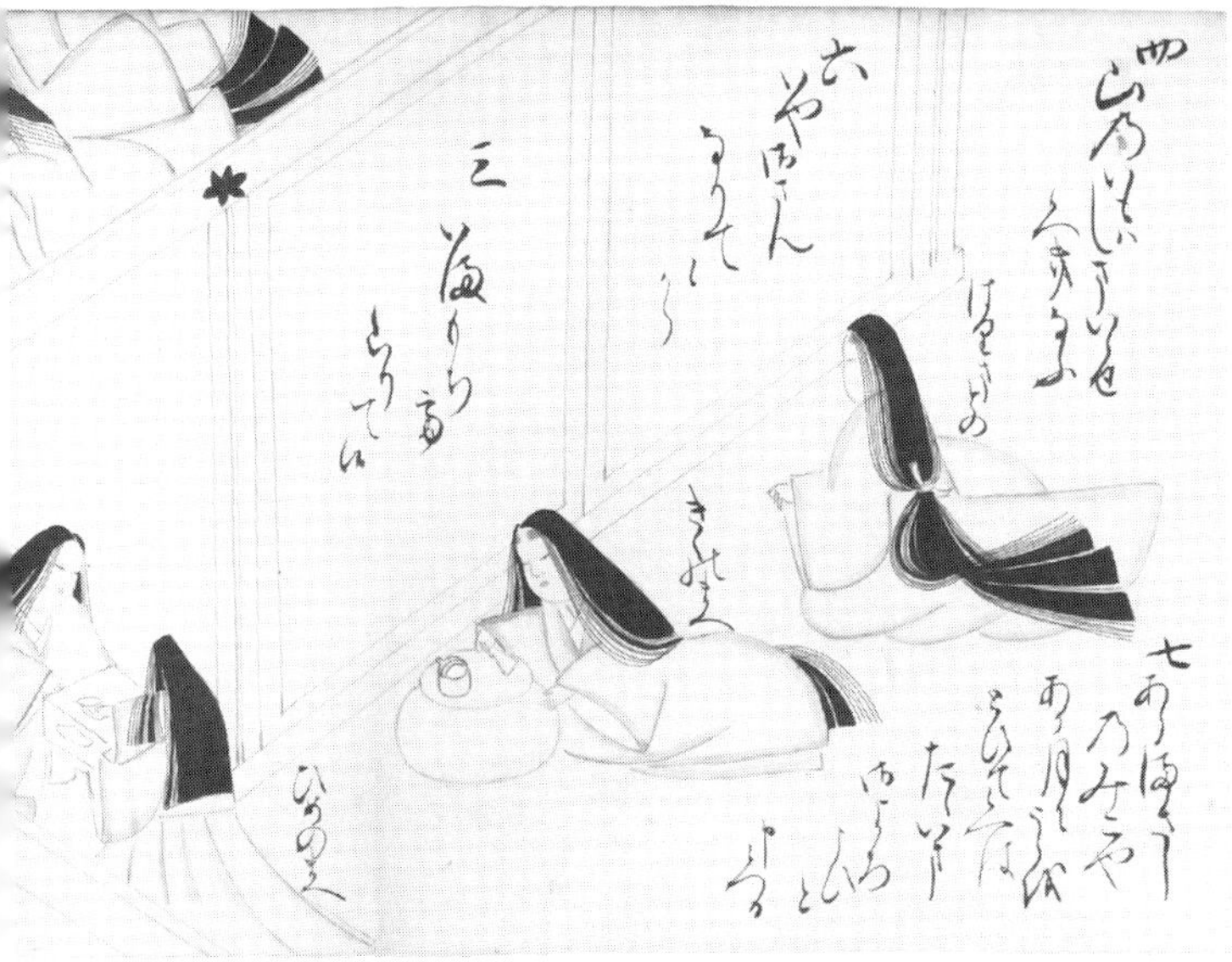

⑥［播磨殿］
もうお産はすんでございますの

⑦［播磨殿］
まあ、占い通りの若君ですよ
夜明け前に占ってみましたら、
まもなく若君ご誕生と出ました

④［菊の前］
山の芋は差し上げたほうが
いいわよねえ

播磨殿《はりまどの》

姫《ひめ》の前《まえ》

菊《きく》の前《まえ》

姫君

児

②［児］
まず煎《せん》じ薬を、早く
③［乳母］
今お持ちいたします
⑤［乳母］
早く差し上げて聞くまでもないことよ

乳母《めのと》

☞ 絵の見どころ

画面右側では出産を終えた姫君に薬を与えるため、乳母《めのと》や女房などが立ち働いています。画面左側の姫君のそばには児《ちご》が寄り添っています。出産場面に男性が描かれる例は珍しく、児の、姫君への愛情の深さを窺わせます。『とはずがたり』巻一の、二条《にじょう》が雪の曙《あけぼの》（西園寺《さいおんじ》実兼《さねかね》）の子を極秘に産む場面では、雪の曙が二条の腰を抱いて出産を介助しようとし、二条がその袖に取りついて出産を遂げていました。家族と離れて秘密裏《ひみつり》に出産した姫君もまた、児と抱き合うようにして若君を産んだのでしょうか。

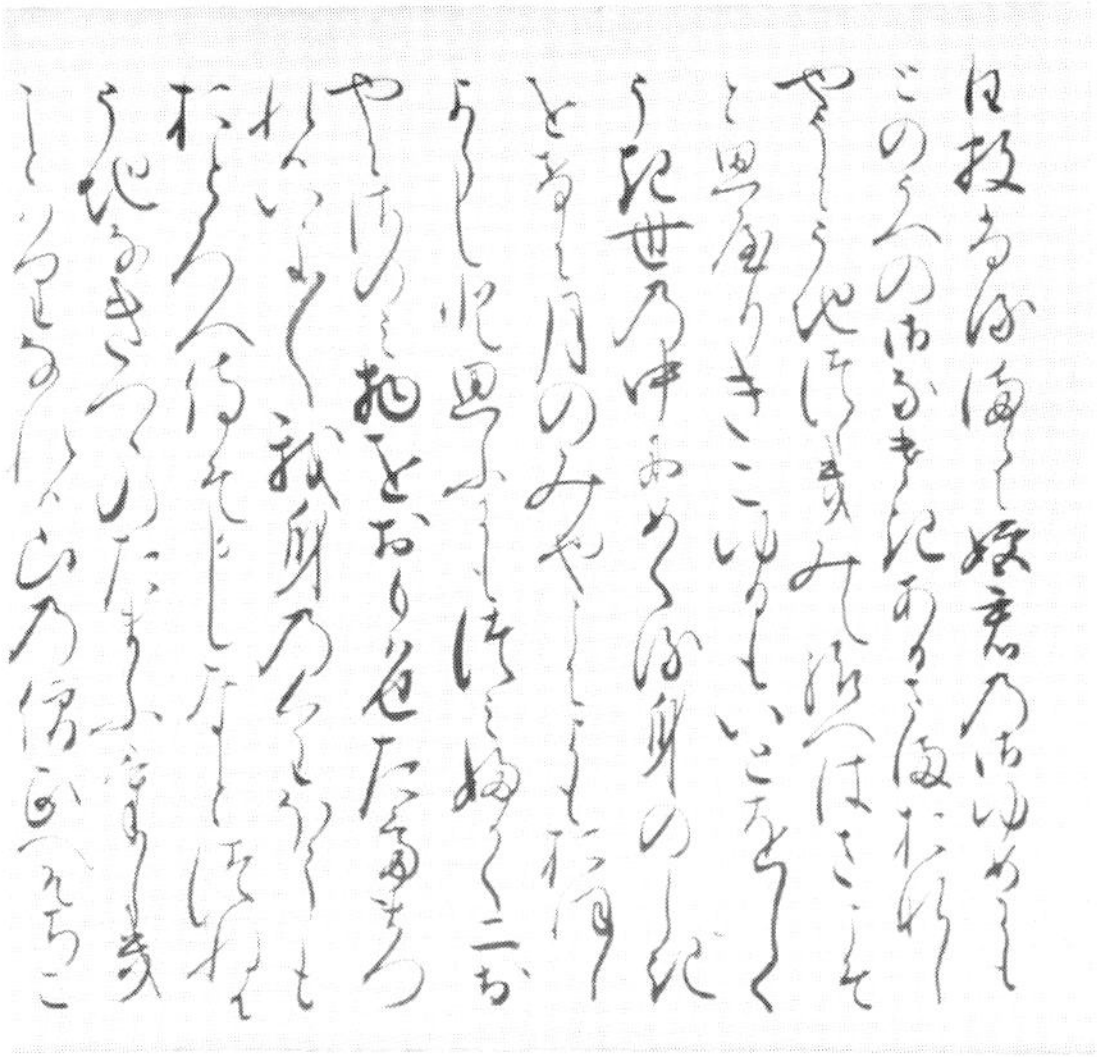

第22段 うれしい知らせ

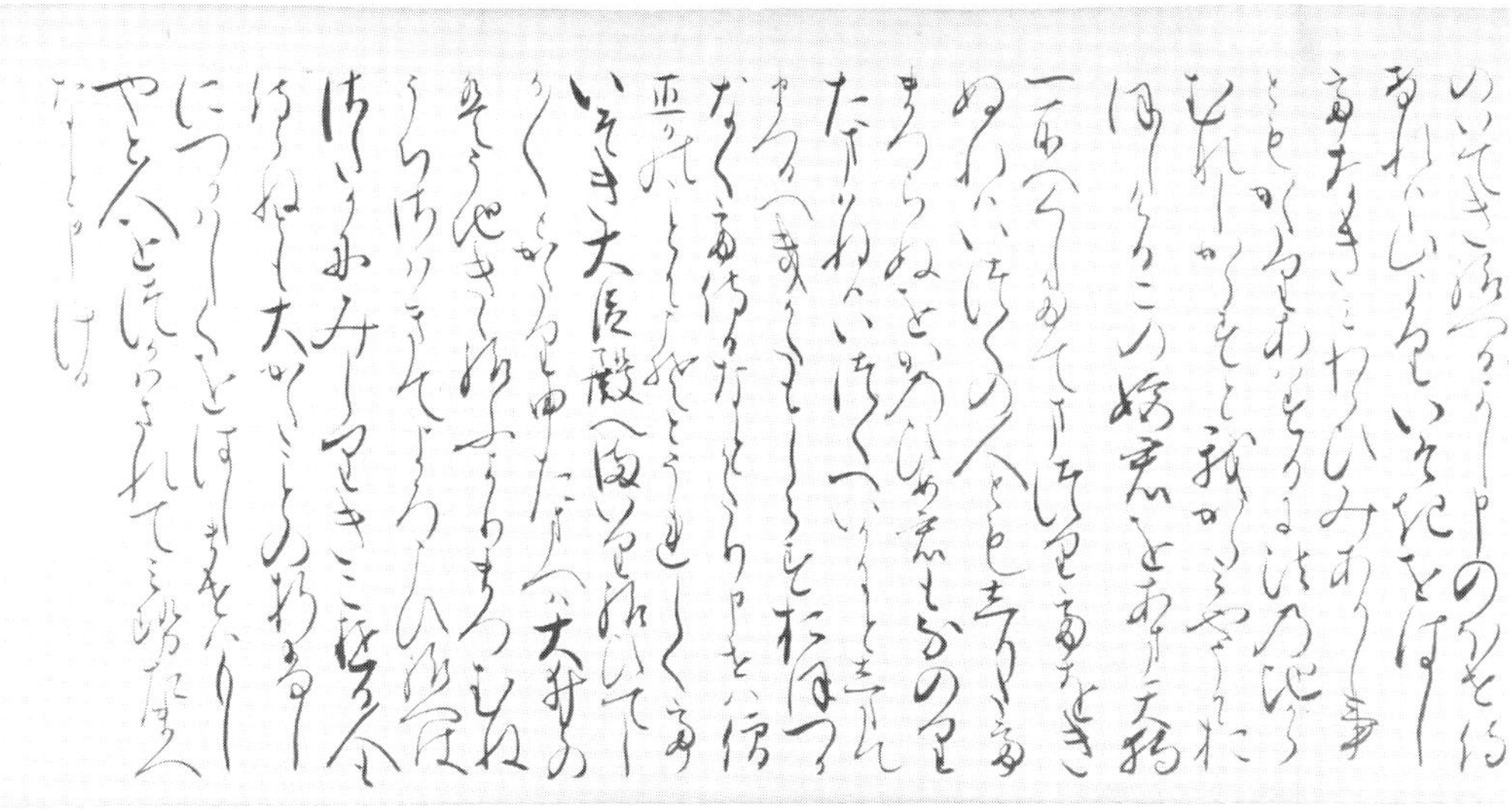

▲【原本】

▼【現代語訳】

日が経《た》つにつれて、姫君は大臣殿《おとどどの》と母上が嘆いている夢を何度も何度も見た。さぞかし心配なさっているだろうと思いやれば両親が気の毒で、「私が辛いこの世を生き永らえている現状を、京の都では本当にご想像にもならないでしょう。自分が罪深く感じられます。両親にこんな風にむやみに心配をおかけしているので、私の果報《かほう》もいよいよ尽きてしまうでしょうね」といつも泣きながら言う。そう思うのももっともなので、乳母《めのと》はまず比叡山《ひえいざん》の僧正《そうじょう》に児《ちご》が見つかったという便りを送った。すると僧正は山から急いでやって来て、児と泣き笑いしながら、これまでの経緯などを語り合った。僧正は、法力《ほうりき》はやはり頼もしいものだと、自らの手柄のように考えた。

　児は、「尼天狗《あまてんぐ》がこの姫君も私と一緒にここへお連れして残していきました。どちらの人とも存じ上げず、姫君も名乗って下さらないので、どちらへお連れしどのようにして差し上げるのがよいかもわかりません。気がかりなまま暮らしております」と話す。僧正は、あの姫君のことに違いないと嬉しくて、急いで内大臣《ないだいじん》家へ行ってしかじかと伝えた。大臣殿はちょっとお聞きになるやいなや、我が娘のことではないかと胸がはやって喜んだ。僧正は「こちらの姫君であると断言できる者はおりませんが、状況はぴったりであると思います。ひょっとするかもしれませんので、人をお遣《や》りになってお確かめください」などと言った。

①［佐殿］
僧正《そうじょう》さまがいらっしゃったのは、
もしかして姫さまのことでかしら
お聞きしたいわ

②［兵衛佐殿］
聞くだけになさいよ
まあ、広々と襖《ふすま》をお開けになって
お顔が向こう側へまる見えになってしまうわ
坊主なんか見たくないのに

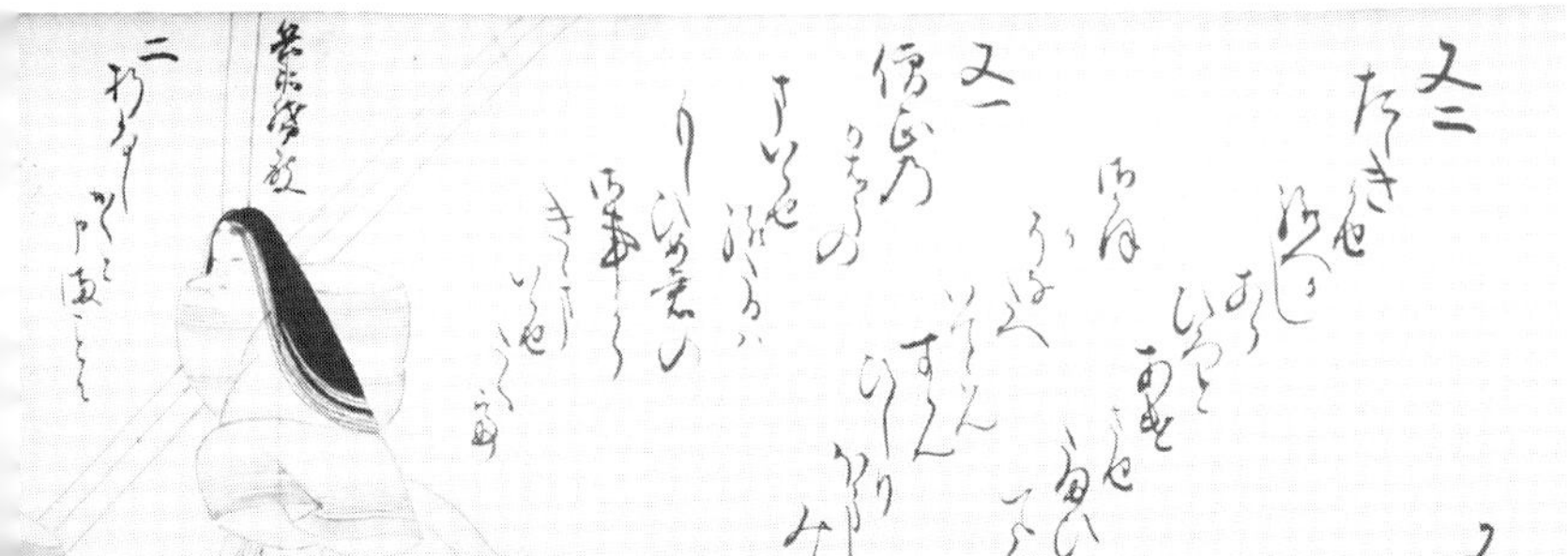

☞ 絵の見どころ

室内で話し合う大臣殿《おとどどの》と僧正《そうじょう》、そして襖《ふすま》に顔を押しつけるようにして、その会話を外から聞こうとしている三人の女房が描かれています。彼女たちは行方不明の姫君の手がかりを知りたいのですが、同時に僧正のルックスも気になるようです。『枕草子《まくらのそうし》』に「説経する講師《こうじ》は美形の僧が良い」とあったことが思い出されます。一番手前の女房は、他の二人から顔を背けて「うるさいわねえ」と迷惑そうです。なお、僧正は大臣殿に対してくどいほど丁寧語を使っています。僧正は仏教界でトップの立場なのですから、もう少し堂々と話してもよさそうなものです。ちょっと卑屈な印象を受けてしまいますね。

③［佐殿］
これだけ細く開けていると
いうのに、大袈裟《おおげさ》ね
僧正さまは容姿も整って
いらっしゃるわ
本当に尊いことね

佐殿《すけどの》

④［女房］
姫さまのことをお聞き
しようと思っているのに
ああもう、
うるさいわねえ

女房

②［大臣殿］
ちょうど先日そのようなお話を
いたしましたが、
本当に状況がよく似ていますね
案内役をよこしていただければ、
すぐに人を遣わして確認させます
格別のご祈祷《きとう》、
本当に恐縮でございます

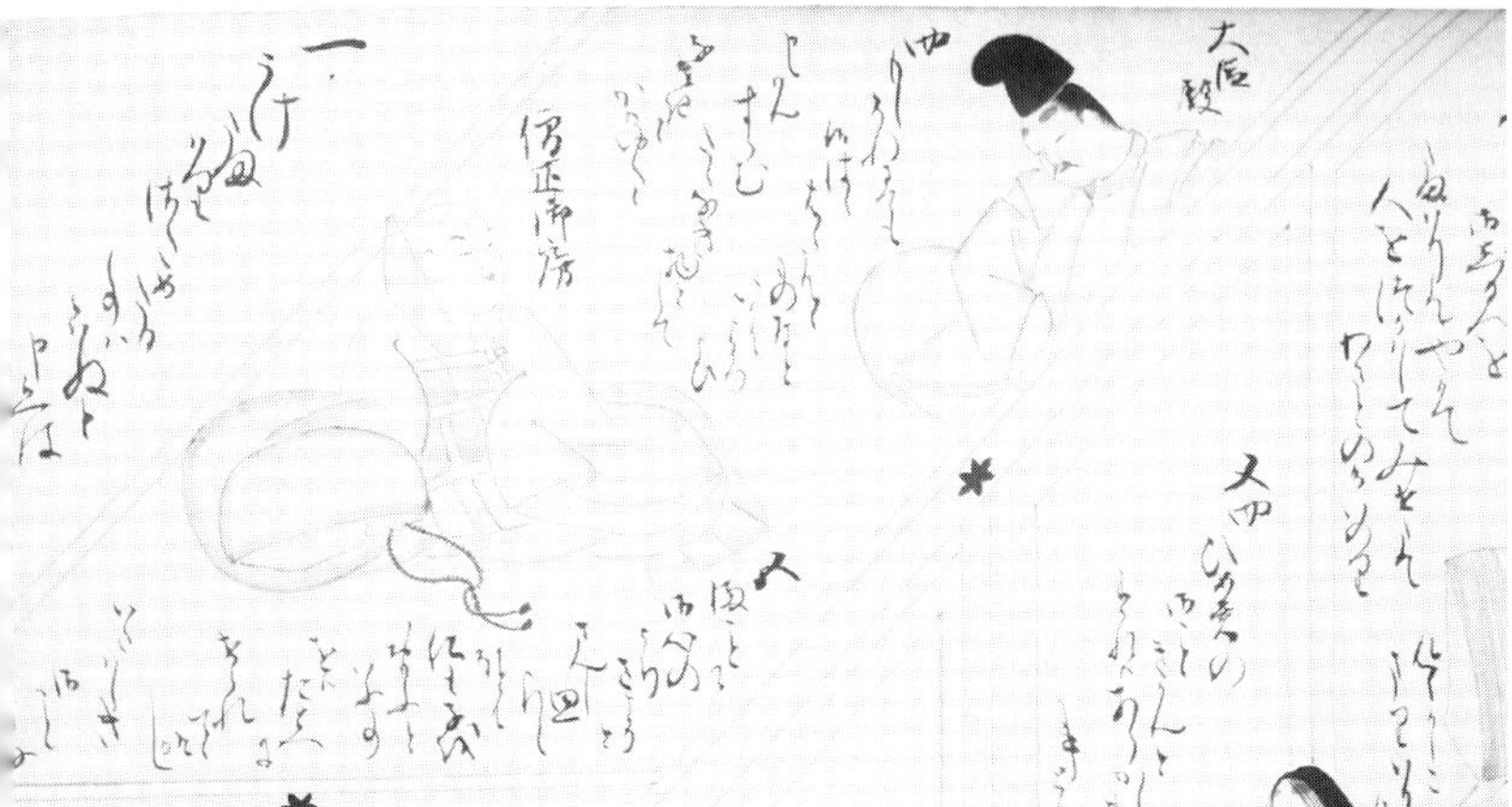

①［僧正］
話を聞いただけで、
確実ではございませんので、
いい加減なように聞こえる
かもしれません
児《ちご》を山で天狗《てんぐ》にさらわれましたが、
実はその児が乳母《めのと》の家に捨てて
行かれた旨《むね》を連絡して参りました
そこへ赴き事情を聞きますと、
女性を一人、一緒に置いていった
とのことです
はっきりしたことはわかりませんが、
人を遣わされて、確認させては
いかがでしょうかと思い、
参上いたしました
ひょっとして別人でありましたら
大変だと思い、
なかなか申し上げられずに
ためらっておりましたが、
もしかしたらと思い、申し上げました

④［大臣殿］
もし本当にうちの姫で
ございましたら、
母親もどれほど喜ぶことでしょう
もう亡くなったものだと思って
嘆いておりますから
痛ましゅうございます

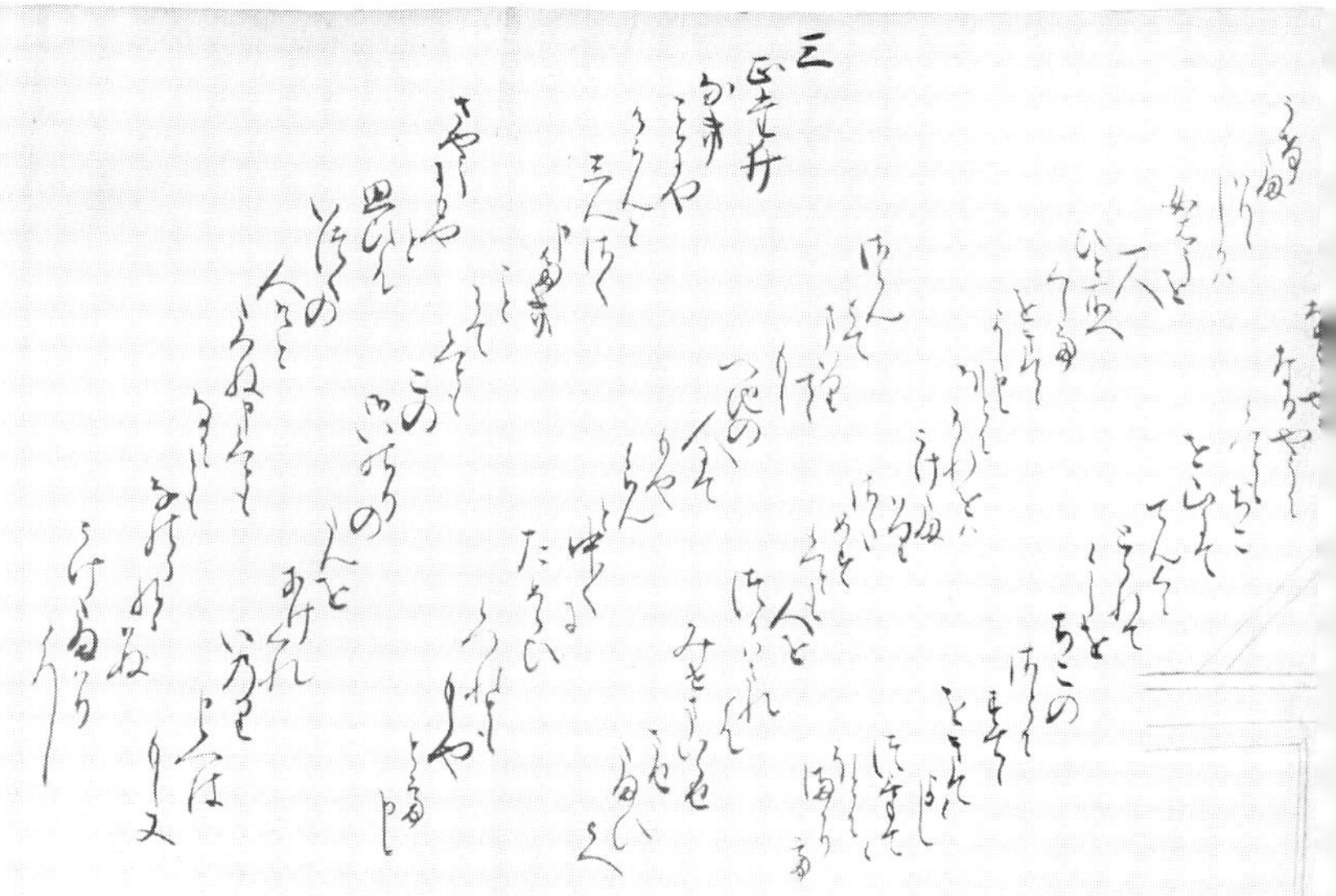

③［僧正］
根拠のないことではないかと思い、
ご報告はご遠慮申し上げとう
ございましたが、
壇《だん》を作り、
明け暮れ祈祷いたしましたので、
もしかするとこちらの姫君かも
しれないと思いました
その女性は、
どちらの方かお尋ねしても
何とも名乗られませんと、
聞き及んでおります

⑤［僧正］
ご心中、
本当にそのようであろうと
お察しいたします
仏も、親が子を思うということを
喩《たと》えに使っていらっしゃいます
お気の毒なことでございます

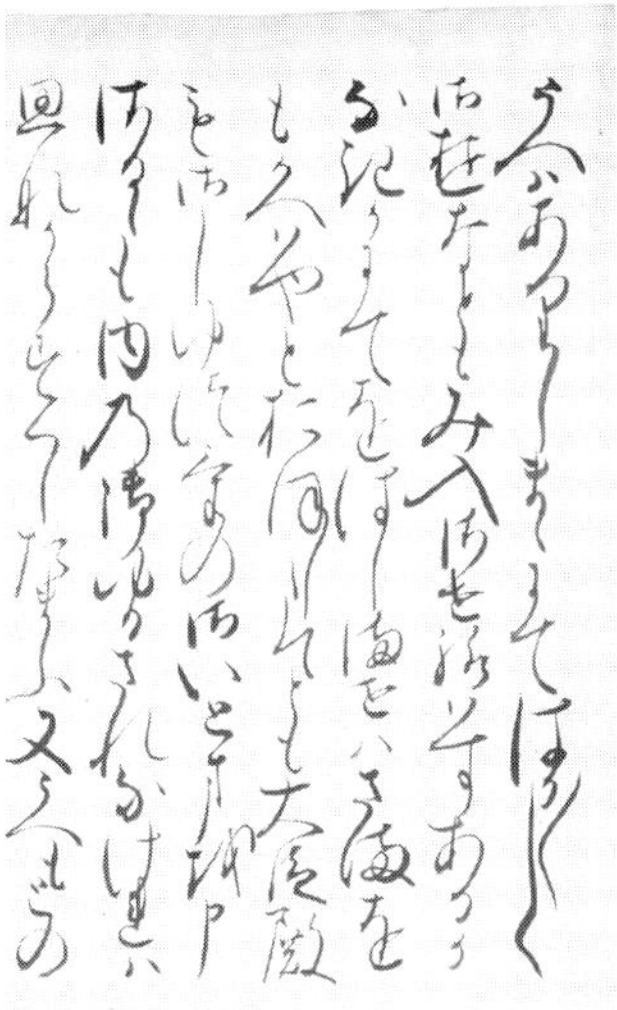

第23段 乳母《めのと》の宰相殿《さいしょうどの》の訪問

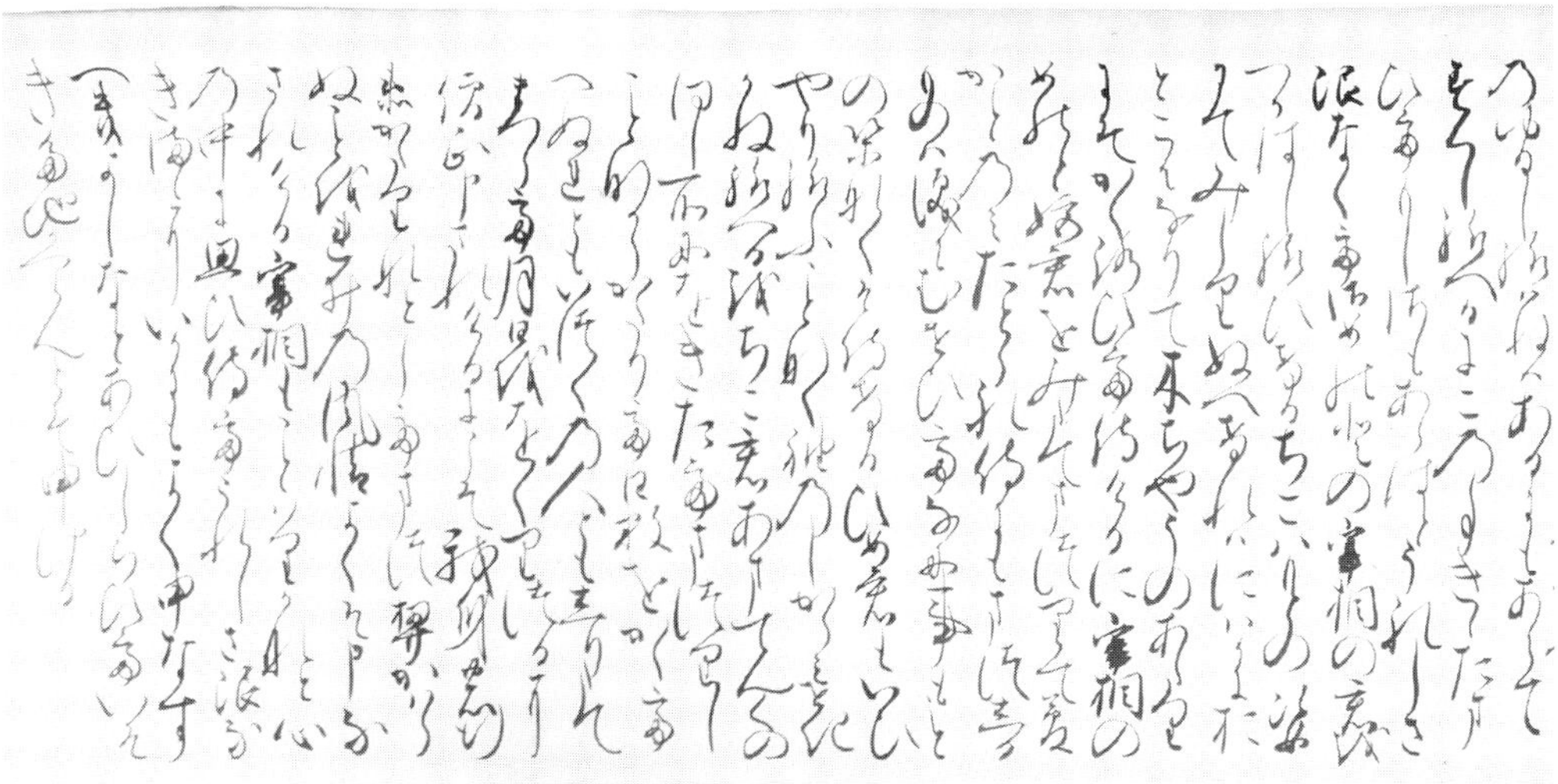

▲【原本】

▼【現代語訳】

母上は以前のまま薬湯《やくとう》などもまったく飲まず、命さえもおぼつかない有様である。両親は出家でもしたいと思い立つが、大臣殿《おとどの》が願い出ても帝の許しがなく、そのまま思い煩《わずら》いながら過ごしていた。母上も大臣殿の許しがないので、出家もできず生きているのかどうかも分からないような状態で過ごしていたが、このことを聞き、もし姫君のことであればと、たいそう嬉しくなって、姫君の乳母《めのと》である宰相殿《さいしょうどの》を遣わした。

児《ちご》は、もとの姿では今参《いままい》りだと使者に気付かれてしまうであろうから、仮に成人男性の姿になって几帳《きちょう》の辺りに隠れていた。宰相殿は、姫君を見て夢としか思えなかったが、感情を真っ先に知らせるものである涙にむせび、言葉もない。姫君もこみ上げる思いを言い表せないまま、涙が次々と溢《あふ》れ出て来るので、袖の柵《しがらみ》ではせき止めることもできない。児は、尼天狗《あまてんぐ》が二人を同じ所に届けたことなどを話した。そして「このように月日を送りましたが、姫君がどこの人かも存じませんので、そのまま過ごしておりました。僧正《そうじょう》が申していたのはこの姫君のことだったのですね」と、失踪した後のことなどを語った。そしてどうあっても二人の関係は変わらないのだと、いつものように上手に話すので、宰相殿も内心でうなずいた。そして感無量《かんむりょう》のうちに、両親にしっかり伝えてとりなす由《よし》を請け合うと、「急いで戻ります」と言って帰って行った。

①［乳母の宰相殿］
「まづ知るものは涙（自らの感情を真っ先に知らせるものは涙である）」と言いますが、本当にその通りだと思われます
嬉しいときにも真っ先に出てくるものは涙でございますね
それにしても、一体どういうことなのでしょうか

姫君

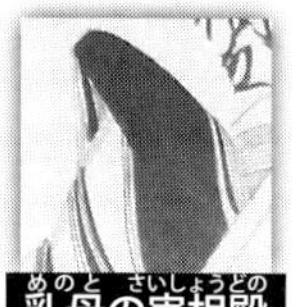

乳母《めのと》の宰相殿《さいしょうどの》

③［乳母の宰相殿］
殿は僧正さまへもそれは熱心にご祈祷《きとう》をお願い申し上げなさっておりました
きっとそのご霊験《れいげん》だと思われます
何はともあれ、このことを内大臣家へご報告しましょう
迎えの者をお呼びします
どれほどお父上やお母上がお喜びになるでしょうか

④［児］
もはや姫君を亡き人とまで思い申し上げていらっしゃったでしょう
ですから、そのおつもりで、我々二人の縁が深くて姫君がしっかりとお伝えくださいこちらにいらっしゃることを、しっかりとお伝えください
前世からのご縁であるからこそ、私たちを同じところへ連れてきて置いていったのだと、尼天狗が申しておりました

第23段 乳母の宰相殿の訪問

②［児］
すでにお聞きになって
いるでしょう
私は山で天狗《てんぐ》に攫《さら》われた
のですが、その後、この方も
私と一緒に同じ場所に
留め置かれていたのです
それを尼天狗《あまてんぐ》という
年老いた母親の天狗が
私たちをここまで連れて
来てくれたのです
もう長い間一緒に
過ごしましたけれど、
どのような方かも
存じ上げずに月日を過ごして
参りましたところが、
昨日僧正さまに
この方のことを
お話し申し上げましたら、
内大臣家の姫君ではないかと
申しておりました

児《ちご》

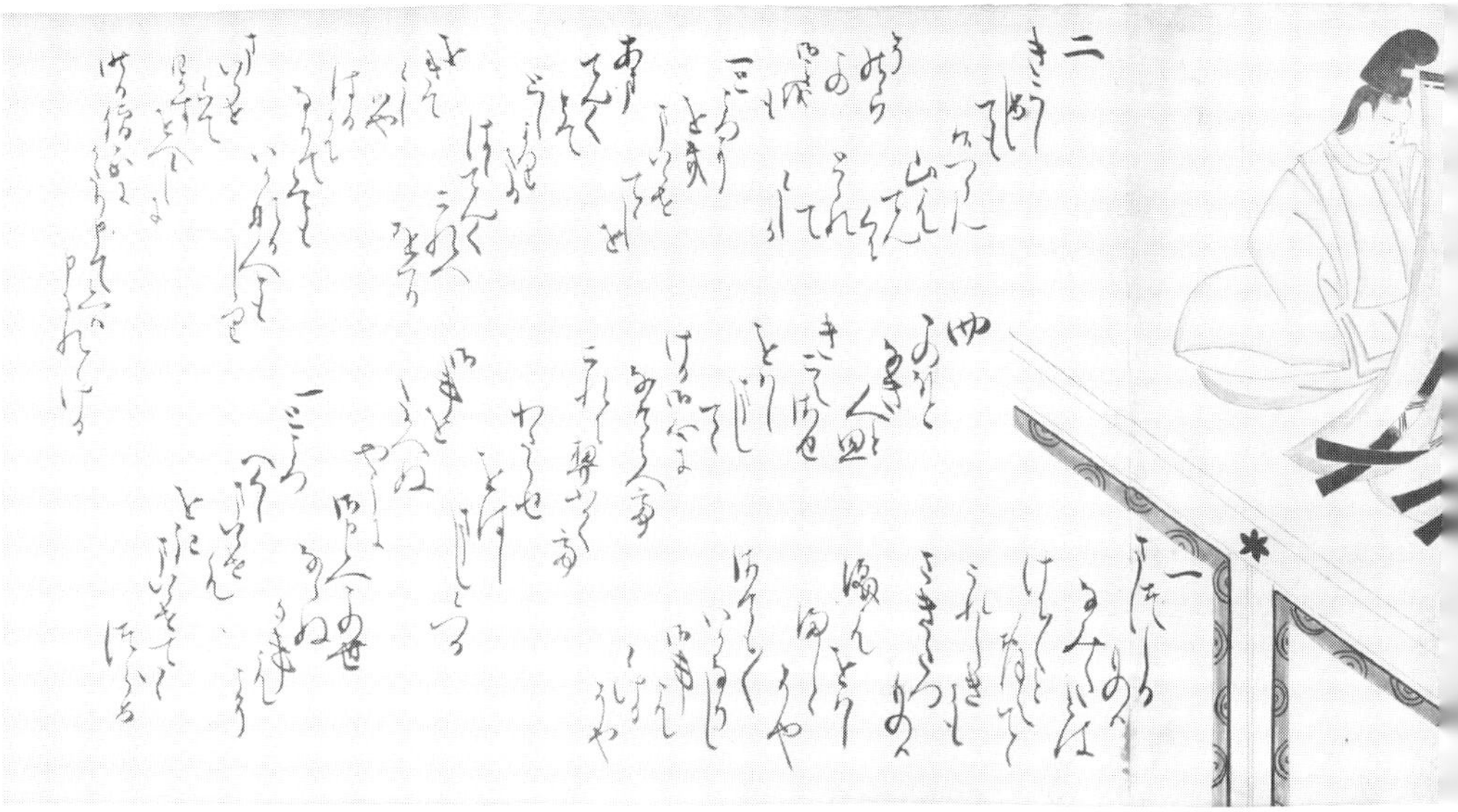

⑤［乳母の宰相殿］
本当に、
一筋に姫さまのご供養《くよう》まで
し申し上げておりましたのに、
不思議ですわ
もし姫さまが卑しいところに
でも捨て置かれていたならと
思えば、
きっとお命はなかったこと
でしょうね
内大臣家にはよくよく申し
伝えますわ

☞ 絵の見どころ

姫君の乳母《めのと》である宰相殿《さいしょうどの》が児《ちご》の乳母の家に遣わされました。外には、宰相殿が乗り付けてきた牛車《ぎっしゃ》が描かれており、車を飛ばして駆けつけてきたであろうことがうかがえます。再会を果たした姫君と宰相殿は、互いに顔に袖を押し当てて泣くばかり。一方、以前内大臣《ないだいじん》家に「今参り《いままいり》」として出仕《しゅっし》していた児は、宰相殿に正体を知られまいと、男姿になって几帳《きちょう》の陰に隠れているのでした。

第24段 姫君の帰還

▲【原本】

▼【現代語訳】

乳母《めのと》の宰相殿《さいしょうどの》が帰って来た。内大臣《ないだいじん》家の人々は、乗っていた牛車《ぎっしゃ》を邸内に引き入れるまでの時間もじれったく、人違いだったなどと言うのではないかと生きた心地もせず、かえって日頃よりみな気が気でなかった。宰相殿は両親のもとへ急いで来て、「間違いなく姫君でした」と告げた。言葉では言い表せないほど嬉しいことであった。両親が「姫君の様子はどうであったか、どうであったか」と言うので、「比叡山《ひえいざん》で行方不明におなりになった児君《ちごぎみ》と同じ所に、何者かがお連れしたそうです。児君はどこの人であるかも知らずにこれまで過ごしてきたのに、今さら離れ離れになるとしたら悲しいでしょう」と、今さっき聞いたままに伝えた。それももっともなので、さもありなんと両親は考えた。宰相殿は、まず姫君の迎えを急ぐべきだと言う。そこで、すぐに宰相殿と中納言殿《ちゅうなごんどの》が迎えに行った。姫君は、嬉しさの中にも残念な気持ちがあって、ここしばらく住み慣れた宇治《うじ》の辺りが何といっても感慨深く、優しかった児の乳母に対しても名残惜しく悲しい。しかし、迎えの人に知られるまいと思って、思っていることを何も言えないまま出て行った。

　さて、屋敷の内では、姫君の到着を待って再会した両親の心の内は、まるで別れの時に戻ったようである。互いに涙にくれて、何も言うことができないのももっともである。

①［母上］
とても物も言えない状態で、
とにもかくにも涙ばかりが
言葉の代わりに流れ出て
きますよ
それにしても、
いったいどういうわけで、
長い間、物思いを
させられたのかしら
今でもまだ、
現実のことかどうか
わかりませんわ
もし夢なのだとしたら、
どうしたらいいのかしら

姫君

母上

②［姫君］
どのようにお答えすれば
いいのかわかりませんわ
ただ泣くことしか
できません…

乳母《めのと》の宰相殿《さいしょうどの》

中納言殿《ちゅうなごんどの》

⑩［中納言殿］
お近くまで参上して、
姫さまにすがりついて
拝見したいくらいだけれど、
涙がやたらと流れてくるから、
こちらへ引っ込んできたのよ

⑨［侍従殿］
袖は、またお会いできた嬉し涙を
覆い隠してせき止める堤《つつみ》ですが、
私は涙を止められませんわ
まったく現実とは思えないわ

⑧［兵衛佐殿］
本当に涙は慎まなければばと
思うけれど、
嬉しくてとても止められ
ませんわ

⑦［女房］
よくよく拝見すれば、
姫さまは大人になられて、
ますますお美しいわ

兵衛佐殿《ひょうえのすけどの》

侍従殿《じじゅうどの》

第24段 姫君の帰還

③［大臣殿］
「嬉しきも憂《う》きも心は一つにて
（嬉しいのもつらいのも感じる
のは同じ一つの心だ）」と
古い和歌にあることも
思い知られるなぁ
思わず涙ばかりが
こぼれてしまうよ

大臣殿《おとどの》

④［春日殿］
これは夢かしらとまで
思い迷ってしまいます
本当に、
殿のおっしゃるように、
「分《わ》かれぬものは涙（嬉しさ
とつらさを区別できなく
しているのは涙）」で
ございますね

⑤［母上］
今でもまだ夢のようで、
現実という気持ちが
しませんわ…

春日殿《かすがどの》

女房

⑥［春日殿］
姫さまが行方知れずとなって
しまわれた後は、
すぐに出家して、
どこへでも彷徨《さまよ》い歩きたい
と思っておりました
しかし、殿と奥方様のお諌《いさ》めもあり、
また出家すると姫さまへの
惜別《せきべつ》の思いまでがいっそう
遠のく感じがいたしましたので、
できませんでした
寿命とは思い通りにならない
ものなので、
命が消えることもなく、
姫さまのお帰りの時を待ち迎えて
しまった次第です
出家もしていない変わらぬ姿を
姫さまにお見せするのは、
かえってお恥ずかしいですわ

❶［総角さぶらふ］
なんておめでたいんでしょう
みなさま子どものように
大泣きなさっています
ああ、姫さまのおそば近くに
お仕えする身であるならば、
近づいて姫さまのお姿を
見られるのに

総角《あげまき》さぶらふ

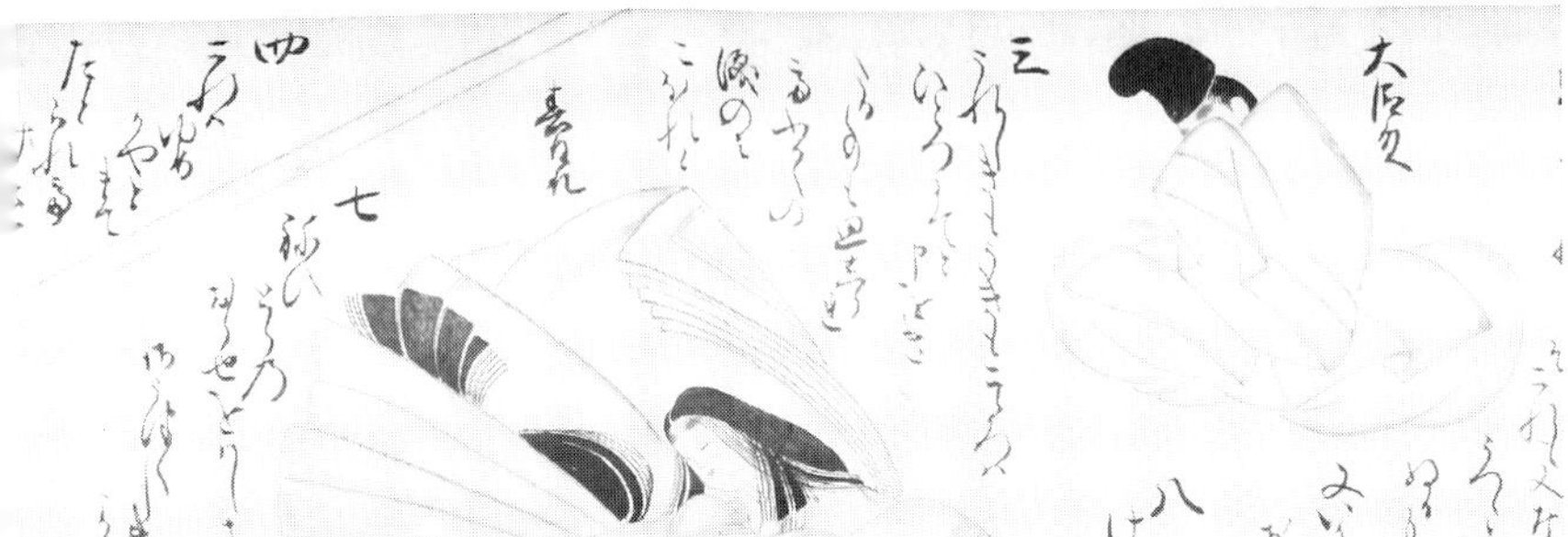

☞ 絵の見どころ

失踪していた姫君が戻ってきて、喜びにわく内大臣《ないだいじん》家の様子が描かれています。構図としては姫君を失って嘆き悲しむ内大臣家を描いた**二十**の絵によく似ていますが、同じ涙でもその理由が全く逆です。見つかった姫君は画面の右端に描かれており、中心にはいません。この絵は姫君ではなく、両親やお仕えする女房たちの喜びこそが主題であることがわかります。また、周縁に配置された下級の女房たちのコミカルなやりとりにも注目してください。久《ひさ》しきさぶらふの頬がお酒のせいで赤くなっているようなのですが、墨で描かれているこの絵からはその赤さがわかりません。ぜひ想像してみてください。

❸［宮人《みやびと》さぶらふ］
本当よ
私も顔が赤いでしょう
酔っちゃったのかしら
いやだわ
下戸《げこ》ほど嫌なものは
ないわよねえ
それにしても
久しきさぶらふさんの頬は
紅《べに》をつけたように赤いわ

宮人《みやびと》さぶらふ

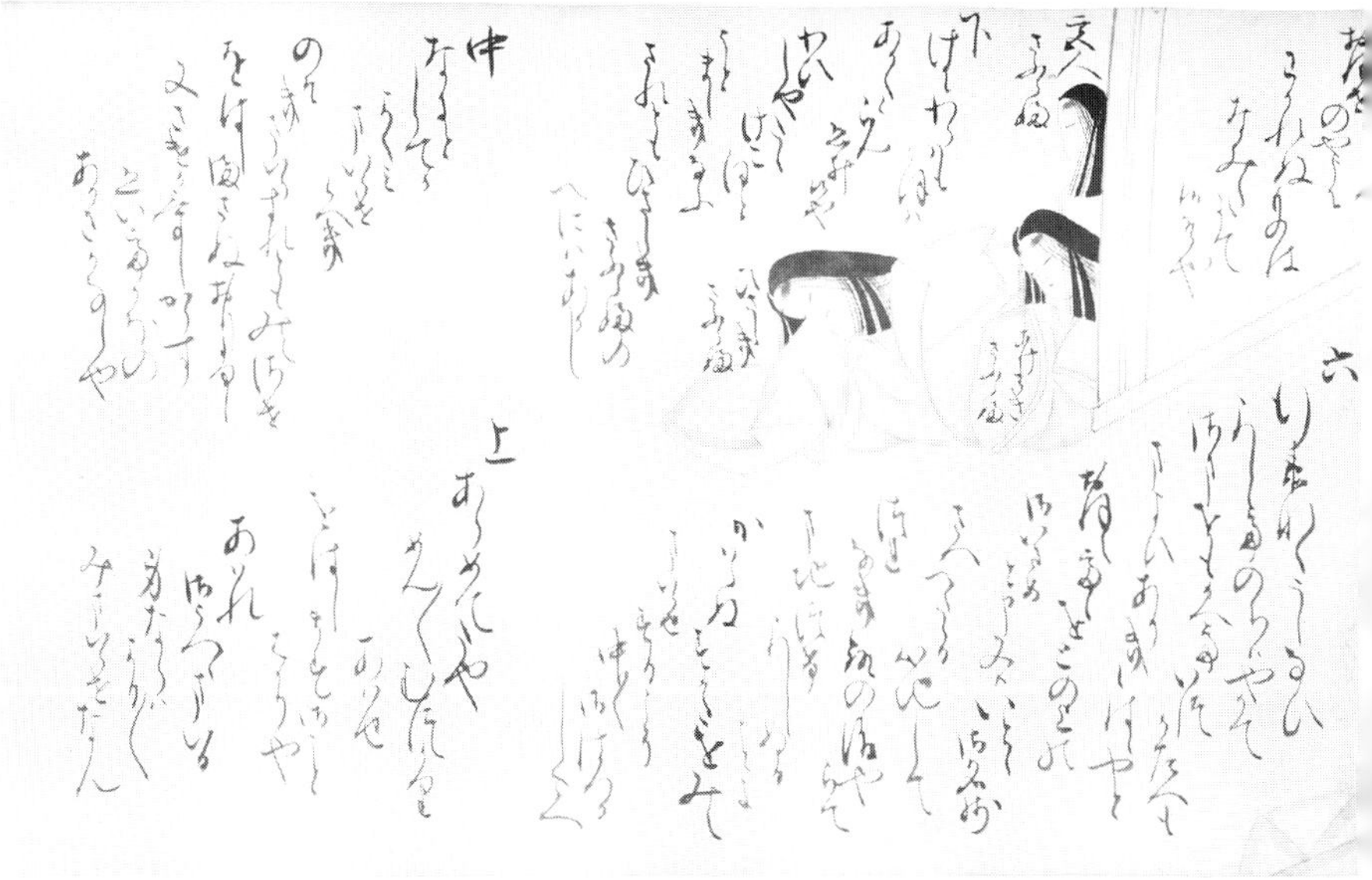

❷［久しきさぶらふ］
どうにかして、
姫さまのお姿をよく見たいわ
覗《のぞ》いてみるのだけれど、
見えないわ
ちょうどお酒を飲みすぎて、
酔っぱらって顔が赤いのが
口惜しいわ

久《ひさ》しきさぶらふ

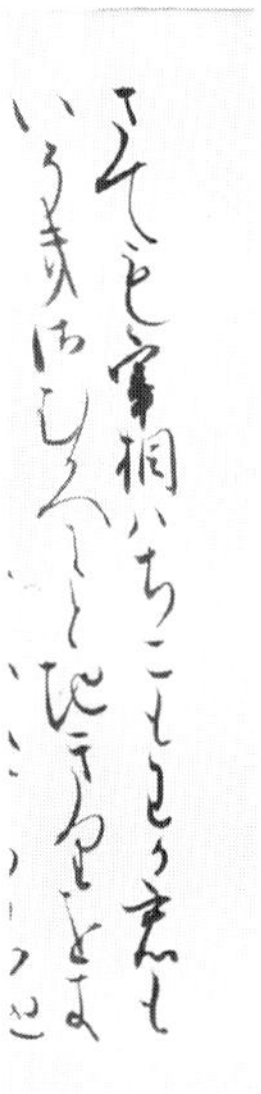

第25段 大団円

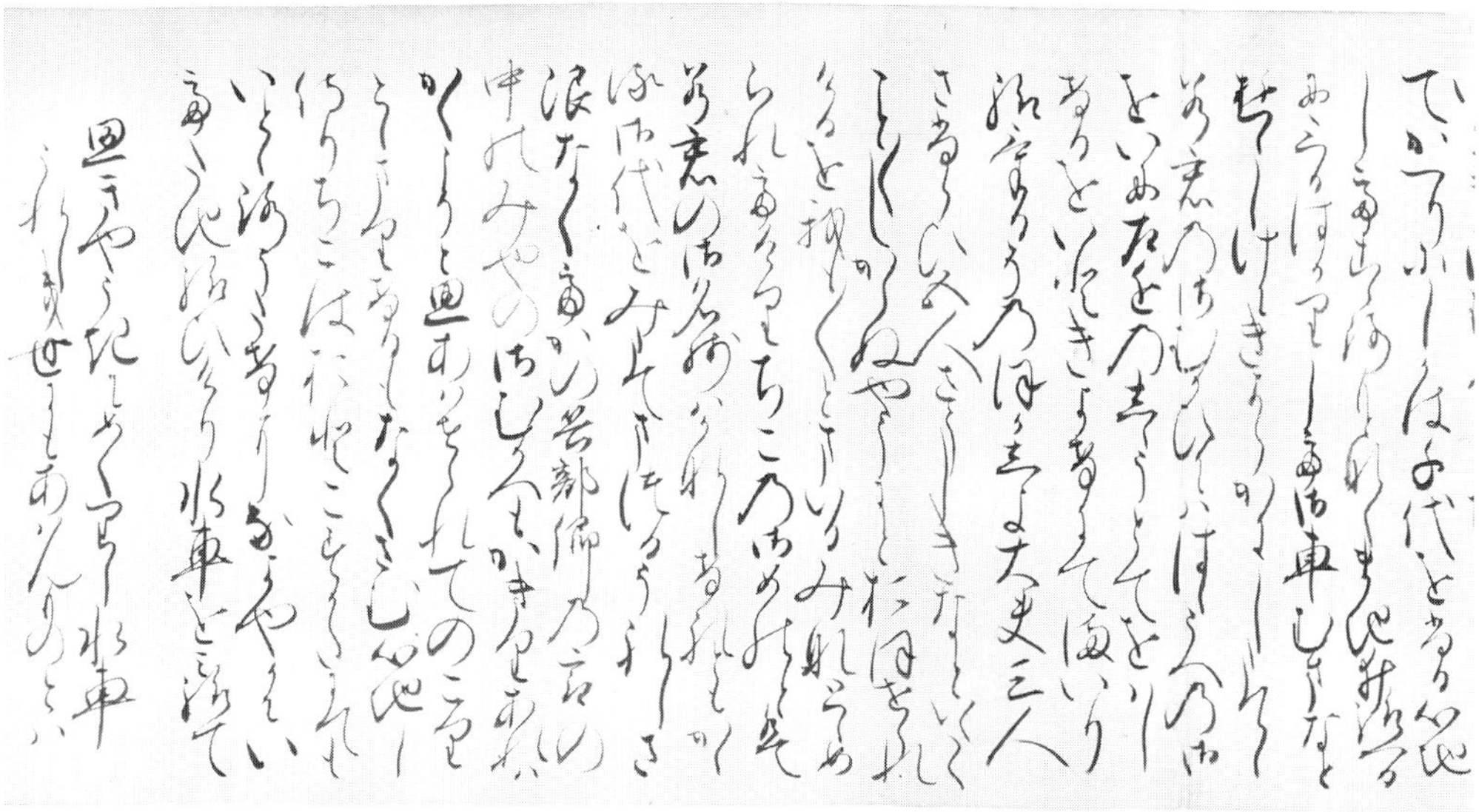

▲【原本】

▼【現代語訳】

ところで、乳母《めのと》の宰相殿《さいしょうどの》が「児君《ちごぎみ》も若君も急いでお迎えに上がります」と約束して帰ったので、児は非常に長い月日を過ごすような気持ちで待ち遠しかった。三日ほどたって、牛車《ぎっしゃ》や馬などをたいそう立派に上品に仕立てて、内大臣《ないだいじん》家から使者が遣わされた。若君の迎え役には、母上の甥《おい》の左近侍従《さこんのじじゅう》が、とても爽やかな美しい様子でやって来た。その他、諸大夫《しょたいふ》三人、侍《さむらい》五人、雑色《ぞうしき》などが、我も我もとそわそわして来たがったが、大臣殿《おとどの》が「あまり大げさでないように」と言ったので、みな留められた。児の乳母は名残惜しく、若君との別れが悲しかったけれども、このような場に立ち会うのがとても嬉しかった。あの『源氏物語』の匂兵部卿宮《におうひょうぶきょうのみや》による中君《なかのきみ》への迎えもまた、控えめにするよう定められていたが、それはこんな風だったのではないかと思うと、宇治《うじ》に残る辛さもまぎれる気がした。児は男姿になってもたいそうかわいらしく、しなやかな様子で出て行った。宇治川の水車《みずぐるま》を見て、

思ひきやうきに巡りし水車
嬉しき世にも逢はんものとは

(児)水車のようにつらい運命を漂《ただよ》い巡っていた私の人生が喜ばしい時節に巡りあうとは、思ってもみませんでした。

（続き）

児は屋敷へ到着すると、そのまま大臣殿と対面した。

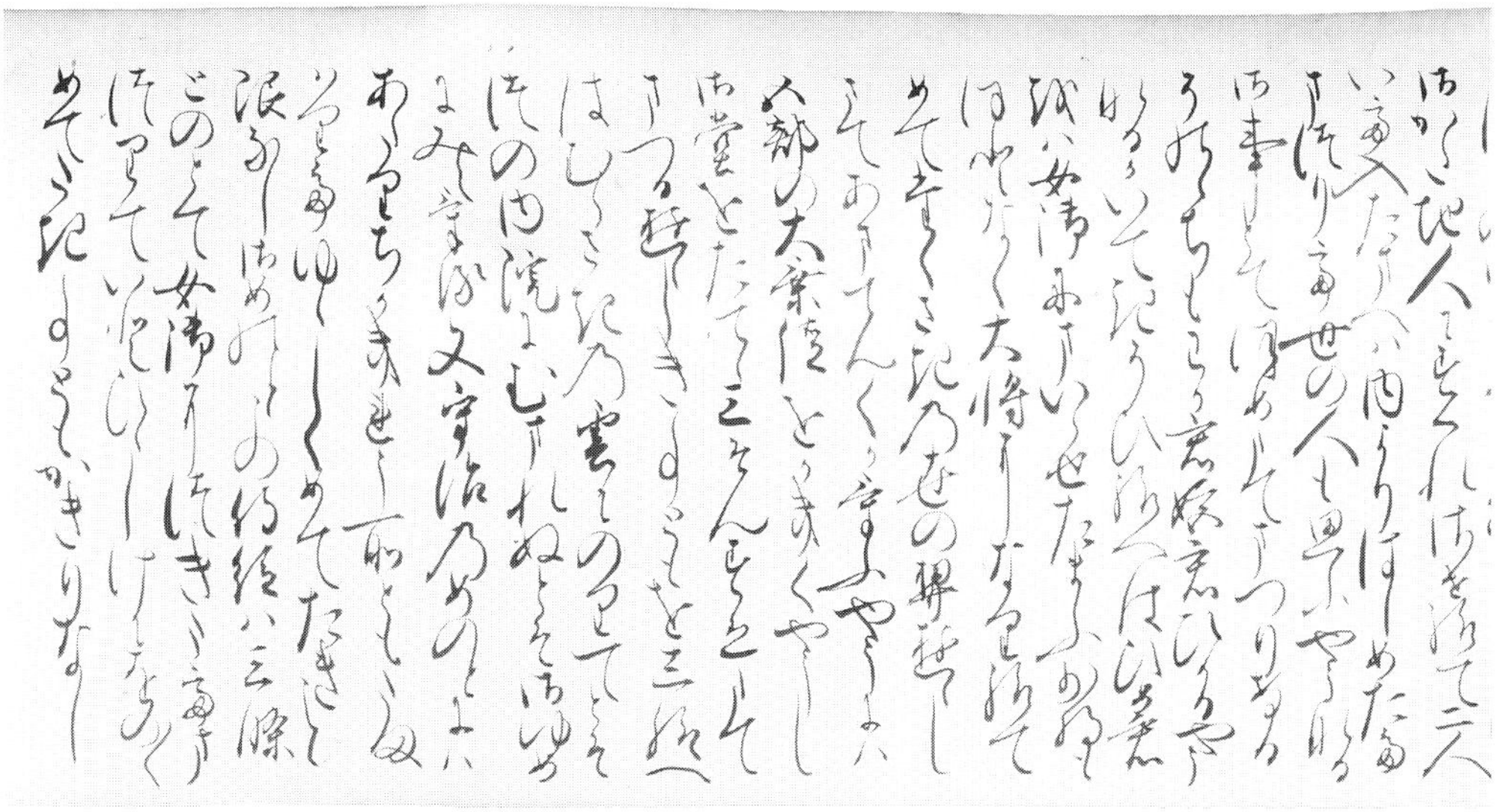

かつて四位少将《しいのしょうしょう》であった姫君の兄弟、頭中将《とうのちゅうじょう》も対面するが、児の気品はこの上なく勝っていた。並外れて美しかったので、『源氏物語』の紅葉賀《もみじが》巻とは異なり、そばにいる頭中将の美しさまでも引き立たせるようで、光源氏《ひかるげんじ》と頭中将が青海波《せいがいは》を舞ったという紅葉の下までもが思い出された。

実はこの児というのは、しっかりとした出自で、摂関家《せっかんけ》に連なる藤原北家の血筋である。しかし、両親の死後はただ乳母だけを頼りに育っていた。比叡山《ひえいざん》の僧正《そうじょう》が、児を幼い頃から自身の影のように付き従わせていたところ、姫君と一緒になるという不思議な縁《えにし》が生まれたのである。大臣殿は前世からのしかるべき運命だったのだろうと思った。帝や春宮《とうぐう》にも、姫君は死んだと伝わってしまっているので、この児を頭中将とは腹違いの子とした。児は少将として出仕することになったのである。見目麗《みめうるわ》しい頭中将と児が揃《そろ》って宮中に出入りすると、帝をはじめ世間の人々も、理想的なことだと二人を褒めそやした。その後も、児と姫君の間には光るように美しい若君や姫君が次々と生まれたので、その姫君を女御《にょうご》として参内《さんだい》させた。児はまもなく大《たい》将《しょう》になった。これもすばらしい前世からの宿縁《しゅくえん》であろう。

さて、児と姫君は尼天狗《あまてんぐ》のために五部《ごぶ》の大乗経《だいじょうきょう》を書写して供養《くよう》し、御堂《みどう》を建てて阿弥陀三尊《あみださんぞん》を据えた。そのように立派な供養を行ったためであろう、二人の夢に紫の雲に乗った尼天狗があらわれ、兜率天《とそってん》の内院《ないいん》に生まれ変わったという。また宇治の乳母には、近くの所領などが与えられ、とても幸せな暮らしぶりである。さらに児の乳《ち》きょうだいの侍従殿《じじゅうどの》（乳母の娘）は、三条殿《さんじょうどの》という名で女御付きの女房となって、たいそう立派な様子であったという。それぞれに、大変すばらしいことである。

②［阿古の前］
ちょっとお抱きいたしましょう

阿古《あこ》の前《まえ》

①［御乳の人］
まあ、かわいらしいわ
もう誰が誰なのか見分けが
ついていらっしゃるようだわ

御乳《おんち》の人《ひと》

姫君

若君

児《ちご》

⑨［冷泉殿］
うるさいわよ
御前《ごぜん》なのですから遠慮なさい

冷泉殿《れんぜいどの》

④［民部卿殿・侍従殿・兵衛佐殿］
ああ、本当におめでたいことだわ
こんなお姿を拝見できるなんて

民部卿殿《みんぶきょうどの》

侍従殿《じじゅうどの》

⑤［民部卿殿・侍従殿・兵衛佐殿］
あの頃は姫さまの行方がわからず
辛かったわよね
本当にこのように幸せなお姿を
拝見していると、
何も心配がないわ

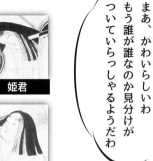

第25段 大団円

春日殿《かすがどの》

初音《はつね》の前《まえ》

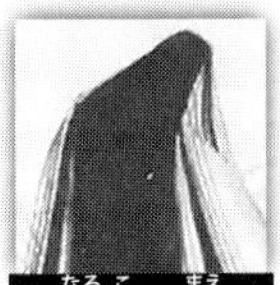

鳴子《なるこ》の前《まえ》

☞ 絵の見どころ

大団円の最終段では、画面の中心に立派な成人男性の姿をした児《ちご》と姫君、子どもが描かれ、一家繁昌《はんじょう》の様子を表しています。児一家を囲むように周縁に多くの女房たちが描かれていますが、その会話の内容を見てみると、面白い噂話をしています。姫君の婿《むこ》さまは昔女房として働いていた「今参《いままい》り」（児）によく似ているというのです。同一人物なのですから当たり前ですが、彼女たちが似ているというのは顔ではなくふとした時のしぐさなのです。これはさすがに絵ではわからないので、一体、どんなしぐさをしたときに似ていると感じたのか、女房たちに聞いてみたいところです。

③［春日殿］
縁側近くまでお子様たち
を出してはいけませんよ

⑥［民部卿殿・侍従殿・兵衛佐殿］
この殿はどこかしら、
昔いた琵琶弾きの今参《いままい》りさんを
思い出させるところがおありに
なるわねえ

⑦［民部卿殿・侍従殿・兵衛佐殿］
お顔立ちは大して似て
いらっしゃらないけれど、
どうしたはずみか、
しぐさが似ていらっしゃるのよね

⑧［民部卿殿・侍従殿・兵衛佐殿］
この殿ほどではなかったけれども、
今参りさんも容姿は
よかったわよねえ

兵衛佐殿《ひょうえのすけどの》

本文と語注 II

本文と語注をお読みになる前に

一、本書の『ちごいま』本文は、甲子園学院蔵の白描絵巻（以下、甲子園学院本）を底本にしています。ただし底本に明らかな誤写や欠脱が見られる場合には、他本を参照して訂正（校訂《こうてい》）し、読みやすい本文の作成に努めました。参照した本は、細見実氏旧蔵本（旧細見本）、飯沼山円福寺蔵本（円福寺本）、個人蔵白描絵巻（個人蔵本）、西尾市岩瀬文庫蔵本（奈良絵本）です。

　甲子園学院本には第五段、第二十段の絵と画中詞が欠けています。そのため前者は円福寺本、後者は旧細見本で補いました。

二、各段は、内容を端的に表現したタイトルをつけた上で、詞書の校訂本文、画中詞の校訂本文、語注の順番で掲載しています。また、物語読解の上で特に考察の必要がある部分については語注のあとに【コラム】を設け、説明を加えました。

三、校訂本文については読みやすさを考え、以下のような操作を行いました。

1、底本の表記は仮名遣いを歴史的仮名遣いに統一し、適宜、漢字・かなに改めるとともに、濁点を付しました。また、漢字にはすべてひらがなでルビを付けました。

2、詞書中の会話や、詞書・画中詞における和歌などの引用部分を「　」で括りました。

3、「〳〵」「ゝ」などの繰り返し記号は漢字に続く「々」以外は用いないこととし、適宜改めました。

4、適宜改行を行い、和歌は二字下げで表しました。

5、やむをえず本文を校訂する場合は、語注において校訂の理由を示しました。

6、画中詞のうち発話者が特定できる台詞については、画中に書き込まれている名前を（　）に括って記しました。ただし書き込みがない台詞は、人物紹介欄（10、11ページ）の名前か、もしくは推測した名前を〈　〉に括って記しています。また、発話者が特定できない台詞については、発話者の可能性がある人物の名前を台詞の下に並べて記しました。

7、発話のない人物も含め、画中に描かれている人物はすべて、段ごとに〔　〕の中に示しました。画中に名前が書き込まれている人物については書き込まれた名前を、名前の書き込みがない人物については人物紹介欄の名前か、あるいは推測した名前を記しました。

四、語注は簡潔を旨とし、注意すべき語句や本文を校訂した箇所について解説を施しました。なお、他の段の本文や語注などを参照する場合は、→を付けてゴシック体の漢数字で段数を記し、そのあとにアラビア数字で解説番号を記しました。

五、語注などで引用した文献については、表記を一部読みやすく改めました。引用文中の傍線は私に付したものです。また、引用文のあとに現代語訳を（　）に括って示しました。

六、語注などで引用する頻度の高い文献の中で、文献名に「和歌集」「日記」「物語」とあるものについては、これらを略しています。（例　古今和歌集→古今　源氏物語→源氏）

◉第一段　すばらしい姫君《ひめぎみ》

〈詞書〉

[1]近頃《ちかごろ》のことにや、[2]内大臣《ないだいじん》にて左大将《さだいしやう》かけたる人《ひと》おはしけり。[3]公達《きんだち》あまたもおはしまさず、[4]少将《せうしやう》とて容貌《かたち》世《よ》に優《すぐ》れ給《たま》へる男君一人《をとこぎみひとり》、また、この世《よ》のものとも見《み》え給《たま》はぬ[5]姫君一人《ひめぎみひとり》おはしけるを、[6]内《うち》、[7]春宮《とうぐう》よりも[8]御気色《みけしき》ありけれども、内《うち》は御年《おんとし》のほども[9]似《に》げなき御程《おんほど》なればとて、春宮《とうぐう》にぞと思《おぼ》し召《め》し立《た》つにも、例《ためし》なきまでかしづき給《たま》へること限《かぎ》りなし。御容貌《おんかたち》の優《すぐ》れ給《たま》へるのみならず、何《なに》ごともしいで給《たま》へること、世《よ》に例《ためし》なきまでおはしければ、殿《との》・[10]上《うへ》などは、[11]危《あや》ふきまで覚《おぼ》え給《たま》ひける。

〈画中詞〉

一（姫君《ひめぎみ》）この緒《を》を張《は》らばや。[12]琴柱《ことぢ》の倒《たふ》るるが難《むつか》しきぞ。

二（御介錯春日殿《おんかいしやくかすがどの》）あの御琴《こと》の緒《を》張《は》らせ給《たま》ひ候《さうら》へ、[13]新大夫殿《しんたいふどの》。御琴《おんこと》の緒《を》張《は》らせ給《たま》ひ候《さうら》はんほど、琵琶《びわ》をしばし置《お》かせ給《たま》へ。

三（新大夫殿《しんたいふどの》）賜《た》びおはしまし候《さうら》へ、張《は》り候《さうら》はん。[14]冷《ひ》えたる琵琶《びは》の甲《かふ》が胸《むね》に当《あ》たりて、わびしきよ。

〔[15]御介錯春日殿《おんかいしやくかすがどの》、[16]宰相殿《さいしやうどの》、姫君《ひめぎみ》、新大夫殿《しんたいふどの》、[17]冷泉殿《れんぜいどの》〕

第一段・語注

1近頃　『ちごいま』は室町時代後期頃の成立と考えられるため、作中の時代設定もこの頃か。　**2**内大臣にて左大将かけたる人　姫君の父親。作中では「殿」「大臣殿」とも。**二・三・八・十五・二十～二十五**と、多くの場面に登場する。**八**では、大臣殿は期せずして児の恋を後押しすることとなる。また、姫君の失踪を悲しみ、再会を喜ぶ姿には、『住吉《すみよし》』の姫君の父の面影も感じられる。↓**【コラム⑱】**　**3**公達　上流貴族の子弟、子息。ここでは、大臣殿の子どものこと。　**4**少将　姫君の兄弟。四位。のちに頭中将《とうのちゆうじやう》となる。**二・五・二十・二十五**にも登場する。　**5**姫君　大臣殿の北《きた》の方腹《かた》の一人娘。将来、后とするべく大切に育てられてきた。その人物像には、『源氏』の女三宮《おんなさんのみや》や浮舟《うきふね》、『住吉』の姫君など、先行物語に登場する女性からの様々な影響が見られる。↓**【コラム⑪】【コラム⑱】**　**6**内　帝。**二十・二十三・二十五**にも登場する。　**7**春宮　現在でいう皇太子。**十・十五・二十・二十一・二十五**にも登場する。当初、大臣殿は姫君を春宮に入内《じゆだい》させようとしていたが、姫君の失踪により実現しなかった。　**8**御気色　姫君を入内させるようにという帝や春宮からのご所望という意。　**9**似げなき　「似げなし」は、ふさわしくない意。ここでは、姫君とは年齢が不釣り合いなこと。　**10**上　大臣殿の北の方で、姫君の母親。**二・三・五・六・八・九・十一・十二・二十～二十五**と、多くの場面に登場する。「殿・上」という形で大臣殿とセットで描かれることが多い。　**11**危ふきまで覚え給ひける　姫君の容貌や才能があまりにも優れているため、両親がかえって不安を覚えているのである。のちに姫君は失踪した児を追って屋敷を出奔《しゆつぽん》し、両親を嘆かせることになるため、このときの両親の不安は的中することになる。　**12**琴柱　箏《そう》や和琴《わごん》の胴の上に各弦に一個ずつ立てて弦を支え、その張りを強くし、また、これを移動して音の高低を調節するのに用いる「人」の字形の器具である。　**13**新大夫殿　内大臣家の女房。この段と**十**の画中にのみ登場する。　**14**冷えたる…わびしきよ。「琵琶の甲」は、琵琶の背面全体を指す。琵琶は胸の前に抱えて演奏するため、冷たい琵琶の背面が胸に当たることを辛く感じているのだろう。　**15**御介錯春日殿　内大臣家の女房。「介錯」は単なる女房ではなく、乳母以外の、ごく幼児期から養育にあたる者を指す。春日殿は姫君の介錯であろう。この段と**二・八・九・二十・二十四・二十五**の画中に登場する。姫君の失踪に際し出家を願うが止められるなど、内大臣家の女房としては中心的な一人で、特に姫君の音楽教育を担っていることが画中詞からは浮かび上がる。→**【読みのポイント】**　**16**宰相殿　姫君の乳母。この段と**二・十一・十三・二十・二十三・二十四**の画中に登場。詞書では**二十三**で初めて登場し、帰還した児・姫君と内大臣家の間をつなぐ重要な役割を担う。→**【コラム⑯】**　**17**冷泉殿　内大臣家の女房。この段と**十三・二十五**の画中にのみ登場。

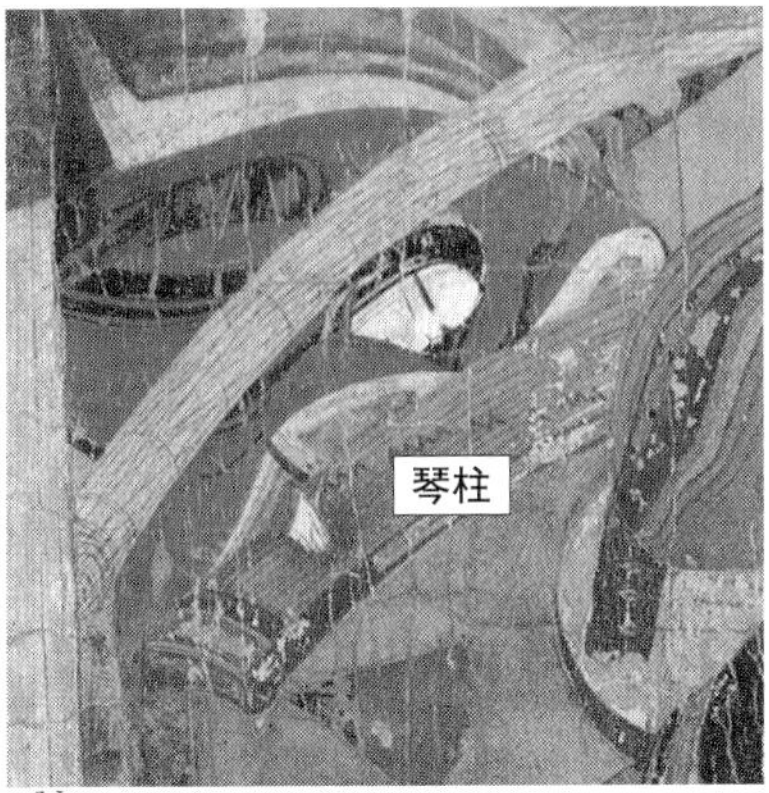

【箏《そう》の演奏】『源氏物語絵巻』橋姫巻　徳川美術館蔵（徳川美術館編『絵巻　徳川美術館名品集 1』徳川美術館より）

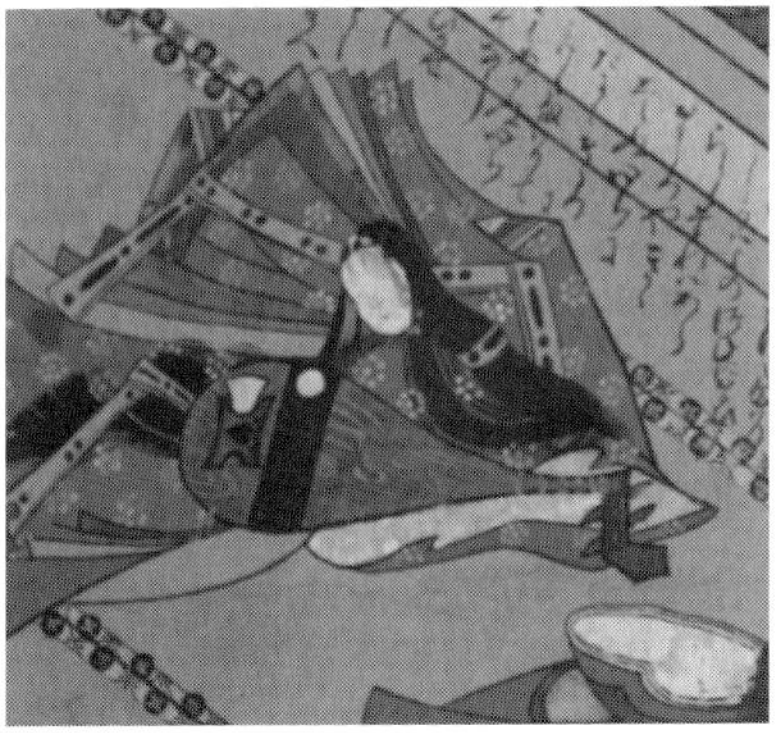

【琵琶の演奏】円福寺本第八段

【コラム①】姫君の「琴」―箏《そう》と和琴《わごん》

『ちごいま』の姫君は、琴を弾く女性です。**一**では、「琴柱《ことじ》が倒れちゃうわ」と困っている姫君を見て、女房の春日殿《かすがどの》が他の女房に琴の緒を張るよう命じています。**八**では内大臣《ないだいじん》家で女房になった児《ちご》が琵琶を、姫君が琴を演奏しています。この「琴」はどんな琴でしょうか。古くは弦楽器を広く「琴」と呼び、箏《そう》、和琴《わごん》、琴《きん》の琴《こと》のいずれかの可能性があります。しかし、琴の琴は琴柱を用いないため、除外できます。また箏と和琴の違いは弦の数にあり、箏は十三本、和琴は六本です。さて、物語の世界の伝統では、ヒロインの高貴な女性が演奏する楽器はたいてい「箏」です。『ちごいま』より先に作られた『とりかへばや』や『有明《ありあけ》の別れ』でも、男装のヒロインは女姿になったあと箏を手にしています。一方、和琴を弾く女性は『とはずがたり』巻二の女楽《おんながく》の場面などに出てきますが、あまりメジャーではありません。また、**八**の場面が『源氏』橋姫《はしひめ》巻における宇治大君《おおいぎみ》と中君《なかのきみ》の琵琶と箏の演奏場面（月下での合奏が恋愛の進展に繋がる流れが似ています）を下敷きにしている可能性も考えられます。すると姫君の楽器は、やはり箏といえるのではないでしょうか。

◉第二段　姫君《ひめぎみ》の病《やまい》

〈詞書〉

如月《きさらぎ》の十日頃《とをかごろ》よりこの姫君悩《ひめぎみなや》みわたり給《たま》ふが、ただ仮初《かりそ》めのことにぞと思《おも》ひ聞《き》こえ給《たま》ふに、[1]日数《ひかず》に添《そ》へて[2]所狭《ところせ》きやうにおはしければ、[3]御《おん》もののけの仕業《しわざ》にこそとて、御祈《おんいの》り数《かず》を尽《つ》くして、[4]有験《うげん》の人に加持《かぢ》し給《たま》へどもしるしもなし。いよいよ頼《たの》みなきさまに見《み》え給《たま》へば、殿《との》・上思《うへおぼ》し嘆《なげ》くこと、理《ことわり》にも過《す》ぎたり。

その頃《ころ》、[5]山《やま》の座主《ざす》、かやうの[6]験方世《げんかたよ》に聞《き》こえ給《たま》ひければ、もしやとて、少将《せうしやう》を御使《おんつか》ひに奉《たてまつ》りければ、おはしまして、[7]壇所《だんしょ》に七日置《なぬかお》き奉《たてまつ》りて、加持《かぢ》し奉《たてまつ》り給《たま》ふ。

〈画中詞〉

上《うへ》〈大臣殿《おとどどの》〉[8]労《いたは》りの態《てい》、日《ひ》に添《そ》へて頼《たの》みなきやうに見《み》えて候《さうら》ふ。はばかりながら申《まう》し候《さうら》ひつるに、御入《おんい》り候《さうら》へば、さりともに頼《たの》もしく覚《おぼ》え候《さうら》ふ。

下 （僧正御房《そうじやうごばう》） さやうの験方《げんかた》をはるかにうち捨《す》てて、いかがと覚《おぼ》え候《さうら》へとも、今日《けふ》より七日御加持《なぬかおんかぢ》をし奉《たてまつ》りてこそ見参《みまゐ》らせ候《さうら》はめ。

一 （母上《ははうへ》） 御心地《おんここち》はなほ昨日《きのふ》より[9]所狭《ところせ》きかう、あさましや。

二 （督《かう》の殿《との》） 夜《よる》よりも、今朝《けさ》はちと御顔気色《おんかほけしき》よくわたらせおはしまし候《さうら》ふ。

三 〈女房《にようぼう》一〉 この僧正《そうじやう》おはしまして候《さうら》へば、頼《たの》もしく嬉《うれ》しく候《さうら》ふぞや。

四 （宰相殿《さいしやうどの》） [10]泰山府君《たいざんぶくん》の[11]御撫《おんな》で物《もの》は出《い》でて侍《はべ》りなふ。

五 （春日殿《かすがどの》） わらはが取《と》り出《い》だして候《さうら》ひつる。

六 〈女房《にようぼう》二〉 この[12]御煎《おんせん》じ物参《ものまゐ》らせ給《たま》ひ候《さうら》へかし。

七 （夕霧《ゆふぎり》さぶらふ） せめて御物《おんもの》をだにも参《まゐ》らぬことよ。御《おん》もののけにてわたらせおはしまし候《さうら》へばなふ。

〔僧正御房《そうじやうごばう》、大臣殿《おとどどの》、女房《にようぼう》一、姫君《ひめぎみ》、母上《ははうへ》、[13]督《かう》の殿《との》、宰相殿《さいしやうどの》、春日殿《かすかどの》、女房《にようぼう》二、[13]夕霧《ゆふぎり》さぶらふ〕

第二段・語注

1日数に添へて　日がたつにつれて。画中詞では「日に添へて」とあるが、同じ意味である。**2**所狭き　もてあつかいかねるさま。ここでは姫君の病状がもてあつかいかねるほど重くなっていることを表す。**3**御もののけの仕業　病気はもののけによって引き起こされるものと信じられていた。病気の治療の一環として、もののけを退治するための加持祈祷《かじきとう》（密教による儀式）が行われた。**4**有験の人　加持祈祷の効験がある人のこと。**5**山の座主　比叡山延暦寺《ひえいざんえんりやくじ》の長のこと。以後、詞書では「僧正」、画中詞では「僧正御坊」と表記される。僧正は朝廷から任命される僧侶の官職の最上級。物語の男主人公である児の主人。**6**験方　加持祈祷における霊験の方面のこと。**7**壇所　密教の修法《しゆほう》を行うための壇を置いた場所。内大臣家の邸宅内に設けられた。**8**労りの態　病気の容態。**9**所狭きかう　「かう」は室町時代の女性の口頭語で、疑問を表す終助詞と考えられる。「お苦しいのじゃないかしら」の意。**10**泰山府君　人の寿命を司る道教の神。特に病気の際、延命を祈るために泰山府君の祭りが行われた。泰山府君は主に陰陽師《おんみようじ》が祭った神であるが、比叡山にて泰山府君の祭りが行われたという記述が『とはずがたり』にある。『ちごいま』では座主の僧正が執り行ったと考えられる。参考「いつしかわが命をも、この度ばかりはと思ひなりて、初めて中堂にて、如法、泰山府君といふこと、七日祭らせ…（早くも自分の命も今度ばかりは長らえたいと思うようになって、はじめて比叡山の根本中堂で定めどおりに泰山府君を七日間祭らせ…）」（とはずがたり・二）**11**御撫で物　祓《はら》えなどのときに用いる道具で、身体を撫でてそれに穢《けが》れや災いを移し、水に流した。**12**御煎じ物　薬草を煎じた飲み物。**13**督の殿、夕霧さぶらふ　内大臣家の女房。この段の画中にのみ登場。「さぶらふ」名は下級女房につけられることが多い。→【コラム②】

【コラム②】女房の序列と女房名

『ちごいま』の絵の中には多くの女房たちが登場し、その多くに名前がつけられています。女房とは宮中や公家、武家の屋敷に仕えた女性たちのことで、身分や出身によって上臈《じょうろう》、中臈《ちゅうろう》、下臈《げろう》に分けられます。そして、この序列によってつけられる女房名が異なるのです。永徳《えいとく》二年（一三八二）の二条良基《にじょうよしもと》によって記されたとされる『女房官しなの事』や、八代将軍足利義政《あしかがよしまさ》の頃の大上臈の名が記された女房の故実書《こじつしょ》『大上臈御名之事《おおじょうろうおんなのこと》』で、女房名による序列をある程度推測することができます。例えば、**一**に登場する女房のうち、春日殿《かすがどの》、冷泉殿《れんぜいどの》のような小路《こうじ》名（京都の通りの名）が付けられている者は上臈あるいは中臈で、女房の序列の中では上位に位置します。また、官職名が付けられた宰相殿《さいしょうどの》、新大夫殿《しんたいふどの》はそれよりも劣ります。また、**十二**には備前殿《びぜんどの》と国名が付けられた女房が登場しますが、これは下臈以下のものに付けられる名です。下臈女房の下には上童《うえわらわ》、あるいは端者《はしたもの》と呼ばれる召し使いがいます。彼女たちには末尾に「さぶらふ」や「こそ」の付いた名が与えられます。**二**では「夕霧《ゆうぎり》さぶらふ」という女房が登場しますが、「夕霧」とは『源氏』の巻名です。彼女のように『源氏』の巻名が使われるのは少し上の身分という扱いになります。なお、**四**には「菊の前」という名の女房が登場します。「～の前」という女房名については先の二書では言及されていません。しかし、絵の中での様子を見るに、「さぶらふ」や「こそ」名のものと同様、召し使いの中でも身分は高くないであろうことは推測されます。

『ちごいま』ではこれらの女房たちが、それぞれの位に応じた会話、振る舞いをしています。どんな女房が、どんな話をしているのか、名前から女房の身分の高低を推測したうえで画中詞を読むのも面白いでしょう。

◉第三段　垣間見《かいまみ》

〈詞書〉

僧正《そうじやう》の御加持《おんかぢ》のしるしにや、御心地《おんここち》少《すこ》しなほざりにて、御湯《おんゆ》など少《すこ》しづつ御覧《ごらん》じ入《い》る御気色《おんけしき》なれば、殿《との》・上《うへ》の喜《よろこ》び給《たま》ふこと限《かぎ》りなし。七日《なぬか》も過《す》ぎぬれば、僧正山《そうじやうやま》へ帰《かへ》り給《たま》ひなんとするに、「[1]名残《なごり》も恐《おそ》ろし」とて、いま七日《なぬか》留《とど》め聞《き》こえ給《たま》ふ。

この僧正《そうじやう》、片時《かたとき》も御身《おんみ》を放《はな》ち給《たま》はぬ[2]児《ちご》おはしけり。このたびも具《ぐ》し給《たま》ひつるが、弥生十日余《やよひとをかあま》りのことなれば、[3]御壺《おつぼ》の花《はな》咲《さ》き乱《みだ》れて、池《いけ》のわたり面白《おもしろ》かりけるを見歩《みあり》きけるに、女房《にようばう》ども二三人《にさんにん》ばかり出《い》でて、[4]高欄《かうらん》に押《お》しかかりて花《はな》を見《み》けれども、児《ちご》は花《はな》の下《した》へ隠《かく》れぬるに、人《ひと》ありとも見《み》えねば、女房《にようばう》ども、「この[5]御簾《みす》少《すこ》し上《あ》げて、散《ち》り迷《まよ》ふ花《はな》の夕映《ゆふば》えを姫君御覧《ひめぎみごらん》させ給《たま》へかし」と申《まう》すに、上《うえ》も「このほどの御心地慰《おんここちなぐさ》み給《たま》へ」とて、御簾《みす》上《あ》ぐる気色《けしき》なれば、空恐《そらおそ》ろしくて、いよいよ木暗《こぐら》き陰《かげ》に立《た》ち隠《かく》れて見奉《みたてまつ》るに、御年十五六《おんとしじうごろく》ほどに見《み》え給《たま》ひて、[6]脇息《けふそく》に押《お》しかかりて、花《はな》にのみ心《こころ》を入《い》れて見出《みい》だし給《たま》へるほど、あてになまめかしう、にほひ満《み》ちたるまみ、額付《ひたひつ》き、言《い》ふばかりなし。

何事《なにごと》にかうち笑《ゑ》みなどして、愛敬《あいぎやう》こぼるる心地《ここち》して、さるはらうたき方《かた》も優《すぐ》れ給《たま》へる。かかることを見《み》つるは嬉《うれ》しきものから、見《み》ずもあらぬ面影《おもかげ》をまたいつかはと、そぞろに胸《むね》ふたがる心地《ここち》して、暮《く》れぬれば「[7]御格子《みかうし》」など言《い》ひて、人々内《ひとびとうち》へ入《い》りぬ。御簾《みす》も下《お》りぬれば、立《た》ち退《の》く心地《ここち》いと堪《た》へがたし。

うちつけに心《こころ》は空《そら》にあくがれて　身《み》をも離《はな》れぬ[8]花《はな》の夕影《ゆふかげ》

〈画中詞〉

一　（中納言殿《ちゆうなごんどの》）[9]花《はな》は盛《さか》りよりも、散《ち》るこそ面白《おもしろ》く候《さうら》へなふ。

二　（高倉殿《たかくらどの》）情無《なさけな》の御好《おんこの》み候《さうら》ふや。わらはは「[10]覆《おほ》ふばかりの袖《そで》もがな」とぞ願《ねが》はしき。花《はな》のためにはうたてしき御《おん》心《こころ》かな。

三　〈女房《にょうぼう》〉「[11]春《はる》の曙《あけぼの》」と申《まう》し候《さうら》へども、ただ今《いま》の夕映《ゆふば》えは、喩《たと》へん方《かた》なく面白《おもしろ》う候《さうら》ふぞや。

四　（姫君《ひめぎみ》）[12]春《はる》の行方《ゆくへ》も知《し》らずたれこめて、花《はな》もはやうつろひ候《さうら》ひける。

五　（中納言殿《ちゆうなごんどの》）庭《には》は雪《ゆき》かと見《み》えて、梢《こずゑ》は雲《くも》の降《お》り立《た》ちたる心地《ここち》して。情《なさけ》なくもあれ、ただ散《ち》るこそ面白《おもしろ》く候《さうら》へ。

〔児《ちご》、[13]中納言殿《ちゆうなごんどの》、姫君《ひめぎみ》、[14]高倉殿《たかくらどの》、女房《にょうぼう》〕

第三段・語注

1名残　病気のあと、身体に残る影響。現代風にいうなら「後遺症」だが、ここでは、姫君にとりついていたもののけの気配、影響がまだ身体に残っていることと解する。　**2**児　この物語の男主人公。児とは寺院で僧の側近くに仕えた童（少年）の階級の一つ。なお近代以降、谷崎潤一郎の小説『二人の稚児』（一九一八）など、「稚児」と表記される例が増えるが、『ちごいま』の成立時には「児」という表記が一般的であった。よって本書でも「児」という表記を用いる。→【コラム③】　**3**御壺　建物や垣などに囲まれた中庭。　**4**高欄　建物の縁側や階段などに設けられた手すり。　**5**御簾　すだれ。部屋の周囲の鴨居《かもい》などに掛け、部屋の中が見えないようにした。日よけの役割もある。　**6**脇息　座ったときに肘を乗せ、

【脇息】甲子園学院本第三段

【御簾と格子】円福寺本第四段

身体をもたせかけて安楽にするための道具。　**7**御格子　日が暮れたので格子を閉めるように、という命令のことば。ここでの「格子」とは、細い角材を井桁状《いげたじょう》に組んだものを板に貼りつけた戸のこと。「蔀《しとみ》」ともいう。　**8**花の夕影　花の咲き乱れる夕暮れに垣間見た姫君の面影のこと。類似した表現として、**四・八**の「花の夕べ」、**十**の「花の夕映え」がある。なお、この段の「花の夕影」は、『源氏』の「よそに見て折らぬなげきは繁れどもなごり恋しき花の夕影（遠くから見るばかりで手に入れられない嘆きはつのるけれど、あの夕方に見た花の姿がいつまでも恋しい）」（若《わか》菜《な》上）の第五句を意識しているか。この歌は、六条院《ろくじょういん》で春の夕暮れに女三宮《おんなさんのみや》を垣間見、心を奪われた柏木《かしわぎ》が詠んだもので、**六**の詞書中にも児の恋心の表現として引かれている。**↓六6**、**【コラム⑪】【読みのポイント】**　**9**花は…候へなふ　『徒然草《つれづれぐさ》』一三七段にも類似した発想が見られる。参考「花は盛りに、月はくまなきをのみ見るものかは。…咲きぬべきほどの梢、散りしをれたる庭こそ見所多けれ。（桜の花は盛りを、月はかげりもなく照っているところばかりを見るものではない。…今にも咲きそうな花の梢、落花がしおれている庭こそ見所が多い。）」（徒然草・一三七）。なお、この部分と、それに対する高倉殿の台詞（画中詞二）と共通する画中詞は、サントリー本や常盤松《ときわまつ》文庫本など、いくつかの『住吉《すみよし》』絵巻にも見られる。『ちごいま』と画中詞が記された他の絵巻との影響関係、成立圏を考える上で重要な箇所といえよう。　**10**覆ふばかりの袖もがな　「大空に覆ふばかりの袖もがな春咲く花を風にまかせじ（大空を覆うほどに大きな袖があったらいいのに。春咲く花を風に任せず、散らないように守ってあげたい）」（後撰《ごせん》・六四・詠人知らず）を引く。散る花を惜しむ表現。

11「春の曙」　『枕草子《まくらのそうし》』冒頭に「春は曙」とあるのを意識した発言か。　**12**春の行方も…候ひける　「たれこめて春の行方も知らぬ間に待ちし桜もうつろひにけり（室内に籠って、春がどうなったかも知らないでいる間に、楽しみに待っていた桜も盛りをすぎてしまった）」（古今・八〇・藤原因香《ふじわらのよるか》）をふまえた発言。『古今』によれば、この歌は詠者が病で閉じこもっていた際に詠まれたもので、姫君の状況、心情にぴったりあてはまる一首である。なお、『徒然草』一三七段にも同じ『古今』歌をふまえた表現がある。

13中納言殿　内大臣家の女房。**九**、**十三**、**二十四**の画中にも登場する。なお**二十四**詞書には、宇治に姫君を迎えに行った内大臣家の女房として「中納言の局」の名が挙がっている。**↓二十四4**　**14**高倉殿　内大臣家の女房。この段と**五**の画中にのみ登場する。

【コラム③】児とはどのような存在か

三において、『ちごいま』の男主人公である児《ちご》が登場しました。児とは僧の私的な生活空間である院家《いんけ》や房《ぼう》に仕える童の中でも、最も高い地位にある特別な者たちのことです。彼らは出家あるいは元服するまでの数年間、師匠の僧について学問をしながら児として仕えます。その姿は少年特有の美貌に加えて、髪を長く伸ばし、化粧をし、きらびやかな装束をまとった、中性的なものでした。そして僧の行列に従ったり、僧の身の回りの雑用をこなしたり、舞や詩歌管弦《しいかかんげん》などの芸能により寺院生活に華やぎを添えたりするほか、女色を禁じられた僧の性的欲望の対象ともされたのです。『ちごいま』**三**には、比叡山《ひえいざん》の座主《ざす》が児を寵愛していたとあり、この二人の間にも性的な関係が考えられます。

源信《げんしん》の『往生要集《おうじょうようしゅう》』には、僧は男性・子どもと性愛関係を持つことによっても地獄に堕ちると記されています。しかし中世には童が聖なる存在と見なされ、また性的な欲望を仏の道に至るきっかけと位置付けることも行われました。そうしたことを背景に、僧と児の関係は宗教的な意味合いを帯びたものと捉えられるようになります。中世には寺院を中心に神仏の化身である児との悲恋を通して僧が救いに導かれる、という内容の物語がいくつも作られましたが、それはこうした児観と無関係ではないでしょう。

しかし児たちは僧の欲望の対象とされるだけでなく、自分から恋の相手を求めることもありました。そして往々にして女性とも関係を持ってもいたようです。鎌倉時代の『楢葉《ならのは》和歌集』には、児が女性に詠みかけた歌や馴染みの遊女に贈った歌が載せられていますし、同時代の『右記《うき》』は寺院に女性を連れ込んで乱れた行為に耽る児に言及しています。また室町時代の『看聞日記《かんもんにっき》』によれば児時代に女性との間に子を儲けていた僧もいたそうです。児が貴族の姫君に一目惚れをする、という『ちごいま』の展開は決して非現実的なものではなく、このような現実の児と女性の関係を反映したものと考えられます。　◇参考　土谷恵『中世寺院の社会と芸能』（吉川弘文館、二〇〇一年）

◉第四段　恋《こひ》の病《やまひ》

〈詞書〉

姫君《ひめぎみ》は、御心地《おんここち》[1]おこたり果《は》て給《たま》ひぬれば、僧正《そうじやう》山《やま》へ帰《かへ》り給《たま》ひぬれども、児《ちご》は[2]乳母《めのと》のもとに留《とど》まりぬ。つやつやものも見入《みい》れず、ほれぼれとして、もののみ思《おも》はしき身《み》になり果《は》てて悩《なや》みけるに、[3]山《やま》よりもて捌《さば》くり給《たま》ふしるしもなかりければ、僧正《そうじやう》思《おぼ》し嘆《なげ》きて、もののけなどにやとて、加持《かぢ》しけれども、[4]護身《ごしん》の声《こゑ》もかしがましく、せめて静《しづ》かにものをだに思《おも》はばやと思《おも》へば、しひて起《お》き居《ゐ》つつなどして、苦《くる》しからぬ由《よし》を申《まう》して、僧《そう》たちをも山《やま》へ帰《かへ》して、そのことなく悩《なや》み、夜《よる》はうちとけてまどろむ気色《けしき》なく、昼《ひる》は日暮《ひぐ》らし臥《ふ》し暮《く》らしければ、乳母《めのと》思《おも》ひけるは、いかなる御《おん》労《いたは》りともさして覚《おぼ》えぬ。思《おも》ふことばしおはするやらんと思《おも》ひけるに、心《こころ》の隙《ひま》には手習《てなら》ひをし給《たま》ふを、取《と》りて見《み》るに、「[5]霞《かすみ》の間《ま》よりほのかにも見《み》てし人こそ恋《こひ》しかりけれ」とのみ書《か》き重《かさ》ねて、また「[6]心《こころ》ゆかしの手習《てなら》ひに、恋《こひ》しとのみぞ[7]など言《い》はぬに、繁《しげ》き乱《みだ》れの葦《あし》のいかなる節《ふし》にか」などやうに書《か》き汚《けが》し給《たま》ひたるを見《み》て、さればこそ思《おも》ふことのおはするなんめりと思《おも》ひて、さし寄《よ》りて、「この御心地《おんここち》のやう、ただごとにあらず。いかさまものを思《おぼ》すにこそ、いかなることなりともなどか叶《かな》へ奉《たてまつ》らざるべき。思《おも》ふこと言《い》はで果《は》てぬるは、ゆゆしく、罪深《つみぶか》きことこそ申《まう》し侍《はべ》るなれ」など、口利《くちき》きて、かつは恨《うら》みかつは慰《なぐさ》め、色々《いろいろ》に申《まう》しければ、あさましく言《い》ひ出《い》でん言《こと》の葉《は》も覚《おぼ》えねども、[8]思《おも》ひ消《き》えなん煙《けぶり》の末《すゑ》も罪深《つみぶか》ければ、顔《かほ》うち赤《あか》めて、ありし[9]花《はな》の夕《ゆふ》べより、思《おも》ひ初《そ》めし心《こころ》の色《いろ》を語《かた》り出《い》でて、例《ためし》なかりし御《おん》さまの、忘《わす》れがたき御面影《おんおもかげ》、騒《さは》ぎ初《そ》めし胸《むね》の辺《あた》り、静《しづ》まる世《よ》なきさまを言《い》ひ出《い》で給《たま》ひつるに、[10]さればよとあさまし。

〈画中詞〉

上[11]〈山《やま》からの使者《ししや》〉山《やま》よりの御文《おんふみ》参《まゐ》らせ候《さうら》ふ。夜《よ》のほども御心地《おんここち》、いかがとわたらせ給《たま》ひ候《さうら》ふ。きと参《まゐ》れと仰《おほ》せ候《さうら》ふ。御文《おんふみ》の中《なか》に、[12]御符《ごふう》入《い》れ候《さうら》ふ。参《まゐ》らせ給《たま》ひ候《さうら》ふべし。

下（菊《きく》の前《まへ》）御心地《おんここち》は、ただ同《おな》じやうにわたらせ給《たま》ひ候《さうら》ふ。

一〈児《ちご》〉[13]ただ絵《え》に描《か》ける岩《いは》のまことに松《まつ》の生《お》ひんよりは、なほかたかるべきことにこそ。

二〈乳母《めのと》〉あないまいましのことや。さな思《おぼ》しめし候《さうら》ふぞ。「[14]種《たね》しあれば」と申《まう》し候《さうら》ふものを。仏神《ほとけかみ》のおはしまさば、などか捨《す》て果《は》てさせ給《たま》ひ候《さうら》ふべき。いかにもいかにもわらはが候《さうら》へば、計《はか》らひ参《まゐ》らせ候《さうら》ふべし。ただ今《いま》も、[15]ふと思《おも》ひよることの候《さうら》ふぞや。いかにも頼《たの》もしく思《おぼ》し召《め》し候《さうら》へ。

〔[16]山《やま》からの使者《ししや》、[17]菊《きく》の前《まへ》、児《ちご》、乳母《めのと》〕

第四段・語注

1おこたり　病気や苦しみが良くなること。　2乳母　児の乳母。「乳母」は貴人の子どもの世話をする女性のこと。児は幼い頃に両親に先立たれていたため、乳母が実質的な育て親であった。この段ではじめて登場し、この後物語の展開を担う。↓【読みのポイント】　3山より…しるし　他本「山よりも暇なく人を遣はして、薬師《くすし》何かともて捌くり給ふしるし」。児を心配した比叡山《ひえいざん》から絶えず人がやってきて、医者が何かと処方するがその効果もないということ。　4護身　真言密教《しんごんみっきょう》で修行者が自身や他者を守るために印《いん》や真言を結ぶこと。ここでは、児の恋煩いをもののけの仕業と思い、児を守護する護身法をおこなっている。　5霞の…恋しかりけれ　児の手習いの文面。紀貫之《きのつらゆき》の歌「山桜霞の間よりほのかにも見てし人こそ恋しかりけれ（霞の間からかすかに見えた山桜のように、ほんの少し見えた人こそ恋しいものだ）」（古今・四七九）を引いた表現。　6心ゆかしの…とのみぞ　児の手習いの文面。「心ゆかし」は気晴らしに行うこと。「逢はぬ夜の心ゆかしの手習は恋しとのみぞ筆は書かるる（逢えない夜の気晴らしの手習いには「あなたが恋しい」とばかり書かれている）」（夫木《ふぼく》和歌抄《わかしょう》・一七一二五・登蓮《とうれん》法師）を引いた表現。　7など…節にか　6の歌を「…などとは言わないが」と受けて書かれた手習いの続きの部分。「かくとだに言はぬに繁き乱れ葦のいかなるふしに知らせそめまし（「恋しい」とは口には出さないのに、乱れ葦のような文字に表れた心の内を、どのような折に申し上げたらよいのでしょう）」（新勅撰・六五八・待賢門院堀河《たいけんもんいんほりかわ》）を引く。葦の「節」に時節の意を掛ける。また「乱れ葦」とは手習いの字が乱れていることを指すが、そこに心の内の乱れが表現されている。　8思ひ消えなん煙の末　原文「思給なんけふりのすゑ」。他本から校訂した。「煙」は死ぬことの喩えとして多く用いられる。参考「下燃えに思ひ消えなむ煙だに跡なき雲の果てぞ悲しき」（新古今・一〇八一・藤原俊成女《ふじわらのしゅんぜいのむすめ》）。↓【コラム⑨】　9花の夕べ↓二・8　10さればよと　原文「さればとよ」。意味が通らないため「さればよと」と校訂した。　11上　原文「三」。文脈から下の台詞に対応するものと考えられるので、「上」と校訂した。　12御符　護符。児をもののけから守るためのおまもり。　13ただ…にこそ　児の恋が、絵に描いた岩に松が生えること（絵に松が生えることと岩に松が生えることの二重の難題）よりもなお難しい恋であるという歎き。東山御文庫本《ひがしやまごぶんこ》『古今集注《こきんしゅうちゅう》』に「逢ふことはただ絵にかける岩の上にまことの松のおいん世をまで（逢うことはただ絵に描いた岩に本当の松が生えるような世の中まで難しい）」という歌を詠んだ説話が載る。↓【コラム④】　14種しあれば　困難な恋を詠んだ歌「種しあれば岩にも松は生ひにけり恋をし恋ひば逢はざらめやは（種さえあれば岩にも松が生えるものだ。恋をし続ければどうして逢えないことがあるだろうか）」（古今・五一二・詠人知らず）を引いた表現。↓【コラム④】　15ふと思ひよること　児の恋を叶えさせる手立てを思いついたということ。次の段からの乳母の策略を示す。　16山からの使者　この段のみの登場。比叡山から児の様子を尋ねるため何度か乳母の家に訪れている様子がうかがえる。　17菊の前　児の乳母の家の女房。この段と六・二十一の画中にのみ登場。

【コラム④】絵に描いた松

最初の勅撰和歌集である『古今』は、和歌の世界ばかりでなく、引歌《ひきうた》や歌語を通して、物語文学にも大きな影響を与えました。中世には、『古今』を深く理解するための注釈書も書かれますが、そのなかには、『古今』の和歌から派生したさまざまな説話も載っています。『古今』注釈書のひとつである東山御文庫本『古今集注』には、「男女の中をもやはらぐる例」として、次のような説話があります。

「いそのかみのなん松」という人が筑紫《つくし》へ行った際のこと、都から女を連れていたところ、筑紫国の男がこの女に恋をした。女はこの男に対し、「逢ふことは」の歌（→四13）を詠みかけ、絵に描いた岩の上に松が生えるという二重の難題を示して、その恋が叶わないことを伝えた。男はこれを聞いてあきらめたが、その後、絵島《えじま》が磯《いそ》を通った時に、絵島に松が生えているのを見て「絵にも松が生えていますよ」と言い、「種しあれば」の歌（四14）を返した。男は、この機転をきかせた返歌によって、女を妻に迎え、さらに立身出世もして夫婦繁盛、子ども多数を授かったという。

『ちごいま』四の画中詞では、児《ちご》が恋煩いに思い悩む場面で、この説話の女の歌にある二重の難題を持ち出して思い悩む児に、乳母が男の歌を引いて励ましています。『古今』に載るのは、乳母の台詞にある「種しあれば」の歌だけですが、二人のやりとりは、『古今集注』にあるような説話をもとにして発せられたものだったのです。この説話がいつ頃できたかはわかりませんが、『ちごいま』には『古今』の和歌ばかりでなく、注釈書に登場するような説話の知識も物語のなかに取り込まれていることがうかがえます。

◉第五段　乳母《めのと》の策略《さくりやく》

〈詞書〉

乳母《めのと》、夜昼案《よるひるあん》じて、[1]足《あし》うち包《つつ》みて、僧正《そうじやう》、いづれの宮《みや》とかや、御出家《ごしゆつけ》の時《とき》、御布施《おんふせ》のものに出《い》だされたる[2]手箱《てばこ》の、なべてならず美《うつく》しかりけるを、乳母《めのと》、[3]童《わらは》に持《も》たせて、かの大臣殿《おとどどの》の[4]御局町《みつぼねまち》に、「手箱《てばこ》召《め》し候《さうら》ふや」と言《い》はせたれば、ある局《つぼね》へ呼《よ》び入《い》れぬ。なべてならず美《うつく》しかりければ、御前《おまへ》へ持《も》ちて参《まゐ》りて見《み》せ奉《たてまつ》るに、姫君《ひめぎみ》の[5]内参《うちまゐ》りの御料《ごれう》に、さまざま風情《ふぜい》を尽《つ》くしてさせらるる御手箱《おんてばこ》の中《なか》に、これは並《なら》ぶべき類《たぐひ》もなかりければ、さるべきとて[6]あひしらはせけるに、女房《にようばう》たちあまた見《み》えける中《なか》に、若《わか》き人の醜《みにく》くからぬがあるを見《み》て、この[7]手箱《てばこ》の主《ぬし》、袖《そで》を顔《かほ》に押《お》し当《あ》てて、泣《な》くこと限《かぎ》りなし。

人々《ひとびと》「いかに」と呆《あき》れて、「かたはらいたく侍《はべ》れども、わらはが一人娘《ひとりむすめ》の侍《はべ》りしが、失《う》せて侍《はべ》れども流《なが》るる水《みづ》の帰《かへ》り来《こ》ぬ習《なら》ひ、かこつ方《かた》なきままに、『昔《むかし》の面影《おもかげ》に似《に》たらむ人《ひと》を見《み》せさせ給《たま》へ』と、四方《よも》の神仏《かみほとけ》に祈《いの》り申《まう》し侍《はべ》るしにや、この御方《おんかた》、少《すこ》しも違《たが》はせおはしまさぬが、余《あま》りにあはれに、恋《こひ》しさも今更忍《いまさらしの》びがたく、涙《なみだ》に浮《う》かぶ面影《おもかげ》にせきあへ侍《はべ》らず」と、言《い》ひもあへず泣《な》きければ、女房《にようばう》どもも、「あはれなることかな」とて、皆《みな》、涙《なみだ》ぐみけり。さて、手《て》箱《ばこ》の代《か》はりのことのたまへば、「いや、これほど恋《こひ》しき人の、慰《なぐさ》めに見《み》合《あ》ひ参《まゐ》らせぬるに、この手箱《てばこ》の行方《ゆくへ》にて侍《はべ》れば、ただ参《まゐ》らせ置《お》きて、常《つね》に参《まゐ》りて見《み》奉《たてまつ》らんずるに、過《す》ぎたる代《か》はりや侍《はべ》るべき」とて、帰《かへ》りなんとすれば、この人《ひと》の局《つぼね》など教《おし》へられぬれば、手箱《てばこ》をば置《お》きて帰《かへ》りぬ。

〈画中詞〉

一〈乳母《めのと》〉わらはが嘆《なげ》きやう、不思議《ふしぎ》にぞ思《おぼ》し召《め》し候《さうら》ふらん。申《まう》すにつけてかたはらいたく候《さうら》へども、ただ一人《ひとり》持《も》ちて候《さうら》ひし女《むすめ》にこそ遅《おく》れて嘆《なげ》き、世《よ》の常《つね》ならぬことにて候《さうら》ふに、「せめて似《に》たらん人に会《あ》はせさせ給《たま》へ」と、四方《よも》の神仏《かみほとけ》に申《まう》すに、この御方《おんかた》に少《すこ》しも違《たが》はせ給《たま》ひ候《さうら》はぬが見参《みまゐ》らせ候《さうら》へば、ただ今《いま》の心地《ここち》し候《さうら》ひて、悲《かな》しく候《さうら》ふほどに、[8]先立《さきだ》つ涙《なみだ》つつみかね候《さうら》ひて、しうしう、さめざめ。

二（ゆふしでさぶらふ）わらはに似《に》させ給《たま》ひたらん人《ひと》こそ心《こころ》にくからねども、まことにさここそ思《おぼ》すらめ。いとほしや。[9]恋《こひ》しき瀬々《せぜ》の御撫《な》で物《もの》をば、昔《むかし》の人《ひと》も欲《ほ》しがりけるとここそ。

三〈ゆふしでさぶらふ〉御手箱《おんてばこ》の代《か》はりは、いかほどにて候《さうら》ふべき。

四〈乳母《めのと》〉いや、御手箱《おんてばこ》の代《か》はりのことも思《おも》ひ候《さうら》はず。ただ参《まゐ》らせ置《お》き候《さうら》ひて、代《か》はりは、常《つね》に参《まゐ》り候《さうら》ひて、見参《みまゐ》らせ候《さうら》はん。心《こころ》を慰《なぐさ》みて候《さうら》はんぞ、何《なに》の代《か》はりにも過《す》ぎ候《さうら》はんずる。御手箱《おんてばこ》のゆゑにこそ恋《こひ》しき人の面影《おもかげ》も慰《なぐさ》み候《さうら》へ。

五（ゆふしでさぶらふ）慰《なぐさ》みぬべきおほさは易《やす》きことかな。局《つぼね》はこの並《なら》びにて候《さうら》ふぞ。常《つね》に参《まゐ》りて御覧《ごらん》ぜよ。

六〈童《わらは》〉何《なに》とあることぞや。[10]虚事《そらごと》のきや申《まう》して泣《な》かるる。御物《おんもの》に狂《くる》ひ給《たま》ふかや。不思議《ふしぎ》やと[11]呟《つぶや》く。

一〈女房《にょうぼう》四〉[12]千《せん》さめざめの果《は》てて候《さうら》ふ。[13]空蝉《うつせみ》の殻《から》も留《とど》めずなりぬれば。

二（近衛殿《このゑどの》）[14]あら紛《まぎ》らはしや。げに書《か》き違《たが》へをさせおはしまし候《さうら》ひなば、かこち参《まゐ》らせ候《さうら》はんぞ。

三（高倉殿《たかくらどの》）いざ、二人仕《ふたりつか》へて読《よ》み候《さうら》はんよ。

〔乳母《めのと》、女房《にょうぼう》一、女房《にょうぼう》二、女房《にょうぼう》三、童《わらわ》、[15]ゆふしでさぶらふ、御兄人《おんせうと》の少将殿《せうしやうどの》、女房《にょうぼう》四、母上《ははうへ》、高倉殿《たかくらどの》、[16]近衛殿《このゑどの》〕

第五段・語注

1足うち包みて　女性の旅装束の表現か。『石山寺縁起絵巻《いしやまでらえんぎえまき》』や『春日権現験記絵《かすがごんげんげんきえ》』などの中世の絵巻物に、草履の下に襪《しとうず》（足袋）を履いて足を保護した女性が描かれるが、そのような姿をさすか。参考「足裏《つつ》みたる女の、中門の許に、親盛ゐたる所に寄りて（足を包んだ女が、中門の親盛がいるところに寄ってきて）」（『梁塵秘抄口伝集《りょうじんひしょうくでんしゅう》』巻十）。**2**手箱　手回りの品や化粧道具などを入れる箱。出家や死者の供養の際、僧に布施《ふせ》されることも多かった。**3**童　乳母が連れている童。画中では、嘘のエピソードによって内大臣家との繋がりを作ろうとする乳母を冷静に眺めている。円福寺本の画中には名前が記されないが、旧細見本では「あこ」とされる。**4**御局町　宮中や貴人の邸宅のうち、そこに仕える女房たちの居室（局）が集まった場所のこと。**5**内参りの御料　「内参り」は姫君が春宮《とうぐう》に入内《じゅだい》すること。十の「春宮御参り」も同じ意味。「御料」はそのための準備の品々。**6**あひしらはせける　「あひしらふ」は「あ（合）ふ」に、互いに物事をし合うという意の「しらふ」が接合したもの。ここでは、手箱を譲り受けるための交渉をする、という意。**7**手箱の主　児の乳母のこと。場面が乳母の家から内大臣家に切り替わるのに伴い、乳母の正体を知らない内大臣家の女房達の視点に寄り添った語りとなっている。**8**先立つ涙　「まっ先に流れ出る涙」の意。→【コラム⑤】**9**恋しき瀬々…とこそ　「撫で物」は原文「かてもの」。他本により校訂した。「恋しき瀬々の御撫で物」は、恋しい気持ちを慰めるための身代わり人形のこと。『源氏』の「見し人の形代《かたしろ》ならば身に添へて恋しき瀬々の撫で物にせむ（亡き人の形見ならば我が身のそばに置いて、恋しい折々の気持ちを流すための撫で物としよう）」（東屋《あずまや》）という和歌を意識した発言。「昔の人」とは、この歌を詠んだ薫《かおる》のこと。愛する大君《おおいぎみ》を亡くした薫は、この歌に大君の妹である中君《なかのきみ》への思いを託している。ゆふしでさぶらふはこのことをふまえ、薫が中の君を求めたように、児の乳母も亡き娘によく似た自分を恋しがるのだろう、と述べているのである。**10**虚事のきや　「虚事」は嘘のこと。「のきや」は未詳。乳母の身の上話が真っ赤な嘘であることを表すか。**11**呟く　童の発話部分は「何とあることぞや。（中略）不思議や。」までである。それに続く「呟く」は地の文であり、これまで登場人物の発話を記してきた画中詞に、地の文が組み込まれていることになる。このような表現は『ちごいま』では他にみられない。他の登場人物との会話ではなく、童がその場の全体を見渡して呟いた感想であることを強調しているか。**12**千さめざめの果てて候ふ　「千」は数が多いこと。乳母の嘘の身の上話を耳にした女房四が、乳母が「しうしう、さめざめ」と涙している姿をこのように表現しているのだろう。**13**空蝉の…なりぬれば　「空蝉の殻」は遺骸のこと。娘の命だけでなく遺骸までも失われてしまったのだから、乳母の悲しさはひとしおだろう、と乳母に同情しているのである。参考「空蝉の殻は木ごとに留むれど魂の行方を見ぬぞ悲しき（蝉の殻は木ごとに、人の亡骸は棺ごとに残っているけれど、死者の魂の行方がわからないのは悲しい）」（古今・四四八・詠人知らず）**14**あら…候はんぞ　女房四と近衛殿は、春宮参りをする姫君のために物語などを書き写している。その際に女房四が乳母の身の上話に対して行ったコメントは『古今』の歌の表現を下敷きにしたものであり、古歌の表現を利用して情景や心情を描写する物語の文体に似通っていた。ゆえに、近衛殿は女房四の台詞を物語の一部と誤認しそうになったというのだろう。

15ゆふしでさぶらふ　乳母の嘘に利用された内大臣家の女房。この段の画中にのみ登場。

16近衛殿　内大臣家の女房。甲子園学院本では**八**のみの登場。

【旅装束の女性】『石山寺縁起絵巻《いしやまでらえんぎえまき》』巻五　石山寺蔵（梅津次郎編『新修日本絵巻物全集22　石山寺縁起絵』角川書店より）

【コラム⑤】「先立つ」涙について

五の画中詞一で、児《ちご》の乳母《めのと》は内大臣《ないだいじん》家との繋がりを作るため、「亡くなった自分の娘によく似た女房がいる」という嘘を語ります。そしてその女房と会ったときの心情を「先立つ涙つつみかね候ひて（こぼれ落ちる涙を包み隠すこともできなくて）」と表現するのでした。このように、心が大きく揺さぶられたとき最初に涙が流れることを涙が「先立つ」と表現する例は**十九**の詞書、**二十三**の画中詞にも見られます（→**十九**13、**二十三**11）。**十九**では、児の乳母が死んだと思っていた児と再会し、嬉し涙に暮れるさまが「嬉しきにもまづ先立つものは涙にてぞ侍りける（嬉しいときも、何よりも先に出てきてしまうのは涙であるのだ）」と表現されます。そして**二十三**の画中詞では、姫君の乳母である宰相殿《さいしょうどの》が、同じく失踪し生存が絶望視されていた姫君との再会において「嬉しきにも先立つものは涙にておはしまし候ふぞや（嬉しいときにも真っ先に出てくるものは涙でございますね）」と述べています。この二例は**五**とは異なり嬉し涙ですが、いずれも児や姫君の乳母が養い君との再会において流した涙です。『ちごいま』の「先立つ」涙は、母や乳母が抱く、母性的な強い愛情と関わっていると考えてよいでしょう。

さて、この「先立つ」涙は平安期以来和歌に少なからず詠まれており、和歌的な表現のひとつと言えます。和歌における用例は『ちごいま』とは異なり、必ずしも母性愛と結びつけられているわけではないのですが、ことばのレベルで影響関係が考えられる一首として『千載《せんざい》』の「うき世にもうれしき世にも先に立つ涙は同じ涙なりけり（つらい世の中でも嬉しい世の中でも、真っ先に流れる涙は同じ涙であることだ）」（一一一五、藤原顕方《ふじわらのあきかた》）があります。この歌の傍線部は先に挙げた**十九**、**二十三**の表現と近似しています。

ただし、中世にはこの「うき世にも」の歌のことばは和歌的表現を離れ、慣用句化していたようです。神仏の縁起《えんぎ》などを語る説経節《せっきょうぶし》の中でも『さんせう大夫《だゆう》』や『しんとく丸《まる》』の、主人公が家族と再会する場面に類似した表現が使われています。すると『ちごいま』の嬉し涙の描写も、「うき世にも…」歌を直接的に踏まえるのではなく、中世の人々の口にのぼっていた慣用句を念頭に置いて書かれた可能性があります。

◉第六段　「今参《いままい》り」誕生《たんじょう》

〈詞書〉

その後《のち》、[1]麝香《じやかう》、[2]薫物《たきもの》をさへ持《も》ち来《き》て取《と》らせければ、若《わか》き人々《ひとびと》もてはやして喜《よろこ》びつつ、浅《あさ》からぬ知《し》る人《ひと》になりにけり。手箱《てばこ》の代《か》はり取《と》らぬもかたはらいたく覚《おぼ》えければ、何《なに》となきさまに金風情《かねふぜい》のものなど賜《た》びにけり。少々《せうせう》は取《と》りなどして常《つね》に行《ゆ》き通《かよ》ひけるに、女房《にようばう》たちあまた出《い》で入《い》るを見て、「あはれ、わらはが養《やしな》ひ君《ぎみ》のおはしますを、この殿《との》にさぶらはせ奉《たてまつ》りて見参《みまゐ》らせ侍《はべ》らば、いかばかり嬉《うれ》しく侍《はべ》りなん」と申《まう》し出《い》でたるに、人々《ひとびと》、「[3]御内参《おんうちまゐ》りにあまた人《ひと》を尋《たづ》ぬる折節《をりふし》なれば、申《まう》してみん」とて、この由《よし》を御前《おまへ》にて伺《うかが》ひければ、この手箱《てばこ》の主《ぬし》ならばゆかしくこそとて、「局《つぼね》まで呼《よ》びてみよ」とのたまへば、この由《よし》を語《かた》るに、喜《よろこ》びて帰《かへ》りけり。

乳母《めのと》申《まう》しけるは、「いかにもして、少《すこ》しづつ[4]ものをも見入《みい》れ給《たま》ひて、御心地《おんここち》をも治《なほ》して、[5]女房《にようばう》の装束《しやうぞく》して大臣殿《おとどどの》へ参《まゐ》らせ給《たま》へ」と言《い》ひければ、うつつとも覚《おぼ》えずもの狂《ぐる》はしくそら恐《おそ》ろしく思《おぼ》せども、[6]ありし花《はな》の夕《ゆふ》べより折《を》らぬなげきのみ繁《しげ》りまさる心地《ここち》して、うちやる方《かた》のなきままに、[7]せめて御垣《みかき》の内《うち》ばかりなりともいま一度《ひとたび》やと思《おも》ふにて、[8]高間《たかま》の山《やま》の峰《みね》の雲《くも》はかねてあぢきなくぞ思《おも》ひ続《つづ》けらるるや。強《し》ひて諫《いさ》められて、[9]忍《しの》ぶることさへ負《ま》けぬれば、思《おも》ふ心《こころ》に引《ひ》かれつつ、少《すこ》しづつものなど見入《みい》れらるるも、我《われ》ながらうつつとも覚《おぼ》えぬ心地《ここち》し侍《はべ》りけり。

〈画中詞〉

一（乳母《めのと》）あな美《うつく》しの御髪《みぐし》や。このほど結《ゆ》ひ詰《つ》めて、解《と》くこともなかりつるに、[10]元結際《もとゆひぎは》に撓《たわ》もなきぞや。

二〈児《ちご》〉心《こころ》のひくにまかせて、もの狂《ぐる》はしさよ。さすが空恐《そらおそ》ろしきものかな。

三（乳母《めのと》）この御姿《おんすがた》を見参《みまゐ》らせ候《さうら》ひて、[11]男《をとこ》と思《おも》ひ参《まゐ》らせ候《さうら》ふ人《ひと》はよもあらじ。あの御所《ごしよ》にいくらも見参《みまゐ》らせ候《さうら》ひて候《さうら》へども、さしもおはせずよ。

四（侍従殿《じじうどの》（乳母《めのと》の娘《むすめ》））あのあこに[12]よく教《をし》へさせ給《たま》へ。御局《みつぼね》ざまにて、[13]どこともなきことや申《まう》さんずらんと思《おも》ふがわびしく候《さうら》ふぞや。

五（菊《きく》の前《まへ》）[14]人々《ひとびと》しく、とあるこそかくあるこそと、中々《なかなか》に言《い》ふべき人《ひと》もなし。御局《みつぼね》に置《お》かぬものにてこそあらんずらめ。

［[15]侍従殿《じじうどの》（乳母《めのと》の娘《むすめ》）、菊《きく》の前《まへ》、児《ちご》、乳母《めのと》］

第六段・語注

1麝香　香料の一種。ジャコウジカの麝香嚢《じゃこうのう》から製した黒褐色の粉末で、芳香が強く、薫物《たきもの》や薬料として使う。　**2**薫物　種々の香をあわせてつくった練香《ねりこう》。　**3**御内参りに…尋ねらるる　たとえば、藤原彰子《しょうし》が一条《いちじょう》天皇に入内した際には、四位・五位の娘たちを選《え》りすぐった女房四十人と、童女六人、下仕《しもづかえ》六人を引き連れている。そのため『ちごいま』でも、新たな女房の募集があったのだろう。　**4**ものをも見入れ給ひて　「もの」は食事。「ものを見入る」で食事を取る意。　**5**女房の…参らせ給へ　乳母は、養い君である児を女装させ、内大臣家の姫君のもとに出仕させることを計画する。一般的に、「児」は外見上女性とほとんど区別が付かない存在である。『ちごいま』においても、児は女房として出仕してまったく怪しまれることがなく、他の女房たちと外見上異なる点は、鬢《びん》の毛を削《そ》いでいないことくらいだった。↓**九**5　**6**ありし…繁りまさる　「ありし花の夕べ」は、児が、**三**で姫君を垣間見して恋に落ちた場面を指す。「なげき」は「歎き」と「投げ木（たきぎ）」を掛け、「折る」「繁る」は「木」の縁語。『源氏』の柏木《かしわぎ》の和歌「よそに見て折らぬなげきは繁れどもなごり恋しき花の夕かげ（お姿をよそに見るばかりでお近づきになれない悲しみは薄くなりますが、あの夕べ垣間見たご様子が恋しくて忘れられません）」（若菜《わかな》上）を踏まえた表現となっている。↓**三**8　**7**せめて…いま一度や　「御垣」は通常、皇居または神社の垣の意。ここでは、『源氏』で柏木が小侍従《こじじゅう》に送った手紙「一日、風にさそはれて御垣の原を分け入りてはべしに、いとどいかに見おとしたまひけむ。その夕より乱り心地かきくらし、あやなく今日はながめくらしはべる（先日、春風に誘われて御垣の原に分け入ったが、女三宮は私をこれまでにもまして蔑んだことだろう。その夕べから気分も悪くなり、わけもなく一日思い沈んでいる）」（若菜上）を踏まえた表現であり、児は、自らを柏木に擬《なぞら》えて姫君との再会を願っているのである。　**8**高間の山の峰の雲　「高間の山」は、大和国《やまとのくに》と河内国《かわちのくに》の境をなす葛城《かつらぎ》山系の一つ。現在の奈良県御《ご》所《しょ》市にある。「よそにのみ見てややみなん葛城や高間の山の峰の白雲（よそながらにだけ見て終わってしまうことだろうか。葛城山の峰の白雲よ）」（新古今・九九〇・詠人知らず）を踏まえた表現となっている。この歌は、「高間の山の峰の白雲」に心ひかれながら手の届かない高貴な女性の面影をしのばせており、『ちごいま』でも、手の届かない存在である姫君をこれに喩えている。　**9**忍ぶることとさへ負けぬれば　「忍ぶること」は、児の姫君への恋心。**四**で乳母に見抜かれているため、「負けぬれば」と表現している。参考「思ふには忍ぶることぞまけにける色にはいでじと思ひしものを（あなたを恋しいと思う気持ちには、我慢しようとしても負けてしまう。顔色には出すまいと思っていたけれど）」（古今・五〇三・詠人知らず）。　**10**元結際に撓もなき　児は、頭の頂《いただき》のあたりで左右に梳《す》き分け、長く垂らした髪を後ろで束ねて、元結（髪を結ぶ細い紐）で結んでいた。「際」は境目。きつく髪を結んでいたにもかかわらず、その根本部分に境目となるような跡がついていたり、撓《たわ》んだりしていない、しなやかな児の髪の美しさを述べている。　**11**男と…よもあらじ　女装が不自然でなく、女性にしか見えない児の美しさを女房が称賛している。女房姿の児の美しさは、次の段以降に改めて語られてゆく。　**12**あこ　目下の近親者、あるいは童男・童女などを親しみを持って指し、また呼びかけていう語。↓**五**3、【コラム⑥】　**13**どこともなきこと　「どこともなし」は、出どころが確かではない意。口語的な色彩の強い表現。ここでは、侍従は女童《めのわらわ》が内大臣家の局《つぼね》で場所をわきまえず、いいかげんな発言をすることを危ぶんでいる。実際に、**五**では女童が内大臣家と接触を持とうとしている乳母の努力を無にしかねない発言をしている。このような懸念を払拭するには、菊の前の回答にあるように、秘密を抱えて出仕する児の局にはあこなど置かないのが良いのだろう。　**14**人々しく　知識や礼儀作法などの点で、ほんとうに一人前の。また、いかにも一人前らしいりっぱなさま。　**15**侍従殿　乳母の娘。この段のほか、**二十一**の詞書と画中、**二十五**の詞書にのみ登場。姫君の出産を手伝い、また姫君の娘が入内する際に女房として従う。↓【コラム⑰】

【コラム⑥】女童《めのわらわ》「あこ」について

五の絵の中に、乳母《めのと》に同行して内大臣《ないだいじん》家に来た女童が描かれています。実は他本では彼女に「あこ」という名が付けられています。彼女は、嘘の身の上話で内大臣家と繋がりを持とうとする乳母を見て「おかしくなっちゃったのかしら」とつぶやくなど、ちょっと粗野《そや》な印象の女の子です。さて、「あこ」は、女房の故実《こじつ》書『大《おお》上臈《じょうろう》御名《おんな》之事《のこと》』に、「あか」や「ちゃちゃ」などと並んで女性の幼名《おさなな》として挙げられています。**六**12では「あこ」を目下の者に親しみをもって呼びかける語としていますが、名前である可能性もあるのです。すると、**六**の画中詞で言及される「あこ」は、**五**に登場した女童を指していると考えることができます。

◉第七段　女装《じょそう》して内大臣家《ないだいじんけ》へ

〈詞書〉

1衣袴《きぬはかま》など着《き》せ奉《たてまつ》りて見《み》るに、女房《にょうぼう》に少《すこ》しも違《たが》ふ気色《けしき》なく、あてに美《うつく》しく見《み》え給《たま》へば、乳母《めのと》嬉《うれ》しくぞ覚《おぼ》えける。2車《くるま》に乗《の》せ奉《たてまつ》りて、3かの局《つぼね》へ行《ゆ》きける。

4火《ひ》よきほどに灯《とも》して、女房《にょうぼう》たち出《い》で合《あ》ひて見給《みたま》ふに、5二十《はたち》に二《ふたつ》ばかり足《た》らぬほどにて、たをやかになまめかしきさま、心《こころ》にくし。髪《かみ》のかかり、額《ひたひ》など、推《お》し量《はか》りつるよりもこよなく見《み》ゆれば、若《わか》き人々《ひとびと》は覗《のぞ》きて見《み》て、6そそめきければ、乳母《めのと》7しおほせたる心地《ここち》して、8例《れい》の口利《くちき》きてぞあひしらひける。

「何《なに》か能《のう》にて」など問《と》ひければ、「親《おや》たちのおはしまし候《さうら》ひしほどは、9琵琶《びは》をこそ習《なら》はせ聞《き》こえさせ給《たま》ひしかども、その後《のち》はそれもうち捨《す》てさせ給《たま》ひて」などぞ申《まう》しける。

〈画中詞〉

上〈女房《にょうぼう》三〉車《くるま》より降《お》りつるを見《み》れば、少《すこ》し10童《わらは》なりにて、涼《すず》しやかに見目《みめ》よく候《さうら》ふべし。

下〈女房《にょうぼう》四〉思《おも》ひつるよりもよく候《さうら》ふぞや。美《うつく》しの髪《かみ》や。11ほどつきたをたをとして羨《うらや》ましや。

一　女御御参《にょうごおんまゐ》りのことに人《ひと》あまた尋《たづ》ねられ候《さうら》ふにて見参《みまゐ》らせ候《さうら》へば、うちつけに御《お》さぶらひあらせたくて。さりなが

ら心《こころ》ひとつにて計《はか》らひ候《さうら》ふべきことにても候《さうら》はねば、しばしこれにわたらせ給《たま》ひ候《さうら》へ。申《まう》し候《さうら》はん。〈女房《にょうぼう》一・女房《にょうぼう》二〉

二　〈乳母《めのと》〉御心様《おんこころざま》はよも人《ひと》には憎《にく》まれ参《まゐ》らせおはしまし候《さうら》はじとこそ思《おも》ひ参《まゐ》らせ候《さうら》へ。ただ穏《おだ》しくわたらせ給《たま》ひて、「そなたへ向《む》け」と仰《おほ》せ候《さうら》はん方《かた》へはいつまでも向《む》き候《さうら》ひてわたらせ給《たま》ひ候《さうら》はんずる御心様《おんこころざま》にて候《さうら》ふ。愛《いと》ほしくとてもなからんことをばいかでか申《まう》し候《さうら》ふべき。御覧《ごらん》じ候《さうら》はんずること参《まゐ》らせ候《さうら》ふ。

三　何《なに》よりもさやうに穏《おだ》しくわたらせおはしまし候《さうら》ふこそよきことにて候《さうら》へ。はしたなくけしからずは、うち見参《みまゐ》らせて候《さうら》ふが、よもと思《おほ》して候《さうら》ふなふ。〈女房《にょうぼう》一・女房《にょうぼう》二〉

四　〈乳母《めのと》〉幼《いとけな》くより後《おく》れさせ給《たま》ひて、わらはばかりを頼《たの》もしきものにてわたらせ給《たま》ひ候《さうら》ふほどに、人の御事《おんこと》をも恥《は》づかしくて思《おも》ひたち給《たま》はざりつるを、「さのみはまたいつまで」と申《まう》して[12]すくひたて参《まゐ》らせ候《さうら》へば、物慎《ものづつ》みをのみせさせ給《たま》ふ。奥深《おくふか》きにて御宮仕《おんみやづか》ひには外《はづ》れさせ給《たま》ひ候《さうら》はんずれども、姫君《ひめぎみ》などの[13]御伽《おとぎ》をばよく申《まう》させ給《たま》ひ候《さうら》ふべし。

五　[14]誰々《たれたれ》も初《はじ》めは初々《うひうひ》しく候《さうら》へども、自《おの》づから[15]ありつき候《さうら》へば、当時《たうじ》はさぶらひ慣《な》れて。御宮仕《おんみやづか》ひ懇《ねんご》ろに候《さうら》はば、我々《われわれ》も嬉《うれ》しく候《さうら》はんずる。〈女房《にょうぼう》一・女房《にょうぼう》二〉

六[16]　〈女房《にょうぼう》一〉管弦《くわんげん》の方《かた》は、何《なに》かせさせおはしまし候《さうら》ふ。いかにも御心《おんこころ》にくき。

七　〈乳母《めのと》〉親《おや》のおはしまし候《さうら》ひし時《とき》は琵琶《びは》をこそ習《なら》はせ参《まゐ》らせさせ給《たま》ひかししかば、聞《き》き知《し》り参《まゐ》らせたる人は褒《ほ》め参《まゐ》らせ候《さうら》ひしかども、その後《のち》は労《いたは》る御事《おんこと》にてうち捨《す》てさせ給《たま》ひ候《さうら》ひて、はかばかしくも覚《おぼ》えさせ給《たま》ひ候《さうら》はじ。

〔女房《にょうぼう》一、乳母《めのと》、女房《にょうぼう》二、児《ちご》、女房《にょうぼう》三、女房《にょうぼう》四〕

第七段・語注

1衣袴　女房の衣装。　**2**車　牛に引かせて乗る車。牛車《ぎっしゃ》。　**3**かの局　**五**で乳母が招かれた局のこと。　**4**火　室内用の明かり。　**5**二十に…ほど　女装した児の見た目が十七、八歳に見えるということ。　**6**そそめきければ　ひそひそと噂し合っていること。　**7**しおほせたる心地　原文「しほせたる心地」。他本より「お」を補った。「しおほす」は、仕事をうまくやり終えることをいう。乳母が意図していた通りに事を成し遂げたという気持ち。　**8**例の口利きて　乳母の弁舌が達者なことを示す。乳母は**五**において児を内大臣家に入れるため巧みな演技をしている。この段の画中詞でも女房たちの質問を上手くあしらっており、弁が立つ乳母の性格がうかがえる。　**9**琵琶　→**【コラム⑧】**　**10**童なり　女装した児の姿が中性的であることを示す語。児がふっくらとした女性らしい体型ではなく細身であったためこのように評された。

11ほどつき…として　「ほどつき」は児の体つきのことを示す。「たをたを」はしなやかで優美なさま。体つきが美しいこと。**12**すくひたて　手を貸して助けること。**13**御伽　人に向き合って話し相手をつとめたり、夜の退屈を慰める役目のこと。**八**で正式に児が御伽役として採用され、**十**で児と姫君が結ばれるための伏線となる。**14**誰々　不特定の複数人を指す語。**15**ありつき　「ありつく」とは、その環境に慣れて板についたふるまいをすること。**16**六　管弦の…御心にくき　画中詞六は原文には確認できないが、画中詞七の乳母の台詞を引き出す質問として、他本より女房一の台詞として補った。

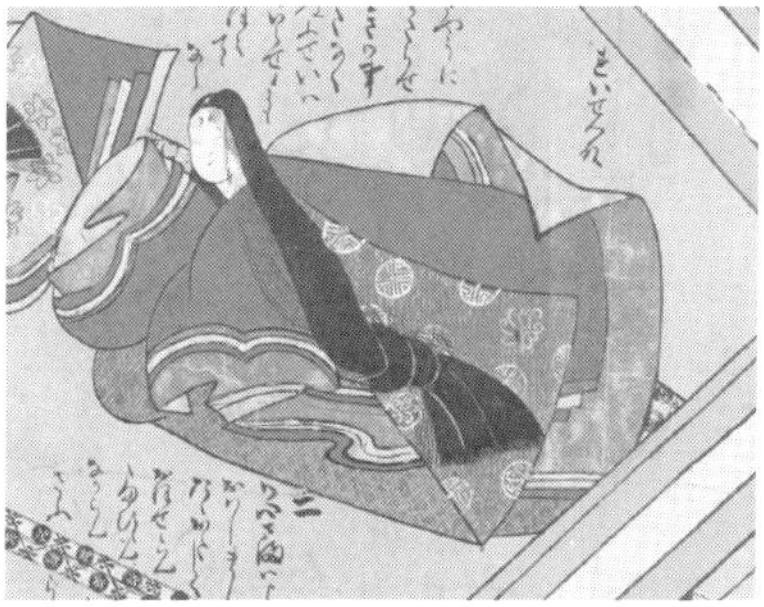

【衣袴】円福寺本第七段

【車】『平治物語絵詞《へいじものがたりえことば》』六波羅行幸《ろくはらぎょうこう》巻　東京国立博物館蔵（小松茂美編『続日本絵巻大成 17　前九年合戦絵詞・平治物語絵巻・結城合戦絵詞』中央公論新社より）

【火】円福寺本第十段

【コラム⑦】新参女房「今参り」の設定

七では、児《ちご》がはじめて「今参り」として内大臣《ないだいじん》家へ入ります。「今参り」とは、新参女房のことを指す名です。画中詞では、そんな新参女房を品定めするような先輩女房たちとのやりとりが描かれます。ここでは、主に乳母《めのと》が対応し、児の台詞はほとんどありません。乳母も、女房たちに対し、「今参り」を「親を早くに亡くし、自分しか頼る者がいなかったため、非常に内気で引っ込み思案な性格だ」と説明しています。これは、「今参り」がこれまでどこにも出仕していなかったことに対して不信感を与えず、またこれから内大臣家で目立たずひっそりとやっていくために乳母が設定した「今参り」の人物像とも言えますが、この設定は、現実の児の性格ともリンクしています。最終段で明かされますが、児は実際に幼いときに両親を亡くし、乳母が育てていたのであり、**五**で乳母がきっかけを作るまでは、自らの恋をどうすることもできず思い悩むような性格だったのです。**七**の画中詞で、乳母が何度も「内気であること」を強調するのは、児が男であると露見しないための「設定」だけでなく、実際の児の性格をも表していたのだと考えられます。こうした児が、姫君との別れや、天狗《てんぐ》の誘拐という試練を通過して、立派な男性へと成長していく姿は、『ちごいま』のひとつの見所とも言えるでしょう。

◉第八段　琵琶《びわ》を弾《ひ》く児《ちご》

〈詞書〉

やがてその夜《よ》より留《とど》められて、局《つぼね》に侍《はべ》りて、姫君《ひめぎみ》の御琴《おんこと》を聞《き》き奉《たてまつ》れども、[1]雲居《くもゐ》はるかに思《おも》ひやり奉《たてまつ》りしよりは、こよなく人知《ひとし》れぬ心《こころ》の内《うち》は慰《なぐさ》みつつ、嬉《うれ》しきものから、また空恐《そらおそ》ろしさぞあぢきなや。

琴《こと》の音《ね》に心通《こころかよ》ひて来《き》しかども　うき身離《みはな》れぬ我《わ》が涙《なみだ》かな

ものなど書《か》かせて見給《みたま》ふに、限《かぎ》りなく美《うつく》しかりければ、人々《ひとびと》もありがたく言《い》ひ合《あ》へり。月隈《つきくま》なき夜《よ》、[2]姫君《ひめぎみ》に御琴《おんこと》すすめ給《たま》ふ折節《をりふし》なるに、「この人の琵琶《びは》を聞《き》かばや」と仰《おほ》せられて、召《め》し出《い》でたり。姿《すがた》つき細《ほそ》くたをやかにて、少《すこ》し[3]童《わらは》なるものから、愛敬付《あひぎやうつ》きてあてになまめかしく見《み》ゆ。乳母《めのと》褒《ほ》めけるも理《ことわり》に御覧《ごらん》ず。琵琶《びは》をすすめ給《たま》へば、「少《すこ》し習《なら》ひて侍《はべ》りしかども、[4]日頃労《ひごろいたは》ること侍《はべ》りて打《う》ち捨《す》てて侍《はべ》る」などとて手《て》も触《ふ》れぬを、やうやうにすすめ給《たま》へば、わびしくて[5]盤渉調《ばんしきてう》に調《しら》べて、[6]秋風楽《しうふうらく》を弾《ひ》きたるに、撥音《ばちおと》、手使《てづか》ひ、[7]神《かみ》さびて上手《じやうず》めきたること限《かぎ》りなし。殿《との》も耳《みみ》を驚《おどろ》き給《たま》ひて、名《な》を得《え》たる上手《じやうず》どもにも勝《まさ》るほどなれば、今《いま》までかかることを聞《き》かざりけるよと類《たぐひ》なきまで愛《め》でまよひ給《たま》ひける。頃《ころ》は長月《ながつき》の十日《とをか》あまりのことなれば、月澄《つきす》みわたりて、[8]鳴《な》き枯《か》らしたる虫《むし》の音《ね》、かすかに聞《き》こえ、[9]荻《をぎ》の上風《うはかぜ》身《み》にしみて、[10]「いかなる色《いろ》の」など思《おぼ》ゆる折柄《をりから》も、心澄《こころす》みわたりて、もの思《おも》はざらむ身《み》にさへ悲《かな》しかりぬべきを、まして人知《ひとし》れぬ心《こころ》の内《うち》、乳母《めのと》がかかる計《はか》らひなかりせば、[11]露《つゆ》の命《いのち》を何《なに》にかかけんと思《おも》ひ続《つづ》くるにも、几帳《きちやう》の内《うち》の隔《へだ》てばかりもなかなか胸《むね》うち騒《さわ》ぎながら、[12]少《すこ》し涙《なみだ》の隙《ひま》ある心地《ここち》するぞ、月《つき》の見《み》るらんことも恥《は》づかしく覚《おぼ》え侍《はべ》る。

　月《つき》のみや空《そら》に知《し》るらん人知《ひとし》れぬ　涙《なみだ》の隙《ひま》のあるにつけても

なほ言責《ことせ》め給《たま》へば、常《つね》に耳慣《みみな》れぬ楽《がく》ども弾《ひ》きたるに、夜《よ》の静《しづ》まるままに面白《おもしろ》く、かの[13]潯陽《じんやう》の江《え》のほとり、見《み》ぬ世《よ》のいにしへまで思《おも》ひやられて言《い》ふばかりなし。「今宵《こよひ》の御琵琶《おんびは》の優《すぐ》れ侍《はべ》る[14]纏頭《てんとう》に、姫君《ひめぎみ》の御前許《おまへゆる》し聞《き》こえん」とて、几帳《きちやう》押《お》しやり給《たま》へるを見《み》れば、[15]花《はな》の夕《ゆふ》べは数《かず》ならず、言《い》はん限《かぎ》りなし。

〈画中詞〉

一　（母上《ははうへ》）　姫君《ひめぎみ》の御伽《おとぎ》に。いかなる嬉《うれ》しさぞや。

二　（大臣殿《おとどどの》）　名《な》を得《え》たる上手《じやうず》どもも、この撥音《ばちおと》ほどは候《さうら》はぬぞ。これほどの御能《おんのう》と今《いま》までうち籠《こも》りておはしましけることとよ。今一度《いまいちど》承《う》け給《たま》ひ候《さうら》はん。

三　（春日殿《かすがどの》）　これにては、殊《こと》に御琵琶《おんびは》こそ入《い》り候《さうら》ふ。[16]御事参《おんことまゐ》らせ候《さうら》ふに、しかも面白《おもしろ》く候《さうら》ひて、嬉《うれ》しく候《さうら》ふや。

四　（按察使殿《あぜちどの》）　いくらも[17]承《うけたまは》り候《さうら》ひしかども、これほど面白《おもしろ》き事候《ことさうら》はず候《さうら》ふ。折《をり》から殊《こと》に身《み》に染《し》む夜《よ》の気色《けしき》かな。

五　今宵《こよひ》しも、月《つき》の澄《す》みわたりて、[18]琵琶《びは》の音《ね》、虫《むし》の音《ね》、とり集《あつ》めたる心地《ここち》して、そぞろに心《こころ》もあくがるる心地《ここち》してなふ。〈女房《にようぼう》二・女房《にようぼう》三〉

六　あの月《つき》をばいかほどに御覧《ごらん》じ候《さうら》ふぞ。わらはは[19]土器《かはらけ》ほどに見候《みさうら》ふぞや。小《ちひ》ささよ。〈女房《にようぼう》二・女房《にようぼう》三〉

七　いかなる小《ちひ》ささぞや。わらはは[20]唐傘《からかさ》ほどに見候《みさうら》ふぞや。〈女房《にようぼう》二・女房《にようぼう》三〉

八　〈女房《にようぼう》一〉　あら、面白《おもしろ》の月《つき》や。[21]小倉山《をぐらやま》はこの月《つき》にも暗《くら》くやあるらん。

九　（近衛殿《このゑどの》）　[22]「積《つ》もれば人《ひと》の老《お》いとなる」が、よしなくて。月《つき》の顔《かほ》も見候《みさうら》はぬぞや。

〔女房《にようぼう》一、女房《にようぼう》二、女房《にようぼう》三、近衛殿《このゑどの》、母上《ははうへ》、大臣殿《おとどどの》、23按察使殿《あぜちどの》、姫君《ひめぎみ》、春日殿《かすがどの》、御今参り《おんいままゐり》〕

第八段・語注

1雲居はるかに　手の届かないさまを表す。最初は恋する姫君に近づくすべを持たなかった児にとって、姫君は手の届かない存在であった。類似の表現に**九**「雲居のよそに」がある。**↓九1**

2姫君に御琴すすめ給ふ折節　後に「頃は長月（旧暦九月）」とあるように、季節は秋である。秋は管弦に最適の季節であると考えられていた。しかも雲一つない月夜であり、姫君が琴を演奏するにふさわしい状況であった。

3童なる　**↓七10**

4日頃労ること　**七**での乳母の作り話に基づく。児は両親の死がきっかけで気落ちし、それ以来琵琶を弾いていなかったことになっている。

5盤渉調　雅楽《ががく》の六つある調子のうちの一つ。冬の調子とされるが、盤渉調の曲に秋風楽がある。

6秋風楽　雅楽の曲名。盤渉調の曲。秋にふさわしい曲であった。

7神さびて上手めきたる　児の琵琶の腕前が神々しいほどすばらしく、名手であること。この表現は『源氏』の明石《あかし》の君を意識するか。六条院《ろくじょういん》の女楽《おんながく》における明石の君の琵琶の腕前は「琵琶はすぐれて上手めき、神さびたる手づかひ、澄みはててておもしろく聞こゆ（琵琶の腕前は際立って名手のようであり、神々しいまでの弾きようは、音色も澄んで趣深く聞こえる）。」（『源氏』若菜《わかな》下）と評された。

8鳴き枯らしたる虫の音　鳴き続けて声が枯れている虫の音。虫が「鳴き枯らしたる」という表現は『千五百番歌合《せんごひゃくばんうたあわせ》』の寂蓮《じゃくれん》の歌にあり、その判詞《はんじ》ではそれが珍しい表現であるとされている。参考「秋深き野辺の草葉の色よりも鳴き枯らしたる松虫の声（秋深い野原の草の枯れた色よりも鳴き枯らした松虫の声であるよ）」（一六〇二）。

9荻の上風　『和漢朗詠集《わかんろうえいしゅう》』に「秋はなほ夕まぐれこそただならね荻の上風萩《はぎ》の下露《したつゆ》（秋はやはり夕方こそ格別だ。荻の葉の上を渡る風や、萩の下葉に降りた露はことさらすばらしい）」（二二九）とあり、以降「荻の上風」「萩の下露」は秋の風情を表す慣用表現として多く用いられた。

10いかなる色の　和泉式部《いずみしきぶ》の「秋吹くはいかなる色の風なれば身にしむばかりあはれなるらん（秋に吹くのはどのような色の風なのだろうか。身に染みるほどしみじみとするよ）」（詞花《しか》・一〇九）を引く。

11露の命を何にかかけん　草の上の露がその葉にひっかかって何とか落ちずにいるように、自分も乳母のはからいによって何とか希望をつなぎ、生き延びているということ。

12少し…恥づかしく　『新後《しんご》撰《せん》』前権僧正教範《さきのごんのそうじょうきょうはん》の歌に「今宵とて涙の隙はなきものをいかなる人の月を見るらむ（今夜も涙が留まることがないというのに、どのような人が月を見上げるのであろうか）」（一五三八）がある。この歌では人が「涙の隙（涙が止まっている間）」に月を見るが、児の歌では「涙の隙」のある人を月が見るとして立場を逆転させている。この歌を踏まえた発想とすれば、その主客を逆転させた発想が面白みを持つ。

13潯陽の江　揚子江《ようすこう》の潯陽（江西《こうせい》省九江《きゅうこう》市）の近くを流れているあたり。白居易《はくきょい》の『琵琶行《びわこう》』の詩で有名。児の琵琶のすばらしさゆえに、『琵琶行』が思い出されるということ。『琵琶行』では白居易が江州《こうしゅう》の地に左遷されていたときに、潯陽の江のほとりでかつて長安《ちょうあん》で活躍していた琵琶の名手である女性に出会う。物語と同じく秋の月夜のことであり、『琵琶行』が強く意識されて描かれた場面であろう。

14纏頭　歌舞・演芸をした者に、褒美として衣類、金銭などの品物を与えること。白居易『琵琶行』の一節に「五陵《ごりょう》の年少争つて纏頭《てんとう》し　一曲紅綃《こうしょう》数を知らず（五陵の若者たちは争って褒美をくれ、一曲弾くごとにもらう紅の絹は数えきれない）」とある。「纏頭」という表現はそれを意識するか。

15花の夕べ　**↓三8**

16御事　児が内大臣らを前に琵琶の演奏をしたこと。

17承り候ひしかども　原文「うけたまひ候しかとも」。他本により校訂した。

18琵琶の音、虫の音、とり集めたる　原文「ひわのねとりあつめたる」。児の琵琶の音をとり集めるのでは意味が通らないため他本により「虫の音」を補った。琵琶の音色と虫の声が調和して響いている様子を表す。　19土器　素焼きの杯。　20唐傘　和風の柄つきの雨傘。　21小倉山　京都市右京区嵯峨《さが》にある山。「をぐら」に「小暗」をかけて、月夜であっても木々によってその光が届かない、うす暗い山として捉えている。　22積もれば人の老いとなる　在原業平《ありわらのなりひら》の「大方は月をもめでじこれぞこの積もれば人の老いとなるもの（基本的には月も愛でるまい。これこそ積もり積もって人の老いの元となるのだから）」（古今・八七九）を引く。この歌は、月を見るのは不吉なことという俗信を踏まえ、空の「月」を一月二月の「月」とかけ、月を愛《め》でると老いの原因となるとしている。これを受けて、この和歌を引用した女房は老いから身を守るために自分は月を見ないのだと言っている。　23按察使殿　内大臣家の女房。この段と九の画中にのみ登場。

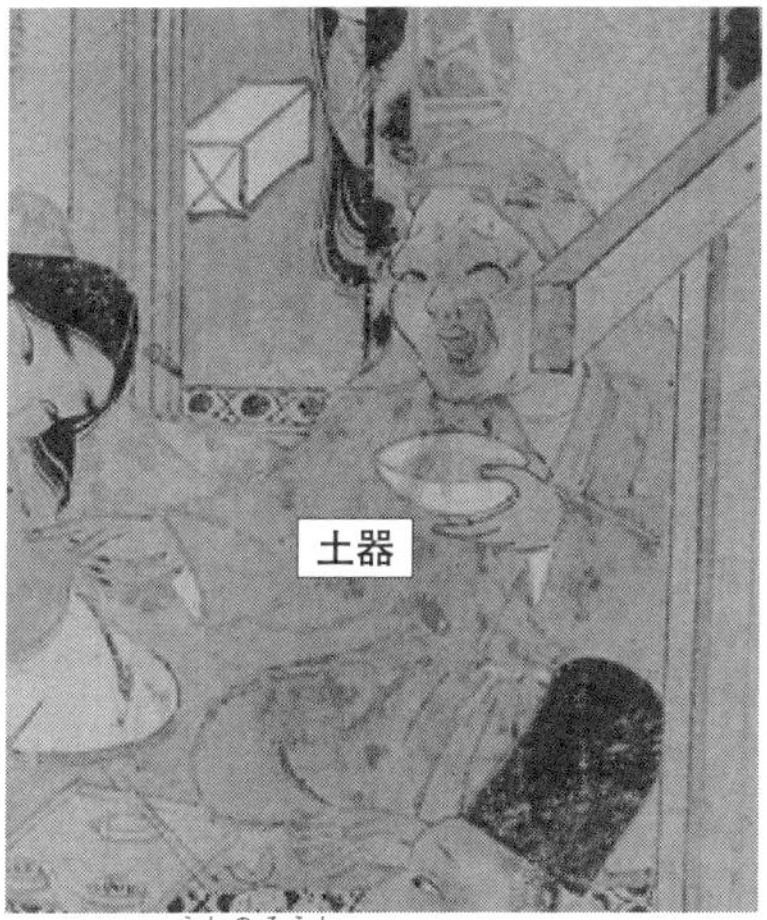

【土器】『絵師草紙《えしのそうし》』三の丸尚蔵館蔵（小松茂美編『日本絵巻大成11　長谷雄草紙・絵師草紙』中央公論社より）

【唐傘】『伊勢物語絵巻』久保惣《くぼそう》記念美術館蔵（小松茂美編『日本絵巻大成23　伊勢物語絵巻・狭衣物語絵巻・駒競行幸絵巻・源氏物語絵巻』中央公論社より）

【コラム⑧】児《ちご》と芸能

『ちごいま』では、児の琵琶が姫君へと近づく重要な要素となっています。**八**では、内大臣《ないだいじん》家の人々が児の琵琶の音のすばらしさに感心する様子が描かれますが、寺院の児が芸能に秀でているのは、驚くべきことではありませんでした。守覚法親王《しゅかくほっしんのう》の著作とされる『右記《うき》』には、児の心得が記されますが、それによると児は詩歌管弦《しいかかんげん》などの諸芸能を身につけるように教育されていたことがわかります。また室町時代に能を大成した世阿弥《ぜあみ》は、もとは寺院の児でしたが、児時代を通じて、さまざまな芸能を身につけたとも言われています。こうした児の芸能は、寺院の法会《ほうえ》や、遊宴の席で演じられており、寺院の行事のなかで重要な役割を果たしていました。

『ちごいま』でも、**十三**では比叡山《ひえいざん》での催しのために児が呼び戻されています。「この君おはせざらんは、興なきことにこそ（この若君がいらっしゃらないなど興ざめですよ）」とあるのは、やはり児の芸能が期待されてのことでしょう。また児が比叡山へ戻った**十四**では、宴の席において、児の琵琶が所望されています。ここでは、僧侶の猿楽《さるがく》や曲舞《くせまい》などについても言及されており、寺院における芸能のあり方が垣間見える場面です。

多くの児物語には、『ちごいま』と同じように児の理想像として詩歌管弦に長けた児が登場し、琵琶・笛・琴など管弦を奏でる児の姿を見つけることができます。その背景には、中世寺院における芸能の担い手としての児像がうかがえるのです。

◉第九段　姫君《ひめぎみ》のおそばへ

〈詞書〉

その夜《よ》よりさぶらひて、昼《ひる》なども差《さ》し向《む》かひて見奉《みたてまつ》れば、[1]雲居《くもゐ》のよそに思《おも》ひ奉《たてまつ》りしに、これもまた夢《ゆめ》とのみたどられて、果《は》ては[2]なげきの積《つ》もりも知《し》らぬぞはかなきや。琵琶《びは》を心《こころ》に入《い》れて教《をし》へ奉《たてまつ》れば、上《うへ》も喜《よろこ》び給《たま》ふこと限《かぎ》りなし。はかなき遊《あそ》びまでも人《ひと》には異《こと》なるさまなれば、心《こころ》にくく由《よし》あるさまにぞ思《おぼ》しける。御前《おまへ》を立《た》ち去《さ》ることなくさぶらへば、やうやう打《う》ち解《と》け給《たま》ひて、限《かぎ》りなく[3]遊《あそ》び付《つ》き給《たま》へるにも、いかなる折《をり》にか、[4]瓦屋《かはらや》の下《した》の思《おも》ひも聞《き》こえんと思《おも》ふ折々《をりをり》出《い》で来《く》るぞうたてきや。

〈画中詞〉

一（春日殿《かすがどの》）御琴《おんこと》は早極《はやきは》まらせおはしまして候《さうら》ふ。御琵琶《おんびは》を教《をし》へ参《まゐ》らせ給《たま》ひ候《さうら》へ。

二（按察使殿《あぜちどの》）いかなる人《ひと》のかかる御能《おんのう》はわたらせ給《たま》ふらん。御羨《おんうらや》ましや。

三（中納言殿《ちゆうなごんどの》）[5]などや御今参《おんいままゐ》りの御鬢《おびん》は削《そ》がせおはしまさぬ。あの御髪《みぐし》に不思議《ふしぎ》やなふ。

四（坊門殿《ばうもんどの》）げに。我《われ》らが髪《かみ》だにも削《そ》ぎたるに。あの御髪《みぐし》は長《なが》しとて削《そ》がぬぞや。

〔中納言殿《ちゆうなごんどの》、按察使殿《あぜちどの》、御今参《おんいままゐ》り、姫君《ひめぎみ》、[6]坊門殿《ばうもんどの》、春日殿《かすがどの》〕

第九段・語注

1雲居のよそに　雲居（天空）のように遠く離れたところ。転じて、手が届かないさま。**八**の「雲居はるかに」と同趣の表現。↓**八1**

2なげきの積もり　「なげき」は「嘆き」と「投げ木（たきぎ）」の掛詞。あとに出てくる「瓦屋の下の思ひ」とは、火を想起させる表現として共通している。

3遊び付き　遊ぶことが日常的になっている。遊び慣れる。

4瓦屋の下の思ひ　原文「かはやのしたの思ひ」。他本より「ら」を補い、「かはや」を「かはらや（瓦屋）」と校訂した。瓦屋は瓦を焼く竈《かまど》のことで、「忘れずよまた忘れずよ瓦屋の下焚く煙下むせびつつ（忘れまい、決して忘れまい、瓦屋の下で焚かれる煙が竈の下でくすぶるように）」（後拾遺《ごしゆうい》・七〇七・藤原実方《ふじわらのさねかた》）など、恋心を火にたとえた歌に詠まれることが多い。この段でも「思ひ」に「火」を掛け、瓦を焼く竈の下でくすぶる火のような児の恋心を表現しているのであろう。↓**【コラム⑨】**

5などや…おはしまさぬ　『ちごいま』が成立した室町期には女性の成人儀礼として「鬢削《びんそ》ぎ」という、十五、六歳に達した女子の耳の辺りの髪を肩のあたりで切り整える儀式が行われていた。しかし今参りは鬢を削いでいないことから、中納言殿は不思議に思っているのである。ただしこの疑問が今参りの正体発覚につながることはない。

6坊門殿　内大臣家の女房。この段の画中にのみ登場。

◉第十段　想《おも》いを伝《つた》える

〈詞書〉

[1]うらなく、隔《へだ》てなきものに思《おぼ》したるに、[2]思《おも》ひのほかなる下燃《したも》えの煙立《けぶりた》ち出《い》でなば、引《ひ》き替《か》へて思《おぼ》し疎《うと》みやせんと思《おも》ひ煩《わづら》ふに、[3]春宮御参《とうぐうおんまゐ》り、やうやう近付《ちかづ》くめり。とかくなり、[4]わりなき風情《ふぜい》を思《おも》ひ立《た》ちぬる心《こころ》の内《うち》を、さのみ包《つつ》み過《す》ぐしても、いつまでとあぢきなく覚《おぼ》えければ、ある夜御辺《よおんあた》りに人《ひと》なくて、ただ一人《ひとり》[5]御添《おんそ》ひ臥《ぶ》しにさぶらひけるに、[6]花《はな》の夕映《ゆふば》えより今日《けふ》まで思《おも》ひける心《こころ》の内《うち》、[7]室《むろ》の八島《やしま》ならではと、あくがれし思《おも》ひをうち泣《な》きつつ、[8]岩根《いはね》の松《まつ》も末傾《すゑかたぶ》くば

かりに語《かた》り続《つづ》くるに、むくつけう、恐《おそ》ろしく思《おぼ》せば、何《なに》とか答《こた》へ給《たま》はんや。

〈画中詞〉

上　何《なに》とやらん、御目《おんめ》どもの覚《さ》めさせおはしましたるやらん。御物語《おんものがたり》のおとなひせさせおはします。（民部卿殿《みんぶきやうどの》・新《しん》大夫殿《たいふどの》）

下　何事《なにごと》にてあらんぞ。若《わか》き御供《おんとも》とて、[9]絵物語《ゑものがたり》のことにてぞ候《さうら》ふらめ。（民部卿殿《みんぶきやうどの》・新大夫殿《しんたいふどの》）

一（児《ちご》）今《いま》は何《なに》をか包《つつ》み侍《はべ》るべき。いつぞやの御心地《おんここち》の頃《ころ》、僧正《そうじやう》、壇所《だんしよ》にさぶらひ給《たま》ひしに連《つ》れられ侍《はべ》りて、これへ参《まゐ》りて侍《はべ》りしに、[10]たけゆく春《はる》の気色《けしき》もゆかしくて、花《はな》の下陰《したかげ》に立《た》ち休《やす》らひ候《さうら》ひて侍《はべ》りしに、女房《にようばう》たち花見《はなみ》給《たま》ふとて出《い》で入《い》り給《たま》ひしかば、木陰《こかげ》に立《た》ち隠《かく》れて侍《はべ》りしに、「御簾《みす》少《すこ》し上《あ》げて御覧《ごらん》ぜさせよ」と申《まう》し給《たま》ひしほどに、木暗《こぐら》き陰《かげ》に立《た》ち忍《しの》び候《さうら》ひて見奉《みたてまつ》りし夕《ゆふ》べより、御面影《おんおもかげわす》忘れがたく侍《はべ》りて、すでに命危《いのちあや》うく侍《はべ》りしを、乳母《めのと》気色《けしき》に[11]推《すい》し侍《はべ》り候《さうら》ひて、[12]不思議《ふしぎ》の案《あん》をめぐらし、これへ今参《いままゐ》りをさせ候《さうら》ひて侍《はべ》りしにも、近《ちか》き思《おも》ひはなほ悲《かな》しく候《さうら》ひて、心《みだ》の乱《みだ》れは止《や》むときも侍《はべ》らず、春宮《とうぐう》へ御参《おんまゐ》り近《ちか》く侍《はべ》るとて、ひしめかせ給《たま》へば、心《こころ》の内《うち》の室《むろ》の八島《やしま》もいつまで忍《しの》び侍《はべ》るべき。ただ[13]この世《よ》一《ひと》つのことならず思《おぼ》し召《め》しなし候《さうら》へ。人目《ひとめ》あやしきやうに思《おほ》し召《め》しうとませ給《たま》ふなよ。ただ夢《ゆめ》と思《おぼ》し許《ゆる》し候《さうら》ひて、[14]逃《のが》れぬ御契《おんちぎ》りと思《おぼ》し召《め》し候《さうら》へ。

[15]〔民部卿殿《みんぶきやうどの》、新大夫殿《しんたいふどの》、児《ちご》、姫君《ひめぎみ》〕

第十段・語注

1うらなく　相手に対して自分の心の中を包み隠さないこと、心の中で相手を警戒したり、疑ったりするような隔て心がないことを表す。　**2**思ひのほかなる下燃えの煙　「思ひ」に「火」が掛けられており、「下燃え」につながっている。「下燃え」とは炎が表に出ず、物の下で燃えていることで、転じて人知れず心の中で恋い焦がれることを指す。その下燃えから煙が立つということは、恋心が隠し切れずに表に出てしまうことを指す。**↓【コラム⑨】**　**3**春宮御参り　**五**「内参り」に同じ。**↓五5**　**4**わりなき風情　「わりなし」は事態や人の言動などが理性や道理で処理しきれる範疇を超えていることを表す。ここでは児が女装をしていることを指す。　**5**御添ひ臥し　夜に女房が女主人に寄り添って寝ること。**七**、**八**の画中詞で内大臣家では児を姫君の「御伽」役にと考えていた。**↓七13**　**6**花の夕映え　**↓三8**　**7**室の八島　栃木県惣社町《そうじやまち》にある大神《おおみわ》神社の古称。そこにある池から水気が立ち上り、煙のように見えたところから、常に煙の立つ場所として和歌に用いられた。「いかでかは思ひありとも知らすべき室の八島の煙ならでは（どのようにしたら燃えたつような恋心があると知らせることができるでしょうか、室の八島の煙ではないのだから）」（詞花《しか》・一八八・藤原実方《ふじわらのさねかた》）のように、抑圧された恋心を題材にした和歌に詠まれることが多かった。**↓【コラム⑨】**　**8**岩根の松も末傾く　姫君のことを盤石な岩に生えた松に喩え、その頑《かたく》なな心もついにはほだされてしまいそうなほど、児が必死に姫君を口説く様を表す。**↓【コラム⑨】**　**9**絵物語　絵入りの物語。

姫君の部屋から漏れ聞こえる児の口説き文句から、女房たちは二人が物語について語り合っていると考えた。『ちごいま』も絵物語であるが、その絵物語の中でさらに絵物語について語っているとする発想が面白い。**10**たけゆく春　「たけゆく」とは季節が盛りを過ぎていくこと。児が姫君を垣間見したのは弥生（旧暦三月）で、春の終わりのことであった。**11**推し　中世以降に登場する言葉。推測するという意味。**12**不思議の案　「不思議」は常識的、理性的な思慮の及ばないこと。ここでは乳母が児に女装をさせ、姫君のもとに出仕させたことを指す。**13**この世一つのことならず　平安時代以降、「夫婦は二世の縁」といって、男女の関係は前世から続く、あるいは来世にまで続くものであると考えられていた。**14**逃れぬ御契り　男女の関係を、宿命的で、どうあっても逃れることはできないものであったと当事者が捉えたときに使われる。→**【コラム⑩】** **15**民部卿殿　内大臣家の女房。この段と十一・二十・二十五の画中にのみ登場。

【コラム⑨】「煙」が表す恋心

児《ちご》の姫君への恋心は、「思ひ消えなん煙の末」（→四8）と消えそうな煙に見立てて表現されたり、「瓦屋の下の思ひ」（→九4）と、瓦《かわら》を焼く竈《かまど》の下でくすぶる火に喩《たと》えられたりしています。さらに十では「下燃えの煙」「室の八島」と、燃え上がって隠し切れない恋心がついに表れてしまうことを煙が立ち上るさまに喩えて表現していました。ここで特に注目したいのは「室の八島」という表現です。「室の八島」とは大神《おおみわ》神社の古称であり、常に煙の立ち上る場所として古くから和歌にも詠まれてきました。そして、『詞花《しか》』の藤原実方《ふじわらのさねかた》以来、抑圧された恋心を表象するものとして認識されてきました。この「室の八島」という歌語を主人公の恋の象徴として用いた物語に『狭衣《さごろも》』があります。『狭衣』は『源氏』と並び称される王朝物語の代表作です。主人公の狭衣大将《さごろものたいしょう》は兄妹のように育てられた従妹《いとこ》の源氏《げんじ》の宮《みや》に秘かな恋心を抱いていました。その恋心を表すために「室の八島の煙」という表現がキーワードとしてしばしば用いられているのです。『ちごいま』の読者も、物語に詳しい者なら誰でもここで『狭衣』を想起したことでしょう。さらに「岩根の松も末傾く」（→十8）という表現は『狭衣』に、「逃れぬ御契り」（→十14）という表現は『とりかへばや』にも見られ、児の恋が一気に進展する十は王朝の恋物語を想起させる要素が散りばめられているのです。画中の女房たちの言う「物語」というのも『狭衣』のような平安時代の王朝物語をイメージしているのかもしれません。

【コラム⑩】男と女の「逃れぬ御契り」

「契り」という言葉には前世から定められた宿命という意味があり、男女の関係においては二人が結ばれる運命であったと主張するために用いられるものです。しかし、この「契り」はポジティブでロマンティックなものばかりではありません。物語においては本来は結ばれるべきではない、望ましくない男女関係においても用いられることがあります。例えば、『源氏』では柏木《かしわぎ》が光源氏《ひかるげんじ》の妻である女三宮《おんなさんのみや》と密通を犯した際に、二人の関係を「逃れぬ御宿世《すくせ》」であったと女三宮に言い聞かせています。「宿世」というのも「契り」と同じく、前世からの宿命という意味があります。また、『とりかへばや』では宰相中将《さいしょうのちゅうじょう》が女中将の妻と密通した際に、二人の関係が「逃れぬ御契り」であったと訴えます。さらに、男装の身でありながら宰相中将と関係を結んでしまった女中将もまた、宰相中将との関係を「逃れぬ契り」と認識します。鎌倉時代後期の宮廷女房が書いた日記『とはずがたり』でも作者の後深草院二条《ごふかくさいんにじょう》が望まぬ関係を結ばねばならなくなった際に「逃れぬ御契り」という表現を用いています。「逃れぬ契り」という言葉には、望ましくないとわかっていながらも関係を結んでしまう、どうしようもない男女の心の機微が象徴されているのだとも言えます。

『ちごいま』における児《ちご》と姫君の恋も、実は望ましくない禁忌の恋です。比叡山《ひえいざん》の児と内大臣《ないだいじん》家の姫君とでは身分が違いますし、そもそも姫君は春宮《とうぐう》参りが決まっている身です。児は姫君に恋い焦がれるあまりに女装して内大臣家の女房として姫君に近づきますが、これが禁忌の恋であるという自覚はあったのでしょう。望ましくはない、けれども姫君に受け入れてほしい――そうした願いが「逃れぬ御契り」という口説きに込められています。

◉第十一段　はかない蜜月《みつげつ》

〈詞書〉

[1]現《あらは》し初《そ》めぬれば、夜《よ》を重《かさ》ね、浅《あさ》からぬ心《こころ》の内《うち》を申《まう》し知《し》らするに、始《はじ》めこそ疎《うと》ましく恐《おそ》ろしく覚《おぼ》え侍《はべ》れ、[2]度重《たびかさ》ぬればやうやう知《し》ることもやありけん。今《いま》は人《ひと》や咎《とが》めんと、御顔《おんかほ》赤む折《をり》のみぞ隙《ひま》なきや。御今参《おんいままゐ》りは、人知《ひとし》れぬ思《おも》ひを漏《も》らし聞《き》こえさせて後《のち》は胸《むね》の隙《ひま》あるべきを、[3]人目《ひとめ》の関《せき》の固《かた》ければ、かくても思《おも》ひは絶《た》えぬなめりと、とにかくに安《やす》き心《こころ》なき契《ちぎ》りのほどもあぢきなく思《おぼ》ゆるぞ、我《われ》ながらあまりなるや。

御辺《おんあた》りにのみ立《た》ち去《さ》らずさぶらへば、片《かた》への人々《ひとびと》も隙《ひま》のある心地《ここち》して、方々《かたがた》にのみさぶらへば、[4]昼《ひる》は日暮《ひぐ》らし臥《ふ》し暮《く》らし、夜《よる》は御添《おんそ》ひ臥《ぶ》しにて明《あ》くるを嘆《なげ》く御《おん》もてなしを、母上《ははうへ》なども、かくねんごろなる御伽《おとぎ》の、出《い》でおはする嬉《うれ》さなどのたまふぞ、はかなくをこがましさや。

〈画中詞〉

一（堀川殿《ほりかはどの》）[5]あはれなる所《ところ》から、読《よ》ませ給《たま》ひ候《さうら》へ。

二（衛門佐殿《ゑもんのすけどの》）「[6]誰《たれ》も千歳《ちとせ》の松《まつ》ならぬ身《み》は遂《つひ》に留《と》まるべきにと、仏神《ほとけかみ》をも託《かこ》たん方《かた》なきは、これ皆《みな》さるべきにこそ」などさぶらふ辺《あた》りは、涙《なみた》に暮《く》れて[7]高《たか》ふも読《よ》まれ候《さうら》はずこそ。

三（堀川殿《ほりかはどの》）げにこそと思《おも》ひやられ候《さうら》ひて、いとほしき。

四（宰相殿《さいしやうどの》）いでて、[8]御賽《おんさい》かき候《さうら》はん。負《ま》け参《まい》らせ候《さうら》ふ。

五（民部卿殿《みんぶきやうどの》）いかにもせさせ給《たま》ひ候《さうら》へ。ただいま、幾度《いくたび》も負《ま》け参《まゐ》らせ候《さうら》ひぬとも覚《おぼ》えず。

又一（母上《ははうへ》）御前《おまへ》には人《ひと》の音《おと》もせで、例《れい》のまた、女房《にようばう》たちの方々《かたがた》居《ゐ》候《さうら》ふに、御今《おんいま》の一人《ひとり》さぶらはるるな。けしからずの[9]陰居《かげゐ》どもや。

又二（姫君《ひめぎみ》）上《うへ》のおはしますやらん。起《お》き候《さうら》ひてみん。

又三（御今参《おんいままゐ》り）[10]「青葛《あをつづら》」にてのみ、さも苦《くる》しき世《よ》かな。

〔[11]衛門佐殿《ゑもんのすけどの》、[12]堀川殿《ほりかはどの》、宰相殿《さいしやうどの》、[13]兵衛佐殿《ひやうゑのすけどの》、民部卿殿《みんぶきやうどの》、姫君《ひめぎみ》、御今参《おんいままゐ》り、母上《ははうへ》〕

第十一段・語注

1現し初めぬれば　隠していた姫君への気持ちと男性という自分の正体の両方が、姫君に知られてしまったということ。

2度重ぬれば…ありけん　逢瀬《おうせ》を重ねるうちに、姫君の心に児への愛情が芽生え始めたということ。密通された相手と逢瀬を重ねるうちに心惹かれるようになるという女性心理は古典文学に時折り見られる。**3**人目の関の固ければ　人から見られることが妨げとなって、思うにまかせないこと。「関」は関所。**4**昼は日暮らし…御もてなし　昼も夜ももっぱら児が姫君を独占しているさま。男女関係において寵愛が甚だしいことを示す表現で、『長恨歌《ちょうごんか》』以来、『源氏』などにたびたび引用される。**5**あはれなる所　しみじみと感動するところ。具体的には、画中詞二に引用されている、『源氏』柏木《かしわぎ》巻における柏木が死にゆくくだりを指す。**6**誰も千歳の…さるべきにこそ　『源氏』柏木巻で、衰弱した柏木が死を考える場面「神仏をもかこたむ方なきは、これみなさるべきにこそはあらめ、誰も千歳の松ならぬ世は、つひにとまるべきにもあらぬを（神や仏にも恨み言を言いようがないのは、前世からの因縁だからだろう。松のように千年の寿命を保つことは誰にもできないから、この世は生き留まっていられるものではない）」の本文をほぼそのまま引用。→【コラム⑪】　**7**高ふも読まれ候はずこそ　原文「たかふもよまれ候こそ」。文脈から校訂した。声高に読むことができない意。**8**御賽かき候はん　「賽」はさいころ。三人の女房が双六《すごろく》に興じている場面だが、「賽」を「かく」という用例は未見。さいころを筒に入れて振ることをこのように表現したか。**9**陰居　原文「かけゐ」は用例未詳。「陰に居る」意として解釈した。**10**「青葛」にてのみ…苦しき世かな　「青葛」は、ツヅラフジ科の多年草の蔓草《つるくさ》。長くて手繰《たぐ》ることから、「繰る」が縁語となる。また、同音の「くる」を導き、「来る」「暮る」「苦（し）」などと掛詞《かけことば》になる。『後拾遺《ごしゅうい》』に、「人目のみしげき深山《みやま》の青葛くるしきよをぞ思ひわびぬる（人目ばかりが多くて、繋っている深山《みやま》の青葛を手繰り寄せるように苦しい関係に疲れてしまった）」（六九二・高階章行朝臣女《たかしなあきゆきあそんのむすめ》）があり、人目が多くて苦しいという発想は『ちごいま』に似る。**11**衛門佐殿　内大臣《ないだいじん》家の女房。この段の画中にのみ登場。**12**堀川殿　内大臣家の女房。この段の画中にのみ登場。**13**兵衛佐殿　内大臣家の女房。この段と、二十二・二十四・二十五の画中にのみ登場。

【柏木を見舞う薫】『源氏物語絵巻』
柏木巻　徳川美術館蔵
（徳川美術館『絵巻　徳川美術館名品集 1』
徳川美術館より）

【コラム⑪】『ちごいま』のなかの『源氏』

『ちごいま』には、前世代の代表的な恋物語から、児《ちご》が主人公の物語や、民間伝承、中世の王朝物語まで、さまざまな物語が息づいています。たくさんの和歌からも表現を借りています。その中で、『ちごいま』が一番大切にしていたのは『源氏』の世界でしょう。二十五には、「かの兵部卿《ひょうぶきょう》の宮」「中の宮」と、直接『源氏』の登場人物名を出している箇所があります。また、十一では『源氏』柏木《かしわぎ》巻の一節を女房が読み上げ、感情移入して涙を流すシーンがあります。児と姫君の恋は柏木と女三宮《おんなさんのみや》の悲恋に重なりながらずらされ、ひとりで屋敷を抜け出す姫君の姿には浮舟《うきふね》の面影があります。この、浮舟についての指摘は【読みのポイント】に譲ります。

　さて、児は琵琶の名手ですが、その見事な腕前を形容する「神さびて上手めきたる（神がかって上手く聞こえる）」（八）は、住吉の神の神慮を負った弾き手である明石《あかし》の君に使われる言葉でした。また、元服《げんぷく》後の児《ちご》の美しさを示す「花の傍らも光る」「紅葉の下」云々（二十五）は、紅葉賀《もみじのが》巻で光源氏《ひかるげんじ》の威容《いよう》が頭中将《とうのちゅうじょう》を圧倒する際に用いられていています。さらに、児と姫君の恋は柏木と女三宮のそれに重なると書きましたが、部分的には他のカップルの恋愛で使われた言葉が出てくることもあります。押さえられない恋心や苦悩を表す「暗部《くらぶ》山に宿りも取らまほし（夜明けがこないという暗部の山にでも宿を取りたい気持ちである）」（十三）、「うき身を覚めぬ夢になしても（この辛さを覚めない夢にしたとしても）」（十五）は、道ならぬ関係であった光源氏と義母・藤壺《ふじつぼ》の物語に登場し、姫君と離れればなれになった児が口ずさむ「叢雲《むらくも》迷ふ夕暮れに、忘るる間なく忘れぬ（群がった雲が風で乱れる不安な夕暮れにも、片時も忘れられないあなたです）」（十五）というフレーズは、雲居雁《くもいのかり》を想う夕霧《ゆうぎり》が詠んだ歌でした。そして、児が見事に姫君の夫として内大臣家に迎えられる大団円では、宇治十帖の中君《なかのきみ》が匂宮《におうのみや》邸に引き取られる様子が引き合いに出されています。このように、直接・間接を問わず繰り返され、人物造型やストーリーといった物語の根幹にまで入り込んだ『源氏』引用からは、『ちごいま』の作者がどれほど『源氏』を読み、その世界に惹かれていたかがわかります。

◉第十二段　姫君《ひめぎみ》の懐妊《かいにん》

〈詞書〉

かくて日数《ひかず》を経《ふ》るほどに、姫君《ひめぎみ》[1]例《れい》ならず悩《なや》ましくし給《たま》へば、上《うへ》なども[2]例《れい》の御《おん》もののけにてこそとて、[3]誦経《じゆきやう》始《はじ》め給《たま》ひて、さまざま御祈《おんいの》りし給《たま》へども、日《ひ》に添《そ》へてものも見入《みい》れ給《たま》はず、うち臥《ふ》してのみおはしけり。[4]例《れい》おはします御事《おんこと》も、この二月三月《ふたつきみつき》おはせねば、この御今参《おんいままゐ》りのみ思《おぼ》し知《し》ることもありけるや、姫君《ひめぎみ》に「もしさやうの御事《おんこと》もや」など申《まう》しければ、あさましく、心憂《こころう》く思《おぼ》されて、泣《な》き悲《かな》しみ給《たま》ふこと限《かぎ》りなし。

〈画中詞〉

上　また、ちとも参《まゐ》らせ候《さうら》ふも付《つ》けおはしまさぬぞ。よくぞ御容貌《おんかたち》も御色《おんいろ》もあの候《さうら》ふやうにてわたらせおはしまし候《さうら》ふなふ。〈女房《にょうぼう》〉（備前殿《びぜんどの》）

中　とく誦経《じゆきやう》を始《はじ》めさせ給《たま》ひ候《さうら》へ。ただ事《ごと》とも覚《おぼ》えぬことかな。このほどは[5]御《おん》たらひの数《かず》も隙《ひま》なし。〈女房《にょうぼう》〉（備前《びぜん》殿《どの》）

下　例《れい》の[6]御《おん》もののけにてこそわたらせ給《たま》ふらめ。〈女房《にょうぼう》〉（備前殿《びぜんどの》）

一（御今参り《おんいままゐ》）　つやつやかく御物《おんもの》だに参《まゐ》り候《さうら》はで、いかが候《さうら》ふべきことぞや。ちとづつも御覧《ごらん》じ入《い》れさせおはしませ。

二（姫君《ひめぎみ》）　水《みず》の泡《あわ》とも消《き》え失《う》せせまほしきに。長《なが》らへて、誰《たれ》にも見《み》え奉《たてまつ》るべきならねば。

三（御今参り《おんいままゐ》）　まことにさ思《おぼ》し召《め》し候《さうら》ふも御理《おんことわり》なれども、[7]同《おな》じ流《なが》れを汲《く》むだにも、この世《よ》ならぬとこそ申《まう》し候《さうら》へ。ましてかかることは、契《ちぎ》り深《ふか》きこととなれば、[8]力《ちから》なきことと思《おぼ》し召《め》し慰《なぐさ》みて。

〔女房《にょうぼう》、[9]備前殿《びぜんどの》、姫君《ひめぎみ》、御今参り《おんいままゐ》〕

第十二段・語注

1例ならず悩ましくし給へば　姫君が妊娠したことを表す。物語における女性の体調不良は妊娠の暗示であることが多い。　**2**例の御もののけにてこそ　二で姫君の病気の原因はもののけであると言われていた（↓二**3**）。今回の体調不良ももののけが原因ではないかと母上たちは考えたということ。　**3**誦経　経を声に出して読み上げること。もののけによると考えている姫君の病気治療のために始めた。　**4**例おはします御事　月経のこと。姫君の月経がないことで、児だけが姫君の妊娠に気づく。妊娠の兆候として月経の停止に言及するのは『とりかへばや』と同じ趣向。　**5**御たらひ　顔や手を洗うために湯や水をいれる円形の平たい容器。ここでのたらいは、姫君の嘔吐がおさまらないために用意された。　**6**御もののけ　原文「御も、け」。他本より校訂した。　**7**同じ流れを…この世ならぬ　別々の人が同じ川の水を汲むこと。前世からの因縁《いんねん》で、知らない人同士が出会うことの喩えである。同様の表現が『平家』をはじめ、中世の作品には多く見られる。　**8**力なきこと　姫君の妊娠は前世からの深い宿縁《しゅくえん》によるものであり、人間の意志ではどうにもならないことであるという諦《てい》観《かん》を表す。　**9**備前殿　内大臣家の女房。この段の画中にのみ登場。なお、備前殿の話し相手の女房は他本では「伊予《いよ》殿」と名が付けられている。

【御たらひ】『絵師草紙《えしのそうし》』三の丸尚蔵館蔵（小松茂美編『日本絵巻大成11　長谷雄草紙・絵師草紙』中央公論社より）

◉第十三段　帰還《きかん》の命《めい》

〈詞書〉

山《やま》より、[1]児《ちご》の労《いたは》りよろしきさまならば、上《のぼ》るべき由《よし》のたまへども、乳母《めのと》とかくあひしらひけるに、「山《やま》に人々《ひとびと》あまた集《つど》ひて、[2]ゆゆしきことのありけるに、この君《きみ》おはせざらんは、興《けふ》なきことにこそ」とて、逃《のが》るべき方《かた》なくのたまふほどに、乳母《めのと》、この殿《との》へ参《まゐ》りて、この由《よし》を語《かた》るに、片時《かたとき》も離《はな》れ奉《たてまつ》らんことの悲《かな》しく覚《おぼ》えければ、とかく申《まう》し述《の》ぶれども、あまり責《せ》めさせ給《たま》ひて、この度《たび》おはせずは、長《なが》く恨《うら》むべき由《よし》のたまへば、姫君《ひめぎみ》にこの由《よし》を申《まう》して、四五日《しごにち》の暇《いとま》を聞《き》こゆるに、[3]つひに隠《かく》れあるまじき御身《おんみ》の有様《ありさま》を言《い》ひ合《あ》はせても、慰《なぐさ》み給《たま》ひつる人《ひと》さへ出《い》でなば、[4]心《こころ》の問《と》はばいかが答《こた》へんと思《おぼ》し続《つづ》くるにも、せきやり給《たま》はぬ御気色《みけしき》を見置《みお》き奉《たてまつ》りて、出《い》でたる心地《ここち》、[5]魂《たましひ》はみな御袖《おんそで》の中《なか》に留《とど》めぬる心地《ここち》して、悲《かな》しながら、さてあるべきならねば、出《い》でなんとするに、しきりに[6]鳥《とり》も訪《おと》づれわたり、[7]あやにくなる心地《ここち》して、暗部山《くらぶやま》に宿《やど》りも取《と》らまほし。

[8]仮初《かりそ》めの別《わか》れとかつは思《おも》へども　この暁《あかつき》や限《かぎ》りなるらん

姫君《ひめぎみ》

帰《かへ》り来《こ》む命《いのち》知《し》らねば仮初《かりそ》めの　別《わか》れとだにも我《われ》は思《おも》はず

〈画中詞〉

一　〈女房《にょうぼう》〉なふ、申《まう》し候《さうら》はん。

二　誰《た》ぞや。何事《なにごと》ぞや。（宰相殿《さいしやうどの》、中将殿《ちゆうじやうどの》、冷泉殿《れんぜいどの》、中納言殿《ちゆうなごんどの》）

三　〈女房《にょうぼう》〉「御今《おんいま》の御迎《おんむか》ひに参《まゐ》りて候《さうら》ふ。とく御出《おんい》で候《さうら》へ」とて急《いそ》ぎ候《さうら》ふ。

四　御今《おんいま》、なふ、[9]御迎《おんむか》へに参《まゐ》り候《さうら》ふ。下《お》りさせおはしませ。（宰相殿《さいしやうどの》、中将殿《ちゆうじやうどの》、冷泉殿《れんぜいどの》、中納言殿《ちゆうなごんどの》）

五　（御今参《おんいままゐ》り）やがて出《い》で候《さうら》はんと仰《おほ》せ言《ごとさうら》候へ。

六　御今参《おんいままゐ》りは里《さと》へかう、御名残惜《おんなごりを》しや。懇《ねんご》ろにさぶらはせ給《たま》へば我《われ》らが隙《ひま》もありつるに、うたてや。いつ御参《おんまゐ》りあるべき。（宰相殿《さいしやうどの》、中将殿《ちゆうじやうどの》、冷泉殿《れんぜいどの》、中納言殿《ちゆうなごんどの》）

七　見目髪《みめかみ》ぶりこれほどたらひたる人《ひと》なしなふ。[10]御社《みやしろ》へとやらん、仰《おほ》せられ候《さうら》ふ。あまりにこのほどつめさせ給《たま》ひて候《さうら》ふほどに、しばし御休《おんやす》みあらんずらむ。（宰相殿《さいしやうどの》、中将殿《ちゆうじやうどの》、冷泉殿《れんぜいどの》、中納言殿《ちゆうなごんどの》）

八　よに心様《こころざま》もよくなだらかに宮仕《みやづか》ひもよくせさせ給《たま》ひつるに、しばしも出《い》でさせ給《たま》へばうたてや。（宰相殿《さいしやうどの》、

中納言殿《ちゆうなごんどの》、冷泉殿《れんぜいどの》、中納言殿《ちゆうなごんどの》）

九　[11]管《くはん》の方《かた》も上手《じやうず》にて、手《て》も美《うつく》しく書《か》かせ給《たま》ふ。（宰相殿《さいしやうどの》、中将殿《ちゆうじやうどの》、冷泉殿《れんぜいどの》、中納言殿《ちゆうなごんどの》）

十　せめてのことに、物怖《ものお》ぢをだにさせ給《たま》はで、ただ一人寝殿《ひとりしんでん》の掛《か》け金《がね》をもかけ[12]させ給《たま》ひ候《さうら》ふぞや。（宰相殿《さいしやうどの》、中将《ちゆうじやう》殿《どの》、冷泉殿《れんぜいどの》、中納言殿《ちゆうなごんどの》）

十一（御今参《おんいままゐ》り）いかに候《さうら》ふとも、四五日《しごにち》には過《す》ぎ候《さうら》はじ。なれども、[13]朝《あした》の露《つゆ》は夕《ゆふ》べを待《ま》たぬ習《ならひ》にて候《さうら》へば、もしまたかひなき身《み》に滞《とどこほ》り候《さうら》ふこともやと思《おも》ふに、立《た》ち出《い》づべき心地《ここち》もし候《さうら》はぬぞや。

十二（姫君《ひめぎみ》）身《み》の有様《ありさま》の[14]いかならんと思《おも》ひ続《つづ》くるに、悲《かな》しさも言《い》ひ合《あ》はする人《ひと》さへなからんことの心苦《こころぐる》しさ、かねて思《おも》ひやる方《かた》なくて。

〔女房《にようばう》、宰相殿《さいしやうどの》、[15]中将殿《ちゆうじやうどの》、冷泉殿《れんぜいどの》、中納言殿《ちゆうなごんどの》、姫君《ひめぎみ》、御今参《おんいままゐ》り〕

第十三段・語注

1児の労り　児の病気。**四**で児は恋煩いのため臥せっていたが、もののけのせいだと考えた比叡山から様子をうかがう使者が頻繁に訪れていた。　**2**ゆゆしきこと　「ゆゆしき」とは、重要なことを指す。ここでは、中世寺院において僧侶や児等によって演じられた芸能の催しと考えられる。↓**【コラム⑧】**　**3**つひに…有様　姫君のお腹が大きくなり、懐妊を隠しようがなくなってしまった状態のこと。　**4**心の…答へん　「なき名ぞと人には言ひて有りぬべし心の問はばいかが答へん（身に覚えのない噂であると人に言うことはできましょう。しかし自分の心が問うてきたら、何と答えればよいのでしょう）」（後撰《ごせん》・七二五・詠人知らず）を踏まえた表現。ここでは姫君の良心の呵責を表す。　**5**魂は…心地　魂が袖の内に留まるという表現は、『古今』「飽かざりし袖の中にや入りにけむわが魂のなき心地する（満足しないで別れたため、私の魂は袖の中に入ってしまったのでしょうか。まるで魂がなくなったような心地がします）」（九九二・陸奥《みちのく》）や『源氏』夕霧巻「魂をつれなき袖に留めおきてわが心から惑はるるかな（魂をつれないあなたの袖の中に置いてきてしまって、自分の心ながらどうしていいのかわかりません）」があり、次第にそのイメージが物語中で語られるようになったと考えられる。　**6**鳥も訪れわたり　「鳥」は鶏のこと。「訪れ」は、ここでは音をたてる意。鶏が鳴いて夜明けを告げるさまを言う。　**7**あやにくなる…取らまほし　「暗部山」は、鞍馬《くらま》山の古称という説もあるが未詳。夜明けが来ないため、恋しい人とずっと一緒にいられる山としてしばしば古歌に詠まれる。『源氏』若紫《わかむらさき》巻で光源氏《ひかるげんじ》が藤壺《ふじつぼ》と逢瀬を重ねた際の「暗部の山に宿りも取らまほしげなれど、あやにくなる短夜にて、あさましう中々なり。（夜明けを知らぬ暗部の山で宿を借りたいくらいであるが、あいにくの短夜でかえって歎かわしい逢瀬である）」を踏まえた表現。↓**【コラム⑪】**　**8**仮初めの…限りなるらん　上の句、下の句とも先行する離別歌を踏まえた表現である。上の句は「仮初めの別れと今日を思へどもいざやまことの旅にもあるらん（今日の別れはほんの一時のものだと思っているが、さあどうだろうか、永遠に帰ることのない旅なのかもしれない）」（新古今・八八一・俊恵法師《しゅんえほうし》）を意識する。また、下の句は姫君の返歌（「帰り来む…」）とともに「帰り来む程をも待たず消え果てばこの暁や限りなるべき（帰ってくる時期を待たずに消えてしまったならば、この暁が最後となるのだろうか）」（風《ふう》葉《よう》・五四六・『みなせ川』の入道一品宮中納言《にゅうどういっぽんのみやのちゅうなごん》）を踏まえている。

↓【読みのポイント】 9御迎へ　原文「御むへ」。他本より校訂した。 10御社へとやらん　「御社」は神社のこと。比叡山へ帰ることをそのまま伝えることはできないため、児は神社への参詣と偽って内大臣家に暇をもらっている。 11管の方　管弦のこと。 12かけさせ　原文「かけかせ」。文脈から校訂した。 13朝の露　朝の草葉に溜まった露のこと。消えやすいことから儚い人生の例えとして多く用いられる。 14いかならん　原文「いかなん」。他本より「いかならん」と校訂した。 15中将殿　内大臣家の女房。この段の画中にのみ登場。

◉第十四段　つらい別《わか》れ

〈詞書〉

[1]出《い》でがてにやすらへども、局《つぼね》より童上《わらはのぼ》りて、はや夜《よ》も明《あ》けなんとする由申《よしまう》して、急《いそ》がせば、逃《のが》るべき方《かた》なく、[2]寡《やまめ》烏《がらす》の心地《ここち》して、うらめしけれども、さながら魂《たましひ》は、泣《な》く泣《な》く立《た》ち出《い》で、[3]己《おの》がきぬぎぬになるほど、言《い》はむ方《かた》なく、堪《た》へがたし。

[4]きぬぎぬの別《わか》れは同《おな》じ涙《なみだ》にて　なほ誰《た》が袖《そで》か濡《ぬ》れ勝《まさ》るらん

姫君《ひめぎみ》

[5]誰《た》が袖《そで》の類《たぐひ》はあらじ涙川《なみだがは》　うき名《な》を流《なが》す今朝《けさ》の別《わか》れは

憂《う》きながら、[6]里《さと》にて元《もと》の姿《すがた》になりてぞ、山《やま》へ上《のぼ》りける。道《みち》すがら、「うき名《な》を流《なが》す」とのたまひつる面影《おもかげ》のみ身《み》に添《そ》ふ心地《ここち》して、[7]伏柴《ふししば》のなげきは、かねて[8]思《おも》ひまうけにしことなれども、御身《おんみ》の行方《ゆくへ》の心苦《こころぐる》しさを思《おも》ひ添《そ》へ給《たま》ふに、限《かぎ》りある道《みち》の別《わか》れも、これには勝《まさ》り侍《はべ》らじと思《おも》ふに、[9]死出《しで》の山路《やまぢ》も麓《ふもと》より、引《ひ》き返《かへ》さまほし。行《ゆ》き着《つ》きぬれば、僧正《そうじやう》を初《はじ》め奉《たてまつ》りて珍《めづら》しがり、ののしりもてなすこと限《かぎ》りなし。各々《おのおの》、興《きよう》に入《い》らんとしけれども、何《なに》も目《め》[10]留《とど》まることなく、御身《おんみ》の行方《ゆくへ》、隠《かく》れあるまじきことを思《おぼ》し入《い》りたりし御面影《おんおもかげ》、身《み》を去《さ》らぬ心地《ここち》して、せめて[11]忘《わす》るる草《くさ》の種《たね》をだに、心《こころ》にまかすることならばと、かひなきことをのみぞとにかくに[12]思《おも》ひほれける。

夢《ゆめ》に添《そ》ひうつつに見《み》ゆる面影《おもかげ》の　覚《さ》めて忘《わす》るる時《とき》の間《ま》もがな

うちしほれ、[13]結《むす》ぼほれ給《たま》へば、法師《ほうし》ども、「[14]御心地《おんここち》のなほ晴《は》れ晴《ば》れしくおはせぬか」と言《い》ひて、いよいよ忠《ちゅう》を尽《つ》くすこと限《かぎ》りなし。

〈画中詞〉

一（中納言法印《ちゆうなごんのほふいん》）これほど[15]まつのき候《さうら》ふこと候《さうら》ふは珍《めづら》しさ。

二〈三位法眼《さんみのほうげん》〉京《きやう》より若君《わかぎみ》の御入《おんい》り候《さうら》ふほどに、随分尋《ずいぶんたづ》ね出《い》だして候《さうら》ふ。

三（僧正御房《そうじやうごばう》）たまたま京《きやう》より上《のぼ》られ候《さうら》ふに、今日《けふ》一日《ひとひ》遊《あそ》びて、[16]宰相法印《さいしやうのほふいん》の[17]猿楽《さるがく》など各々心《おのおのこころ》を尽《つ》くして打《う》ち解《と》けて、能《のう》を尽《つ》くされ候《さうら》へ。

四（宰相法印《さいしやうのほふいん》）猿楽《さるがく》はただ今日《けふ》[18]骨《ほね》を振《ふ》るひ候《さうら》へ。[19]三位法眼《さんみのほふげん》の御房《ごばう》、例《れい》の[20]曲舞候《くせまひさうら》へかしと覚《おぼ》えて候《さうら》ふ。

五〈三位法眼《さんみのほうげん》〉いやいや、曲舞《くせまひ》ははや久《ひさ》しく左様《さやう》のことも候《さうら》はで忘《わす》れ果《は》てて候《さうら》ふものを。

六（讃岐律師《さぬきのりつし》）何《なに》とも候《さうら》へ。法眼《ほふげん》の曲舞候《くせまひさうら》はでは叶《かな》ふまじ。

七（中納言法印《ちゆうなごんのほふいん》）なふ、こなたへ御入《おんい》り候《さうら》へ。これほど恋忍《こひしの》び申《まう》して候《さうら》ふに今日《けふ》は御琵琶《おんびは》を尽《つ》くさせ給《たま》ひ候《さうら》へ。

八〈律師《りつし》〉今日《けふ》は御琵琶《おんびは》を尽《つ》くさせ給《たま》ひ候《さうら》へ。

九〈山《やま》の児《ちご》〉[21]律師《りつし》の御房《ごばう》の[22]八撥《やつばち》打《う》たせ給《たま》ひ候《さうら》へよ。

十〈律師《りつし》〉あな心憂《こころう》。それ、なかまへて仰《おほ》せ候《さうら》ひそ。

〔律師《りつし》、山《やま》の児《ちご》一、僧正御房《そうじやうごばう》、三位法眼《さんみのほうげん》、宰相法印《さいしやうのほふいん》、[21]讃岐律師《さぬきのりつし》、[23]弁僧正《べんのそうじやう》、山《やま》の児《ちご》二、[16]中納言法印《ちゆうなごんのほふいん》、児《ちご》〕

第十四段・語注

1出でがてに　出ることをためらうこと。出にくい。　**2**寡烏　夜半から夜明けにかけて泣く烏。夜明けを告げる童《わらわ》の声を喧《かしま》しい烏の声に喩えている。　**3**己がきぬぎぬ　ともに重ねて寝ていた着物を、起きてそれぞれが着ることから、共寝《ともね》の後の朝の別れの意味。　**4**きぬぎぬの別れ　「己がきぬぎぬ」に同じ。　**5**誰が袖の…別れは　「涙川」とは涙の流れる様を川に例えて言う語で、絶え間なく流れ出る涙の意。「うき名」とは人に知られると困るつらい評判のことで、恋に関する浮いた評判や艶聞《えんぶん》を指す。『平家』巻第十「内裏女房《だいりにょうぼう》」には平重衡《たいらのしげひら》の歌として「涙川うき名を流す身なりとも今一度の逢瀬《おうせ》ともがな（悲しみの涙が流れ、よくない評判を流す身となったが、もう一度逢う機会を願っています）」があり、この歌と第三・四句が共通している。→**【読みのポイント】**

6里にて…なりて　乳母の家で児姿に戻ったということ。「里」とは実家や親元を指す。**二十五**で明かされるが、児には両親がいないため、乳母の元が実家のようなものであった。　**7**伏柴のなげき　突っ伏すほどに深い歎きのこと。姫君との離別を表す。原本は「ふしく柴のなげき」とあり、他本より校訂した。「なけき」は「嘆き」と「投げ木」の掛詞。「伏柴」は「柴」をいう雅語《がご》で、多く「臥し」の意をこめて用いられた。『千載《せんざい》』に「かねてより思ひしことぞ伏柴のこるばかりなるなげきせむとは（前々から覚悟していたことではあるけれど、柴を伐《こ》り集めるように、私の心には嘆きの木が積み上がり、もう懲《こ》り懲《ご》りです）」（七九九・待賢門院加賀《たいけんもんいんかが》）とある。　**8**思ひまうけにしこと　「思ひまふく」はそのことが起こることを前々から予期して、心の準備をしておくこと。そのことが実際に起こった場面においていうことが多い。　9死出の山路　「死出の山」を越えていく山道。「死出の山」は死者が冥土《めいど》に行く途中で越えなければならないという険しい山。　10留まることなく　原文「と、まらぬことなく」。文脈から「留まることなく」と校訂した。　11忘るる…ことならばと「忘るる草」は「忘れ草」のことで、忘れることを草に例えている歌語《かご》。忘れ草はユリ科の多年草、萱草《かんぞう》ともいう。憂いを忘れる草とされていたところから、恋の苦しみを忘れるために身につけたり植えたりした。『伊勢』二一段の女が詠んだ和歌「今はとて忘るる草の種をだに人の心にまかせずもがな（今はもうこれ限りだと、私を忘れてしまう忘れ草の種だけでもあなたに蒔かせたくないものです）」を引いた表現。　12思ひほれける　一心に一つのことを思いつめて心がぼんやりすること。　13結ぼほれ給へば　鬱屈《うっくつ》した気持ちが晴れないままに鬱々《うつうつ》としていること。　14御心地の…おはせぬか　比叡山《ひえいざん》の人々は、児と姫君の関係を知らないため、児の気落ちの原因を病気によるものだと解している。四では、姫君に対する恋煩いをもののけによる病気であると誤解していたが、今回は姫君との別れによる気落ちである。　15まつのき候ふこと　「まつのき」には「待つの来」（待っていた人が来る）、「松の木」が掛かるか。「まつ」に「待つ」と「松」を掛けるのは和歌における伝統的な表現。ここでは児の帰還を待ち焦がれていたことを表している。画中では寺院の庭に松の木が描かれており、それも意識した表現か。　16宰相法印、中納言法印　ともに比叡山の僧。この段の画中にのみ登場。「法印」は最高の僧位で、僧正と同等。　17猿楽　今日の能楽の母体となった芸能の一種。また、それを演じる人。滑稽なしぐさの物真似《ものまね》芸能で、行事などの際に即興で演じられた。　18骨を振るひ候へ　「骨を振るふ」は用例未詳。精を尽くして頑張るという意で、「骨を折る」と同義か。　19三位法眼の御房　比叡山の僧。この段の画中にのみ登場。「法眼」は「法印」に次ぐ僧位で、僧都と同等。　20曲舞　日本中世芸能のひとつ。また、その演者。南北朝時代から室町時代にかけて行われた。叙事的な詞章を鼓《つづみ》に合わせて歌い、舞うもの。　21律師御房、讃岐律師　ともに比叡山の僧。この段の画中にのみ登場。「律師」は、僧正・僧都に次ぐ位。　22八撥　雅楽《ががく》に用いる両面太鼓である羯鼓《かっこ》の異称。羯鼓を撥《ばち》で打ちながら舞い踊る芸は室町時代に流行した。　23弁僧正　比叡山の僧。この段の画中にのみ登場。他本には「弁の僧都」とあり、挿絵の様子からも「僧都」がふさわしいと考えられる。「僧都」は僧正に次いで僧侶を統轄する位。

【猿楽】『七十一番職人歌合《うたあわせ》』前田育徳会尊経閣文庫蔵（前田育徳会尊経閣文庫編『七十一番職人歌合』勉誠出版より）

【曲舞】『七十一番職人歌合』前田育徳会尊経閣文庫蔵（前田育徳会尊経閣文庫編『七十一番職人歌合』勉誠出版より）

【八撥】『七天狗《しちてんぐ》絵《え》（天狗草紙）』三井寺巻A　個人蔵（小松茂美編『続日本絵巻大成19　土蜘蛛草紙・天狗草紙・大江山絵詞』中央公論社より）

◉第十五段　児《ちご》の誘拐《ゆうかい》、姫君《ひめぎみ》の出奔《しゅっぽん》

〈詞書〉

かくて四五日《しごにち》もなりぬるに、[1]例《れい》の「叢雲迷《むらくもまよ》ふ夕暮《ゆふぐ》れに、忘《わす》るる間《ま》なく忘《わす》れぬ」など口《くち》ずさみて、[2]つくづくと山《やま》の方《かた》を眺《なが》めておはしけるに、紅葉《もみぢ》の美《うつく》しき一葉《いちえふ》散《ち》り来《き》たりたるを取《と》らんとて、歩《あよ》み出《い》でたるを、[3]恐《おそ》ろしき山伏《やまぶし》の来《き》たりて、「いざさせ給《たま》へ」とて、脇《わき》に挟《はさ》みて空《そら》を翔《か》けり行《ゆ》きぬ。

[4]人々《ひとびと》「いかにや、いつとなき御一人《おんひとり》居《ゐ》悪《あ》しき御事《おんこと》なり。内《うち》へ入《い》らせ給《たま》へ」と申《まう》しけれども、音《おと》もし給《たま》はねば、ここかしこ尋《たづ》ね奉《たてまつ》るに、見《み》え給《たま》はず、行方《ゆくへ》も知《し》らぬことなれば、僧正《そうじやう》も騒《さわ》ぎ給《たま》ひて、人々山中《ひとびとさんちゆう》を尋《たづ》ねけれども、おはせざりければ、ただ[5]天狗《てんぐ》の仕業《しわざ》にこそとて、[6]世《よ》の聞《き》こえも口惜《くちを》しくて、壇《だん》を立《た》てて祈《いの》り給《たま》へども、そのしるしもなくて、日数《ひかず》過《す》ぎければ、このこと京《きやう》へも聞《き》こえて、不思議《ふしぎ》のことに申《まう》しののしりけるが、この殿《との》へも聞《き》こえけるを、人《ひと》は何《なに》とも思《おも》ひ咎《とが》めねども、姫君《ひめぎみ》ばかりぞこの人《ひと》のことにこそと思《おぼ》しけるに、いかでかおろかに思《おぼ》さんや。

[7]忍《しの》ばずは訪《と》はましものを人知《ひとし》れず　別《わか》れの道《みち》のまた別《わか》れ路《ぢ》を

[8]うき身《み》を覚《さ》めぬ夢《ゆめ》になしても、[9]類《たぐひ》なき御身《おんみ》の行方《ゆくへ》の世語《よがた》りをも語《かた》り合《あ》はせて慰《なぐさ》みし人《ひと》さへかくなりなば、いかさまにしていかにせんとやる方《かた》なくぞ思《おぼ》し乱《みだ》れける。[10]ありし暁《あかつき》を限《かぎ》りにや、さまざま慰《なぐさ》め置《お》きしなどさすがに思《おぼ》し出《い》づるにも、[11]など後世《ごせ》と思《おぼ》すぞ、あやにくなるや。

日数《ひかず》に添《そ》へて腹《はら》もふくらかになり給《たま》へば、ただうち臥《ふ》してのみぞおはしける。[12]底《そこ》の水屑《みくづ》ともなりなばと、亡《な》き跡《あと》さへまた後《うし》ろめたく思《おぼ》し煩《わづら》ふ御心《おんこころ》の内《うち》、苦《くる》しさは思《おも》ひ別《わか》れぬ心地《ここち》して、[13]瀬々《せぜ》の埋《む》もれ木《ぎ》いかにせんと思《おぼ》す折々《をりをり》は、ただ身《み》一《ひと》つの咎《とが》逃《のが》るる方《かた》もなく、我《われ》ながら辛《つら》く思《おぼ》ゆるままに、御物《おんもの》をだに見《み》入《い》れ給《たま》はねば、[14]例《れい》の御祈《おんいの》りぞ隙《ひま》なかりける。[15]春宮《とうぐう》よりも驚《おどろ》かされ給《たま》へども、この御心地《おんここち》に延《の》び行《ゆ》くを、殿《との》・上《うへ》は思《おぼ》し嘆《なげ》くこと限《かぎ》りなし。

姫君《ひめぎみ》、隙《ひま》を窺《うかが》ひ給《たま》ふに、御辺《おんあた》りの人《ひと》よく寝《ね》入《い》りたれば、よき折《をり》と思《おぼ》して、やはら起《お》きて[16]妻戸《つまど》を押《お》し開《あ》け給《たま》へば、有明《ありあけ》の月《つき》はつかに差《さ》し出《い》で、[17]うき人《ひと》しも恋《こひ》しかりぬべき空《そら》の気色《けしき》なり。風《かぜ》冷《ひ》ややかに吹《ふ》きて、[18]うき名《な》を隠《かく》す雲間《くもま》だに吹《ふ》き払《はら》ひて、心《こころ》なき嵐《あらし》の音《おと》なり。そのこととなからんだに悲《かな》しかるべき折柄《をりから》なれば、これを限《かぎ》りと思《おぼ》しけん心《こころ》の内《うち》、ためらひやり給《たま》はぬも理《ことわり》なり。今《いま》ぞ[19]鳥《とり》の音《ね》も微《かす》かに聞《き》こえけるに、[20]「やすらひにこそ」と、木《ゆ》綿《ふ》付鳥《つけどり》に言《こと》付《づ》けせまほしく、ただ親《おや》たちの思《おぼ》し嘆《なげ》かんことのみ、罪深《つみぶか》し。

[21]惜《を》しからぬ身《み》をば思《おも》はずたらちねの親《おや》の心《こころ》の闇《やみ》ぞ悲《かな》しき

〈画中詞なし〉

第十五段・語注

1例の…など口ずさみて　児がいつものように、古歌に姫君への思いを重ねて口ずさんでいるのである。『源氏』野分《のわき》巻で、激しい風が吹いた翌日に雲居雁《くもいのかり》を思う夕霧《ゆうぎり》が詠んだ歌「風騒ぎ叢雲まがふ夕べにも忘るる間なく忘られぬ君（風が激しく吹き、群がった雲が乱れる不安な夕暮れにも、片時も忘れることができないあなたです）」を引く。なお「叢雲迷ふ」は原文「むらまよふ」。他本により校訂した。↓【コラム⑪】　2つくづくと　精神を集中してその行為に没頭するさまを表す語。ここでは児が物思いに沈んでいることを表現する。　3恐ろしき山伏　「山伏」は山を聖域とし、そこで修行を行う修験道《しゅげんどう》の宗教的指導者。ただしこの段に登場する山伏の正体は天狗《てんぐ》である。山伏と天狗の結びつきは強く、中世以降天狗が山伏姿で描かれる例も少なくなかった。　4人々　十四の画中に描かれていた比叡山《ひえいざん》の僧や、同輩《どうはい》の児たちのこと。　5天狗の仕業にこそ　天狗は人を攫《さら》う存在として描かれることが多い。なお中世の物語や謡曲、日記などの中には、ほかにも天狗が児などの子供を誘拐する例が見られる。↓【読みのポイント】　6世の聞こえも口惜しくて　世の中の噂になるのも悔しくて、の意。『今昔』などに登場する天狗は徳の高い僧によって撃退されることが少なくない。だが比叡山の僧たちは山内への天狗の侵入を許し、さらに児まで奪われている。この事件が噂として広まれば、僧正、ひいては比叡山の権威を失墜《しっつい》させる可能性があるため、僧正は外聞を気にするのである。　7忍ばずは…別れ路を　「忍ばずは人に訪はまし現《うつつ》とも夢ともわかぬ今朝の別れ路（人目を忍ぶ関係でなければあなたのもとに訪れたいものを。現実とも夢ともわからない今朝の別れ路を）」（飛月《ひげつ》集・一〇五）と類似する部分が多い。↓【読みのポイント】　8うき身を覚めぬ夢になしても　密通の果ての妊娠という苦悩を抱えた我が身を、覚めない夢としてしまっても、の意。『源氏』若紫《わかむらさき》巻で、光源氏《ひかるげんじ》との密通によって身ごもった藤壺《ふじつぼ》の歌「世語りに人や伝へん類なくうき身を覚めぬ夢になしても（噂として世間の人々が語り伝えるのではないだろうか。他に例がないほどに。私がこの苦しい身の上を覚めない夢としてしまったとしても）」の第四・五句をふまえる。↓【コラム⑪】　9類なき…慰みし人　密通・妊娠という世の噂になるようなことを語り合って慰め合った人、の意。姫君と秘密を共有している児をさす。なおこの表現も、前掲「世語りに」歌の第一～三句を意識したものである。　10ありし暁を限りにや　児と別れたあの暁（十三）が、共に過ごした最後の時間になるのだろうか、ということ。そこで詠まれた児の歌「仮初めの別れとかつは思へどもこの暁や限りなるらん（ほんの少しのお別れだと一方では思っているけれど、ひょっとして今朝があなたに会える最後なのでしょうか）」に表現された不安が実現したのではないか、と姫君は考えている。　11など…あやにくなるや　「後世と思す」は、姫君が現世での児との再会を諦め、来世に望みをかけている、の意。語り手はそれに対して「あやにくなるや（思いのままにならないことだ）」と評し、姫君の陥った苦しい境遇に同情を寄せる。　12底の水屑ともなりなば　入水自殺を遂げるならば、の意。「底の水屑」は水底に沈んだ残骸のことだが、平安後期から中世にかけ、物語の中で入水《じゅすい》自殺した女性の遺骸の表現として用いられていた。　13瀬々の埋もれ木いかにせん　「埋もれ木」は、樹木の幹などが地中・水中に埋もれ、長い年月をかけて炭化したものをいう。ここでは「名取《なとり》川瀬々の埋もれ木現れればいかにせんとか逢ひ見そめけん（名取川の浅瀬ごとに埋もれ木が姿を現している、そのように隠していた私たちの関係が公に知られたらどう対処するつもりで、私たちは恋仲になってしまったのだろう）」（古今・六五〇・詠人知らず）を踏まえる。埋もれている真実（児との関係）が露見したらどうすればいいのか、という不安の表現。　14例の…なかりける　十二の詞書に、体調がすぐれない姫君のために加持祈祷《かじきとう》が行われたという記述があった。その祈祷を一日中横になり食事さえもとらない姫君を心配して、休みなく行ったというのである。15春宮《とうぐう》より…給へども　「驚かす」は、ここでは使者や便りを送る意。姫君が入内を予定している春宮が、彼女の病を知り、お見舞いの便りを送ってきたというのである。16妻戸　寝殿造《しんでんづくり》の廂《ひさし》の四隅にある板戸。17うき人しも…空の気色なり　「うき人」は、姫君に辛い思いをさせる恋人。児をさす。「天《あま》の戸を押しあけがたの月見ればうき人しもぞ恋しかりける（天の戸を押し開けて日が昇る、そんな明け方の時分の月を見ると、自分に辛い思いをさせる相手さえも恋しく思われることだ）」（新古今・一二六〇・詠人知らず）を意識した表現。↓【読みのポイント】18うき名を…嵐の音なり　この表現は『狭衣《さごろも》』の、狭衣との密通により懐妊した女二宮《おんなにのみや》が詠んだ歌「吹き払ふ四方《よも》の木枯《こがら》し心あらばうき名を隠す隈《くま》もあらせよ（四方を吹き払う木枯よ、もし心があるならば、私の情けない噂を隠すための陰くらいは残しておいてくれ）」（巻二）をふまえたもの。ただし『ちごいま』では「うき名」を隠すものが「雲間（雲の切れ目）」となっている。『狭衣』伝本の中には、この「吹き払ふ」歌の第五句を「雲間あらせよ」とする本がいくつか存在しており、『ちごいま』作者はそのような本文を詞書の表現に利用したものと考えられる。↓【コラム⑫】19鳥の音　鶏の鳴き声。夜が明けつつあることを示す表現。20「やすらひにこそ」と…せまほしく　「自分がこの家をためらいながら出て行った」と鶏に言づてをしたい、の意。「木綿付鳥」は先に出てきた鶏のこと。『狭衣』の飛鳥井《あすかい》姫君が筑紫《つくし》に下ることを余儀なくされ、妻戸から出て行く際に詠んだ「天の戸をやすらひにこそ出でしかと木綿付鳥よ問はば答へよ（私はこの家の戸をためらいながら出て行ったと、朝を告げる鶏よ、あの人が尋ねたらそう答えてくれ）」（巻一）をふまえる。21惜しからぬ…悲しき　甲子園学院本には姫君の歌がないが、他本には存在するため、本文が近い奈良絵本から補った。残された親の歎きを思う一首。参考「人の親の心は闇にあらねども子を思ふ道にまどひぬるかな（親の心は闇であるというわけではないのに、子を思う道に迷ってしまうことだ）」（後撰《ごせん》・一一〇二・藤原兼輔《ふじわらのかねすけ》）。なお旧細見本では下の句が「とまりゐて闇に迷はん後ぞ悲しき（ここに留まり子を思う心の闇に迷う親の今後ばかりを悲しく思います）」となっている。

◉第十六段　さまよえる姫君《ひめぎみ》

〈詞書〉

[1]薄衣《うすぎぬ》ばかり、いとしどけなげに引《ひ》き被《かづ》きて出《い》で給《たま》へども、[2]慣《な》らはぬことなれば、何方《いづかた》に行《ゆ》くべしとも思《おぼ》えず、川《かわ》ある辺《あた》りをも知《し》らねば、立《た》ち煩《わづら》ひておはしけるに、木《き》こる者《ものに》二三人《さんにん》、山《やま》の方《かた》へ行《ゆ》きけるを、そのこととなくはかなき道《みち》のしるべにておはしけるに、山険《やまさが》しき方《かた》なれば、方便《たづき》も知《し》らぬ心地《ここち》して、[3]枝折《しを》りの跡《あと》も見《み》えず。[4]足《あし》は紅《くれなゐ》に染《そ》めたるやうになりて、夢《ゆめ》に道行《みちゆ》く心地《ここち》して、[5]山人《やまびと》はいづちか入《い》りぬらん、見《み》えざりければ、[6]草《くさ》の原《はら》さへ霜枯《しもが》れて、誰《たれ》に問《と》ふべき道芝《みちしば》の露《つゆ》のゆかりもなし。

木暗《こぐら》き細道《ほそみち》を足《あし》に任《まか》せておはしませば、横雲《よこぐも》はおのがさまざまに峰《みね》に分《わ》かれて、[7]鶏籠《けいろう》の山《やま》もすでに明《あ》け行《ゆ》く気色《けしき》なれば、人《ひと》や見《み》んといとはしくて、木《こ》の本《もと》に立《た》ち隠《かく》れておはすれば、激《はげ》しき嵐《あらし》に[8]吹《ふ》き乱《みだ》す楢《なら》の葉《は》の、[9]ぞよめきわたるおとなひすさまじく、[10]葉守《はもり》の神《かみ》もかこちぬべし。はつかに訪《おとづ》るるものとては、[11]賤《しづ》が爪木《つまぎ》の音《おと》、なかなか心尽《こころづ》くしなり。

[12]なげきこる山路《やまぢ》の末《すゑ》は跡絶《あとた》えて　心砕《こころくだ》くる斧《をの》の音《おと》かな

[13]身《み》を捨《す》つべき所《ところ》も覚《おぼ》えねば、白雲《しらくも》のかからぬ山《やま》もなく、惑《まど》ひ歩《あり》き給《たま》へば、ただ同《おな》じ山路《やまぢ》にのみぞ巡《めぐ》りける。いづくにいかにとなるべきとも覚《おぼ》えず、あはれ、[14]木霊《こだま》とかや言《い》ふものの取《と》りて行《ゆ》きて、亡《な》き者《もの》になせかしと思《おも》ひ給《たま》ふぞ、せめてのこととあはれなる。もし水《みづ》ある所《ところ》もや、沈《しづ》み給《たま》はんと尋《たづ》ね給《たま》へども、[15]山《やま》の井《ゐ》の浅《あさ》き契《ちぎ》りの末《すゑ》にてもなし。深《ふか》き山《やま》の中《なか》を日暮《ひぐ》らし辿《たど》り歩《あり》き給《たま》へば、やうやう暮《く》れ行《ゆ》くままに、このもかのも木暗《こぐら》く、篠《しの》の小笹《をざさ》を渡《わた》る嵐《あらし》、身《み》にしむ心地《ここち》して、[16]世《よ》を背《そむ》く身《み》ともなりて、かかる山《やま》にも分《わ》け入《い》らば、[17]後《のち》の闇路《やみぢ》の頼《たの》みにもなるべきなど思《おぼ》し残《のこ》すことなく、悲《かな》しなどなのめならず。

[18]風渡《かぜわた》る篠《しの》の小笹《をざさ》のかりの世《よ》を　厭《いと》ふ山路《やまぢ》と思《おも》はましかば

次第《しだい》に暮《く》れ果《は》てぬれば、惜《を》しからぬ身《み》ながら、恐《おそ》ろしさ限《かぎ》りなし。谷《たに》の方《かた》にほのかに火《ひ》の光《ひかり》の見《み》ゆるは、夏《なつ》ならば沢《さは》の蛍《ほたる》とも思《おも》ふべきに、もし人《ひと》の住《す》むにやと覚《おぼ》えて、この光《ひかり》を見《み》てこそ、ともかくもならめと思《おも》ひつつ、尋《たづ》ね行《ゆ》くも、我《われ》ながらいとはかなし。

[19]道《みち》の辺《べ》の草葉《くさば》の露《つゆ》と消《き》えもせで　何《なに》にかかれる命《いのち》なるらん

露《つゆ》も涙《なみだ》もしほたれつつ尋《たづ》ねおはしたれば、仮初《かりそ》めなる[20]柴《しば》の庵《いほり》なり。うち叩《たた》けば、枯《か》れたる声《こゑ》の恐《おそ》ろしきにて、「誰《た》ぞや」と言《い》ひければ、「しばし宿貸《やどか》させ給《たま》へ」とのたまへば、[21]丈《たけ》は軒《のき》と等《ひと》しき尼《あま》の、紫《むらさき》の帽子《ぼうし》して、[22]嘴《くちばし》長《なが》きが、火《ひ》を振《ふ》りて出《い》でて、「いかなる人《ひと》なればこれへおはしぬるぞ。人来《ひとこ》ぬ所《ところ》なり。帰《かへ》らせ給《たま》へ」と申《まう》せば、「ただ今宵《こよひ》ばかり置《お》かさせ給《たま》へ」。道見《みちみ》えぬ由《よし》強《し》ひてのたまへば、「さらば内《うち》へ入《い》らせ給《たま》へ」と言《い》ふ。

〈画中詞〉

一〈姫君《ひめぎみ》〉　これに宿貸《やどか》させ給《たま》ひ候《さうら》へ、今宵《こよひ》ばかり。

二〈尼天狗《あまてんぐ》〉　これは人《ひと》の宿《やど》とらせ給《たま》ふべき所《ところ》にても候《さうら》はず候《さうら》ふぞ。

三〈姫君《ひめぎみ》〉　[23]いかなる所《ところ》にても候《さうら》へ。置《お》かせ給《たま》ひ候《さうら》へ、夜《よ》のほど。

四〈尼天狗《あまてんぐ》〉　恐《おそ》ろしきことどもの候《さうら》はんずれども、今夜《こんや》ばかり入《い》らせ給《たま》ひ候《さうら》へ。

〔姫君《ひめぎみ》、尼天狗《あまてんぐ》〕

第十六段・語注

1 薄衣　被衣《かづき》のこと。公家や武家の女性が外に出る際、顔を隠すために被った単《ひとえ》（裏地のついていない衣）をいう。 **2**慣らはぬこと　経験がない、慣れていないということ。ここでは深窓で女房に取り囲まれ育った姫君が、一人で死に場所を探し歩くことをさす。 **3**枝折り　木の枝を折ったり草を結んだりして、道しるべとしたもの。 **4**足は…なりて　歩き慣れない姫君の足が履物に擦れ、腫れたり血が出たりしている様子をいう。 **5**山人　姫君が「道のしるべ」としていた「木こる者」たちのこと。 **6**草の原さへ…ゆかりもなし　「草の原」は草が生い茂った墓所や、人が旅などの途中で行き倒れて亡くなった地のこと。「道芝の露」は道端の芝に置いた露のことで、はかないもののたとえ。なおこの表現は、『狭衣《さごろも》』の、行方知れずとなった飛鳥井《あすかい》姫君を思う狭衣が詠んだ歌「尋ぬべき草の原さへ霜枯れて誰に問ふべき道芝の露（あなたが亡くなった草の原だけでも訪ねたいのに、霜枯れてしまい辿り着けない。誰に問えばいいのか、道端の芝に置いた露のようなあなたのはかない命の行方を）」（巻二）をふまえたもので、『ちごいま』の姫君に飛鳥井姫君のイメージが重ねられている。→【コラム⑫】 **7**鶏籠《とりかご》の山　中国、湖北《こほく》省陽新《ようしん》県にある山。形状が鳥籠に似ていることからこの名がつけられた。日本の作品では、夜明けの場面に鶏が鳴く山として言及されることが多い。 **8**吹き乱す　原文は「吹」の「口」が消えてしまっているが、文意を考えて「吹」と校訂した。 **9**ぞよめきわたる　激しい嵐に吹き乱された楢の葉が立てる音の表現。荒々しい音を表す擬声語「ぞよぞよ」から派生した語。 **10**葉守の神　樹木の葉を守る神。柏《かしわ》の木に宿ると考えられていた。 **11**賎が…心尽くしなり　「賎が爪木の音」とは木こりが枝などを落として細い薪《たきぎ》を作っている音をいう。「賎」は身分の低い者で、ここでは木こりのこと。「爪木」は薪にするための小さな木。平安期以来、山里の景は和歌の題材としてしばしば取り上げられたが、その中には木こり・炭焼きなど、山に住む者たちの営みを詠んだものも見られる。ここで木こりの斧の音が描写され、それを聞いた姫君の心情が「心尽くしなり（物思いに耽ってしまうことだよ）」と表現されているのは、そうした和歌の表現伝統と関係があろう。 **12**なげきこる　「嘆き凝る（嘆きが集まっている）」と「投げ木伐る（薪を伐る）」の掛詞《かけことば》。 **13**身を捨つ…山もなく　『源氏』浮舟《うきふね》巻の匂宮《におうのみや》の歌「いづくにか身をば捨てむと白雲のかからぬ山もなくなくぞ行く（どこにこの身を捨てたらよいのかと思いながら、白雲がかからない山がない、そんな雲に閉ざされた山道を泣きながら帰ってゆくことだ）」をふまえた表現。 **14**木霊　樹木に宿る精霊のこと。『源氏』夢浮橋《ゆめのうきはし》巻で、浮舟をかどわかした存在が「天狗《てんぐ》、木霊やうの物」ではないかと推測されている。人間をあざむき害をなす存在と考えられていたようである。→【読みのポイント】 **15**山の井の…末にてもなし　児との浅い契りの結果、死を思って姫君は山に分け入ったが、浅く溜まっている湧き水や川さえもない、の意。「山の井」は山の中にある水場。『万葉集』以来、陸奥国安積山《みちのくのくにあさかやま》（現在の福島県）のものが「浅き」の語と組み合わせられ、詠まれてきた。 **16**世を背く身　出家し、俗世を離れて仏道修行に励む生き方。 **17**後の闇路　死後の世界のこと。 **18**風渡る…思はましかば　「風そよぐ篠の小笹のかりの世を思ふ寝覚めに涙こぼるる（風にそよぐ篠の小笹を刈る、そのような仮の世であるのに、それを思うと寝覚めに涙がこぼれることだ）」（新古今・一五六二・守覚法親王《しゅかくほっしんのう》）を参考にしたと思われる一首。第三句「かりの世」には「刈り」と「仮」が掛けられる。現世への執着を振り捨てて出家遁世《とんせい》することができない姫君の苦悩を表現した歌である。→【読みのポイント】 **19**道の辺の草葉の露　道端の葉に置いた露。「道芝の露」と同義。はかない命をたとえる。 **20**柴の庵　柴で屋根をふいた粗末な仮小屋。俗世を離れた出家者などの住処とされることが多い。 **21**丈は…帽子して　原文「たけはひとしきむらさきのほうしして」。意味が通らないため他本から語句を補った。この尼については、**十七**の詞書で児を攫《さら》った天狗の母親であることが明かされ、**十八**以降「尼天狗」と呼ばれるようになる。→【読みのポイント】 **22**嘴長き　この尼が人間ではなく鳥の顔を持った天狗であることを示している。天狗は鳥類の姿で描かれることが少なくなく、**十七**の天狗の宴会場面にもそのような姿の天狗が散見される。 **23**いかなる　原文「いなる」。他本により校訂した。

【コラム⑫】『ちごいま』と『狭衣《さごろも》』

『ちごいま』は過去に作られた数々の物語の影響を受けて成立した作品です。「影響を受けた」というよりも、むしろ積極的に「引用している」と表現するべきかもしれません。『源氏』は言うまでもなく、中世において『源氏』と並び称された『狭衣』の引用も目立ちます。【コラム⑨】でも触れたように、『狭衣』の主人公である狭衣大将《さごろものたいしょう》の源氏の宮への恋心を象徴する「室《むろ》の八島《やしま》」という歌語が『ちごいま』においても児《ちご》の恋心の象徴として登場します。それ以外にも、**十五**にある「うき名を隠す雲間だに吹き払ひて（情けない噂を隠してくれる雲間さえ吹き払ってしまうような）」は、『狭衣』において女二宮《おんなにのみや》が詠んだ歌を踏まえた可能性があります（→**十五18**）。また、**十六**の「草の原さへ霜枯れて、誰に問ふべき道芝の露のゆかりもなし（草の原も霜枯れて、誰に死に場所を尋ねれば良いかもわからない）」という表現も『狭衣』において行方知れずとなった飛鳥井《あすかい》姫君を思う狭衣が詠んだ歌を踏まえた表現です（→**十六6**）。このように、『ちごいま』は『狭衣』の物語としての影響力を示す作品とも言えます。

また、現在、『狭衣』は異なる本文を持つ多くの伝本《でんぽん》があり、どのテキストが決定版なのかは議論され続けている問題です。『ちごいま』で引用されている『狭衣』の語も、特定の伝本でしか確認できないものもあり、『ちごいま』が作られた当時にどのような本文を持つ『狭衣』が流通していたのかを知る手がかりともなり得ます。

◉第十七段　天狗《てんぐ》の世界《せかい》

〈詞書〉

入《い》りて見給《みたま》へば、1炭櫃《すびつ》に何《なに》にかものの2肉叢《ししむら》立《た》て並《なら》べたり。鬼《おに》の元《もと》に来《き》たるにこそと、恐《おそ》ろしさ限《かぎ》りなし。尼申《あままう》しけるは、「我《われ》、3小神通《せうじんつう》を得《え》たる者《もの》にて侍《はべ》るほどに、御心《おんこころ》の内《うち》も知《し》りて侍《はべ》るなり。思《おぼ》す人《ひと》もただ今《いま》これへおはすべし。尼《あま》が子《こ》ども、恐《おそ》ろしくもののあはれも知《し》らぬ者《もの》にて、侍《はべ》る時《とき》に見《み》えさせ給《たま》ひては悪《あ》しかるべし。この4厨子《づし》に入《い》りて覗《のぞ》き給《たま》へ」とて、大《おほ》きなる厨子《づし》の中《なか》に入《い》れぬ。

その夜《よ》も程《ほど》なく明《あ》けぬれば、[5]午《むま》の時《とき》ばかりに、雨《あめ》ばらばらと降《ふ》り、風荒々《かぜあらあら》しくうち吹《ふ》きて、山路《やまぢ》を響《ひび》かし梢《こずゑ》を動《うご》かしてののしり来《く》る者《もの》のおとなひ、夥《おびただ》しく、恐《おそ》ろしさ喩《たと》へん方《かた》なくて、ただ頼《たの》み奉《たてまつ》ることとては、[6]観音《くわんおん》の御名《みな》を深《ふか》く唱《とな》へて我《われ》にもあらぬ心地《ここち》して居《ゐ》たるに、恐《おそ》ろしげなる山伏《やまぶし》の白髪《しらが》は雪《ゆき》かと誤《あやま》たれ、脇《わき》より取《と》り出《い》だしたる人《ひと》を見《み》れば、かの児《ちご》なりけり。不思議《ふしぎ》に[7]目《め》もあやに見給《みたま》ふに、色々《いろいろ》に恐《おそ》ろしげなる者《もの》どもその数知《かずし》らず並《な》み居《ゐ》たり。酒《さけ》ども各々《おのおの》飲《の》みけり。児《ちご》はうつつ心《ごころ》も失《う》せにけるにや、惚《ほ》れ惚《ぼ》れとしてあるかなきかの気色《けしき》なるを、尼申《あままう》しけるは、「[8]幼《おさ》い人《ひと》こそゆゆしくくたびれ給《たま》ひぬれ。しばし尼《あま》に預《あづ》け給《たま》へ。労《いたは》り奉《たてまつ》らん。具《ぐ》し歩《あり》き給《たま》はば、過《あやま》ちもし給《たま》ふべき」と申《まう》せば、この山伏言《やまぶしい》ひけるは、「僧正《そうじやう》のなのめならず祈《いの》られ[9]候《さう》なれば、片時《かたとき》も身《み》を放《はな》つまじきなり」とぞ申《まう》しける。ものの肉叢《ししむら》ども食《く》ひけるを、厨子《づし》の隙間《すきま》より見給《みたま》ふ心《こころ》の内《うち》、恐《おそ》ろしなど言《い》ふも愚《おろ》かなり。

〈画中詞〉

一 〈尼天狗《あまてんぐ》〉 あの幼《おさ》い人《ひと》のよにわびしげにくたびれさせ給《たま》ひて候《さうら》ふ。今日《けふ》は尼預《あまあづ》かり参《まゐ》らせ候《さうら》ひて、労《いたは》り参《まゐ》らせ候《さうら》はん。

二 （太郎房《たらうばう》） いや、僧正《そうじやう》の[10]肝胆《かんたん》を砕《くだ》きて祈《いの》られ候時《さうとき》に、身《み》を放《はな》つまじき人《ひと》にて候《さうら》ふ。

三 〈尼天狗《あまてんぐ》〉 慣《な》らひ給《たま》はぬことに、さのみ具《ぐ》し歩《あり》かせ給《たま》ひ候《さうら》はば、今《いま》に損《そん》ぜさせ給《たま》ふべし。しばし労《いたは》り候《さうら》はでは、叶《かな》ふまじく候《さうら》ふ。

四 （太郎房《たらうばう》） まことに、それもさることにて候《さうら》ふ。さ候《さうら》はば、夜《よ》さりばかり預《あづ》け参《まゐ》らせ、参《まゐ》らせ候《さうら》ふ。失《うしな》はせ給《たま》ひ候《さうら》はば、御命《おんいのち》を申《まう》し受《う》くべし。

五 〈尼天狗《あまてんぐ》〉 何《なに》かし失《うしな》ひ候《さうら》ふべき。労《いたは》りてこそ歩《あり》かめ。

六 （太郎房《たらうばう》） しばし、休《やす》め参《まゐ》らせて給《たま》はり候《さうら》へ。

七 （大風房《おほかぜばう》） あれほど僧正《そうじやう》の祈《いの》られ候《さう》に、御身《おんみ》を離《はな》たれ候《さうら》ひては、今《いま》に大事出《だいじい》で来候《きさうら》はんずる。

八 （村雲房《むらくもばう》） これこそ、僧正《そうじやう》の祈《いの》りの叶《かな》ふべき[11]瑞相《ずいさう》にて候《さうら》へ。子細《しさい》を申《まう》したく候《さうら》へども、よしよしと思《おも》ひて候《さうら》ふ。今《いま》に御後悔候《ごこうくわいさうら》はんずるぞ。

九 （大風房《おほかぜばう》） 人笑《ひとわら》はれがましさは、いかに。心憂《こころう》さよ。

十 （二郎房《じらうばう》） かやうにて三度《さんど》賜《たまは》りぬるなふ。

十一 〈天狗三《てんぐ》〉 いや二度《にど》こそ参《まゐ》りて候《さうら》へ。

十二（二郎房《じらうばう》）大風房《おほかぜばう》、村雲房《むらくもばう》は、この物語《ものがたり》して、酒《さけ》をば参《まゐ》り候《さうら》はで、いかなることぞ。

十三〈天狗《てんぐ》三〉はやはや、参《まゐ》りて御杯《おんさかづき》賜《たまは》り参《まゐ》らせ候《さうら》ふ。

十四〈天狗《てんぐ》一〉あはれ、このものどもを掴《つか》みて、思《おも》ひもなく取《と》り食《く》ひ候《さうら》はばや。

十五〈天狗《てんぐ》二〉徒事《いたづらごと》のたまふものかな。

十六（上《うは》の空《そら》なる翔《かけ》り房《ばう》）種々《しゆじゆ》のことが[12]在《ざい》けるぞ。疾《と》く入《い》らせ給《たま》へ。

十七（早風房《はやかぜばう》）あれや、遅《おそ》く参《まゐ》りけるぞや。由《よし》なき[13]辻風《つじかぜ》に舞《ま》ひ遊《あそ》び候《さうら》ひて、遅参《ちさん》しつることよ。

十八〈天狗《てんぐ》一〉長物語《ながものがたり》して、いつありつきぬべくも覚《おぼ》えず。ただ寄《よ》りて掴《つか》み食《く》はん。

十九（包丁《はうちやう》の膳部房《ぜんぶばう》）今朝《けさ》より包丁《はうちやう》打ちして酒《さけ》も飲《の》まねば、喉渇《のどかわ》きや。疾《と》く食《た》べかし。食《く》はん。

廿〈天狗《てんぐ》四〉大峯殿《おほみねどの》はいまだ酒《さけ》も参《まゐ》らぬか。[14]客《まれびと》の通《かよ》ひばかりして。いかに。

廿一（大峯房《おおみねばう》）身《み》は[15]精進《しやうじん》にて候《さうら》へば、[16]美物《びぶつ》は賜《たま》ふまじく候《さうら》ふ。一度《いちど》賜《たまは》りて腹《はら》を鎮《しづ》め候《さうら》はん。

〔[17]早風房《はやかぜばう》、[17]上《うは》の空《そら》なる翔《かけ》り房《ばう》、尼天狗《あまてんぐ》、天狗《てんぐ》一、天狗《てんぐ》二、[17]包丁《はうちやう》の膳部房《ぜんぶばう》、[18]太郎房《たらうばう》、[17]二郎房《じらうばう》、[17]大峯房《おおみねばう》、天狗《てんぐ》三、児《ちご》、[17]大風房《おほかぜばう》、[17]村雲房《むらくもばう》、天狗《てんぐ》四〕

第十七段・語注

1炭櫃　床を切って作った炉。いろり。　2肉叢　肉のかたまり。　3小神通　「神通」とは、真理を体得した人々に備わる神秘的な働きを意味する。このうち、「小神通」はちょっとした神通力のこと。具体的には、尼天狗の、自由に飛行し、姫君の心の中を見通し、児の到着や自身の運命（児を逃がすことで他の天狗たちに殺される）を予見することができる能力を指す。　4厨子　正面に両開きの扉をつけた、仏像・経巻《きょうかん》などを納めるもの。　5午の時　今の午前十一時から午後一時の間の時刻。　6観音の御名　観音とは、観世音菩薩《かんぜおんぼさつ》のこと。危機が迫ったとき守ってくれる存在として物語にたびたび登場する。たとえばお伽草子『花世《はなよ》の姫』では、山中に捨てられた姫君が「大慈大悲《だいじだいひ》の観世音」の名を唱える。　7目もあやに　意外で驚きあきれる様子。ここでは、姫君の目の前で起きている出来事の恐ろしさに対していう。　8幼い　原文「おさい」。幼い意の「おさない」「おさあい」に同じ。『御湯殿《おゆどの》の上日記《うえのにっき》』天正《てんしょう》十四年（一五八六）四月十日条や三原市立中央図書館蔵の逸名《いつめい》絵巻にも用例がある。中世語であろう。↓

【読みのポイント】　9候　動詞「そうろう（候）」の縮約形。中世以降、多く補助動詞として用いる。「そうろう」に比べ、俗語的である。…です。…ます。　10肝胆を砕き　意図する事態の実現を願って、心を集中して祈念に打ち込むさまをいう。　11瑞相　やがて起こるべき事の前兆、きざし。村雲房は、尼天狗に児を預けることが、僧正に法力で児を取り返されることの前兆であるとしている。　12在ける　原文「さいける」は用例未詳。他本に「有ける」とあるため、「さい」を「在」と解釈した。　13辻風　つむじかぜ。『秋夜長《あきのよなが》』や『七天狗絵《しちてんぐえ》（天狗草紙《てんぐぞうし》）』では、天狗が好むものの一つに挙げられている。　14客の通ひ　ここでは、大峯房が児への応対ばかりしていることを指す。　15精進　ひたすら仏道修行にはげむこと。転じて、一定期間言語・行為・飲食を制限し、身を清めて不浄を避けること。大峯房は天狗という反仏法的存在なのにこのように言っている。16美物　おいしい料理、あるいは食物。鳥や魚などの肉類を指すことが多い。17早風房、上の空なる翔り房、包丁の膳部房、二郎房、大峯房、大風房、村雲房　いずれも天狗。この段の画中にのみ登場。「早風房」「上の空なる翔り房」「大風房」「村雲房」は飛翔するイメージに基づく名付け。「膳部」は料理人のこと。「二郎房（次郎房）」は琵琶湖西岸の比良《ひら》山に住むといわれる天狗の名であり、愛宕《あたご》山の太郎房についで神通力があるとされる。また、大峯房の名の由来となる大峯山は奈良県にあり、古く修験道《しゅげんどう》が発達した。役小角《えんのおづぬ》が使役《しえき》したという前鬼《ぜんき》・後鬼《ごき》（時代が下るにつれて天狗として認識されていったようである）が住んだと言われている。なお、『秋夜長』で、児・梅若公《うめわかぎみ》を攫《さら》った山伏姿の天狗が向かった先も「大峯ノ釈迦《しゃか》ガ嶽《たけ》」であった。18太郎房　天狗。尼天狗の子どもであり、天狗どもの首領。**十五**で児を攫《さら》い、この段で児を脇から取り出した「山伏」も、太郎房であろう。京都の愛宕《あたご》山、鞍馬《くらま》山、また、富士山などに棲《す》んでいたという大天狗に付けられた名前である。

◉第十八段　尼天狗《あまてんぐ》の助力《じょりょく》

〈詞書〉

[1]尼天狗《あまてんぐ》、[2]とかく言《い》ひて児《ちご》をば預《あづ》かりぬ。もし失《うしな》ひてあらば母《はは》の尼《あま》を失《うしな》ふべき由言《よしい》ひ置《お》きて各々帰《おのおのかへ》りぬ。その後《のち》、厨子《づし》の内《うち》より姫君取《ひめぎみと》り出《い》だして見《み》するに、児《ちご》は[3]つやつや見知《みし》らぬ気色《けしき》なれば、尼《あま》、[4]印《いん》を結《むす》びてかけて何《なに》にか薬《くすり》を立《た》てて飲《の》ませければ、その後《のち》、心地《ここち》ただ治《なほ》りて姫君《ひめぎみ》を見奉《みたてまつ》りて、「こはうつつとも覚《おぼ》えず」と互《たが》ひに袖《そで》を顔《かほ》に押《お》し当《あ》てて泣《な》くより他《ほか》のことはなし。

やや遥《はる》かにためらひて、夢《ゆめ》の心地《ここち》して侍《はべ》りつる身《み》の有様《ありさま》を語《かた》り合《あ》はせ給《たま》ふに、[5]よその袂《たもと》も所狭《ところせ》きまで、尼《あま》つくづくと聞《き》き奉《たてまつ》りて申《まう》しけるは、我《われ》、古《いにしへ》も[6]かかる畜類《ちくるい》ともなりて侍《はべ》らめ。いかにしてもこの度《たび》、この身《み》を改《あらた》めて仏道《ぶつだう》に入《い》らばやと思《おも》ひて、夜昼怠《よるひるおこた》らず[7]弥陀《みだ》の名号《みやうがう》を唱《とな》へ奉《たてまつ》れば、この御命《おんいのち》どもに代《か》はり侍《はべ》りて、都《みやこ》へ帰《かへ》し奉《たてまつ》るべし。子《こ》どもが命《いのち》を失《うしな》ひ侍《はべ》らんしるしは見《み》せ奉《たてまつ》るべし。[8]孝養《けうやう》をよくよくして給《たま》へ。渡《わた》らせ給《たま》はん所《ところ》に[9]尊勝陀羅尼《そんしょうだらに》、慈救《じく》の呪《じゅ》などを[10]押《お》させ給《たま》へ」と申《まう》すに、喜《よろこ》び給《たま》ふこと限《かぎ》りなし。

「さてはいづくへとか思《おぼ》す」と申《まう》せば、「[11]宇治《うぢ》の乳母《めのと》の元《もと》へ」と教《をし》へ給《たま》へば、二人《ふたり》を脇《わき》に挟《はさ》みて「目《め》を塞《ふさ》ぎ給《たま》へ」とて空《そら》を翔《か》けりて、程《ほど》なく宇治《うぢ》のわたりの乳母《めのと》の元《もと》へ行《ゆ》きて、縁《えん》に降《お》ろし置《お》きて、掻《か》き消《け》すやうに失《う》せにけり。

〈画中詞〉

一〈児《ちご》〉夢《ゆめ》うつつとも分《わ》きがたき身《み》の有様《ありさま》、なかなか言葉《ことば》も候《さうら》はぬぞや。

二　〈尼天狗《あまてんぐ》〉尼《あま》はかやうに候《さうら》へども、小神通《せうじんつう》を得《え》たるものにて候《さうら》ふほどに、思《おぼ》し召《め》し合《あ》ひて候《さうら》ふ御心《おんこころ》のうちども見知《みし》り参《まゐ》らせて候《さうら》ふ。いとほしく思《おも》ひ参《まゐ》らせ候《さうら》へば、助《たす》け参《まゐ》らせ候《さうら》ふべし。身《み》に代《か》へて助《たす》け参《まゐ》らせ候《さうら》はば、孝養《けふやう》して給《たま》はり候《さうら》へと。あな[12]けうらの人々《ひとびと》や。尼《あま》がこの歳《とし》・姿《すがた》にて何《なに》か惜《を》しく候《さうら》ふべき。

三　〈児《ちご》〉さやうにも助《たす》けさせ給《たま》はば、心《こころ》の及《およ》び、御孝養《ごけふやう》こそ申《まう》し参《まゐ》らせ候《さうら》はんずれ。いかに嬉《うれ》しく候《さうら》はん。

四　〈尼天狗《あまてんぐ》〉いづくへも教《をし》へさせ給《たま》ひ候《さうら》はんところへ着《つ》け参《まゐ》らせ候《さうら》はん。前《さき》の世《よ》に情《なさ》けなければ、今《いま》かやうの姿《すがた》には生《む》まれて候《さうら》ふらめと悲《かな》しく候《さうら》ふ。

五　〈姫君《ひめぎみ》〉[13]底《そこ》の水屑《みくづ》ともなりなんことを思《おも》ひ定《さだ》めて出《い》でて候《さうら》ひしかども、あやにくに川《かは》の辺《あた》りへは行《ゆ》かずして、この山《やま》に惑《まど》ひ歩《あり》きて。

〔姫君《ひめぎみ》、児《ちご》、尼天狗《あまてんぐ》〕

第十八段・語注

1尼天狗　↓**十六21**　**2**とかく言ひて　**十七**の詞書では児を預かろうとした尼天狗の提案に息子の太郎房《たろうぼう》は同意しなかったが、**十七**の画中詞四では一転して納得して預けることにしている。もし児を失うことがあれば、尼天狗の命はないとするのは**十七**の画中詞における やりとりを踏まえたもの。　**3**つやつや見知らぬ気色　児が姫君を認識できていないことを指す。天狗に捕まっていた児は何らかの力によって正気を失った状態になっていたようである。　**4**印を結びかけて　密教《みっきょう》などで祈りをこめるときに手の指を組んで仏・菩薩《ぼさつ》の手指の形を作ること。印を結ぶことによって呪力を発揮できる。児を正気に返らせるために行った。　**5**よその袂も所狭きまで　「よその」は原文「こその」。文意が通らないため、他本により校訂した。「袂も所狭し」とは泣くことの詩的な類型表現であり、涙で袂が濡れて、濡れていない場所が「所狭し」、つまり狭いほどであることを表す。「よその」がつくと、周りの人たちももらい泣きをしたという意味になる。　**6**かかる畜類ともなりて　「かかる畜類」とは天狗の身を指しており、尼天狗は自身を畜類（けだものの類）であると認識していることがわかる。画中詞四では尼天狗は前世において思いやりがなかったので、その報いで天狗の身となったとある。　**7**弥陀の名号　阿弥陀如来《あみだにょらい》の名のこと。「南無阿弥陀仏《なむあみだぶつ》」と唱えること。　**8**孝養　死んだ親などのために、心をこめて供養すること。　**9**尊勝陀羅尼、慈救の呪　尊勝陀羅尼は、罪障《ざいしょう》消滅《しょうめつ》・寿命《じゅみょう》増長《ぞうちょう》などの功徳《くどく》がある。『今昔《こんじゃく》』では「尊勝陀羅尼」の功徳によって百鬼夜行《ひゃっきやぎょう》の妖怪の難を免れた例がある。「慈救の呪」は、原文「しゆくのしゆ」。他本より校訂した。不動明王《ふどうみょうおう》の呪文の一で、これを唱えると災いを免れ、願が成就するといわれる。『七天狗絵《しちてんぐえ》』では天狗にとって恐ろしいものとして尊勝陀羅尼と慈救の呪が挙げられている。また、『比良山古人霊託《ひらさんこじんれいたく》』でも天狗が恐れるものとして慈救の呪が挙がっている。ここで尼天狗が尊勝陀羅尼と慈救の呪を勧めたのは、児と姫君を天狗たちの手から守るためと考えられる。　**10**押させ給へ　「押す」とは貼りつけるの意。尼天狗は尊勝陀羅尼や慈救の呪が書かれたお札を貼るように指示した。　**11**宇治の乳母　**四**、**五**に登場した児の乳母のこと。宇治は京都府の南部、今の宇治市の一帯。『源氏』の舞台にもなっていることで有名。　**12**けうらの人々　「けうら」はけがれなく美しいこと。児と姫君の二人を指す。　**13**底の水屑ともなりなんば（身を投げて川底の水屑になってし

まいたい)」を受けての台詞。→十五12

◉第十九段　乳母《めのと》との再会《さいかい》

〈詞書〉

乳母《めのと》、児《ちご》失せにける後《のち》、うき世《よ》の中《なか》、厭《いと》はしく見《み》えぬ。[1]山路《やまぢ》のほだしなるべき人《ひと》もなければ、[2]様変《さまか》へて、心《こころ》のままにここかしこ参《まゐ》り歩《あり》きて、ひとへに[3]六《ろく》の道《みち》に障《さは》らぬことのみならず、「ただ児《ちご》の行方《ゆくへ》、今一度《いまひとたび》聞《き》かせ給《たま》へ」と念《ねん》じ、「この世《よ》にて巡《めぐ》りも逢《あ》ひ奉《たてまつ》り、また[4]亡《な》き数《かず》にもなり給《たま》ひたらば、とく惜《を》しからぬ命《いのち》を召《め》して、[5]一《ひと》つ蓮《はちす》の契《ちぎ》りともなさせ給《たま》へ」と、明《あ》け暮《く》れ祈《いの》りけるに、例《れい》の[6]後世《ごせ》の行《おこな》ひに起《お》きて、本尊《ほんぞん》の御前《おまへ》に向《む》かひ奉《たてまつ》りて、「[7]過去幽霊頓証菩提《かこゆうれいとんしようぼだい》」と申《まう》し上《あ》げる折節《をりふし》、妻戸《つまど》をうち叩《たた》く音《おと》しければ、[8]夏《なつ》ならば野辺《のべ》の水鶏《くひな》とも思《おも》ひなすべきに、折節《をりふし》、嵐《あらし》の風《かぜ》の叩《たた》くにこそと聞《き》きなすを、強《し》ひて叩《たた》けば、[9]あな不思議《ふしぎ》や、門《かど》を開《あ》くる音《おと》もせで、いかなることとなるらんと思《おも》ひて、押《お》し開《あ》けたれば、失《うしな》ひ奉《たてまつ》りて、朝夕嘆《あさゆふなげ》き悲《かな》しむ児《ちご》にてぞおはしける。また[10]美《うつく》しき女房《にようばう》と二人《ふたり》立《た》ち給《たま》ひけり。さればこそ狐《きつね》やうのものの、尼《あま》が心《こころ》を見《み》んとて化《ば》けて来《き》たるにこそと思《おも》へども、さもあらばあれ、夢《ゆめ》にだに[11]見《み》る夜《よ》なければ、見奉《みたてまつ》らぬ児《ちご》の御姿《おんすがた》の嬉《うれ》しさに、急《いそ》ぎ入《い》れ奉《たてまつ》るに、[12]ことども詳《くは》しく語《かた》り給《たま》ふにぞ、まめやかに仏《ほとけ》の御《おん》しるべにこそと、いよいよ後《のち》の世《よ》も頼《たの》もしく覚《おぼ》えて、手《て》を合《あ》はせて、[13]嬉《うれ》しきにもまづ先立《さきだ》つものは涙《なみだ》にてぞ侍《はべ》りける。

〈画中詞〉

一〈児《ちご》〉ここ開《あ》けさせ給《たま》へや。[14]無人声《むにんじやう》かや。人《ひと》も音《おと》せぬは。

二〈姫君《ひめぎみ》〉誰《たれ》も御顔《おんかほ》が赤《あか》きやうにて。

三〈児《ちご》〉[15]気《き》が上《あ》がるやうにて。心地《ここち》のわびしきはとよ。

四〈乳母《めのと》〉あら不思議《ふしぎ》や。門《かど》を開《あ》くる音《おと》もせで妻戸《つまど》を人《ひと》の叩《たた》くはいかに。

〔姫君《ひめぎみ》、児《ちご》、乳母《めのと》〕

第十九段・語注

1山路のほだしなるべき人　自らを俗世《ぞくせ》に留め、仏道に入る妨げとなるような人のこと。ここでは児のことを指す。「山路」とは仏道の修行のこと、「ほだし」とは人の心や行動の自由を束縛するものを言う。出家をためらわせる気がかりな人物を指すことが多い。　**2**様変へて　出家をすること。　**3**六の道　「六道《ろくどう》」の和語的表現。すべての人々が生前の行いによって輪廻転生《りんねてんしょう》する六つの世界（地獄・餓鬼《がき》・畜生《ちくしょう》・阿修羅《あしゅら》・人間・天上）のこと。 **4**亡き数　亡くなった者の仲間。死者のこと。 **5**一つ蓮の契り　同じ極楽浄土に生まれ替わる縁。→**【コラム⑬】** **6**後世の行ひ　死者の安楽を願って行うおつとめのこと。他本では「後夜《ごや》の行い」。「後夜」とは夜半から朝までの時間を指し、その間に勤行《ごんぎょう》が行われたことがわかる。 **7**過去幽霊頓証菩提　死者が極楽往生するよう願う時に唱えられる言葉。「過去幽霊」はこの世を去った者の霊魂、「頓証菩提」はすみやかに悟りを得ること。 **8**夏ならば…思ひなすべきに　「水鶏」とはクイナ科の鳥の総称。多くヒクイナを指す。夏の季語であり、その鳴き声が戸を叩く音に似るところから、鳴くことを「たたく」といい、「く（来）」と掛けて古くから詩歌に用いられてきた。『拾遺《しゅうい》』に「たたくとて宿の妻戸を開けたれば人もこずゑの水鶏なりけり（叩く音がすると思って宿の妻戸を開けてみたら、人は来ておらず、梢《こずえ》の水鶏の鳴く声であった）」（八二二・詠人知らず）とある。この段においても、乳母の家の「妻戸を打ち叩く音」がしていたのであり、『拾遺』歌からの連想と考えられる。 **9**あな…なるらん　**十八**で、尼天狗は乳母の家の縁に児と姫君を送り届けていたため、この段で「門を開ける音もしないのに、妻戸を叩く音がする不思議」となる。 **10**美しき女房　姫君のこと。 **11**見る夜　原文「ぬるよ」。文脈から「見る夜」と校訂した。 **12**ことども　原文「にととも」。意味が通らないため「ことども」とした。他本では「この事ども」。 **13**嬉しきにも…侍りける　嬉しいときも真っ先に出てくるものが涙であることを示した和歌的表現。共通する表現が**二十三**画中詞一にもある。→**【コラム⑤】** **14**無人声　人の声が聞こえてこないこと。人気がないこと。『法華経《ほけきょう》』「法師品《ほっしぼん》」の句「寂寞無人声《じゃくまくむにんじょう》」による。 **15**気が上がる　のぼせてぼうっとすること。尼天狗に連れられ、空を飛んできたためか。

【コラム⑬】一つ蓮《はちす》の契り

『五会法事讃《ごえほうじさん》』という中国で作られた古い経典に死後、極楽の同じ蓮の上に生まれ合うことを意味する「各留《かくる》半坐《はんざ》乗《じょう》華葉《けよう》　待我《たいが》閻浮《えんぶ》同行人《どうぎょうにん》（蓮葉の半分を空けて座り、現世の伴侶を待つ）」という文言があります。この思想に基づき、『源氏』をはじめ数々の物語には愛しい人と死後も共にという願いを込めて「同じ蓮」「一つ蓮」という表現が用いられてきました。しかし、その多くは夫婦関係において用いられる言葉でした。それが時代とともに夫婦関係のみならず親子、兄弟などの家族関係においても用いられる言葉になっていきます。また、謡曲《ようきょく》「敦盛《あつもり》」では「同じ蓮の蓮生法師《れんじょうほうし》」とあるように、熊谷次郎直実《くまがいじろうなおざね》と平敦盛《たいらのあつもり》というかつては敵同士の者の間でも使われます。『ちごいま』では児《ちご》の乳母《めのと》が、もし児が亡くなったのであれば、死後極楽で愛し子の児に再会したいという願いを込めてこの言葉を使っています。両親のいない児と、彼を両親に代わって庇護してきた乳母との間には、家族のように強い絆があったことが伺えます。

◉第二十段　内大臣家《ないだいじんけ》の騒《さわ》ぎ

〈詞書〉

さて、かの殿《との》には、姫君《ひめぎみ》遅《おそ》く起《お》き給《たま》ひしかばいかにとて、見《み》奉《たてまつ》りしかば、見《み》え給《たま》はず。人々《ひとびと》心《こころ》もとなくて、忍《しの》び忍《しの》びにここかしこ、求《もと》め奉《たてまつ》るにおはせねば、さてしも隠《かく》すべきならねば、殿《との》・上《うへ》にかくと申《まう》せば、夢《ゆめ》の心地《ここち》して、思《おも》ひよらぬ所《ところ》まで尋《たづ》ね奉《たてまつ》れどもかひなければ、うつつとも覚《おぼ》えず。空《そら》を仰《あふ》ぎて、呆《あき》れてぞおはしける。母上《ははうへ》、ただ亡《な》き人《ひと》のやうにて臥《ふ》してぞおはしましける。理《ことわり》にあはれなり。殿《との》の中《なか》にものを覚《おぼ》ゆる人《ひと》なし。

[1]博士《はかせ》ども召《め》されて、占《うらな》ひ奉《たてまつ》るに、面々《めんめん》心々《こころごころ》に申《まう》し合《あ》ひければ、神《かみ》ならぬ身《み》なれば、頼《たの》みがたし。各々《おのおの》騒《さわ》ぎ合《あ》へる、言《い》ふばかりなし。内《うち》・春宮《とうぐう》の聞《き》こえも軽々《かろがろ》しければ、[2]日頃《ひごろ》悩《なや》み給《たま》ひしが、限《かぎ》りのさまになり給《たま》へる由《よし》、披露《ひろう》せられければ、方々《かたがた》より[3]御文暇《おんふみひま》なし。内《うち》よりも御文《おんふみ》奉《たてまつ》り給《たま》ふ。春宮《とうぐう》より暇《ひま》なく御心《おんこころ》に入《い》れられたるさま、かたじけなきにも、軽々《かろがろ》しき名《な》を流《なが》さんと、大臣殿《おとどどの》はうち添《そ》ふ物思《ものおも》ひにてぞおはしける。ただ夢《ゆめ》うつつとも分《わ》きがたきことなり。

開《あ》きたりし妻戸《つまど》を鎖《さ》さずして、ひとへに天狗《てんぐ》の仕業《しわざ》にこそと、山《やま》の児《ちご》などのやうにやと思《おぼ》すにも、御悩《おんなや》みに添《そ》へてありも、御祈《おんいの》りども始《はじ》められ、[4]神馬《じんめ》所々《ところどころ》に引《ひ》かせらるる気色《けしき》ども、目驚《めおどろ》くばかりなり。山《やま》の座主《ざす》・僧正《そうじやう》にぞ忍《しの》びてありのままに申《まう》させ給《たま》ひて、いかにも祈《いの》り出《い》だし給《たま》ふべき由《よし》のたまへば、目《め》に見《み》す見《み》す児《ちご》を失《うしな》ひ侍《はべ》りしかば、この御事《おんこと》もまことにさやうにこそと覚《おぼ》えて、御祈《おんいの》りを始《はじ》められければ、これぱかりぞ、さりともと頼《たの》もしく覚《おぼ》え給《たま》ひし。「[5]小野《をの》の里《さと》の御住《おんす》まひなどにや」と申《まう》し出《い》だす人《ひと》もあれども、[6]松山《まつやま》の波越《なみこ》ゆべき咎《とが》もおはせねば、何故《なにゆゑ》にかは、木霊《こだま》なども取《と》り動《うご》かし奉《たてまつ》るべきとぞ覚《おぼ》えける。

〈画中詞〉

一（宮内卿殿《くないきやうどの》）[7]女御参《にようごまゐ》りにひしめくべき御事《おんこと》を変《か》へたることかな。

二（左近侍従《さこんのじじう》）定《さだ》めなき世《よ》かな。

一（母上《ははうへ》）これはされば夢《ゆめ》かや。[8]空蝉《うつせみ》の殻《から》をだにも留《とど》めぬ悲《かな》しさよ。いかなる所《ところ》へ行《ゆ》くやらん。うつつとも覚《おぼ》えぬことかな。

二（大臣殿《おとどどの》）あまりのことにて言《こと》の葉《は》もなき。人聞《ひとぎ》きには日頃《ひごろ》の労《いたは》り限《かぎ》りなるさまを言《い》ふべし。

三（御介錯《おんかいしやく》の春日殿《かすがどの》）[9]空《むな》しき殻《から》を留《とど》めさせ給《たま》ひて候《さうら》はば、せめて世《よ》の常《つね》のこと。いかなることにてかわたらせ給《たま》ひつらんと悲《かな》しき。

四（少将殿《せうしやうどの》）この妻戸《つまど》が開《あ》きたりけるぞ。

五〈女房《にようぼう》〉わらはが起《お》きて候《さうら》ひつれば、[10]在明《ありあけ》の月入《つきい》りて候《さうら》ふほどに、不思議《ふしぎ》に風《かぜ》の開《あ》けて思《おも》ひて候《さうら》へ。いかさまこれより御出《おんい》で候《さうら》ひける。

六（御乳母《おんめのと》の宰相《さいしやう》）いかなる恐《おそ》ろしき目《め》を御覧《ごらん》じてかわたらせ給《たま》ふらんと思《おも》ふに、やるかたなく心憂《こころう》く候《さうら》ふ。

七（近衛殿《このゑどの》）このほどは、よに御心地《おんここち》のことに侘《わび》しげにわたらせ給《たま》ひて、[11]御朝寝《おんあさい》のみありつれば、今朝《けさ》もいつもの御事《おんこと》とこそ思《おも》ひ参《まゐ》らせて候《さうら》ひつれ。

八（堀川殿《ほりかはどの》）世《よ》に聞《き》こえ候《さうら》ふ天狗《てんぐ》の捕《と》り参《まゐ》らせて候《さうら》ふぞとよ。あまりにこの世《よ》の人《ひと》ともなく美《うつく》しうわたらせおはしまし候《さうら》ふほどに。

九（侍従殿《じじうどの》）[12]この紛《まぎ》れに堀川殿《ほりかはどの》の御眉《おんまゆ》の間《あい》の近《ちか》さのおかしさよ。見参《みまゐ》らすればおかしさよ、笑《わら》ひぬべきぞや。心憂《こころう》や。

十（治部卿殿《ぢぶきやうどの》）あら、[13]つきなの眉《まゆ》ざまや。あさましきことに、[14]例《れい》のわらはがもの笑《わら》ひはふと笑《わら》ひ候《さうら》ひつべき心地《ここち》がするぞや。

一（こや人《ひと》さぶらふ）女御参《にようごまゐ》りせさせおはしまさん時《とき》は召《め》し具《ぐ》すべきにてありしかば、[15]□…□はんのうちにも□…□候《さうら》はん、□…□、かく思《おも》ひ、□…□夢《ゆめ》かや夢《ゆめ》かや。

二（ゐせきこそ）われらなどやうの者《もの》をも御身代《おんみが》はりにも捕《と》りても行《ゆ》けかし。惜《を》しの御事《おんこと》や、げに。

三（宿木《やどりぎ》さぶらふ）[16]このほどの御心地《おんここち》に夜《よる》もさながら起《お》き明《あ》かして宮仕《みやづか》ひつるものを、今《いま》よりは誰《たれ》にかさもし参《まゐ》らせ候《さうら》はん、悲《かな》しや。

四（葎《むぐら》こそ）ただ、御一所《おんひとところ》こそ御出《おんい》でにてありつらめ。いかやうの姿《すがた》にて捕《と》り参《まゐ》らせて化物《ばけもの》が出《い》でつらん。

〔[17]宮内卿殿《くないきやうどの》、[18]左近侍従《さこんのじじう》、[19]蔵人《くらうど》、[19]民部卿《みんぶきやう》、大臣殿《おとどの》、女房《にようばう》、母上《ははうへ》、少将殿《せうしやうどの》、御介錯《おんかいしやく》の春日殿《かすがどの》、御乳母《おんめのと》の宰相《さいしやう》、堀川殿《ほりかはどの》、[20]治部卿殿《ぢぶきやうどの》、侍従殿《じじうどの》、[20]宿木《やどりぎ》さぶらふ、[20]葎《むぐら》こそ、[20]ゐせきこそ、[20]こや人《ひと》さぶらふ〕

第二十段・語注

1博士　天文や暦《こよみ》、占いなどをつかさどる陰陽博士《おんみょうはかせ》のこと。

2日頃…せられければ　「限りのさま」は臨終のこと。春宮参りを目前としていた姫君の失踪を隠蔽《いんぺい》するために、その臨終を偽装したのである。 **3**御文　内大臣家に送られてきた、姫君を悼《いた》む手紙。 **4**神馬　原文「神な」。このままでは意味が通らないため、他本より校訂した。「神馬」は神社への祈願にともなって奉納する馬のことで、ここでは姫君の発見を願って奉納されている。 **5**小野の里の御住まひなどにや　「小野」は原文「をの〳〵」。他本により校訂した。「小野」は京都市左京区八瀬《やせ》、大原《おおはら》一帯をさす。『源氏』の浮舟《うきふね》巻・手習《てならい》巻では、薫《かおる》によって宇治に隠し据えられながらも匂宮《におうのみや》に惹かれてしまった浮舟が苦悩の果てに入水《じゅすい》を試みるも横川《よかわ》の僧都《そうず》に助けられ、小野に住むその母や姉妹に養われることとなる。ここではそれを念頭に置き、出奔《しゅっぽん》した姫君が誰かに助けられ、その家に身を置いているのではないか、という仮説を立てている。**↓【読みのポイント】** **6**松山の波越ゆべき　「松山」は宮城県多賀城《たがじょう》市にある「末《すえ》の松山」のこと。「君を置きてあだし心を我が持たば末の松山波も越えなむ（あなたを放っておいて、浮気心を私が持ったならば、あの末の松山を波が超えるでしょう。心変わりはそのくらいにありえない出来事なのです）」（古今・一〇九三・詠人知らず）以来、末の松山を波が越える、というイメージは心変わりを意味するようになった。『源氏』浮舟巻でも、匂宮と浮舟の関係に気付いた薫は浮舟に「波越ゆる頃とも知らず末の松待つらむとのみ思ひけるかな（あなたが心変わりをしている頃とは知らず、ずっと私を待っているだろうとばかり思っていました）」という歌を送っている。以上のことを踏まえ、ここでは、春宮《とうぐう》参りが決まっている姫君が浮舟のように、別の男性との恋の果てに出奔するなどありえない、と述べているのだろう。 **7**女御参り　姫君の春宮参りのこと。「女御」は天皇の后妃《こうひ》の身分の一つで、皇后、中宮《ちゅうぐう》に次ぐ三番目の地位。上皇や皇太子の后《きさき》のことをも言う。 **8**空蝉の殻をだにも留めぬ悲しさよ　「空蝉の殻」は遺骸のこと。サントリー本や常磐松文庫本《ときわまつぶんこ》など、一部の『住吉』には、『ちごいま』と同様に、姫君の失踪に際して父親が「空蝉の殻」さえ残されなかったことを嘆く画中詞を持つものがある。

↓五13 **9**空しき殻　「空蝉の殻」同様、遺骸のこと。 **10**在明の月　夜が明けてもまだ空に残っている月。和歌などに詠まれることが多い。 **11**御朝寝　朝遅くまで寝ていること。 **12**この紛れに…おかしさよ　侍従殿が、皆と共に姫君の失踪を嘆き悲しむのではなく、同じ内大臣家の女房である堀川殿の眉と眉の間が近いことをおかしく思っているのである。 **13**つきなの眉ざま　「つきなし」は不似合いであること、気にくわないこと。治部卿殿が侍従殿の発言に同調し、嘆き悲しむ堀川殿の眉が寄っておかしな形になっていると述べている。 **14**例のわらはがもの笑ひ　治部卿殿の笑い癖のこと。治部卿殿は笑い上戸《じょうご》で知られていたのだろう。 **15**□…夢かや夢かや　この箇所については文字が擦り切れており判読不能の部分が多い。前後の文脈から考えて、姫君の失踪と、それによって変化してしまった話者の運命を嘆く言葉であろう。 **16**このほどの御心地　**十五**において描かれた、姫君がひたすら床に伏して食べ物・飲み物を受け付けないでいる状態をさす。 **17**宮内卿殿　貴族の男性。この段の画中にのみ登場。後述の左近侍従と共にいることから、姫君の縁者だろう。「宮内卿」は宮内省の長官で、正四位下に相当する官職。 **18**左近侍従　**二十五**の詞書によれば姫君の母上の甥。**二十五**では、児と若君を迎えるための使者として宇治に遣わされる。「左近」は宮中の警備にあたる左近衛府《さこのえふ》の略称で、「侍従」は天皇のそば近くに仕えて雑用を行う役人。中務省《なかつかさしょう》に所属する従五位下相当の官である。ただし「左近侍従」は歴史資料や物語にほとんど見当たらず、わずかに十六世紀の武将で秀吉・家康に仕えた立花宗茂《たちばなむねしげ》の官職として記されるのみである。 **19**蔵人、民部卿　宮内卿殿と左近侍従のそばに控える男たち。この段の画中にのみ登場。同じく姫君の縁者だろう。「蔵人」は天皇のそば近くに仕えて奉仕する蔵人所《くろうどどころ》の役人。「民部卿」は民部省の長官で、正四位下に相当する官職。 **20**治部卿殿、宿木さぶらふ、葎こそ、ゐせきこそ、こや人さぶらふ　いずれも内大臣家の女房。この段の画中にのみ登場。

◉第二十一段　姫君《ひめぎみ》の出産《しゅっさん》

〈詞書〉

[1]まことや、宇治《うぢ》には尼天狗言《あまてんぐい》ひしごとくに、鳥多《とりおほ》く集《つど》ひて、物《もの》を庭《には》へ食《く》ひ落《お》としたるを御覧《ごらん》ずれば、[2]毛《け》の生《お》ひたる手《て》なりけり。尼天狗《あまてんぐ》、まことに失《う》せにけりと、哀《あは》れに悲《かな》しくて、[3]契《ちぎ》りのままに孝養《けうやう》よくよくし給《たま》ひけるとかや。

姫君《ひめぎみ》、[4]日頃《ひごろ》になりぬれば、御心地少《おんここちすこ》し悩《なや》ましくし給《たま》へば、児《ちご》も乳母《めのと》もいかにせんと、心苦《こころぐる》しく思《おも》ひ奉《たてまつ》れども、[5]世《よ》の常《つね》のやうに、御修法《みずほふ》など、心《こころ》に任《まか》せても叶《かな》はねば、[6]忍《しの》びて、ただ御撫《おんな》で物《もの》ばかりやうのことにて、甚《いた》くも煩《わづら》ひ給《たま》はで、[7]鶴《たづ》の声《こゑ》なき出《い》で給《たま》ひぬ。[8]乳母《めのと》の娘侍従《むすめじじう》ぞ、抱《いだ》き上《あ》げ奉《たてまつ》りて見奉《みたてまつ》れば、玉《たま》の光《ひかり》ばかりなる[9]若君《わかぎみ》にてぞおはしける。[10]肝心《きもごころ》を尽《つ》くしつるにと、嬉《うれ》しく覚《おぼ》えけり。児《ちご》、[11]誰《た》が世《よ》に蒔《ま》きし種《たね》ぞとも、心《こころ》やましからねば、ただ岩根《いわね》の松《まつ》の生《お》ひ行《ゆ》く末《すゑ》をのみぞ、八千代《やちよ》を込《こ》めて祝《いは》ひけるも、[12]いとにくしや。

姫君《ひめぎみ》は、殿《との》・上《うへ》に知《し》られ奉《たてまつ》りて、かかることのあらば、いかに所狭《ところせ》きまで騒《さわ》ぎ給《たま》はまし、春宮《とうぐう》にと思《おぼ》し急《いそ》ぎし御《おん》心《こころ》ざしなど思《おぼ》し出《い》でつつ、いと人少《ひとすく》なによろづ事削《ことそ》ぎたる風情《ふぜい》にも、例《ためし》なき[13]宿世《すくせ》のほど、[14]ただ心《こころ》の咎《とが》になし果《は》てても、かこつ方《かた》なく口惜《くちを》しく、思《おぼ》し知《し》らるることのみありけるも、理《ことわり》なり。

〈画中詞〉

一　〈侍従殿《じじゆうどの》（乳母《めのと》の娘《むすめ》）〉　[15]何《なに》のあやめも見《み》えさせおはしますまじき御程《おんほど》なれども、美《うつく》しの御顔《おんかほ》や。いまだ御乳《おんち》も参《まゐ》らぬは、いかに。

二　〈児《ちご》〉　まづ[16]御煎《おんせん》じ物《もの》、迅《と》くよ。

三　（御乳母《おんめのと》）　今持《いまも》ちて参《まゐ》りて候《さうら》ふ。

四　（菊《きく》の前《まへ》）　[17]山《やま》の芋《いも》はし参《まゐ》らせ候《さうら》ふべきなふ。

五　（御乳母《おんめのと》）　迅《と》く迅《と》くし参《まゐ》らせ候《さうら》ふよ。伺《うかが》ふまでもなきことかな。

六　（播磨殿《はりまどの》）　はや御産《ごさん》なりて候《さうら》ふかう。

七　（播磨殿《はりまどの》）　[18]あら、正《まさ》しの御子《みこ》や。暁《あかつき》に占《うら》を問《と》ひて候《さうら》へば、ただいま御喜《おんよろこ》びと申《まう》し候《さうら》ひつる。

〔[19]播磨殿《はりまどの》、菊《きく》の前《まへ》、姫《ひめ》の前《まへ》、御乳母《おんめのと》、侍従殿《じじゆうどの》（乳母《めのと》の娘《むすめ》）、若君《わかぎみ》、姫君《ひめぎみ》、児《ちご》〕

第二十一段・語注

1まことや　「そういえば」の意。話題の転換や付加のさいに用いられる語。　2毛の生ひたる手　我が子である天狗に殺された尼天狗の手。十八で尼天狗が、自分が天狗に殺された証拠を見せる、と述べたことが実現したのである。なお、女性である尼天狗の手に毛が生えているのは、彼女が人ではないからだろう。　3契りの…とかや　児と姫君が、十八で尼天狗と交わした、尼天狗の死後に供養をするという約束を果たしたということ。　4日頃になりぬれば　乳母の家に留まってから日数が過ぎ、姫君が産み月に入ったということ。　5世の常の…叶はねば　「御修法」は加持祈祷《かじきとう》のこと。この時点では児と姫君の無事は比叡山《ひえいざん》や内大臣家に報告されておらず、二人の素性を公にすることもできない。そのため、安産のための大々的な加持祈祷はできなかったというのである。　6忍びて…やうのことにて　安産を願って、姫君のけがれを移した撫で物ばかりを極秘に陰陽師《おんみょうじ》などのところに送り、清めてもらったのである。↓二11　7鶴の声　若君の産声のこと。千年の寿命を持つという鶴の声を産声に重ね合わせ、若君誕生のめでたさを表現する。　8乳母の娘侍従　六の画中に「侍従殿」として登場するが、詞書への登場は初。↓六15　9若君　児と姫君の間の第一子で男の子。二十五で児とともに内大臣家に迎えられる。　10肝心を尽くしつるに　「肝心を尽くす」は心配する、心を砕く意。児と乳母が、姫君が無事に出産できるかと心苦しく思っていたことをさす。　11誰が世に…祝ひける　『源氏』柏木《かしわぎ》巻の光源氏《ひかるげんじ》の歌「誰が世にか種はまきしと人問はばいかが岩根の松は答へん（いったい誰が種をまいたのかと人が尋ねたら、岩根の松は何と答えるのでしょう）」を踏まえる。この歌は光源氏が、妻である女三宮《おんなさんのみや》が柏木と密通して産んだ薫《かおる》について詠んだもので、「岩根の松」は薫をたとえる。しかし若君は姫君と密通して妊娠させた張本人で、正真正銘の父親であるため、光源氏の苦悩とは無縁だというのである。↓【読みのポイント】　12いとにくしや　物語の語り手による感想で、「にくし」は憎らしいほどに見事だ、の意。物語の随所で、児と姫君の関係は『源氏』の柏木と女三宮のそれに重ねられていた。しかし柏木が若くして悲劇的な死を遂げたのに対し、児は幸福を掴もうとしている。語り手はそのような児を誉めたたえているのである。　13例なき宿世のほど　「宿世」は前世からの因縁《いんねん》や宿命のこと。春宮参りをするはずだったが、女装して内大臣家に入り込んだ児と関係を持ってしまい、苦難の果てに宇治で児の子をひっそりと出産するという、姫君の波乱に富んだ生をさす。　14ただ心の咎になし果てても　「心の咎」は自分自身の心の過ち。姫君が、数奇な宿命を自らの心の過ちに由来するものと考えるとしても、の意。　15何の…御程　「あやめ」は物の区別、見分けの意。若君が、両親のどちらに似ているともわからないほどに幼いことをさすか。　16御煎じ物　姫君、あるいは若君のための薬湯。出産の途中、あるいは後に、産婦に薬湯《やくとう》や食物を与える例が『うつほ』や『源氏』などに見られる。また平安期の医書である『医心方《いしんぼう》』から、新生児に乳を飲ませる前に甘草《かんぞう》湯を与える習俗の存在が知られる。↓【コラム⑭】　17山の芋　ヤマノイモ科ヤマノイモ属・ヤマノイモの多肉根《たにくこん》およびナガイモの塊茎《かいけい》をいう。産後の姫君の回復を目的として出されたものと見られる。↓【コラム⑭】　18あら、正しの御子や　「正し」は見込み通りであること。下に「暁に占を問ひて」とあることから、占い通りの性別の子が生まれた、の意だろう。　19播磨殿　乳母の縁者、もしくは事情を知って協力している知人。この段の画中にのみ登場。

【コラム⑭】「御煎じ物」と「山の芋」について

二十一の画中詞二において、児《ちご》は乳母《めのと》に「御煎じ物」を早く出すよう求めています。これは誰のための薬なのでしょうか。姫君が産んだ若君にまだお乳を差し上げていない、という侍従殿の台詞（画中詞一）を受けているので、まず若君のためのものである可能性が考えられます。平安期から江戸期にかけては、新生児に乳を与える前に甘草《かんぞう》や大黄《だいおう》などを煎じて飲ませていました。これは、新生児の体内の毒を排出させる目的で行われていたようです。しかし『うつほ』や『源氏』には、男主人公が出産に際し、妻のために食物や薬湯を与えるよう手配する場面が見られます。こうした描写は当時の出産の場面を反映しているはずです。よって、児もまた「男君」「父」としての立場から、出産を終えた姫君の体力回復のための薬湯を求めたとも考えられます。

なお、画中詞四では菊の前が「山の芋」を出すべきかどうかを尋ねていますが、室町期に竹田昭慶《たけだしょうけい》が著した『延寿類要《えんじゅるいよう》』という書物には、山の芋が体力回復・滋養強壮に役立ち、腰の痛みを止めることが記されています。また『食物和歌本草《しょくもつわかほんぞう》』『本草歌《ほんぞうか》』などの江戸期の本草書《ほんぞうしょ》に、山の芋と同じヤマノイモ科の蔓《つる》植物である「野老《ところ》」が産後の腹痛に効くとされている点も注意されます。するとこの山の芋については、産婦である姫君の回復を早め、産後の腰や腹の痛みを和らげるものと考えられるでしょう。二十一のこれらの画中詞は、『ちごいま』が成立した時代の出産の様子を伝える興味深い資料であり、医書や本草書の記述と重なるところが大きいのです。

◉第二十二段　うれしい知《し》らせ

〈詞書〉

日数《ひかず》経《ふ》るままに、姫君《ひめぎみ》の御夢《おんゆめ》にも、殿《との》・上《うへ》の御嘆《おんなげ》きあるさま、同《おな》じやうにうち続《つづ》き見《み》え給《たま》へば、さこそと思《おも》ひやり聞《き》こゆるもいとほしく、「[1]うき世《よ》の中《なか》に巡《めぐ》る身《み》[2]の式《しき》を、げに月《つき》の都《みやこ》によも思《おぼ》しよらじと思《おも》ふにも罪深《つみふか》く、二親《ふたおや》にさのみものを思《おも》はせ奉《たてまつ》れば、いよいよ我《わ》が身《み》の[3]果報《くわほう》も衰《おとろ》へ侍《はべ》るぞかし」など、常《つね》にうち泣《な》きつつのたまふ気色《けしき》、理《ことわり》なれば、山《やま》の僧正《そうじやう》へぞ児《ちご》の出《い》で来給《きたま》へる由《よし》、申《まう》し上《のぼ》せ侍《はべ》りければ、山《やま》より急《いそ》ぎおはして、泣《な》きみ笑《わら》ひみありしことども語《かた》り合《あ》はするに、法《のり》の力空《ちからむな》しからずと、我《わ》が功名《こうみやう》に思《おぼ》しける。

「[4]この姫君《ひめぎみ》を、尼天狗《あまてんぐ》一所《ひとところ》へ具《ぐ》し奉《たてまつ》りて置《お》きぬれば、いづくの人《ひと》とも知《し》り奉《たてまつ》らぬを、かの姫君《ひめぎみ》も名乗《なの》り給《たま》はねば、いづくへいかにとし奉《たてまつ》るべき方《かた》も知《し》らず。おぼつかなくて侍《はべ》る」など語《かた》り申《まう》せば、僧正《そうじやう》、かのことにこそと嬉《うれ》しくて、急《いそ》ぎ大臣殿《おとどどの》へ参《まゐ》り給《たま》ひて、しかじかと語《かた》り申《まう》し給《たま》へば、[5]大殿《おほいどの》はうち聞《き》き給《たま》ふより、まづ胸《むね》うち騒《さわ》ぎて喜《よろこ》び給《たま》へば、「定《さだ》かに見《み》知《し》り聞《き》こゆる人も侍《はべ》らねども、大方《おほかた》ことの折節《をりふし》似《に》つかはしくおはしませば、もしやと人《ひと》を遣《つか》はされて見《み》せ給《たま》へ」など申《まう》しける。

〈画中詞〉

一 (僧正御房《そうじやうごばう》) 承《うけたまは》り、定《さだ》めたることは候《さうら》はぬと申《まう》し候《さうら》へば、大様《おほやう》なるやうに候《さうら》へども、児《ちご》を山《やま》にて天狗《てんぐ》に捕《と》られて候《さうら》ひしを、児《ちご》の[6]里《さと》に捨《す》てて置《お》きて候《さうら》ふ由告《よしつ》げて候《さうら》ふほどに、罷《まか》りて承《うけたまは》り候《さうら》ひしかば、女房《にようばう》を一人一所《ひとりひとところ》へ具《ぐ》して置《お》きて候《さうら》ふ由申《よしまう》し候《さうら》ふほどに、それをば承《うけたまは》り、定《さだ》めず候《さうら》へども、人《ひと》を遣《つか》はされ候《さうら》ひて、見《み》せ参《まゐ》らせさせ給《たま》ひ候《さうら》へ、御覧《ごらん》とて参《まゐ》りて候《さうら》ふ。もし、別《べち》の人《ひと》にてもや候《さうら》はんと中々《なかなか》にためらひ候《さうら》ひつれども、もしやとて申《まう》し候《さうら》ふ。

二 (大臣殿《おとどどの》) 折節《をりふし》かくと申《まう》し、まことに[7]似《わ》つかはしくて。御《おん》しるべを賜《たまは》り候《さうら》ひて、やがて人《ひと》を遣《つか》はしてみせたて候《さうら》ふ。わざとの御祈《おんいの》り、返々畏《かへすがへすかしこ》まり入《い》り候《さうら》ふ。

三 (僧正御房《そうじやうごばう》) [8]正体《しやうたい》なきことにや候《さうら》ふらんと[9]斟酌《しんしやく》申《まう》したきことにて候《さうら》へども、この御祈《おんいの》りの、壇《だん》を明《あ》け暮《く》れ祈《いの》り申《まう》し候《さうら》へば、もしまたさやうにもやと思《おも》ひ候《さうら》ひて。いづくの人《ひと》ぞと、尋《たづ》ね申《まう》し候《さうら》へども、何《なに》とも名乗《なの》られ候《さうら》はぬ、承《うけたまはまゐ》り参らせ候《さうら》ふ。

四 (大臣殿《おとどどの》) もしそれにても候《さうら》はば、母《はは》にて候《さうら》ふものなど、いかに喜《よろこ》び申《まう》し候《さうら》はんずらむ。ただ亡《な》きものとして歎《なげ》き候《さうら》ふ。かはゆく候《さうら》ふ。

五 (僧正御房《そうじやうごばう》) まことに御心《おんこころ》の内《うち》、さこそと[10]察《さつ》し思《おも》ひ参《まゐ》らせ候《さうら》ふほどに、[11]仏《ほとけ》も子《こ》を思《おも》ふといふことをば、喩《たと》へにせられて候《さうら》ふぞかし。いたはしき御事《おんこと》かな。

又一 (佐殿《すけどの》) 僧正《そうじやう》の御房《ごばう》の参《まゐ》らせ給《たま》ひたるは、もし、姫君《ひめぎみ》の御事《おんこと》かう。聞《き》き参《まゐ》らせたくて。

又二 (兵衛佐殿《ひやうゑのすけどの》) ただ聞《き》かせ給《たま》へかし。[12]あら広《ひろ》と開《あ》けさせ給《たま》ひて候《さうら》ふや。御顔《おんかほ》が其方《そなた》へ出《い》で候《さうら》はんずらん。[13]聖《ひじり》法師《ほふし》、見《み》たからず。

又三（佐殿《すけどの》）これほど細《ほそ》く開《あ》けて候《さうら》ふものを、事々《ことごと》しや。見様《みさま》も良《よ》くわたらせ給《たま》ひ候《さうら》ふ。まことに尊《たふと》く、げにや。

又四〈女房《にょうぼう》〉姫君《ひめぎみ》の御事《おんこと》聞《き》かんとすれば、あらかしかましのことどもや。

〔兵衛佐殿《ひやうゑのすけどの》、14佐殿《すけどの》、女房《にょうぼう》、大臣殿《おとどどの》、僧正御房《そうじやうごぼう》〕

第二十二段・語注

1うき世の中に…思しよらじ　『源氏』手習《てならい》巻で、浮舟《うきふね》が小野で詠んだ和歌「我かくてうき世の中に巡るとも誰かは知らむ月の都に（自分が厭わしいこの世の中に生きていると、都の人たちの誰が知っているだろうか）」を踏まえる。浮舟は、厭《いと》わしいこの世の中で生きていることを「うき世の中に巡る」と表現し、「月の都」つまり都に住む母親や乳母《めのと》に思いを馳《は》せている。都を離れ、両親と別れてひっそりと暮らす姫君の立場は浮舟と重なるものである。→【読みのポイント】　**2**身の式　「式（仕儀）」は、本来あるべき望ましい姿に対して、心ならずも認めざるをえない実際のありさまをいう。　**3**果報　幸福。幸運。「果報」は元来中立的な「報い」という意味であったが、十六世紀末からプラスの場面にもっぱら用いられるようになった。　**4**この姫君を…おぼつかなくて侍る　児の言葉。児は、内大臣家の姫君であると当然知っているにもかかわらず、「どちらの人だとも存じません」としらばっくれている。僧正も簡単に騙されており、ユーモラスな場面である。　**5**大殿　大臣に対する敬称。姫君の父親である大臣殿のこと。　**6**里　実家・親もと。児と姫君が身を寄せた先は「乳母のもと」（**十八**）であるため、この「里」も乳母の家を指すのだろう。→**十四6・十八11**　**7**似つかはしくて　原文「わつかはして」。他本より校訂した。　**8**正体なき　実体がとらえどころがないこと。　**9**斟酌　控えめにすること。遠慮。　**10**察し　原文「さんし」。他本より校訂した。　**11**仏も子を…候ふぞかし　他本には「仏も親の子を思ふといふ喩へを説かれて候ふぞかし」とある。仏典では未詳。→【コラム⑮】　**12**あら広と…候はんずらん　ふすまを広く開けて、自分たちの顔が室内から丸見えになってしまうことを心配した発言である。絵に描かれているように、女房たちはふすまに身体を押しつけ、首を半ば室内に入れるようにして僧正と大臣殿の会話に聞き耳を立てているのだろう。　**13**聖法師　世を逃れて仏道修行に励む僧。兵衛佐殿は僧正を聖法師と表現して、「見たからず」と言い捨てており、僧侶を小馬鹿にするような態度を取っている。　**14**佐殿　内大臣家の女房。この段の画中にのみ登場。女房名としての「佐殿」は、『大《おお》上臈御名之事《じょうろうおんなのこと》』や『薩戒記《さっかいき》』などの室町時代の資料に例として載るものの、物語や歴史上の実例はほとんど見当たらない。わずかに『玉蘂《ぎょくずい》』の承元《じょうげん》三年（一二〇九）三月二十三日に見られるのみである。衛門佐の「衛門」など、上の数文字が脱落したものであるのかもしれない。

【コラム⑮】仏の「子を思ふ」喩えとは

二十二の絵の中で、「姫君発見か!?」と浮き足立つ大臣殿《おとどどの》に、僧正《そうじょう》が「心中お察しいたしますよ。仏も「親が子を思う」ということを喩えに使われていますから」と言葉をかけています。これは、甲子園学院本では「仏も子を思ふ」ですが、他本では「仏も親の子を思ふ」となっていて、こちらの方がふさわしいと言えます。さて、仏が説く、親が子を思う喩えとはどんなものでしょうか。『保元《ほうげん》物語』巻中「為義最期《ためよしさいご》の事」に、死ぬ直前の源為義《みなもとのためよし》が「あはれ、親の子を思ふ程、子は親を思はざりけるよ。『諸仏念衆《しょぶつねんしゅじょう》、衆生不念仏《しゅじょうふねんぶつ》、父母常念子《ぶもじょうねんし》、子不《しふ》念父母《ねんぶも》』と、仏の説かせたまへるは、少しも違はず（ああ、親が子を思うほど子は親を思わないものだなあ。仏が説かれていることと、少しも変わらない）」と泣く場面があります。この「諸仏念衆、衆生不念仏、父母常念子、子不念父母」は、「仏は生きとし生けるものの幸いを願っているが、生き物の方は仏の幸いを願わない。父母は常に子の幸せを願っているが、子は父母の幸せを願わない」という意味です。『ちごいま』の喩えもこれを指していて、仏が喩えたとおり、あなたの姫君を思うお気持ちは深いのですね、と言っているのでしょう。ところで、「諸仏念衆…子不念父母」という表現は、室町時代頃の物語に広く見られるものですが、仏典《ぶってん》には見当たりません。研究では、おそらく中国で編まれた何らかの経典が日本にもたらされ、鎌倉時代後期から南北朝期にかけて流行したのだろうと考えられています。◇参考　渡瀬淳子「諸仏念衆、衆生不念仏―中世「擬」仏教語の一側面―」（『国語と国文学』八九―八　二〇一二年八月）

◉第二十三段　乳母《めのと》の宰相殿《さいしょうどの》の訪問《ほうもん》

〈詞書〉

上《うへ》は、[1]ありしままにて、はかばかしく御湯《おんゆ》なども見入《みい》れさせ給《たま》はず。[2]あるかなきかにておはしませば、様《さま》をも変《か》へばやと思《おぼ》し立《た》てども、大臣殿《おとどどの》も御出家《ごしゅつけ》の御暇《おんいとま》を申《まう》さるるも、内《うち》の御許《おんゆる》されなければ、思《おも》ひながら過《す》ぐし給《たま》ふ。また上《うへ》も殿《との》の許《ゆる》し給《たま》はねば、[3]あるにもあらで過《す》ぐし給《たま》へるに、[4]このこと聞《き》き給《たま》ひて、もしさもあらばと嬉《うれ》しさ限《かぎ》りなくて、御乳母《おんめのと》の宰相《さいしやう》の君《きみ》を遣《つか》はし給《たま》ひける。

児《ちご》は、[5]元《もと》の姿《すがた》にて見知《みし》りぬべければ、[6]俄《には》かに男《をとこ》になりて、几帳《きちやう》の辺《あた》りにぞ隠《かく》ろひて侍《はべ》りけるに、宰相《さいしやう》の乳母《めのと》、姫君《ひめぎみ》を見奉《みたてまつ》りて、夢《ゆめ》かとのみ辿《たど》られ侍《はべ》るにも、[7]まづ知《し》るものは涙《なみだ》にむせびて、何事《なにごと》も言《こと》の葉《は》なくぞ侍《はべ》りける。姫君《ひめぎみ》も言《い》ひやり給《たま》ふことなく、[8]袖《そで》のしがらみせきかね給《たま》へるを、児君《ちごぎみ》、尼天狗《あまてんぐ》の同《おな》じ所《ところ》に置《お》き奉《たてまつ》りしことなど[9]語《かた》りて、日数《ひかず》をかくて経《へ》ぬれども、いづくの人《ひと》とも知《し》り奉《たてまつ》らで、月日《つきひ》を送《をく》りつるに、僧正申《そうじやうまう》されけるにこそ、我《わ》が身《み》の行方《ゆくへかた》語りなどして、まづ契《ちぎ》り変《か》はらぬことを、[10]例《れい》の風情《ふぜい》よくぞ申《まう》しなされける。宰相《さいしやう》も、理《ことわり》かなと心《こころ》の中《なか》に思《おも》ひ侍《はべ》りて、嬉《うれ》しさ限《かぎ》りなきままに、いかにもよく申《まう》しなすべき由《よし》などあひしらひて、「急《いそ》ぎ立《た》ち帰《かへ》らん」とぞ申《まう》しける。

〈画中詞〉

一（宰相殿《さいしやうどの》）「まづ知《し》るものは涙《なみだ》」とはげにげにと覚《おぼ》えて候《さうら》ふ。[11]嬉《うれ》しきにも先立《さきだ》つものは涙《なみだ》にておはしまし候《さうら》ふぞや。さてもさてもいかなりし御事《おんこと》にて候《さうら》ひけるぞや。

二〈児《ちご》〉聞《き》こし召《め》しても候《さうら》ひつらん。山《やま》にて天狗《てんぐ》に捕《と》られて候《さうら》ひしが、その後《のち》この御事《おんこと》をも一所《ひとところ》に置《お》き参《まゐ》らせて候《さうら》ひしを、尼天狗《あまてんぐ》とて年寄《としよ》りたる母天狗《ははてんぐ》これへ送《おく》り置《お》きて候《さうら》ひし。早《はや》はるかになりて候《さうら》へども、いかなる人《ひと》とも知《し》り参《まゐ》らせ候《さうら》はで日数《ひかず》を経《へ》候《さうら》ひしに、昨日僧正《きのふそうじやう》に語《かた》り申《まう》して候《さうら》へば、申《まう》され候《さうら》ひける。

三（宰相殿《さいしやうどの》）僧正《そうじやう》の御方《おんかた》へもいかほどに御祈《おんいの》り申《まう》しつけ参《まゐ》らせさせおはしまして候《さうら》ひしが、いかさまその御《おん》しると思《おも》ひ参《まゐ》らせ候《さうら》ひて候《さうら》ふ。まづまづ、この御様《ごやう》あれへ申《まう》して候《さうら》ふ。御迎《おんむか》への人《ひと》を呼《よ》び候《さうら》はん。いかにいかに殿《との》・上御喜《うへおんよろこ》び候《さうら》はんずらん。

四〈児《ちご》〉このほど亡《な》き人《ひと》と思《おも》ひ聞《き》こえさせおはしまして候《さうら》ひける[12]御心《おんこころ》になぞらへて、これに契《ちぎ》り深《ふか》くてわたらせおはしまし候《さうら》ひつる。御事《おんこと》を違《たが》へぬやうに御申《おんまう》し候《さうら》へ。この世《よ》ならぬ御事《おんこと》にて候《さうら》ふこそ。一所《ひとところ》へ具《ぐ》し参《まゐ》らせ候《さうら》ひて置《お》き参《まゐ》らせて、言《い》ひつらめ。

五（宰相殿《さいしやうどの》）まことに一筋《ひとすぢ》に御孝養《おんけうやう》をさへし参《まゐ》らせて候《さうら》ひしものを、不思議《ふしぎ》に思《おも》ひ参《まゐ》らせても候《さうら》はば、いかで御命《おんいのち》も候《さうら》ふべき。よくよく申《まう》し参《まゐ》らせ候《さうら》ふ。

〔宰相殿《さいしやうどの》、姫君《ひめぎみ》、児《ちご》〕

第二十三段・語注

1ありしまま　以前のままの状態。**二十**で、姫君を失った母上が死人のようであると語られていたが、その状態がまだ続いているのである。　**2あるかなきか**　生きているのかいないのかも分からないほどぼんやりした、命さえもおぼつかない様子。　**3あるにもあらで**　「あるかなきかにて」と同義。　**4このこと**　児のもとにいる人物が失踪した内大臣《ないだいじん》家の姫君かもしれないという、**二十二**の僧正からの報告を指す。　**5元の姿にて…べければ**　他本には「元の姿にては見知りぬべければ」とある。児姿のままでは、以前内大臣家に仕えていた今参りだということに気付かれてしまうということ。　**6俄かに男になりて**　一時的に成人男性の姿になったということ。　**7まづ知るものは涙**　自らの感情を真っ先に知らせるものは涙である意。感情が追いつかないほど心が揺さぶられる様子を示す。→**【コラム⑤】**　**8袖のしがらみ**　流れる涙をせき止める衣の袖を、川の流れをせき止めるしがらみに見立てていう語。「しがらみ」とは水の流れをせきとめるため、川の中に杭を打ち渡して設けた装置のことで、物事の流れや進行を遮ったり妨げたりするものの例えとして用いる。　**9など語りて**　原文「なからかたりて」。文脈から校訂した。　**10例の風情よくぞ**　他本には「例の心の利きたる人なれば、風情よく」とある。児がいつも利口で口が上手なことを示しているが、天狗に攫《さら》われる前の児は控えめな性格であり、男姿となってからの性格の転換がうかがえる。→**【読みのポイント】**　**11嬉しきにも…涙**　→**十九13**、**【コラム⑤】**　**12御心になぞらへて**　「なぞらふ」は「似せる、まねる」などの意味がある。ここでは「御心のままに」「望みどおり」ということ。

【コラム⑯】乳母《めのと》の宰相《さいしょう》殿について

物語文学において、乳母は主人公との結び付きが強く、物語の展開を担う存在として重要な役割を果たしてきました。『ちごいま』でも、児《ちご》の乳母は要所要所で登場し、児と姫君との恋の秘密を共有し、主人公以外にすべての成り行きを知る唯一の人物として、その活躍が描かれています。

こうした児の乳母に対し、姫君の乳母である「乳母の宰相殿」は、詞書では**二十三**ではじめて登場し、失踪した姫君との再会を喜びます。歓喜の涙に咽ぶこの再会場面からは、二人の関係の深さがうかがえます。しかしながら、乳母の宰相殿はこれまで詞書には一度も登場しておらず、ここでの登場は唐突にも感じられるでしょう。

一方で、画中詞では乳母の宰相殿は**一**から登場し、姫君の側近くに控える様子が描かれています。しかし、児が内大臣家に仕えはじめた**八**以降、乳母の宰相殿は姫君の側を離れていきます。**十一**では、児が熱心に姫君に仕えているため、他の女房たちが暇を持て余す様子が描かれていますが、ここでは乳母の宰相殿も一緒に双六に興じ遊んでいるのです。これは姫君付の乳母としては非常に怠慢で、職務放棄ともとられかねない態度です。

先述したように、姫君と乳母の関係は、決して浅いものであったとは考えられません。それにもかかわらず、このように乳母の宰相殿が姫君の側から姿を消すのはなぜでしょうか。それは、物語の展開上の理由によるものと考えられます。内大臣家において、姫君の密通や妊娠が露呈しなかったのは、児以外の女房が姫君の側へと近寄らなかったためです。しかし、もしも乳母の宰相殿が児一人に姫君のお世話を任せず、その職務を全うしていたならば、妊娠した姫君の変化に気付かないのは、一般的な乳母と養君の関係からすると不自然です。それゆえ『ちごいま』では、妊娠という秘密の発覚を防ぐために、姫君の乳母の存在を消したのでしょう。

児の乳母は、秘密を共有する人物として物語の展開を担いますが、乳母の宰相殿は、物語が秘密を保ったままハッピーエンドを迎えるために、その活躍は描かれません。こうした乳母の在／不在は、どちらも養君との関係性の強さから生じるものですが、乳母の宰相殿は姿を現さないことによって、裏で物語の展開を支えていたとも言えるでしょう。乳母の宰相殿がはじめから活躍していたならば、児の正体は早々に見抜かれ、その恋が叶うこともなかったのですから。◇参考『平安朝の乳母達『源氏物語』への階梯』（世界思想社、一九九五年）

◉第二十四段　姫君《ひめぎみ》の帰還《きかん》

〈詞書〉

宰相《さいしやう》の乳母《めのとかへ》帰り参《まゐ》り、車引《くるまひ》き入《い》るる程《ほど》も心得《こころえ》なく、もし[1]あらぬこともや申《まう》し出《い》でんと、[2]肝心《きもごころ》もなく、中々日頃《なかなかひごろ》よりはみな心《こころ》を尽《つ》くす。御前《おまへ》に急《いそ》ぎ参《まゐ》りて、「相違《さうゐ》なくこの御事《おんこと》」と申《まう》すに、嬉《うれ》しとも[3]おろかなりとて、「いかにいかに」とのたまふに、「山《やま》にて失《う》せ給《たま》ひける児《ちご》と一所《ひとところ》に送《おく》り奉《たてまつ》りて侍《はべ》りけるを、いづくの人《ひと》とも知《し》り奉《たてまつ》らで日数《ひかず》を送《おく》り侍《はべ》りぬるを、今更引《いまさらひ》き別《わか》れ奉《たてまつ》らんことも」など、ありつる由申《よしまう》せば、理《ことわり》なれば、さもこそあらめ、まづ姫君《ひめぎみ》を急《いそ》ぎ迎《むか》へ奉《たてまつ》るべき由申《よしまう》して、やがて宰相《さいしやう》の乳母《めのと》、[4]中納言《ちゆうなごん》の局《つぼね》ぞ参《まゐ》りける。姫君《ひめぎみ》も、[5]嬉《うれ》しきにもうきながら、この日頃住《ひごろす》み馴《な》れし宇治《うぢ》のわたりさすがあはれに、[6]乳母《めのと》が情《なさ》け深《ふか》かりつる名残《なご》りも悲《かな》しけれども、人《ひと》に知《し》られじとて、思《おも》ふほどをもえのたまはで、出《い》で給《たま》ひぬ。

さて、殿《との》には待《ま》ち見参《みまゐ》らせ給《たま》ふ親《おや》たちの御心《おんこころ》の内《うち》、なかなかまた別《わか》れし時《とき》に立《た》ち返《かへ》るやうに、互《たが》ひにみな涙《なみだ》にくれて、ものも言《い》ひやり給《たま》はぬも、理《ことわり》なり。

〈画中詞〉

一（母上《ははうへ》）　なかなかものの言《い》はれぬ風情《ふぜい》にて、とにもかくにも涙《なみだ》のみ言《こと》の葉《は》となりぬるぞや。さても何《なに》とありしことどもにて、年月《としつき》ものを思《おも》はせられけるぞ。これもまたなほうつつとも分《わ》きかねぬる。もし夢《ゆめ》ならば、またいかにせんと覚《おぼ》えて候《さうら》ふ。

二（姫君《ひめぎみ》）　何《なに》と御応《おんいら》へも申《まう》すべしとも覚《おぼ》えねば、ただ泣《な》くよりほかのこととなくて。

三（大臣殿《おとどどの》）　[7]「嬉《うれ》しきも憂《う》きも心《こころ》は一《ひと》つにて」と申《まう》し置《お》きたることも思《おも》ひ知《し》られて、不覚《ふかく》の涙《なみだ》のみこぼれ候《さうら》ふ。

四（春日殿《かすがどの》）　これは夢《ゆめ》かやとまで辿《たど》られて。げに殿《との》の仰《おほ》せのやうに、分《わ》かれぬものは涙《なみだ》にて候《さうら》ふぞや。

五（母上《ははうへ》）　なほただ夢《ゆめ》とのみ覚《おぼ》えて、うつつの心地《ここち》もせでよ。

六（春日殿《かすがどの》）　行方《ゆくへ》なく失《うしな》ひ参《まゐ》らせ候《さうら》ひて後《のち》は、やがて様《さま》をも変《か》へて、何方《いづかた》へも迷《まよ》ひ歩《あり》き候《さうら》はばやと覚《おぼ》えて候《さうら》ふを、殿《との》・上《うへ》の御《おん》いさめと申《まう》し、またはいとど御名残《おんなごり》さへ隔《へだ》たる心地《ここち》して、つれなき命《いのち》の消《け》しやらで待《ま》ち付《つ》け参《まゐ》らせ候《さうら》ひぬることよ。変《か》はらぬ姿《すがた》を見《み》え参《まゐ》らせするこそ、なかなか御《おん》はづかしく候《さうら》へ。

七〈女房《にようぼう》〉　[8]ねび整《とと》のほらせおはしまして、いよいよ御美《おんうつく》しきよ。よくよく見参《みまゐ》らせ候《さうら》へば。

八（兵衛佐殿《ひやうゑのすけどの》）　げにいまいましとは思《おも》へども、なかなか嬉《うれ》しきにもせきやられ候《さうら》はで。

九（侍従殿《じじゆうどの》）[9]逢《あ》ふ嬉《うれ》しさをつつみ候《さうら》ふ袖《そで》に、なほ我《わ》がせきかねし涙《なみだ》は、さながらうつつなきぞや。

十（中納言《ちゆうなごん》）近々《ちかぢか》と参《まゐ》りて、取《と》り付《つ》きも見参《みまゐ》らせたく候《さうら》ふが、そぞろに流《なが》るるほどに、[10]こなたへすべり出《い》で候《さうら》ふぞや。

上（総角《あげまき》さぶらふ）あらめでたや。面々《めんめん》[11]むづかりあはせおはします御事《おんこと》ばかりや。あはれ、[12]御上《おんうへ》へ参《まゐ》る身《み》ならば、寄《よ》る寄《よ》る見参《みまゐ》らせなん。

中（久《ひさ》しきさぶらふ）何《なに》としてか、よく見参《みまゐ》らせ候《さうら》ふべき。覗《のぞ》き参《まゐ》らすれども、見《み》えさせおはしまさぬ。折節《をりふし》、また酒《さけ》がけしからず、酔《ゑ》ひて顔《かほ》の赤《あか》さ悲《かな》しや。

下（宮人《みやびと》さぶらふ）げに。わらはも顔《かほ》は赤《あか》く候《さうら》ふらん。酔《ゑ》ひ候《さうら》ふや。わびしや。ただ下戸《げこ》ほどうとましきなふ。されども久《ひさ》しきさぶらふの[13]紅《べに》は赤《あか》し。

〔母上《ははうへ》、姫君《ひめぎみ》、宰相殿《さいしやうどの》、中納言《ちゆうなごん》、大臣殿《おとどどの》、兵衛佐殿《ひやうゑのすけどの》、侍従殿《じじゆうどの》、女房《にようばう》、春日殿《かすがどの》、[14]宮人《みやびと》さぶらふ、[14]総角《あげまき》さぶらふ、[14]久《ひさ》しきさぶらふ〕

第二十四段・語注

1あらぬこと　その事物が期待されるものとは違っていること。ここでは、保護されている姫君が娘とは別人であるということを指す。　**2**肝心もなく　大きな衝撃を受けて呆然としているさま。　**3**おろかなり　原文「おとろかなり」。他本より校訂した。　**4**中納言の局　内大臣家の女房。なお**三・九・十三・二十四**の画中に登場する中納言殿と同一人物であるかは不明であるが、画中で描かれる中納言殿は姫君の親近の女房として描かれており、ここでは同一人物として解した。　**5**嬉しきにもうきながら　姫君の心情。両親と再会できるのは嬉しいが、宇治の地に対して名残惜しい気持ちを持っている。このあたり、『源氏』早蕨《さわらび》巻で匂宮が中君《なかのきみ》を宇治へ迎えに行く場面を想起させるように描かれている。　**6**乳母が情け深かりつる　乳母とは児の乳母のこと。尼天狗に児と一緒に連れて来られてから、姫君はこの地で初めての出産もしている。もっともつらい時期を支えてくれた人物として一方ならぬ恩義も感じていたのだろう。ここの描写は結末部で所領を与えられることへの伏線ともなっている。　**7**嬉しきも憂きも心は一つにて分かれぬものは涙なりけり（嬉しいのもつらいのも感じるのは同じ一つの心で、それらを区別できなくしているのは涙であるよ）」（後撰《ごせん》・一一八八・詠人知らず）を引く。大臣殿が引いたこの歌を受けて、画中詞四で春日殿が「げに殿の仰せのやうに、分かれぬものは涙にて候ふぞや（本当に殿のおっしゃるように「分かれぬものは涙」でございますね）」と言っているのである。　**8**ねび整のほらせ　原文「ねひとらのおらせ」。文意が通らないため校訂した。「ねび整ふ」とは成長して容姿が整うこと。離れていた間に姫君が成長し、より美しくなったことを指す。　**9**逢ふ嬉しさをつつみ候ふ袖　「つつみ」は「包み」と「堤《つつみ》」との掛詞。袖は嬉しいという感情を隠すものとして和歌に詠まれてきた。その和歌の伝統を踏まえた表現。「つつむ」「せきかねる」は「袖」の縁語。参考「こひこひて逢ふ嬉しさを包むべき袖は涙にくちはてにけり（恋しく思い続けて、ようやく逢える嬉しさに流れる涙を隠すはずの袖は、涙によってすっかり朽《く》ちてしまいました）」（千載《せんざい》・八〇八・藤原公衡《ふじわらのきんひら》）。**10**こなた　原文「ここなた」。文意が通らないため校訂した。**11**むづかり　『日葡《にっぽ》辞書』によると中世の女性語で泣くの意。ここでは内大臣家の人々が泣いている様子を指す。**12**御上へ参る身　主人の側近くで仕えることのできる上級女房の立場のことか。「さぶらふ」を名に持つ女房は下級女房であり、主人の側近くに仕えることはない。**13**紅は赤し　酒に酔って赤くなっている頬を、化粧で頬紅をつけて赤いのに喩えた冗談。**14**宮人さぶらふ、総角さぶらふ、久しきさぶらふ　内大臣家の女房。この段の画中にのみ登場。いずれも画面の周縁に描かれた下級女房。↓

【コラム②】

◉第二十五段　大団円《だいだんえん》

〈詞書〉

さても宰相《さいしやう》は、「児《ちご》も若君《わかぎみ》も急《いそ》ぎ御迎《おんむか》へに」と契《ちぎ》り置《お》きて帰《かへ》りにしかば、[1]千代《ちよ》を経《ふ》る心地《ここち》して、心《こころ》もとなく待《ま》ち居《ゐ》給《たま》へるに、三日《みか》ばかりして、御車《おんくるま》、馬《むま》など、ゆゆしげに清《きよ》らかに仕立《した》てて、若君《わかぎみ》の御迎《おんむか》ひには、母上《ははうへ》の御甥《おんおい》に左近《さこん》の侍従《じじう》とておはしけるを、いと清《きよ》げにて参《まゐ》り給《たま》ひける。その他《ほか》、[2]諸大夫《しよたいふ》三人《さんにん》、侍《さぶらひ》五人《ごにん》、雑色《ざふしき》など、「いたくことごとしからぬやうに」と仰《おほ》せられけるを、我《われ》も我《われ》もと参《まゐ》る。みな留《とど》められてけり。児《ちご》の御乳母《おんめのと》は若君《わかぎみ》の御名《おんなご》残りは悲《かな》しけれども、かかる[3]御代《みよ》を見奉《みたてまつ》る嬉《うれ》しさ限《かぎ》りなくて、[4]かの兵部卿《ひやうぶきやう》の宮《みや》の中《なか》の宮《みや》の御迎《おんむか》へも限《かぎ》りあれば、かくこそと思《おも》ひ合《あ》はせられて、残《のこ》り留《とど》まりけるも、慰《なぐさ》む心地《ここち》し侍《はべ》り。児《ちご》は[5]男姿《おとこすがた》にても、いとどらうたげに、なよやかに出《い》で立《た》ち給《たま》ひけり。[6]水車《みづぐるま》を見給《みたま》ひて、

　思《おも》ひきやうきに巡《めぐ》りし水車《みづぐるま》
　嬉《うれ》しき世《よ》にも逢《あ》はんものとは

大臣殿《おとどどの》へおはし着《つ》きて、やがて御対面《ごたいめん》あり。[7]四位少将《しいのせうしやう》、いまは頭中将《とうのちゆうじやう》にておはしますも対面《たいめん》し給《たま》ふに、こよなく児《ちご》は立《た》ち勝《まさ》り給《たま》へり。御《おん》にほひ、人《ひと》には優《すぐ》れ給《たま》へば、[8]花《はな》の傍《かたは》らも光《ひか》る心地《ここち》して、[9]紅葉《もみぢ》の下《した》さへ思《おも》ひ出《い》でられけり。

この児《ちご》と申《まう》すも、本《もと》の根差《ねざ》しあだならず、[10]北《きた》の藤波《ふじなみ》の御末《おんすゑ》にておはしましけれども、父母《ちちはは》も亡《な》くなり給《たま》ひて後《のち》は、ただこの乳母《めのと》ばかりを頼《たの》もしき人《ひと》にて育《そだ》ち給《たま》ひしを、山《やま》の僧正《そうじやう》のいとけなくより御身《おんみ》を[11]去《さ》らぬ影《かげ》にておはせしに、[12]かかる不思議《ふしぎ》の御宿世《おんすくせい》出で来給《きたま》ひぬるも、さるべき御契《おんちぎ》り、この世《よ》ならぬ御事《おんこと》にこそと思《おぼ》せば、内《うち》、春宮《とうぐう》にも亡《な》き人《ひと》と知《し》られ奉《たてまつ》りしことなればとて、この児君《ちごぎみ》をば[13]外腹《ほかばら》の御子《みこ》とて、少将《せうしやう》とぞ申《まう》しける。御容貌人《おんかたちひと》に優《すぐ》れさせ給《たま》ひて、[14]二人《ふたり》出《い》で入《い》り給《たま》へば、内《うち》より始《はじ》め奉《たてまつ》りて、世《よ》の人《ひと》も思《おも》ふやうなる御事《おんこと》とて褒《ほ》め奉《たてまつ》りける。その後《のち》も、[15]若君《わかぎみ》、[16]姫君《ひめぎみ》、光《ひか》るや

うなるが出《い》で競《きそ》ひ給《たま》へば、姫君《ひめぎみ》をば女御《にようご》に参《まゐ》らせ給《たま》ふ。少将《せうしやう》も程《ほど》なく大将《たいしやう》になり給《たま》ひて、めでたく、先《さき》の世《よ》の契《ちぎ》りゆゆし。

さて、尼天狗《あまてんぐ》が孝養《けうやう》には、[17]五部《ごぶ》の大乗経《だいじようきやう》を書《か》き供養《くやう》し、御堂《みだう》を立《た》てて、[18]三尊《さんぞん》据《す》ゑ奉《たてまつ》る。ゆゆしきことどもをし給《たま》へば、[19]紫《むらさき》の雲《くも》に乗《の》りて、[20]兜率《とそつ》の内院《ないゐん》に生《む》まれぬとぞ、御夢《おんゆめ》に見《み》えける。また、[21]宇治《うぢ》の乳母《めのと》には、辺《あた》り近《ちか》き領所《りやうしよ》ども賜《たまは》りて、ゆゆしくめでたきこと限《かぎ》りなし。御乳母子《おんめのとご》の侍従《じじう》は、三条殿《さんでうどの》とて、女御《にようご》に付《つ》き奉《たてまつ》りて、いと[22]美々《びび》しげに、各々《おのおの》めでたきことども限《かぎ》りなし。

〈画中詞〉

一　（御乳《おんち》の人《ひと》）　あら、御《おん》いたいけや。早々人《はやばやひと》を見知《みし》りおはしまして候《さうら》ふぞや。

二　（阿古《あこ》の前《まへ》）　ちと抱《いだ》き参《まゐ》らせ候《さうら》はんなふ。

三　（春日殿《かすがどの》）　端近《はしちか》くな出《い》だし参《まゐ》らせ給《たま》ひそなふ。

四　あら、げにめでたや。かやうに見参《みまゐ》らせ候《さうら》ふことよ。（民部卿《みんぶきやう》・侍従殿《じじうどの》・兵衛佐殿《ひやうゑのすけどの》）

五　行方《ゆくへ》なく悲《かな》しかりしぞかし。げにかくて見参《みまゐ》らせぬれば、思《おも》ふことなき。（民部卿《みんぶきやう》・侍従殿《じじうどの》・兵衛佐殿《ひやうゑのすけどの》）

六　昔《むかし》の琵琶《びは》弾《ひ》きの御今参《おんいままゐ》りに、この殿《との》のいづくやらん、思《おも》ひ出《い》でられさせ給《たま》ひ候《さうら》ふなふ。（民部卿《みんぶきやう》・侍従殿《じじうどの》・兵衛佐殿《ひやうゑのすけどの》）

七　御顔《おんかほ》はいたく思《おも》ひ出《い》でられさせ給《たま》はねども、いかなる時《とき》やらん、御《おん》ふりこそ似《に》させ給《たま》ひて候《さふら》へ。（民部卿《みんぶきやう》・侍従《じじう》殿《どの》・兵衛佐殿《ひやうゑのすけどの》）

八　この殿《との》に候《さふら》ふほどこそなかりしかども、それも見目《みめ》はよく候《さうら》ひしなふ。（民部卿《みんぶきやう》・侍従殿《じじうどの》・兵衛佐殿《ひやうゑのすけどの》）

九　（冷泉殿《れんぜいどの》）　かしかまし。御上《おんうへ》はぢ申《まう》すやうに。

〔[23]御乳《おんち》の人《ひと》、[24]阿古《あこ》の前《まへ》、冷泉殿《れんぜいどの》、民部卿《みんぶきやう》、侍従殿《じじうどの》、姫君《ひめぎみ》、若君《わかぎみ》、兵衛佐殿《ひやうゑのすけどの》、大将殿《たいしやうどの》、[24]鳴子《なるこ》の前《まへ》、[24]初音《はつね》の前《まへ》、春日殿《かすがどの》〕

第二十五段・語注

1千代を経る心地　迎えを待つまでの間が非常に長く感じられるということ。　**2**諸大夫三人、侍五人、雑色など　いずれも内大臣家に仕える家人たち。諸大夫は摂関家《せつかんけ》・大臣家などに仕え、家政を取り仕切った家柄の者で、四位・五位から公卿《くぎやう》になることもあった。侍は諸大夫より身分は下であるが、同じく仕える家の家政に携わったり、武器を持って警固にあたったりした。雑色はさらに身分が下で、家の雑役《ぞうえき》にあたった無位の役人。　**3**御代　本来は天皇の治世を指す言葉であるが、ここでは時節や機会のような意味で用いられている。　**4**かの兵部卿の宮…御迎へ　『源氏』

早蕨巻《さわらび》で匂宮《におうのみや》が宇治へ中君《なかのきみ》を迎えに行ったことを指す。このとき匂宮は目立たないようにという配慮から、迎えの行列も控えめにしていた。この段でも内大臣家から「ことごとしからぬやうに（あまり大げさでないように）」との仰せがあり、乳母は匂宮が中君を迎えた際はこのようであったかと思いを馳《は》せている。↓【コラム⑪】

5男姿　元服《げんぷく》をして成人男性の姿になったということ。**二十三**でも男姿に戻っているが、これはあくまで宰相の乳母をやり過ごすための一時的な男装であった。↓**二十三6**

6水車　流れる水に仕掛けて、水をくみ入れるもの。宇治川の景物として有名。児は宇治川の水車を見て、水車がまわる、めぐる様子から自身の運命に思いを馳せて歌を詠んだ。

7四位少将、いまは頭中将　姫君の兄弟。**一**で紹介され、**二**で姫君のために山の座主《ざす》を迎えに行った。頭中将とは近衛中将《このえのちゅうじょう》で蔵人頭《くろうどのとう》をかねた官職名。『源氏』で光源氏《ひかるげんじ》の親友でありライバルであった人物の名としても有名。↓**一4**

8花の傍らも光る心地　ここより『源氏』紅葉賀巻《もみじのが》を踏まえた表現。『源氏』では光源氏と頭中将がともに青海波《せいがいは》を舞う場面で、二人が「立ち並びては、なほ花の傍らの深山木《みやまぎ》なり（頭中将も容貌は優れているが、こうして二人で立ち並んでみると、花の傍らの深山木である）。」（紅葉賀）と表現されている。ここでは児の美しさで花の傍らも光って見える、つまり共にいる頭中将まで優れて見えるということ。↓【コラム⑪】

9紅葉の下　光源氏と頭中将の青海波は紅葉の木陰で行われた。それを想起したということ。

10北の藤波の御末　「北の藤波」とは藤原北家のことを指す。ここで児は藤原北家の血筋であったことが明らかにされる。正体不明の人物が実は由緒正しい家系の血筋であるというのは物語の常套手段。

11去らぬ影　児を見初めた僧正《そうじょう》が、児を影のようにいつも付き従わせていたということ。

12かかる不思議の御宿世　児と姫君の普通では考えられない宿縁《しゅくえん》のこと。世間向けには、二人とも天狗にさらわれ、そこで出会って結ばれたことになっている。

13外腹　本妻ではない人から生まれた子を指す。児を少将の異母兄弟として世に紹介したということ。この場合、姫君とも異母兄弟関係になることになり、婚姻関係が結べないことになるが、姫君はすでに亡き人と公表していたので児と姫君の婚姻には支障がなかったと考えられる。

14二人　今は中将となった四位少将と児のこと。内大臣家には男子が一人しかいなかったが、児が二人目の男子となって出仕した。二人目の存在は一門の安泰に繋がり、すばらしいこととされていた。

15若君　**二十一**で生まれた若君とは別人。児と姫君はその後も子宝に恵まれ、一家が繁栄したことを表す。

16姫君　児と姫君の間に生まれた娘。娘が入内し、世継ぎを産むことで家の繁栄は確固たるものとなっていく。その意味で姫君の誕生は一家の繁栄に繋がる。母親の姫君は結局入内を果たさなかったが、その代わりのような形で娘が入内する。

17五部の大乗経　『華厳経《けごんきょう》』『大集経《だいじっきょう》』『大品般若経《だいぼんはんにゃぎょう》』『法華経《ほけきょう》』『涅槃経《ねはんぎょう》』の五つの経典を指す。

18三尊　阿弥陀三尊《あみださんぞん》のこと。阿弥陀如来《にょらい》を中心に、左右に観世音《かんぜおん》、勢至《せいし》の二菩薩《ぼさつ》を脇士《わきじ》とする三体。児たちによる尼天狗の追善供養《ついぜんくよう》は阿弥陀三尊を祀《まつ》って行われた。

19紫の雲　紫色の雲は吉祥のしるし。念仏する者の臨終のとき、仏が乗って来迎《らいごう》する雲として描かれる。尼天狗が仏道に入ったことを暗示。

20兜率の内院　兜率は兜率天のこと。外院《げいん》と内院があり、外院は天人が遊楽する場で、内院は弥勒菩薩《みろくぼさつ》の浄土とされる。尼天狗は弥勒菩薩の浄土に生まれ変わった。

21宇治の御乳母には…限りなし　児と姫君のために尽力した乳母と乳母の娘の侍従の後日談。乳母は所領をいただき、乳母子の侍従は児夫婦の姫君が入内する際に三条殿という名前で女房として付き従った。このような例は『住吉《すみよし》』にも見られる。↓【コラム⑰】

22美々しげ　整っていて、美しいさま。

23御乳の人　児と姫君の間に生まれた子どもに母親にかわって授乳する人。この段の画中にのみ登場。

24阿古の前、鳴子の前、初音の前　いずれも内大臣家の女房。この段の画中にのみ登場。

【コラム⑰】ふたりの「侍従《じじゅう》」

『ちごいま』では、姫君側、児《ちご》側の双方に侍従という名の女房が存在します。そのうち姫君側の侍従殿は**二十**、**二十四**、**二十五**の画中にのみ登場し、物語の本筋には関わることがありません。ことに**二十**では、姫君の失踪により内大臣《ないだいじん》家の人々が嘆き悲しむ中、同僚女房である堀川殿《ほりかわどの》の眉の様子がおかしいと笑いをこらえており、本筋に描かれた感情の流れからは距離のある、周縁的な人物であることが知られます。

しかし児方の侍従殿は児の乳母《めのと》の娘であり、物語の後半において重要な役割を担うこととなります。この侍従殿が最初に登場するのは**六**の画中ですが、**二十一**では詞書と絵の両方に登場し、児と姫君の間に生まれた若君を取り上げています。そして**二十五**の詞書では、児と姫君の娘の入内に際して「三条殿《さんじょうどの》」という女房として付き従っているのです。

このような児方の侍従殿の造型は、『住吉《すみよし》』など、先行する物語に登場する女房・侍従のイメージに多くを負っていると考えられます。『住吉』の侍従は女主人公である姫君の乳母の娘で、乳母亡き後も姫君に側近く仕え、苦難の中にあっても常に支え続けます。そして最終的に、姫君の産んだ娘が入内する際に女房として付き従うのです。この『住吉』の侍従のイメージは以降の物語における侍従像に多大な影響を与えており、児方の侍従殿もまた、こうした侍従の系譜の中に位置付けられる存在と言えるでしょう。

ただし、先行物語における侍従はいずれも女主人公の側の女房です。それが男主人公であるはずの児側にも存在し、さらに児側の侍従殿のほうがいかにも「侍従」らしい活躍をしている点、注意すべきでしょう。児の女性性については【コラム③】で述べましたが、それに加えて美しい女装姿を披露し、女房達の生活空間に身を置くこととなった『ちごいま』の児は、男主人公だけでなく女主人公としての側面も備えた、両性具有的な存在といえるかもしれません。

【コラム⑱】『ちごいま』と『住吉《すみよし》』

『住吉』は『源氏』にもその名が登場する古い物語です。その内容は日本版シンデレラといったところで、主人公の姫君は継母の策略によってさまざまな苦難に遭いますが、最後は男君の助けもあり、幸せを手に入れるというものです。この物語は改作に改作が重ねられ、現存する本文の種類は百を超えると言われています。つまり、現在ではあまり知られていない物語ですが、長きにわたって大変人気のある作品であったということです。『ちごいま』は『源氏』をはじめとする多くの物語を意識して作られていますが、『住吉』もその一つです。『ちごいま』と『住吉』の共通点は、主人公が乳母《めのと》に養育されていたこと、姫君が出奔《しゅっぽん》すること、乳母子《めのとご》の名が侍従《じじゅう》であることなどが挙げられます。【コラム⑰】でも触れましたが、『ちごいま』の侍従殿は『住吉』に登場する侍従ほど目立った活躍をしないにも関わらず、『住吉』の侍従と同様に、最後は姫君の娘が入内するのに付き従って女房として出仕します。これはやはり『住吉』の影響でしょう。また、**三9**や**二十8**で触れたように、サントリー美術館や常磐松文庫《ときわまつぶんこ》が所蔵する『住吉』は画中詞のついた絵巻で、『ちごいま』と共通する画中詞を持っています。『ちごいま』と一部の『住吉』の絵巻は近しいところで享受、あるいは制作されていた可能性があります。

解説 III

この物語のタイトル「ちごいま」は、「児今参《ちごいままい》り」を省略したものです。「今参り」は新しく入った女房のこと。少年である児《ちご》が女房に扮して恋を叶えるというストーリーなので、このように呼ばれています。マンガやドラマにありそうですね。きらびやかな王朝世界へのあこがれと、室町時代の新しい空気が、そこかしこに散りばめられたユニークな作品です。プロフィールを少し見ていきましょう。

1　キャラクター

物語の主人公は、平安時代までは『源氏物語』『狭衣物語』を初めとして、天皇家に近い高貴な身分の男女が中心でした。しかも人柄や能力にすぐれた、理想的な人物であることがほとんどです。ところが時代が下るにつれて、身分の高い人々に仕える女房階級の出身だったり、男装や女装をしたりするような、多様で親しみやすいヒーロー・ヒロインが誕生しました。『とりかへばや』の性別を交換して育つ姉弟や、今は残っていない『あさくら』という、高貴な男性の寵愛を受ける下級貴族の女性のサクセスストーリーがそれです。また、鎌倉・室町時代には、一群の児（主に行儀見習いなどでお寺に預けられた少年）とお坊さんの恋愛を主題とする作品も生まれました。「児物語」と呼ばれています。

一方『ちごいま』の主人公の児は、お坊さんではなく女性と恋愛します。しかも相手は内大臣家のお姫さまです。身分違いの恋に落ちたら、どうすればよいでしょうか。彼は、女装して姫君の家に入り込みます。それはお寺の「児」が、もともと女の子のようなかわいらしい存在だからできたこと。『ちごいま』はお坊さんとの恋愛譚ではないため、それまでの児物語の範囲からははみ出した設定なのですが、その名残も留めているのです。相手役の姫君も、かよわい女性ではありません。身重《みおも》の体でたった独り山に分け入る行動力を持ち、天狗にとらわれた児を助け出すのです。御簾《みす》や几帳《きちょう》の垂れこめた室内にいて、ほとんど外に出ることがない、従来のヒロインの典型である「深窓《しんそう》の姫君」のイメージとのギャップに驚かされます。姫君の彷徨《ほうこう》は山岳《さんがく》修行者の「胎内《たいない》巡り」の修行に見立てることができますが、修験道《しゅげんどう》の力強さも、この物語に反映されているのかもしれません。

脇役たちもユニークです。特に絵には、数多くの女房、僧侶、そして天狗が登場します。彼らのほとんどは、詞書《ことばがき》には登場しません。しかし、『ちごいま』の世界をいっそう豊かで楽しいものにしています。これらの人々の「リアル」な姿や言葉に接することができるのも、この作品を読む楽しみの一つです。

2　成立と作者

それでは、いつ、どんな人が『ちごいま』を作ったのでしょうか。文献への登場は、西洞院時慶《にしのとういんときよし》が書いた日記『時慶卿記《ときよしきょうき》』の慶長《けいちょう》十年（一六〇五、江戸時代初期）三月四日に「児今参ノ双紙」と出ているのが最初です。

鎌倉・室町時代には、寺院では児を対象とした男色《なんしょく》が広く行われており、それを背景としてさまざまな児物語が生まれました。『秋夜長物語《あきのよのながものがたり》』はその代表作で、比叡山延暦寺《ひえいざんえんりゃくじ》と三井寺《みいでら》園城寺《おんじょうじ》の歴史的対立を背景とした悲恋の物語です。この中に児が天狗にさらわれるシーンがあり、『ちごいま』はこの影響を受けていると考えられます。ただし、先ほど言ったように『ちごいま』は男色がテーマではないので、それまでの児物語のように寺院内部で作られたものではないでしょう。

鎌倉時代の『楢葉《ならのは》和歌集』という歌集には、児と女性の贈答歌が収められています。また、室町時代には『はにふの物語』という、やはり児と姫君の恋を描く物語があります。美しくて教養もある児は、男性ばかりでなく女性にとってもあこがれの存在だったのではないでしょうか。『ちごいま』では、児の乳母《めのと》や尼天狗《あまてんぐ》といった女性の活躍が目立つ点も、その制作・享受《きょうじゅ》に女性が関わっていたことをうかがわせます。

また、この物語には「白描小絵《はくびょうこえ》」という形式の本があります。白描、つまり墨のみで絵を描くスタイルは、日本では平安時代以降に貴族の間で愛好されながら発展し、鎌倉時代後期から南北朝時代にかけて盛んになりました。一方、小絵は通常の絵巻のサイズのほぼ半分、縦約一〇cmから一八cmの小型の絵巻のことで、十四世紀に登場します。小さくて絵の具を必要としない白描小絵の絵巻は、職業絵師だけでなく、素人絵師、特に女房階級によっても制作・鑑賞された可能性が指摘されています。このような点から、『ちごいま』は室町時代に、ちょうど絵に登場する女房たちのような女性によって、楽しみながら作られたと考えられています。

3　本の種類について

『ちごいま』の本はこれまで三種類が知られていました。細見実《ほそみみのる》氏旧蔵、現所蔵者不明の彩色絵巻二軸（以下「旧細見本」)、西尾市岩瀬文庫蔵の奈良絵本三冊（以下「奈良絵本」)、個人蔵の白描小絵の絵巻一軸（残欠《ざんけつ》本、以下「個人蔵本」）です。ところが、二〇一六年に円福寺蔵の彩色絵巻一軸（上巻のみ、以下「円福寺本」）と、甲子園学院蔵の白描絵巻二軸（以下「甲子園学院本」）が相次いで発見されました。

絵巻として伝わる物語は一般に、文字によるテキスト（詞書）と絵から成り立ちますが、『ちごいま』は絵に書き込まれるセリフ（画中詞《がちゅうし》）も持っています。甲子園学院本はこのすべてを備えていて、内容も最もよく『ちごいま』の世界を伝えていると思われるので、私たちはこの本を中心に取り上げることにしました。以下、各本を紹介していきます。

『ちごいま』の伝本一覧

	形態	書写者	成立	特徴
a 甲子園学院本	絵巻（二巻、完本）	伝粟田口法眼《あわたぐちほうげん》	室町時代	白描小絵。**五・二十**の絵と画中詞を欠く。
b 奈良絵本	絵本（三冊、完本）	未詳	江戸時代前期	彩色。詞書と絵のみで、絵は他本より少ない。甲子園学院本と同文率が高く、絵は近世風。
c 個人蔵本	絵巻（一巻、残欠《ざんけつ》本）	未詳	室町時代	白描小絵。**三・四・十〜十四**のみ存。絵や画中詞は甲子園学院本に近い。
d 旧細見本	絵巻（二巻、完本）	未詳	室町時代	彩色。**十**の画中詞、**二十四**の絵と画中詞を欠く。
e 円福寺本	絵巻（一巻、残欠本）	伝中山亘親《なかやまのぶちか》（一四五八—一五一七）	室町時代後期	彩色。上巻のみ存（旧細見本を模写した本）。**十三・十四**は独自に増補した内容。

a　甲子園学院本

絵巻、二巻。縦一八・一cm。横、上巻一四五〇・一cm、下巻一六二一・六cm。室町時代写か。挿絵全二三図。箱蓋《ふた》表に「土御門院勾当内侍以絵被書之本写焉／栗田口法眼筆／巻物二」、横に「栗田口法眼筆／巻物貳」。各巻表紙に付箋《ふせん》、上巻「栗田口法眼筆　一」、下巻「栗田口法眼筆」。上巻見返「（後）土御門院勾当内侍以絵／被書之本写焉」、下巻最終紙に「栗田口法眼」（墨印《ぼくいん》）。

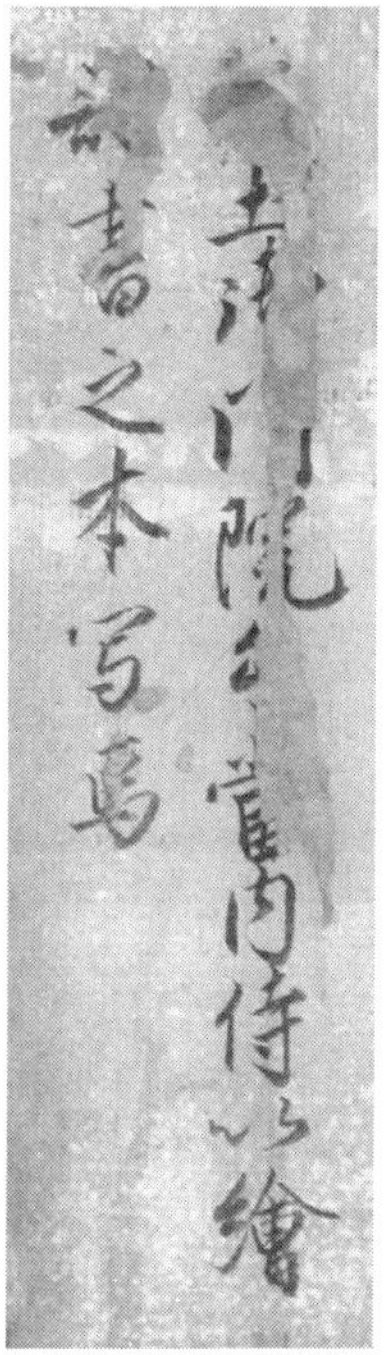

上巻見返

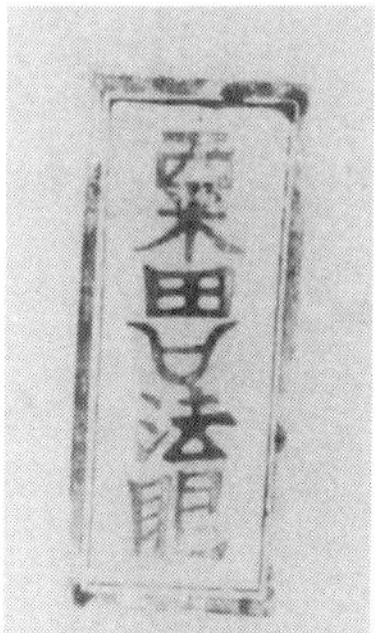

下巻巻末

甲子園学院本は、白描小絵の絵巻です。絵巻の巻頭・巻末、付属品の記述などから、「後土御門院勾当内侍《ごつちみかどいんこうとうのないし》」が絵を描いた本を、「栗田口法眼《あわたぐちほうげん》」が写したものとわかります。

後土御門院勾当内侍は、後土御門天皇《ごつちみかど》（在位一四六四―一五〇〇年）の勾当内侍《こうとうのないし》（女性事務官の筆頭）を務めた四辻春子《よつつじはるこ》です。春子は『きりぎりす物語』や『はにふの物語』など、室町時代後期から江戸時代初期に制作されたとみられる物語草子や絵巻の書写者として、たびたび名の挙がる人物です。一方、栗田口法眼にあたる人物としては、室町時代前期に活躍した土佐派の画家、栗田口隆光・経光の親子が考えられます。しかし、経光は応永《おうえい》（一三九四―一四二八）末頃、つまり四辻春子より先の時代の人であるため、栗田口法眼が隆光または経光だとすると、おかしなことになります。このように、「栗田口法眼」が実際に誰であるか特定することはできません。また、原作者として春子が選ばれたのも、当時は著名な女性が少なかったためで、事実ではないかもしれないのです。

さて、甲子園学院本と奈良絵本には古歌や先行物語を踏まえた表現がふんだんに用いられています。しかも甲子園学院本は詞書と絵、画中詞を兼ね備えているため、現存の最善本と判断できます。

ただし、小絵という形態ゆえの制約でしょうか、言葉を省略した結果意味が取りづらくなってしまったところや、絵のミスもあります。たとえば、**四**の詞書の「山よりもて捌《さば》くり給ふ（比叡山からもお世話する）」は、奈良絵本などでは「山よりも暇なく人を遣はして、薬師《くすし》何かともて捌くり給ふ（比叡山からも絶えず人を遣わして、医者があれこれ治療に当たる）」です。甲子園学院本の本文では少し状況が掴みづらいため、他本の形が原型かと思われます。

また、絵は全体的に丁寧に描かれていますが、児がまだ女装をしていない段階で完全に女性として描かれていたり（**四**）、天狗が肉を焼く炭櫃《すびつ》が不完全な出入り口のように表現されていたりします（**十七**）。さらに、甲子園学院本では**五・六**と、**二十・二十一**の詞書が段を分けずに連続して記されていて、**五**と**二十**の絵と画中詞がない状態になっています。両段の旧細見本の画中詞は量が多く、もともとなかったものを新たに加えたとは考えづらいため、甲子園学院本がなんらかの理由で削ったのではないでしょうか。

このような本文の読み取りの失敗は、甲子園学院本の絵の作者が、『ちごいま』を繰り返し読み、楽しむ層ではない、つまり職業絵師であることを示しているのかもしれません。『ちごいま』の全容を知るためには、すべての本を複合的に捉える必要があると言えるでしょう。

b　奈良絵本

横型本、三冊。縦一七・二cm、横二四・五cm。中下冊に朱色料紙の原題簽《だいせん》「ちこいま〈中（下）〉」（上冊原題簽欠）。江戸時代前期写。挿絵全一八図。各行の冒頭と末尾に目安の針穴あり。

中冊表紙

月代《さかやき》のある男性
（第五段）

近世風の鏡台
（第六段）

室町時代後期から江戸時代にかけて作られた、彩色絵入の写本を奈良絵本といいます。『時慶卿記』には「双紙」とあったので、時慶が見たのはこのような形態の本だったのでしょう。なお、私たちがこの物語を「ちごいま」と呼ぶのは、西尾市岩瀬文庫が所蔵する奈良絵本の題簽に拠るところが大きいです。書写の過程で「参り」が脱落し、この形になったのだと思いますが、この物語を「ちごいま」という名前で読んだ人々が確かに存在したというあかしです。そのため、親しみやすいこの言葉を略称として採用しました。

この本は甲子園学院本と同文率がもっとも高く、**十五**には、甲子園学院本にない和歌も収められています。ただし画中詞がなく、絵はかなり簡略化されています。

甲子園学院本とのささいですが気になる相違点として、**十六**の姫君の独詠歌「風渡る篠《しの》の小笹の仮の世を厭《いと》ふ山路は思はましかば（風が通り過ぎてゆく笹の葉を刈る、そんな仮の世を避けて入る山路と思えるなら良かったのに）」の位置があります。奈良絵本では第四句「山路は」とあり、段の最後で、尼天狗と出会ってから詠まれていますが、甲子園学院本では文中にあるため、山道をさまよいながら詠まれたことになります。「山路」を詠む内容からは、後者の状況で詠まれたと考える方が良いように感じられます。

また、絵には近世風の特徴を備えたものもあります。たとえば、児の乳母が内大臣家を訪れる**五**では、頭髪を剃り上げて月代《さかやき》を作った近世風の衣装の男が描かれています。この男は**八**の絵にも見えますが、実は、物語には全く登場しない人物です。**六**に描かれた鏡台も、化粧箱と鏡かけが一体になったものであり、安土桃山時代頃に出現した形態を反映しています。

十一の絵に注目してください。双六《すごろく》を楽しむ内大臣家の女房たちが描かれていますが、本文のどこにもそのような記述はありません。実は双六の絵自体はどの本にもありますが、**十一**の絵の本来の主題は女房たちから離れて親密に過ごす児と姫君でした。他本では、画中詞の内容から双六が手持ちぶさたな女房たちを具体的に表したものとわかります。しかし、奈良絵本は画中詞がない上に主題の部分が欠落したため、一見すると意味不明な絵になっているのです。ここから、奈良絵本の絵が、画中詞を伴う他本の詳細な絵を参照して描かれた可能性が浮上します。

c　個人蔵本

絵巻、一巻（残欠《ざんけつ》本）。縦一三・七cm、横七三七・七cm。室町時代写。挿絵全七図。箱蓋表に付箋「いままいり」。

個人蔵本は、わずか七段分が現存する白描小絵の絵巻です。失われてしまった部分が多く、錯簡《さっかん》というページの狂いも見られます。現在の順番は、「**十二**→**十**→**十三**→**十四**→**三**→**四**→**十一**」です。

性質は甲子園学院本に近く、ともに旧細見本にない**十**の画中詞を持っています。また絵を見ると、この本と甲子園学院本は、児が姫君を垣間見《かいまみ》する**三**に藤と桜を一緒に描いています。旧細見本では桜と柳であり、奈良絵本には花自体が描かれていません。大団円において児が藤原北家《ふじわらほっけ》の血筋であったことが明らかになりますが、藤と桜の組み合わせはこれを暗示しているのでしょう。ただし、**十二**の絵の中で、姫君のお膳を挟んで備前《びぜん》殿と会話する女房が、個人蔵本と旧細見本、円福寺本のみ「伊予《いよ》殿」と名付けられています。甲子園学院本が単純に書き落としたのかもしれませんが、そうでなければ、個人蔵本は甲子園学院本とは異なる特徴も持つ本ということになります。

d　旧細見本

絵巻、二巻。縦三〇・五cm。横、上巻一一六六・一cm、下巻一二五八・一cm。室町時代写。挿絵全二四図。

巨大な植物（第八段）

炭櫃《すびつ》と天狗たち（第十七段）

大きく湾曲した階段（第二十四段）

a・b・cの本とは違う系統の、詞書と絵、画中詞を備えた完本です。最大の特徴は、極彩色の美麗な絵です。吹き抜け屋台という天井を描かない技法で、俯瞰《ふかん》的に室内を描いた構図が多く、襖絵《ふすまえ》のような画中画《がちゅうが》も豊富です。襖絵には松や柳といった植物のほか、山や水辺の風景、雁などの鳥も精緻《せいち》に描かれています。「a　甲子園学院本」で触れた**十七**の炭櫃《すびつ》も、それとわかるように描かれています。天狗の顔も、抽象化されずいきいきとした表情を見せています。なお、**四**・**八**・**十四**・**二十四**のように、画面の右端または左端に巨大な植物を配置することは、室町時代の絵師狩野元信《かのうもとのぶ》の時代あたりからよく行われるようになりました。また、**二十四**に見える大きく湾曲した階段は、永正一〇年（一五一三）に女性の手で写された『時雨《しぐれ》物語絵巻』のそれと共通し、やはり室町時代の特徴を備えています。

旧細見本は詞書の量が相対的に少なく、それは和歌の数が甲子園学院本・奈良絵本の十三首ずつに対して、たった四首であることにもあらわれています。甲子園学院本にはない絵や画中詞を持つ一方で、**十**の画中詞と、姫君帰還の喜びに沸く内大臣家を描いた**二十四**の絵および画中詞は、この本にはないものです。

画中詞とその発話者にも他本との違いがありますが、女房の名前自体は、大部分が共通しています（→詳しくは本章末の『ちごいま』女房名一覧をご参照ください）。また、姫君の音楽教育を担当するのは必ず「春日《かすが》殿」であり、児の乳母の娘は「侍従《じじゅう》殿」であるなど、特定の役割やポジションを与えられた女房がいる一方で、本によって名前が変わる女房もいます。たとえば、双六《すごろく》が上手な女房は甲子園学院本と個人蔵本では「民部卿《みんぶきょう》殿」ですが、旧細見本では「近衛《このえ》殿」です（**十一**）。こうした揺れは、絵巻を作成するときに、身近にいる女房の名前を借りて書き込むということが行われていたからかもしれません。

e　円福寺本

絵巻、一巻（残欠本）。縦三一・二cm、横一四六二・〇cm。外題《げだい》「ちこ今参」（後補）。室町時代後期写。挿絵全一四図。箱蓋表に「児いま参絵まき物　一ちく」「中山殿筆」。古筆了任《こひつりょうにん》の極《きわ》め札《ふだ》あり、表「中山殿宣親卿／児今参詞書一巻／書継有り（墨印）」、裏墨印「了任」。

極め札

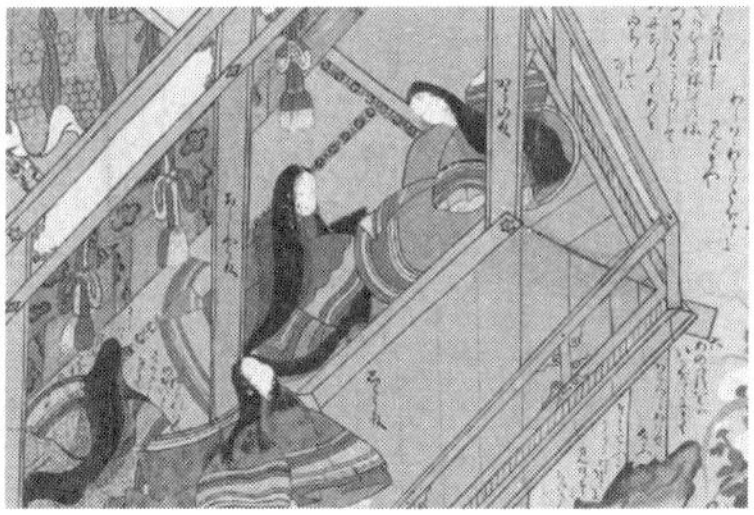
第八段

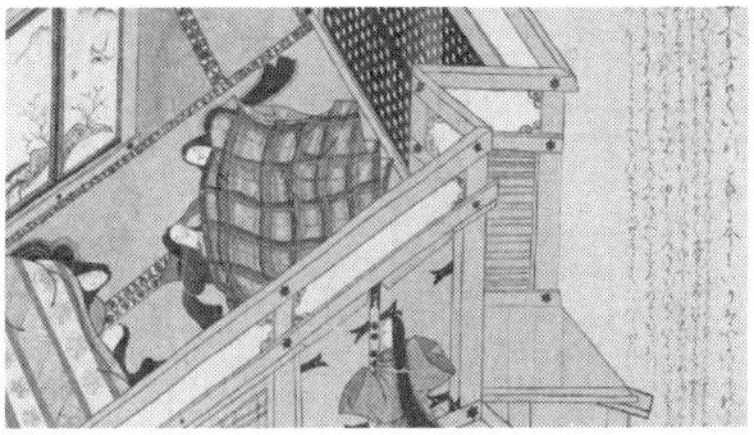
第十四段

絵を見比べると、末尾増補部分のタッチが異なっていることがわかります。

飯沼山《いいぬまさん》円福寺は、千葉県銚子市にある真言宗の寺院です。このお寺が所蔵する本には鑑定書（「極め札」といいます）が付けられていて、中山宣親《なかやまのぶちか》（一四五八―一五一七）という室町時代後期の公卿《くぎょう》が作ったと書かれています。旧細見本と異なる点がほとんどなく、文字の並べ方や、着物の模様などの細かい部分も同じと認められます。円福寺本は旧細見本を模写した本と言ってよいでしょう。

特筆すべきは、末尾の増補部分です。円福寺本は上巻しかありませんが、末尾の四紙（**十三**・**十四**）は江戸時代前期に補ったものです。絵が描く、画中詞もなく、詞書に至ってはまったく別の物語として展開しています。

たとえば、**十四**は本来比叡山で物思いに沈む児を描いたものですが、円福寺本では、内大臣家に比叡山の僧たちが招かれた場面になっています。酔っ払った僧が幸菊《こうぎく》という児の髪を引っ張るセクハラまがいのシーンが、内大臣家にいる児に気づいた僧が合図を送るシーンに読み替えられているのです。円福寺本はこのまま幕が閉じられるため、天狗による誘拐の伏線である、簀子《すのこ》に散る紅葉が描かれないという絵の意図的な改変も行われています。あたかも『ちごいま』が一巻で完結しているかのような体裁になっているのであり、おそらく、下巻が何らかの理由で制作されなかったか売り物にならなくなったかしたため、上巻だけでも売る目的で行われたと考えられます。

4　絵の魅力いろいろ

異性装の物語である点に着目すると、『ちごいま』は絵に面白い仕掛けが施されています。女房になったとき、児は十七、八歳でした。「ちょっとボーイッシュだわ」と言われながらも、内大臣家の女房たちにその性別を怪しまれることはありません。ところが、このような児にも外見上女性とは異なる点がありました。それは「鬢削《びんそ》ぎ」です。鬢削ぎは、成人のしるしとして女性が頭の左右側面の髪の先を切り削ぐ儀式であり、児の年齢の女性であれば当然済ませているはずのものですが、**九**の絵では、「今参り」（児）の鬢の毛が削がれていないことが話題になっています。旧細見本の絵を見ると、たしかに児のみ鬢の毛が長いままの姿で描かれています。これは女装を解除して児姿に戻った時のことを考えての措置でしょう。鬢削ぎをしていない児の髪は、甲子園学院本と個人蔵本の**十二**の絵でも確認できます。奈良絵本では鬢の毛による児と他の女房たちとの描き分けは見られません。しかし、児が姫君と結ばれる**十**の絵には、児は女物の衣装を身にまといながら、髪を結い上げた少年の姿で描かれています。これは、女房姿の児が男性であることを示す奈良絵本なりの工夫なのでしょう。
甲子園学院本の十三の絵も特徴的です。奥で眠っている児と姫君の顔が不自然に近く、まるで口づけを交わしているようなのです。一般的な絵巻の表現としては珍しいのではないでしょうか。しかも、ほぼ墨のみで描かれているなかで、この二人の姿を隠す御簾《みす》には緑と黄で薄く色が塗られているのです。このような描き方は、この場面への甲子園学院本の作者の思い入れの強さを表しているのかもしれませんね。

（鹿谷祐子）

鬢削《びんそ》ぎのない児の髪
（旧細見本 第九段）

女房の髪
（旧細見本 第九段）

口づけを交わすような二人
（甲子園学院本 第十三段）

参考文献

徳田和夫編『お伽草子事典』（東京堂出版、二〇〇二年）
Melissa Mccormick: Mountains, Magic, and Mothers: Envisioning the Female Ascetic in a Medieval Chigo Tale（Crossing the Sea: Essays on East Asian Art in Honor of Professor Yoshiki Shimizu, Princeton University Press, 2012）
絵詞研究会編『時雨物語絵巻の研究』二〇一六年、臨川書店
奥平英雄編『御伽草子絵巻』一九八二年、角川書店
Sachi Schmidt-Hori "The New-Lady-in-Waiting Is a Chigo: Sexual Fluidity and Dual Transvestism in a Medieval Buddhist Acolyte Tales" Japanese Language and Literature43, no.2 (October 2009)
阿部泰郎監修・末松美咲編、江口啓子・鹿谷祐子・出口游基・服部友香・日沖敦子著『『ちごいま』全注釈（名古屋大学比較人文学研究年報別冊二〇一二年）』（非売品）

『ちごいま』女房名一覧

・算用数字は女房名が登場する段数である。
（数字のみ…絵にのみ登場　○数字…絵と詞書の両方に登場　□数字…詞書にのみ登場）
・なお、円福寺本は旧細見本と同じであるため除外した。児の乳母と、今参り（児）、名前の特定できない女房も除外した。

	女房名	甲子園学院本	旧細見本	個人蔵本	奈良絵本
内大臣家	春日殿（介錯）	1 2 8 9 24 25	1 8 9 20	[なし]	[なし]
	宰相殿（乳母）	1 2 11 13 ㉓ ㉔ [25]	1 2 7 13 20 ㉓ [24]	13	[23] [24] [25]
	新大夫殿	1 10	1 2 7	[なし]	[なし]
	冷泉殿	1 13 25	1 7 13 25	13	[なし]
	督の殿	2	3 8	3	[なし]
	夕霧さぶらふ	2	[なし]	[なし]	[なし]
	治部卿殿	[なし]	2 13 20	[なし]	[なし]
	近衛殿	8	2 5 7 11	[なし]	[なし]
	中納言殿	3 9 13 24	3	3 13	[なし]
	高倉殿	3	3 5	3	[なし]
	ゆふしでさぶらふ	[なし]	5	[なし]	[なし]
	按察使殿	8 9	[なし]	[なし]	[なし]
	帥殿	[なし]	8 9	[なし]	[なし]
	坊門殿	9	[なし]	[なし]	[なし]
	侍従殿	24 25	8 9 20 25	[なし]	[なし]
	中将殿	13	8 11	13	[なし]
	備前殿	12	9 12 25	12	[なし]
	民部卿殿	10 11 25	11	11 13	[なし]
	堀川殿	11	20	11	[なし]

	衛門佐殿	11	11	11	なし
	兵衛佐殿	11 22 24 25	11 25	11	なし
	伊予殿	なし	12	12	なし
	こや人さぶらふ	なし	20	なし	なし
	宿木さぶらふ	なし	20	なし	なし
	いせきこそ	なし	20	なし	なし
	葎こそ	なし	20	なし	なし
	佐殿	22	なし	なし	なし
	総角さぶらふ	24	なし	なし	なし
	久しきさぶらふ	24	なし	なし	なし
	宮人さぶらふ	24	なし	なし	なし
	御乳	25	25	なし	なし
	阿古の前	25	25	なし	なし
	鳴子の前	25	25	なし	なし
	初音の前	25	25	なし	なし
児の乳母家	菊の前	4 6 21	6 21	4	なし
	あこ	なし	5	なし	なし
	侍従殿（乳母の娘）	6 ㉑ [25]	6 ㉑	なし	[21] [25]
	播磨殿	21	なし	なし	なし
	姫の前	21	21	なし	なし

読みのポイント IV

このキャラに注目！

1 内大臣家のユニークな女房たち

『ちごいま』の絵の中には実に三十人を超える女房が登場します。女房とは貴族などのお屋敷で働く女性たちです。彼女たちのほとんどは詞書《ことばがき》には登場しませんが、絵の中では実に活き活きとおしゃべりをしていて（その内容は画中《がちゅう》詞《し》として書き込まれています）、一人一人の個性が際立っています。ここでは、特に注目すべき四名の女房たちを紹介します。

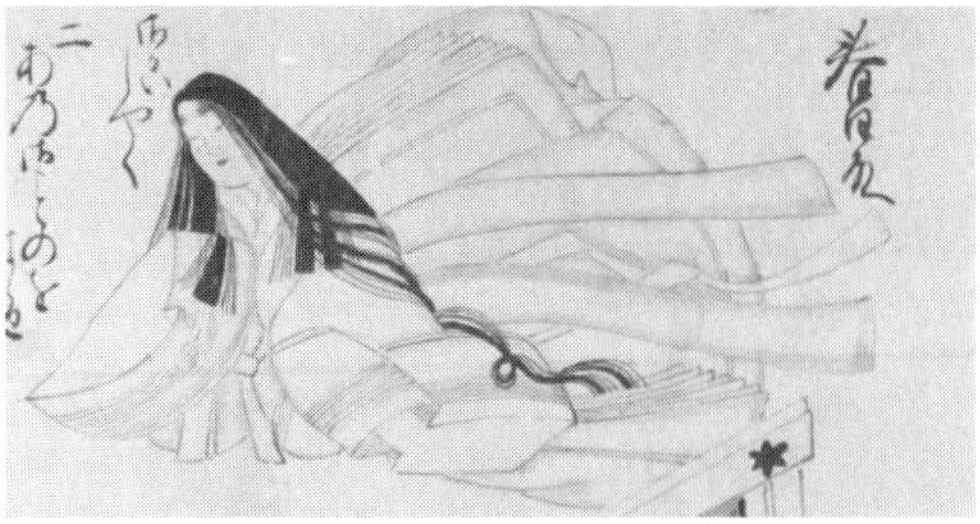

【春日殿】甲子園学院本第一段

①姫君の教育はおまかせ！　春日殿

春日殿《かすがどの》は**一・二・八・九・二十・二十四・二十五**の画中に登場します。春日殿の内大臣《ないだいじん》家における役割は、姫君の「介錯《かいしゃく》」です。「介錯」というのは簡単に言えば姫君の教育係。**八・九**で児《ちご》を姫君の琵琶の師としてもてはやしている様子から、特に姫君の音楽教育を担っていたと考えられます。また、春日殿は女房の中では姫君に最も近しい立場にあり、内大臣家の女房たちの中心的人物でもあったようです。たとえば、**一**では琴に緒を張ることができずに困っている姫君のために、新大夫殿《しんたいふどの》という女房に、姫君に代わって琴の緒を張るように命じています。つまり、春日殿は他の女房に仕事を命じることができる立場であるということです。さらに、画中において春日殿が描かれる位置からも、彼女の女房としての地位の高さがうかがえます。春日殿はほとんどの段で姫君や大臣殿、母上のそばに描かれているのです。ぜひ絵を見て確認してみてください。

おそらく姫君の幼いときから教育係としてお仕えしてきた春日殿は、姫君への忠義も深かったようです。**二十四**では姫君が失踪した折、出家して放浪の旅に出ようとまで思い詰めていたことが語られます。結局、大臣殿や母上から反対されてできなかったようですが……。大団円の最終段にも春日殿は登場します。やはりここでも他の女房を諫《いさ》める発言をし、存在感を放っています。物語の最初と最後に登場する春日殿は、物語の本編には登場しませんが、絵の中では重要な人物として扱われている女房なのです。

【民部卿殿（左の人物）】甲子園学院本第十一段

② 双六負けなし！　民部卿殿

十・十一・二十五の画中に登場する民部卿殿《みんぶきょうどの》は、おそらく中堅女房です。初登場の**十**では、新大夫殿（**一**で姫君の琴の緒を張るように命じられた女房）とともに姫君の寝所近くで寝ている様子が描かれていました。この場面から、新大夫殿と同様に、姫君の側近の女房であることがわかります。ところが、**十**で姫君と結ばれた児《ちご》が、朝から晩まで片時も離れず姫君に仕えるようになると、民部卿殿たちの仕事もなくなってしまいました。**十一**には、暇を持て余した姫君付きの女房たちが遊びに興じる姿が描かれます。その中で、双六《すごろく》をしている女房の一人が民部卿殿です。そこでの台詞を見てみると、「さあさあお振りなさい。今は何度やっても負ける気がしませんよ。」とあり、かなり双六に強い様子がうかがえます。

さて、この双六、現代で正月などに楽しまれる双六とは異なります。二人で遊ぶボードゲームで、「バックギャモン（西洋すごろく）」の一種です。盤の上に黒と白の十五個の石を並べ、さいころを振って石を動かし、どちらが先にすべての石をゴールさせられるかを競います。賭博性《とばくせい》があり、実際に賭け事に使われることもあったため、平安時代には禁令が出ることもありました。一方、この遊びは女性にも愛好され、『源氏』の中でも常夏巻《とこなつのまき》で近江《おうみ》の君《きみ》が双六に興じる場面が描かれます。『ちごいま』でも物語とならんで、女性のつれづれを慰めるものであったようです。

【久しきさぶらふ（左の人物）】甲子園学院本第二十四段

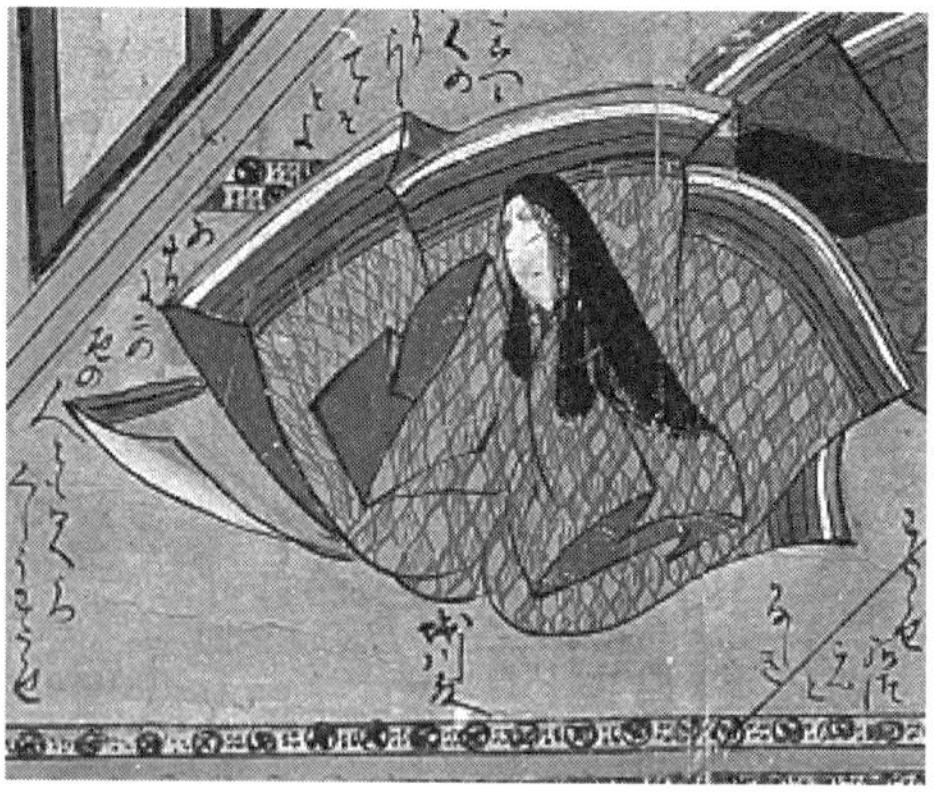

【堀川殿】旧細見本第二十段

③うわさの変眉　堀川殿

十一・二十の画中に登場する堀川殿《ほりかわどの》も民部卿殿とともに姫君付きの女房だったようです。彼女はたったの二回しか登場しませんが、強烈な個性を発揮している女房です。**十一**では衛門佐殿《えもんのすけどの》に『源氏』を読ませ、物語世界に共感し感動する様子が描かれています。**二十**では姫君が失踪し、悲しみにくれる内大臣家で他の人々と同様に姫君のことを心配している様子が描かれます。これだけならば特に個性の感じられない人物ですが、実は**二十**で他の女房たちから、彼女の眉の様子について話題にされるのです。堀川殿は心痛のあまり眉根を寄せてでもいたのでしょうか、それを見た侍従殿《じじゅうどの》という女房が、堀川殿の眉と眉の間が近すぎておかしいと笑うのです。同じく治部卿殿《じぶきょうどの》も堀川殿の眉を見て笑っています。絵では堀川殿の眉がどうなっているのかも、侍従殿と治部卿殿が笑っているのかもわかりませんが、画中詞を読むことで見えてくる物語の一面がここにあります。この非常時であっても思わず笑ってしまうほどの堀川殿の眉とはどんな眉だったのか。ぜひ想像を膨《ふく》らませてみてください。

④酔っ払っちゃった〜　久しきさぶらふ

二十四にのみ登場する久《ひさ》しきさぶらふは、「さぶらふ（読み・さぶろう）」という名がついているので身分の低い女房です（→【コラム②】）。『ちごいま』の絵をよく見てみると、「さぶらふ」という名のついている女房はみな、直接姫君と関わるような距離では仕事をしていないことがわかります。**二十四**で総角《あげまき》さぶらふが「姫さまのおそば近くにお仕えする身であるならば、近づいて姫さまの姿を見られるのに。」と言っているように、身分が低いゆえに姫君の近くで働くことができないのです。しかし、**二十四**

に登場する三人の「さぶらふ」名を持つ女房たちの会話を見てみると、そばでお仕えできなくても姫君をとても慕っていることがわかります。

さて、この**二十四**では行方不明となっていた姫君が戻ってきて、再会の喜びにあふれる内大臣家が描かれています。姫君が見つかったお祝いの場だからでしょうか、久しきさぶらふと隣にいる宮人《みやびと》さぶらふはお酒を飲んでいたようです。久しきさぶらふが、自分の赤くなった顔を気にしていますが、宮人さぶらふも、久しきさぶらふの頬が「紅《べに》をつけたように赤いわ。」と指摘しています。ここでもやはり絵を見ただけでは二人が酔っていることもわかりませんが、画中詞とあわせて読むと想像が膨らみます。姫君と直接には関われない女房たちですが、絵の中ではそのような身分の低い女房たちにも焦点をあて、画中詞によってそれぞれの心情を描いていることで、古典の世界のリアリティが生まれています。

以上のように、『ちごいま』に描かれる女房たちはそれぞれに個性があります。物語の表舞台には出てくることはほとんどありませんが、多くの女房が内大臣家で働き、彼らの生活を支えていたのです。他の作品では類を見ないほど、この『ちごいま』は裏方にいる女房たちを活き活きと描き出しています。今回ご紹介できたのは一部の女房に過ぎませんが、他にも多くのユニークな女房が存在していますので、自分だけのお気に入りの女房を探してみてください。

2最強のサポート役！　乳母と尼天狗

「1内大臣家のユニークな女房たち」でも紹介したように、『ちごいま』のなかには、たくさんの女性たちが登場します。とりわけ児《ちご》と姫君の恋の助っ人として、物語の展開に欠かせないのが乳母《めのと》と尼天狗《あまてんぐ》の二人の女性です。【コラム⑦】でも述べたように、児は、姫君との障害の多い恋愛を実らせることによって大人の男性へと成長しますが、その成長のために尽力したのが乳母と尼天狗であり、この二人はいわば、児にとっての「母」とも言える存在です。

児の乳母は、物語の前半部にその活躍が顕著《けんちょ》に描かれています。**四**で児から姫君への恋心を聞き出した乳母は、一計を案じ芝居を打って内大臣家に入り込みました。そこで乳母は姫君の春宮《とうぐう》参りのための女房を探していることを聞き、児を女装させて姫君のもとへ送り込むのです。これによって児と姫君は出会い、二人の恋が展開していくのであって、乳母は弁舌《べんぜつ》と策略《さくりゃく》を以《もっ》て物語を動かす人物として描かれています。また、乳母は、早くに両親を亡くした児の親代わりでもあり、児が失踪した際には、出家し尼の姿となって、深く嘆き悲しむ姿が描かれています（**十九**）。ここで乳母は、児と「一つ蓮《はちす》の契《ちぎ》り」を結びたいと祈っていますが、「一つ蓮」という表現は、この時代では主に親子や家族間で使用される言葉でした（→**【コラム⑬】**）。ここでは、乳母と児の結びつきが、親子関係にも匹敵するほどのものだったことをあらわしているのでしょう。乳母の働きは、まさに子どもを助ける「母」としてのものであったのです。

　巧みな弁舌で主人公を助けるという性格は、物語の中盤で登場し、児と姫君を天狗の世界から救い出す尼天狗にも見いだせます。尼天狗は、実際に天狗の「母」として登場しますが、最終的には子どもの天狗に殺されてしまい、児と姫君の二人によって供養されることとなります。その尼天狗も、異界における「母」として、乳母と同じような働きをしています。**十七**において、僧正《そうじょう》に児を取り戻されることを危惧する太郎房《たろうぼう》は、児を預かろうと言う尼天狗に対して気が進まない様子でしたが、尼天狗は太郎房を言いくるめて児を預かりました。これによって児と姫君は再会し、二人は無事乳母のもとに送り届けられ、人間界へと帰還することができたのです。先に述べたように、この時の乳母は、尼天狗とも共通する尼姿となっています。特に彩色絵巻である旧細見本の挿絵では、乳母は剃髪《ていはつ》し頭巾《ずきん》を被った姿で描かれており、主人公を助ける女性として尼天狗と対応する存在であることが強調されています。尼天狗は乳母と同じように、弁舌によって物語を動かし、児と姫君の恋を成就させるための役割を負っていました。

　そしてまた、この弁舌を以て物事を動かしていくという性格は、天狗の世界から戻った児にも備わるものでした。

【尼姿となった乳母】
旧細見本第十九段

【尼天狗】旧細見本第十八段

尼天狗によって人間界へと送り届けられた後、二人はしばらく乳母の家に隠れ住みましたが、若君を出産した姫君は、両親に我が身の無事を知らせたいと願います。そこで児は僧正《そうじょう》に自らの帰還を告げ、虚実を交えてこれまでの経緯を語りました。そして僧正を通して、姫君の無事が内大臣家へと伝わることとなったのです。確認のためにやってきた姫君の乳母の宰相殿《さいしょうどの》に対し児は、邸《やしき》に仕えていた今参りだと気付かれないよう、一時的に成人男性の姿となって、事のあらましを説明しました。その内容は僧正に語ったように、児が女装して今参りとなっていたことを巧みに隠した方便でしたが、乳母の宰相殿は児の話に納得し内大臣家に帰るのでした。この**二十三**では、児を「心利《こころき》き」と表現しており、臨機応変に機敏な対応ができる利口な人として位置づけています。これは、それ以前の児とは全く異なる性格です。**【コラム⑦】**でも述べたように、児はもともと、乳母の計画によって女装出仕することを「空恐《そらおそ》ろし」と感じるような控えめな性格でした。しかし、この場面からは、乳母と尼天狗の助けを得て姫君と結ばれ、異界を体験することで、試練を乗り越え成人の男となった児が、自らの手によって物事を切り拓く人物へと成長したことがうかがえます。そしてその背後には、乳母と尼天狗といった二人の女性の助力があったのです。この物語中で、児と姫君以外に二人の秘密を知るのは、児の乳母と、神通力《じんつうりき》によって全てを見通していた尼天狗だけでした。このように、乳母は都における「母」、尼天狗は異界における「母」として児を助け、成長を促す存在であると考えられます。こうした「二人の母」ともいうべき乳母と尼天狗の助けがあったからこそ、児は試練を乗り越え、幸福な結末を迎えることができたのです。

二十五では、児と姫君が幸福な家庭を築いたことに続いて、尼天狗の往生と、乳母親子の栄華が描かれて物語は幕を閉じます。『ちごいま』において、主人公の成長のためさまざまに尽力した二人の女性。主人公を助け、最終的に幸福を掴《つか》むこうした女性たちの姿には、『ちごいま』を享受した女性たちの希望があらわれているのかもしれません。

3 覗《のぞ》けば深い⁉　天狗の世界

『ちごいま』において、物語の大きな転換点に登場するのが天狗という存在です。**十七**の挿絵には、姫君が厨子《ずし》の間から覗いた天狗たちの饗宴《きょうえん》が描かれています。挿絵では、天狗たちひとりひとりにユニークな名前が付けられ、ある者はおしゃべりに興じ、ある者は酒を呑み肉を喰らうといった、実に個性豊かな姿がうかがえます。ここでは、そ

【図1】旧細見本第十七段

んな**十七**の挿絵をきっかけとして、『ちごいま』における天狗たちの世界を覗いてみましょう。

十七では、児《ちご》が天狗に誘拐されたと知った姫君が出奔《しゅっぽん》し、たどり着いた尼天狗の庵《いおり》で、児を連れた天狗たちの宴《うたげ》を目撃します。【図1】で取り上げたのは、本書で扱った甲子園学院本（白描《はくびょう》絵巻）とは異なる、旧細見本（彩色《さいしき》絵巻）の挿絵です。彩色絵巻の方が、全体の宴の様子をよく表わしており、本来の挿絵の図様が残っていると考えられるため、ここでは旧細見本を取り上げますが、基本的な構図は甲子園学院本と共通します。場の中心となる上座に、児を攫《さら》った大天狗が座し、傍《かたわ》らに児を侍《はべ》らせ、尼天狗と対話をしています。ここでは、児を預かろうとする尼天狗に対して、大天狗は僧正《そうじょう》に取り返されることを危惧《きぐ》し、児を渡すことを拒否しています。これに対し、周りの天狗たちはめいめいにおしゃべりをしたり、肉を食べ、酒を呑むといった宴に興じています。詞書《ことばがき》本文では、ここで天狗たちが何かわからない「肉のかたまり」を食べていると記され、異界に属する不気味な天狗のイメージが一層強調されています。

さらに、**十七**で注目されるのは、天狗が児を僧正に奪い返されるのを非常に恐れているという点でしょう。大天狗だけでなく、その周りに座す大風房《おおかぜぼう》と村雲房《むらくもぼう》という天狗も、尼天狗と大天狗のやりとりを聞き、児を僧正に奪い返されることを危ぶんでいるのです。一方で寺院の側では、天狗に児を奪われたことに脅威を感じ、児を取り戻すため僧正が必死に祈祷《きとう》をしており、寺院と天狗との児をめぐっての攻防がうかがえます。ここでは、寺院と天狗の世界とは、児を介して対立する存在として描かれているのです。

こうした寺院と天狗の世界との対立関係は、挿絵からも確認できます。**十七**に描かれた天狗たちの饗宴の様子は、『ちごいま』における僧侶たちの姿

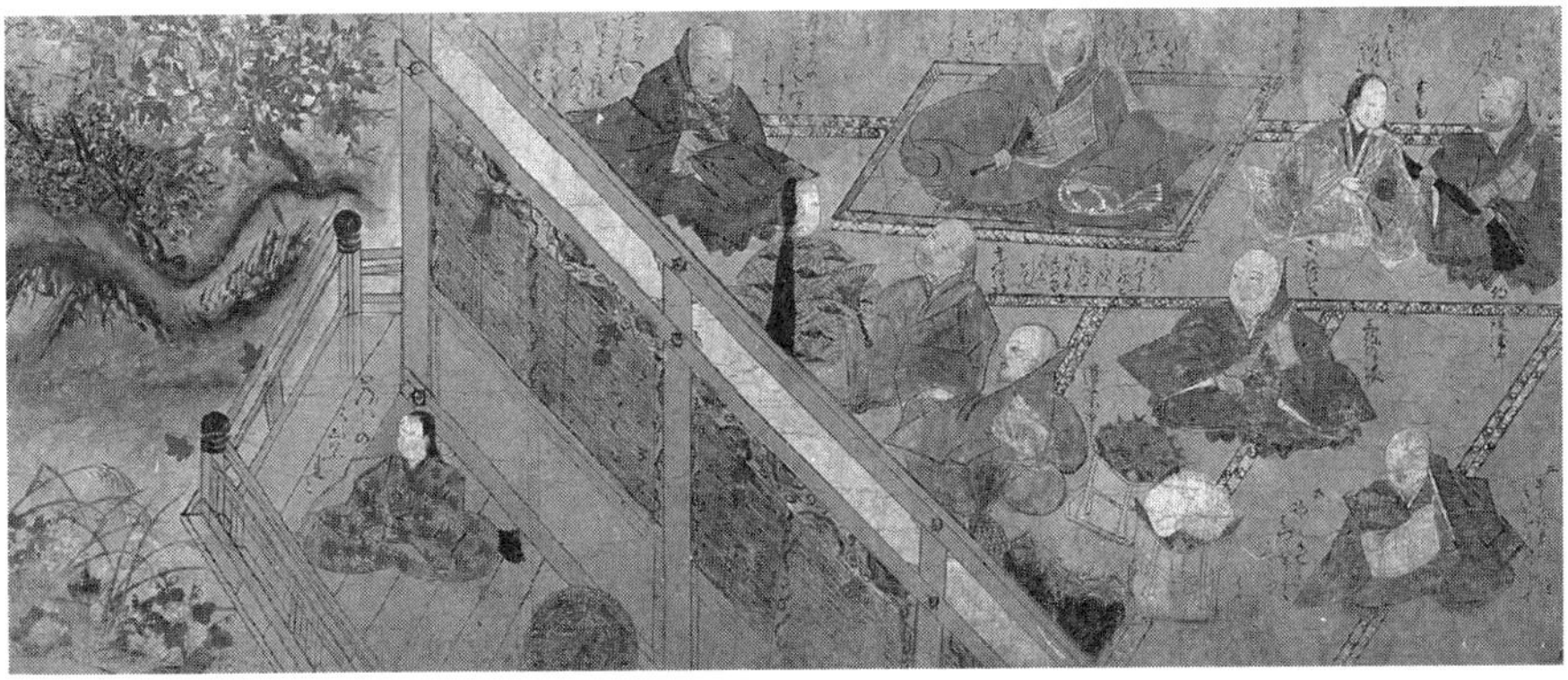

【図2】旧細見本第十四段

と対応するものです。【図2】は、**十四**での比叡山《ひえいざん》での饗宴の場面です。肉を喰い酒を飲むといった天狗の宴とは異なり、僧侶たちが管弦《かんげん》の宴を催している場面ですが、全体の構図を比べると、**十七**の天狗の宴の様子ととてもよく似ています。天狗たちも、僧侶たちも、どちらも全体で饗宴を催しており、両者ともに宴の上座に最上位である僧正と大天狗とを配置し、その周りでおのおのが宴会に興じているのです。これらの場面を並べてみると、僧正と大天狗が向かい合って描かれており、ちょうど鏡のように、ふたつの世界が照応していることがうかがえます。また、**十四**の寺院の場面には、児の傍らに紅葉が描かれていますが、これは次の段で、ひとひら舞い落ちてきた紅葉を取ろうとして歩み出たところを天狗に拐《かどわ》かされた児の運命を暗示するものであり、ひいては比叡山のもとから児を攫っていく、天狗自身を暗示するものとみてよいでしょう。それが、**十七**の天狗の宴と対応する、寺院での宴の場面に描かれているのです。『ちごいま』における寺院の世界と天狗の世界は、切り離せないものとして描かれているといえるでしょう。

　このような、寺院の世界と天狗の世界との関係は、『ちごいま』だけの特徴ではありません。中世においては、天狗は仏教の世界と表裏一体のものとして捉えられていました。例えば『平家物語』では、天狗の住む「天狗道《てんぐどう》」は、生きている者たちが生死を繰り返す「六道《ろくどう》」の外に存在し、輪廻《りんね》からはずれ、解脱《げだつ》したことを奢《おご》る者が堕ちる世界だとされていました。特に無道心《むどうしん》、驕慢《きょうまん》な仏法者が多く天狗道に堕ち、仏法者であるが故に地獄には堕ちず、無道心であるがために往生もできない者たちが、天狗となると言われていたのです。

【図3】に挙げたのは、鎌倉時代に制作された『七天狗絵《しちてんぐえ》』という絵巻の一場面です。『七天狗絵』は、天狗道思想の展開にともなって制作された絵巻で、さまざまな宗派、寺院の僧侶たちを天狗に喩《たと》え、驕慢な仏法者たちを

【図3】『七天狗絵』伝三井寺巻

風刺《ふうし》的、批判的に描いたものです。ここでは、天狗の世界を寺院の世界と表裏一体のものとして描いています。また『七天狗絵』は寺院社会における儀礼や芸能を描きますが、そこに欠かせないのがやはり児の存在です。【図3】では、『ちごいま』の僧侶たちの姿にも類似する芸能の宴の様子が描かれており、僧の姿をした天狗たちが児を侍らせ、舞を楽しんでいます。**十四**では、宰相《さいしょう》の法印《ほういん》が即興芸である猿楽《さるがく》を僧正から所望されていますが、【図3】で天狗たちが舞い踊っているのも、猿楽のような即興の芸でしょう。さらに、画面右の児の髪をなでる僧の姿は、【図2】で児の髪を掴《つか》み戯《たわむ》れかかる僧侶の姿にも似ており、こうした絵巻における天狗の世界と寺院の世界との近しさをうかがうことができます。

　このように、『ちごいま』で描かれる天狗の世界の背景には、中世において仏教と切り離せないものとして捉えられていた天狗の存在を垣間見《かいまみ》ることができます。また、『ちごいま』において寺院と天狗の世界が表裏一体であると考えると、乳母や尼天狗といった助っ人としての女性とは反対に、主人公にとって障害となる存在として、天狗だけでなく寺院も描かれていると読むことができるでしょう。実際に児は、身重の姫君を置いて比叡山へと帰らなければならなかったのであり、二人は児の寺院への帰還が、永遠の別れになるかもしれないとまで考えています。**十四**の挿絵でも、児は宴の座から離れ、ひとり姫君を思っているのです。二人にとって寺院の存在は、恋の障害ともいえるものでした。こうした比叡山の描写には、『七天狗絵』で描かれるような、寺院に対する批判的なまなざしが含まれていたのかもしれません。このように天狗たちの世界を覗いてみると、その裏に隠されたメッセージを読み取ることができるのです。

（1江口啓子　2・3末松美咲）

児《ちご》をめぐる愛と欲望の世界

1僧と女性はライバル？——『ちごいま』と児物語

中世には『ちごいま』のほかにも、児《ちご》を主人公とする物語作品が少なからず制作されました。これらを総称して児《ちご》物語《ものがたり》といいます。しかし実は、『ちごいま』のストーリー展開は児物語の主流から外れた、ちょっと変わった作品なのです。

児物語の大半を占めるのは女人禁制の寺院を舞台に僧と児の恋を描いた作品で、僧が児（神仏の化身とされることが多い）との悲恋を通じて現世的な執着の虚しさを悟り、発心するという結末のものが目立ちます。たとえば十四世紀の『秋夜長物語《あきのよのながものがたり》』では、比叡山の僧と三井寺《みいでら》（園城寺《おんじょうじ》）の児の恋が、児の自死によって終わりを迎えます。しかし児は実は石山寺《いしやまでら》の観音《かんのん》の化身《けしん》で、その死を通して恋の相手を真の仏道に導いたとされます。このような結末は【コラム③】で述べたような寺院における児観に通じるものであることから、成立には僧の関与が考えられています。

これに対して『ちごいま』は比叡山《ひえいざん》の児と内大臣《ないだいじん》家の姫君の恋物語で、寺院社会と貴族社会、そして天狗《てんぐ》の住処である山を舞台としています。作中には姫君のほか児の乳母《めのと》や尼天狗などの女性が登場し、児と彼女たちの関わりが描かれてゆきます。そして最終的に児と姫君は無事に結ばれ、子孫繁昌することになるのです。

このような『ちごいま』ですが、僧と児の恋を描く児物語と無関係のところで成立したわけではないと考えられています。『ちごいま』では比叡山の座主《ざす》をはじめとする僧たちが主人公の児を寵愛し（三・十四）、また天狗も児に目を付けて、ついには誘拐して自分の住処に連れ去ってしまいます（十五）。こうした児をめぐる描写は、児物語の多くに描写される児に熱狂する僧たちの姿や、『秋夜長』の、恋人に会うべく比叡山に向かった児が山伏姿の天狗に誘拐される場面と共通するからです。

ただし先にも述べたように、『ちごいま』の児の恋の相手は女性です。そして脇役の女性に関する描写も、児物語と『ちごいま』では大きく異なっているのです。児物語の主流の作品群では男同士の関係がクローズアップされる一方で、実母以外の女性登場人物は排除されるか、児を迫害する継母などの悪役に設定されます。児の「乳母」が登場するのは『花みつ』という作品だけですが、この乳母は児が継母の迫害で窮地に陥っても助力することはありません。児物語で児を助けるのは基本的に後見人や彼に仕える童子などの男性です。これに対し『ちごいま』では児の乳母や尼天狗の献身的な行動が強調されます。そして彼女たちのおかげで児は幸福をつかむことになるのです。そのようなことから『ちごいま』の作者は僧ではなく女性と推測されていますが、首肯すべきでしょう。児物語は決して寺院の中でだけ読まれてきたわけではありません。十五世紀に書かれた皇族や貴族の日記によれば『秋夜長』『あしびき』などの児物語は宮中でも享受され、写本なども作製されていました。その過程で、児物語が女性の目に触れるというのは十分にありえたことだと思われます。

さて、児物語の多くが女性を否定的に描いてきたのは、この時代の仏教者が持っていた女性差別的な思想――女性は仏などになれないとする「五障《ごしょう》」や、女性は男性に身を変じなければ成仏できないという「変成男子《へんじょうなんし》」の思想などと無関係ではないでしょう。しかし、児が寺院社会と世俗の境界上に生き、僧からも女性からもあこがれの視線を向けられる存在であったことも影響しているのではないでしょうか。

【コラム③】で述べたように、児は僧の性愛の対象でしたが、自身の欲望を満たすために女性とも関係を結ぶ者もいました。そして児は一定の年齢を過ぎると僧となり寺院社会で生きる道を選ぶこともありますが、世俗に戻って元服する場合もあったのです。児は少年特有の中性的な美しさを持っていますが、それだけでなく、すばらしい男性へと成長を遂げる可能性をも潜在させているのでした。そのような児は女性の憧れの的、理想の結婚相手でもあったようで、『沙石集《しゃせきしゅう》』『今物語《いまものがたり》』といった十三世紀の説話集は、児に激しく懸想《けそう》する女性の姿を伝えています。いってみれば僧と女性は、児をめぐってライバル関係にあったわけです。

すると、女性は僧を救いに導く児との絆を揺るがしかねない存在であったために、児物語の中から排除されるか、悪役を押し付けられたのではないか――そのような推測が成り立ちます。これにより物語の中で僧と児の結びつきがより密なものとなるわけです。それに対して児と姫君が、女性たちの援助を受けて無事に結ばれるという内容の『ちごいま』は、先行の児物語の存在を意識しつつも、僧ではなく女性にとって理想的な展開をもつ物語となっているのではないでしょうか。児物語の主流の作品群と『ちごいま』は児をめぐる愛と欲望の世界をそれぞれ異なる角度から取り上げた、同じコインの裏表のようなものなのかもしれません。

2 ほかにもあった、児と女性の恋物語

さて、『ちごいま』のような児と高貴な女性の恋愛物語は他にも存在します。十五世紀に成った『はにふの物語』と、その成立が十七世紀にかかる可能性も考えられている『月王乙姫物語《つきおうおとひめものがたり》』です。そして興味深いのは、この二つの物語が『ちごいま』同様、女性の活躍を積極的に描写し、その上で仏教的な救いと女性を結び付けているということです。

【児・月王と龍宮の乙姫の語らい】
『月王乙姫物語』ベルリン州立図書館蔵
（辻英子編著『在外日本重要絵巻集成』笠間書院より）

『ちごいま』には、多くの児物語に見られるような、「神仏の化身である児が、恋の相手の僧を仏教的な救いに導く」といった要素は見られません。作中で児が聖なる存在として語られることはなく、児を取り巻く僧たちが、児の失踪（十五）を知って無常を悟り、仏道修行に心を向けるという展開も発生しません。児の失踪を契機に出家を遂げたのは、前半部で彼を支え続けてきた乳母のみです。また、救われたことがはっきり描写されているのは、児と姫君を命がけで助けた尼天狗ただ一人となっています。彼女は畜生《ちくしょう》の身から離脱して仏道に入ることを望み、朝晩念仏を唱えており（十八）、死後はふたりの供養により、兜率《とそつ》の内院《ないいん》に生まれ変わったとされています（二十五）。

このように『ちごいま』では、仏教的救済は僧ではなく、児を支える母のような女性たちの問題でした。そして、『はにふ』『月王乙姫』ではこの問題がさらに物語の中心に位置するものとして、ヒロインと関係付けられます。『はにふ』は仏道修行に心を入れる大納言《だいなごん》家の姫君と、三井寺に身を寄せて児となった南朝近衛《このえ》家の若君の恋物語で、二人は姫君の女房たちや、児の援助をする乳母などの女性によって支えられ、無事

に結ばれて子孫を儲けます。姫君は若くして亡くなってしまい、若君は出家・遁世《とんせい》しますが、実は姫君は石山寺の観音の化身で、その死を通して若君を真の仏道に導いたとされます。この物語には僧と児の恋を題材とした児物語である『秋夜長』の影響が色濃いのですが、そこでの児の役割が姫君に振り分けられている点、注意されます。また『月王乙姫』には志賀寺《しがでら》の児・月王と龍宮の乙姫の恋が描かれます。乙姫はそのままでは成仏できない女性の身であるうえ、天狗同様に畜生の身の上でもあることをつらく思っています。しかしその乙姫は月王と結ばれて人間界に行く際、何でも望みが叶う「如意宝珠《にょいほうじゅ》」という珠を龍宮から持ち出して衆生《しゅじょう》の苦しみを救おうとします。実はこの乙姫の行為は、仏典において釈迦の前世である人物が行っているものと共通しており、女性・畜生であるはずの乙姫に慈悲深い仏のイメージが重ねられていると言えます。そしてこの両作品は、『ちごいま』同様、児を欲望する僧の救済にまったく触れていません。

『ちごいま』とこの二作品に、直接的な影響関係が存在していたと断言することはできません。しかし児物語の主流をなす作品群とは方向性を異にした、女性の存在、そして女性と仏教的な救済の関係に焦点を当てた児の物語の系譜が、文学史の中に存在していたことは確かでしょう。

先に、仏教における女性差別的な思想に触れました。しかし、女性を聖なる存在、神仏の化身とする発想は中世の説話や物語のなかに散見されます。そして児にあこがれ、彼らが登場する物語作品を読んで楽しむことができるような、それなりの身分と教養を備えた女性たちは、僧たちが押し付けてくる差別的な思想や児物語の否定的な女性描写をよしとして受け入れていたのかどうか。その答えが、『ちごいま』や『はにふ』、『月王乙姫』にあるような気がしてなりません。メリッサ・マコーミック氏は『ちごいま』の尼天狗の存在や姫君の山中でのさすらいを、女性排除、差別が色濃い修験道《しゅげんどう》への女性の反抗と解していますが（→「世界にはばたく『ちごいま』」）、こうした男性宗教者への反抗は『ちごいま』独自のものではなく、児と女性の恋物語の系譜と不可分であったのではないでしょうか。

なお、蛇足ですが、こうした物語作品は他にも存在していたようです。広島県三原《みはら》市立中央図書館蔵の、室町期成立の逸名《いつめい》物語絵巻（タイトルが失われてしまった絵巻）には、かつて比叡山の児であった少年が女装して桃売りの姿となり、内裏《だいり》の女房として働く実の母親を探す、という場面があります。ここで主人公は「古き草子」を読み、変装して宮中に潜入することを思い立つのですが、その中に「乙若《おとわか》という児が内裏の上臈《じょうろう》女房に恋い焦がれ、桃売りに変装して彼女に近付いた」という内容の作品が存在していたとあります。

【少年が女装して宮中で桃を売る】逸名物語絵巻
三原市立中央図書館蔵

この作品は現在確認されておらず、その全貌を知ることはできません。しかしその後、少年が乳母の手助けで女装し、乙若同様の桃売りに身をやつしていることから、恐らく乙若も女装したと考えられます。すると室町期以前に、「高貴な姫君に恋した児が乳母に助けられて女装し、相手に近付く」という、きわめて『ちごいま』に近い内容の物語が存在していた可能性が浮上してきます。もしこの作品が見つかれば、『ちごいま』の成立や文学史的な位置を考えるための更なる手がかりが得られるかもしれません。

（服部友香）

参考文献

徳田和夫編『お伽草子事典』（東京堂出版、二〇〇二年）

Sachi Schmidt-Hori "The New-Lady-in-Waiting Is a Chigo: Sexual Fluidity and Dual Transvestism in a Medieval Buddhist Acolyte Tale" Japanese Language and Literature43, no.2 (October 2009)

Melissa Mccormick "Mountains, Magic, and Mothers: Envisioning the Female Ascetic in a Medieval Chigo Tale" (Crossing the Sea: Essays on East Asian Art in Honor of Professor Yoshiki Shimizu. Princeton University Press, 2012)

真下美弥子「『はにふの物語』論」（福田晃編『日本文学の原風景』三弥井書店、一九九二年）

エヴァ・クラフト、北村浩、沢井耐三共編『西ベルリン本お伽草子絵巻集と研究』（未刊国文資料刊行会、一九八一年）

稲賀敬二「逸脱と異端のはざま・源氏物語と「中世」―逸名物語絵巻の紹介を兼ねて―」（『中世文学』三七、一九九二年六月→『源氏物語注釈史と享受史の世界』新典社、二〇〇二年）

王朝文化にあこがれて

1 浮舟《うきふね》の面影をさがして——『源氏物語』のあらすじ本と『ちごいま』

昔も今も、恋には悩みが付きものです。平安時代以来非常な人気を博した『源氏』には、恋に苦しむ多くの男女が登場し、それ以降の物語に影響を与え続けてきました。『ちごいま』の児と姫君の恋も、『源氏』を利用して描かれています。

児がひと目ぼれした姫君に性別を偽るという大胆な作戦で近づき、思いを遂げるまでの流れは、『源氏』の柏木《かしわぎ》という貴公子と人妻である女三宮《おんなさんのみや》の道ならぬ恋に重ね合わされています。『源氏』とは異なり、児と姫君は両思いになります。しかし、その後の道のりは険しいものでした。姫君は妊娠しますが、児は比叡山《ひえいざん》に帰らなければならず、しかも天狗にさらわれてしまうのです。この時の児や、絶望して自殺を思い立ち、逐電《ちくでん》する姫君の姿には、浮舟という『源氏』最後のヒロインの姿が重なります。彼女は二人の男性の板挟みになって苦しみ、死を選ぼうとした女性です。

姫君、隙《ひま》を窺《うかが》ひ給ふに、御辺りの人よく寝入りたれば、よき折と思《おぼ》して、やはら起きて妻戸《つまど》を押し開け給へば、有明《ありあけ》の月はつかに差し出で、うき人しも恋しかりぬべき空の気色《けしき》なり。……薄衣《うすぎぬ》ばかり、いとしどけなげに引き被《かつ》きて出で給へど、慣らはぬことなれば、何方《いつかた》へ行くべしとも思《おぼ》えず、川ある辺りをも知らねば、立ち煩《わづら》ひておはしける（**十五・十六**）

（姫君は屋敷を抜け出すために機会をうかがっていた。すると、仕えている女房たちがすっかり眠ってしまったので、今だわ、とおもむろに起き上がり、妻戸《つまど》を押し開けた。ちょうど空には有明《ありあけ》の月がわずかに残っていて、辛い思いをさせる相手さえも恋しくなってしまいそうな空の様子である。……姫君は、薄衣《うすぎぬ》だけを無造作《むぞうさ》に頭からかぶって屋敷を出たが、慣れないことなので、どこへ行ったら良いかもわからない。身を投げる川の場所も知らず、立ち往生している）

屋敷を抜け出す姫君（甲子園学院本第十五段）

これは『ちごいま』で屋敷から出る姫君の様子です。姫君は児の子を身ごもった後、妊娠がわかって噂になることをとても心配していました。そんな中、頼みの児すらもいなくなってしまったので、自棄になって「薄衣（地の薄い着物）」だけを身にまとい、内大臣家を抜け出したのです。「う（憂）き人」は、児を指すのでしょう。『新古今集』の「天《あま》の戸を押しあけがたの月見ればうき人しもぞ恋しかりける（明け方の月を見ると、自分に辛い思いをさせる相手さえ恋しく思われる）」（一二六〇、詠人知らず）に基づく表現ですが、浮舟も失踪する直前に「親もいと恋しく、例は、ことに思ひ出でぬはらからの醜やかなるも恋し」（浮舟巻）と、好きではなかった「はらから」——妹たちを懐かしく思い出しています。恋の相手ではありませんが、この浮舟の心情とも呼応するものなのではないでしょうか。

それでは、浮舟の失踪は『源氏』でどのように書かれているでしょうか。

皆人の寝たりしに、妻戸を放ちて出でたりしに、……「をこがましうて人に見つけられむよりは鬼も何も食ひて失ひてよ」と言ひつつ、つくづくとゐたりしを、いときよげなる男の寄り来て、「いざたまへ、おのがもとへ」と言ひて、抱く心地のせしを、宮と聞こへし人のしたまふとおぼえしほどより心地まどひにけるなめり（『源氏』手習《てならい》巻）

（皆が寝静まった時に、妻戸を開けて外に出たが、……「馬鹿らしく人に見つけられるよりは鬼でも何でも私を食べて死なせてよ」と言いながら、つくづくと座っていたが、とても美しそうな男が近寄って来て、「さあいらっしゃい。わたしの所へ」と言って浮舟を抱く気がしたが、宮様と申し上げた方がなさると思われた時から、意識がはっきりしなくなったようだ）

浮舟は、薫《かおる》と匂宮《におうのみや》という二人の男性のうちどちらを選ぶか迫られ、どちらも選べず、川に身を投げようとしています。風が激しい夜、女房が寝静まった隙《すき》に妻戸を開けて外に出るという状況は『ちごいま』と変わりません。ところが、浮舟は外に出た直後に「男」にさらわれます。「男」は浮舟が思いを寄せる匂宮のような姿でした。その正体については、あとで人々が「天狗《てんぐ》」や「木霊《こだま》」などにたぶらかされたのではないかと推測しています（夢浮橋《ゆめのうきはし》巻）。実は、『ちごいま』の姫君もたった独りで山中をさまよいながら、木霊にさらわれたいという胸中を吐露《とろ》しているのです（**十六**）。「木霊」という言葉は**二十**にも登場し、「小野の里」とともに姫君を浮舟に重ね合わせるキーワードになっています。なお、浮舟の服装は「白き綾の衣一襲《ひとかさね》、紅の袴（白い綾織物の上着一枚と紅の袴）」（手習巻）と書かれていて、『ちごいま』の姫君とは少し異なっています。

ただし、『ちごいま』の作者が『源氏』そのものだけを読んで自作に活かしていたかどうかはわかりません。『源氏』は大長編であるため、全部を読み通すのは大変ですし、時代が下るにつれて言葉の意味もわからなくなっていきました。そのため数多くの注釈書や、各巻のあらすじをわかりやすくまとめた梗概書《こうがいしょ》が生まれました。その中でも『ちごいま』を作る際参照された可能性が高いものとして、『源氏小鏡《こかがみ》』というあらすじ本があります。これは連歌師たちが『源氏』を踏まえて連歌を行うために用いたものです。京都大学本（ひらがなを漢字に改めました）では、浮舟の出奔《しゅっぽん》場面は次のように記されています。

> 川のをとなひを聞くにも、我が身の置きどころとあはれにて、薄き衣に袴ばかり着て、人の寝たる間に、妻戸押し開けて、行くべき方も知らず顔に、袖を押しあててよよと泣きて、……「鬼にても、神にても、我を連れて行けかし」と泣き入りたるに、かの宮とおぼしき男の、直衣《のうし》姿なるが出で来て、「いざ、させ給へ」とて、かき抱きてゆく。これは木霊なり。（『源氏小鏡』浮舟巻）
> （川の音を聞くにつけても、自分が身を投げる場所だと知られて悲しく、薄衣と袴だけ着て、女房たちが眠った隙に、妻戸を開けて、どこへ行くべきかも知らず、袖を顔にあてて泣いて、……「鬼でも神でも、私を連れて行きなさいよ」と泣いていると、かの宮と思われる男で、直衣を着た者が出てきて、「さあ、おいでなさい」と言って浮舟を抱いていった。これは木霊である）

『源氏小鏡』では、浮舟の服装は『ちごいま』の姫君と同じ薄衣と袴です。また、「男」のセリフが「いざ、させ給へ（さあ、おいでなさい）」と『源氏』とは少し違っています。彼女を連れ去ったものについても、ここでは「木霊」に限定されています。つまり『ちごいま』では、表現の細部が『源氏』そのものよりも『源氏小鏡』と一致しているのです。

なお『ちごいま』には、もっと前から浮舟を思い起こさせる記述がありました。行方をくらませた浮舟は、京都の小野の地である尼の世話になりますが、尼にとって浮舟は亡くなった娘の身代わりでした。『ちごいま』でも、児《ちご》の乳母が内大臣家に接近するための口実が、亡くなった一人娘が内大臣家の女房にそっくりだというものなのです。乳母に同情した女房は、「愛《いと》ほしや。恋しき瀬々《せぜ》の撫《な》で物をば、昔の人も欲しかりけるとこそ（可哀想なことだわ。恋しい人の身代わりを、昔の人も欲しがったというから）」（**五**）と応えています。これは、『源氏』東屋《あずまや》巻で薫が詠んだ「見し人の形代《かたしろ》ならば身にそへて恋しき瀬々のなでものにせむ（亡き姫君の形見ならば、いつも側に置いて恋しい気持ちを移して川に流す撫で物としよう）」という和歌を意識した表現です。薫にとっても浮舟は「撫で物」――思い人であった亡き宇治八宮《はちのみや》の長女大君《おおいぎみ》の身代わりでした。このように、『ちごいま』の姫君は最初から浮舟のイメージを身にまとっていたのです。

紅葉を眺める児（甲子園学院本第十四段）

姫君ばかりではありません。児にも浮舟の影響が認められます。次は彼が天狗にさらわれる場面です。

つくづくと山の方を眺めておはしけるに、紅葉の美しきが一葉散り来たるを取らんとて、歩み出でたるを、恐ろしき山伏《やまぶし》の来たりて、「いざさせ給へ」とて、脇に挟みて空を翔《か》けり行きぬ。（**十五**）

（児はぼうっと山の方を眺めていた。すると、美しい紅葉がひとひら、こちらへ舞い落ちてくる。児がそれを取ろうとして足を踏み出すと、そこに恐ろしい姿の山伏が現れた。山伏は「さあ、おいでなさい」と言うやいなや、そのまま児を抱えて空高く飛んで行ってしまった）

このシチュエーションは、中世に隆盛《りゅうせい》した児物語というジャンルの代表作『秋夜長物語《あきのよのながものがたり》』と共通するものですが、『源氏』の浮舟とも四つの共通点があります。

①物思いに沈む人物が誘拐されること。

②その人物の「足」に焦点を当てた描写が存すること。

③誘拐者の呼びかけが「いざさせ給へ（さあ、おいでなさい）」というシンプルなものであること。

④誘拐者がその人物を、乗り物などではなく自分の肉体によって拘束し、移動させること。

以上の点から、天狗に連れ去られる児の姿には、美しい男にかどわかされる浮舟の像が重ね合わされていると言えるでしょう。なお、「いざさせ給へ」という呼びかけを持つのは『源氏』ではなく『源氏小鏡』であるため、表現レベルではこの点でも『源氏小鏡』に近いと言えます。また、児物語の伝統のなかでは、児という存在を物語の女君になぞらえることが行われました。『弁の草紙』という作品には、児千世若《ちよわか》の美しさを『源氏』の紫の上にたとえた部分があります。『ちごいま』の児はこの誘拐を一種の通過儀礼として、物語の中で一人前の男性へと目覚ましく成長を遂げますが、その契機となった事件にはこんな背景がありました。

このように、結ばれてから周囲に認められる関係になるまでの児と姫君の受難は、浮舟のイメージを援用《えんよう》しながら描き出されています。家族と離れ、ひっそり暮らした浮舟の「浮き世の中に廻《めぐ》る（辛いこの世の中をさすらう）」（手習巻）という自己認識は、児にも姫君にも当てはまるものです。『ちごいま』に、『源氏』だけでなく『源氏小鏡』のようなあらすじ本をも参照した形跡があるのは興味深いことです。書写、あるいは作製される過程で、その主な使用者である連歌師との関わりがあったのかもしれません。

2『ちごいま』の和歌と王朝《おうちょう》憧憬《しょうけい》

『ちごいま』には和歌が全部で十四首あります。しかし、「Ⅲ解説　3　本の種類について」で紹介したすべての伝本《でんぽん》に共通するものはありません。さまざまな理由から、形や位置を変えたり、取捨選択が行われてきたりしたのでしょう。また『ちごいま』の和歌は、作者のオリジナルというより『源氏』や勅撰集《ちょくせんしゅう》にあるような有名な和歌をもとに作られていることが多いのです。特に、十三世紀から十四世紀初頭にかけて流行した語句を多く取り入れているようです。いくつか見ていきましょう。

琴の音《ね》に心通ひて来しかども　うき身離れぬ我が涙かな（八・児）
（琴の音に心が引かれてやって来たけれども、憂鬱な我が身ゆえに相変わらず涙が流れることだよ）

これは、新参女房として内大臣家に召し抱えられることになった児《ちご》が姫君の琴を聞いて詠んだものです。「琴の音に心が通う」という表現は、斎宮女御《さいぐうにょうご》①の影響を受けて、二条院《にじょういん》歌②や、一二三七年に成立した『楢葉《ならのは》和歌集』に収められている覚空《かくくう》法師③などに見え、思う人の琴の音を聞き恋心をかきたてられるという内容になっています。『ちごいま』でも児は姫君の琴の演奏を聞いていっそう恋心を募らせており、同じ詠み方と言えます。また、下句の「身を離れぬ涙」という言い回しも古くは『古今和歌六帖《こきんわかろくじょう》』の在原業平《ありわらのなりひら》の歌とされる④に見え、鎌倉時代初期の歌人藤原親盛《ちかもり》の⑤などを経て、鎌倉時代を通じて盛んに詠まれています。

①琴の音に峯の松風通ふらし　いづれの緒よりしらべそめけん（『拾遺集』四五一・斎宮女御）
（琴の音に松風の音が響き合っています。この音色は、どの琴の緒とどの山の尾から出ているのでしょうか）
②琴の音に通ひそめぬる心かな　松ふく風にあらぬ身なれど（『千載集』六七六・二条院）
（この身は松風の音ではないけれど、私はあなたの弾く琴の音にひかれて心を通わすようになりました）
③琴の音に通ふ心のたぐひとて　我をたづぬるみねの松風（『楢葉《ならのは》集』八六五・覚空法師）
（琴の音を聞いて、私はあなたに心を通わすようになりました。そんな私の心を同類と見て、峯の松風が私のもとを訪れます）
④涙川ほりやるかたのなければや　身を離れては流れざるらん（『古今六帖』二〇八〇・在原業平）
（止める方法がないから、川のような涙が私から離れず流れ続けるのでしょうか）
⑤心をばとどめて帰るあけぼのに　涙ぞ身をば離れざりける（『親盛集』七三）
（あなたに心を残したまま帰る朝は、涙が身から離れず流れ続けます）

次に、児に比叡山《ひえいざん》から迎えが来て二人が離ればなれになる場面での、児と姫君の贈答歌を見てみましょう。

仮初《かりそ》めの別れとかつは思へども　この暁《あかつき》や限りなるらん（十三・児）

（ほんの少しの間のお別れだと一方では思っているけれど、ひょっとして今朝があなたに会える最後なのでしょうか）

帰り来《こ》む命知らねば仮初めの　別れとだにも我は思はず（十三・姫君）

（あなたが無事に帰ってくるかどうかわからないので、ほんの少しの間のお別れとは思えないのですよ）

この二首は、今はない『みなせ川』という物語に載る⑥の語句を二首に分けて詠み込んでいます。なくなってしまった物語の歌がどうしてわかるかというと、『風葉《ふうよう》和歌集』という一二七一年に作られた物語の歌ばかりを集めた和歌集に載っているからです。『風葉集』には、現在は確認できない物語の歌も多く収録されています。ちなみに、『水瀬川』について知る手がかりは『風葉集』以外にはなく、『みなせ川』という物語は、この川が和歌の中で特定の地名を指して詠まれることが多くなった十三世紀頃から、『風葉集』ができた頃までに成立したと考えられています。この『みなせ川』の享受《きょうじゅ》を考える上でも、『ちごいま』は興味深い資料です。また児の歌の上句は『新古今集』の俊恵《しゅんえ》法師歌⑦に拠る表現となっています。

⑥帰り来む程をも待たず消え果てば　この暁や限りなるべき（『水瀬川』／『風葉《ふうよう》集』五四六）

（あなたの帰りを待たずに私が消え果ててしまうならば、この暁が最後のお別れになるのでしょう）

⑦仮初めの別れと今日を思へども　いざやまことの旅にもあるらん（『新古今集』八八一・俊恵法師）

（今日の別れはほんの一時のものだと思っていますが、永遠に帰ることのない旅なのかもしれません）

さて、物語所収歌からの影響としては、次の児の独詠《どくえい》歌に注目したいところです。

うちつけに心は空にあくがれて　身をも離れぬ花の夕影（三・児）
（姫君を垣間《かいま》見てからというもの、そのまま心は身体から離れ、空に彷徨《さまよ》い出てしまった。一方、姫君の面影はこの身を離れない）

この歌は、内大臣家で初めて姫君を見かけた児が一瞬で心を奪われて詠んだものです。語句だけでなく詠まれた状況の類似性から、『源氏』若紫《わかむらさき》巻の光源氏の⑧と、若菜《わかな》上巻で柏木《かしわぎ》が詠んだ⑨を参考にしていると考えられます。光源氏も柏木も、幼い紫の上や女三宮《おんなさんのみや》の姿を偶然目にして恋に落ちて詠んだからです。

⑧面影は身をも離れず山桜　心の限りとめて来しかど（『源氏』若紫巻　五六）
（山桜の美しい面影が私から離れません。私の心はすべてそちらに留めてきたのですが）

⑨よそに見て折らぬなげきは茂れども　名残恋しき花の夕影（『源氏』若菜上巻　四八一）
（遠くから見るばかりで手に入れられない嘆きはつのるけれど、あの夕方に見た花の姿がいつまでも恋しい）

実は「うちつけに」歌には注目すべき本文の違いがあり、旧細見本では「そのままに心は空にあくがれて見しおもかげぞ身をも離れぬ」となっているのです。大意は変わりませんが、第五句が甲子園学院本のように「花の夕影」となっている場合は、一首全体が柏木の歌を踏まえたものとなります。前章で触れたように児の恋愛は柏木と女三宮の物語に重なる部分が大きいため、この第五句が背負う意義は大きいと言えるでしょう。

続いて、児と姫君が最後の別れを惜しむ場面の贈答歌を見ていきます。

きぬぎぬの別れは同じ涙にて　なほ誰《た》が袖かぬれまさるらん（十四・児）
（後朝《きぬぎぬ》の別れでは誰もが涙をこぼすけれど、一体私以上に涙で袖が濡れている人はいるでしょうか。いや、私の袖が一番濡れているでしょう）

誰が袖の類《たぐひ》はあらじ涙川　うき名を流す今朝の別れは（十四・姫君）
（誰の袖と比べることもできないほど、私の袖は涙で濡れています。秘密が世間に知られて、悪い評判が立つと

思えば、いっそう辛い今朝の別れです）

児の贈歌（「きぬぎぬの」歌）は、一二六五年に完成した『続《しょく》古今集』に載る小侍従《こじじゅう》の⑩に、言葉も全体的な内容もよく似ています。一方、返歌の「誰が袖の」歌は『平家物語』巻十の⑪に第一・二句の語句が一致しますが、「涙川にうき名を流す」という詠み方は、鎌倉時代を通して一般に行われていたものです。たとえば、二条為世《ためよ》（一二五〇―一三三八）を中心として行われた歌会の記録である『飛月《ひげつ》集』⑫、鎌倉時代に成立した王朝物語『雫ににごる』⑬があります。なお、『雫ににごる』は前半部分が失われています。ここに挙げた歌も、『風葉集』には載っていますが、現存本では見ることができません。『平家』の直接的な影響というより、その頃はやっていた言い回しを『ちごいま』も取り入れたと考えられます。

⑩もろともにあかぬ別れのきぬぎぬに　いづれの袖かぬれまさるらん（『続古今集』一一六〇・小侍従）
（お互いに名残惜しい今朝のお別れです。どちらの袖がよりいっそう涙で濡れているでしょうか）
⑪涙川うき名を流す身なりとも　今一度の逢瀬ともがな（『平家』内裏女房巻・平重衡《たいらのしげひら》）
（よからぬ評判を流す身となり涙を流していますが、もう一度逢う機会を願っています）
⑫今ははや浮き名流して涙川　せくと思ひし袖もかひなし（『飛月集』一一四・二条為世）
（もはや浮き名が流れてしまいました。涙が川のように流れ、せき止めると思われた袖も効果がありません）
⑬包めども袖のしがらみせきわびぬ　涙の川やうき名流さむ（『雫ににごる』／『風葉集』七九七）
（包み隠そうとしても袖が涙をせきとめきれず困っています。涙の川に浮き名を流すことになるのでしょうか）

これらの他、児が比叡山で行方不明になったことを知った姫君が詠む「忍ばずは」歌も、『飛月集』の鴨祐守《かものすけもり》⑭とよく似ていますし、絶望のあまり内大臣家を出奔《しゅっぽん》した姫君が詠む「風渡る」歌は、『新古今集』に載る守覚法親王《しゅかくほうしんのう》のもの⑮を参考に作られたと思われます。

忍ばずは訪《と》はましものを人知れず　別れの道のまた別れ路《じ》を（十五・姫君）

（人目を忍ぶ関係でなかったら、探しに行きたいのに。私たちが誰にも知られず別れたあと、あの人が天狗にさらわれて連れていかれた道を）

⑭忍ばずは人に訪はまし現《うつつ》とも　夢ともわかぬ今朝の別れ路（『飛月集』一〇五・鴨祐守）

（人目を忍ぶ関係でなければ、あなたのもとを訪れたいのに。現実とも夢ともわからない今朝の別れ路です）

風渡る篠《しの》の小笹《おざさ》のかりの世を　厭《いと》ふ山路《やまじ》と思はましかば（**十六**・姫君）

（風が通り過ぎていく篠の小笹を刈る、そんな仮の世に背を向けて山路へ入ると思えるなら良かったのに）

⑮風そよぐ篠の小笹のかりの世を　思ふ寝覚めに涙こぼるる（『新古今集』一五六三・守覚法親王）

（篠の小笹を刈るような仮の世であるのに、それを思うと寝覚めに涙がこぼれることです）

なお、大団円である**二十五**の歌について、『木幡《こはた》の時雨』という物語の和歌からの影響が指摘されていますが、これは必ずしもそうとは言い切れないように思います。「水車が憂き（世）の中を巡る」と表現することは、『金葉集』の行尊《ぎょうそん》⑯に端を発し、室町時代の歌謡を集めた『閑吟集《かんぎんしゅう》』⑰にも見えます。おそらく、特定の物語の影響というよりこのような伝統の中で詠まれたのではないでしょうか。

思ひきやうきに巡りし水車《みずぐるま》　嬉しき世《よ》にも逢はんものとは（**二十五**・児）

（水車のように辛い運命を漂い巡っていた私の人生が喜ばしい時節に巡りあうとは、思ってもみませんでした）

⑯はやき瀬にたたぬばかりぞ水車　われもうき世にめぐるとを知れ（『金葉集』五六一・行尊）

（流れの速い瀬に立っていないだけのことです。水車よ、私もこの憂き世の中をせわしなくめぐっていると知ってください）

⑰宇治の川瀬の水車　なにと憂き世をめぐるらう（『閑吟集』六四）

（宇治の川瀬にかけた水車は、この憂き世をどうしてぐるぐる回っているのだろう）

『ちごいま』には、和歌以外の部分でも先行作品からの換骨奪胎《かんこつだったい》がたくさん見られます。今回、和歌に注目することで、十三世紀から十四世紀初頭にかけての流行表現を多く取り入れていることがわかりました。この頃はちょうど歴史の過渡期であり、政治の中心が関東に移りつつも、文化の中心は京都にありました。宮廷では儀礼や行事が再興され、王朝時代を懐古する雰囲気が漂っていました。『ちごいま』にこの時代の和歌表現が多く見られることは、華やかな王朝時代への憧れの気持ちを感じさせます。

（鹿谷祐子）

『ちごいま』の和歌一覧

・略称は、甲…甲子園学院本、奈…奈良絵本、個…個人蔵本、細…旧細見本とする。円福寺本は旧細見本と同じであるため除外した。
・和歌は甲子園学院本によって掲出した。ただし、**十五**の「惜しからぬ」歌は甲子園学院本にないため、奈良絵本の本文による。また、異同のある語句に□を付けた。

段数	和歌	甲	奈	個	細	異同・備考
三	うちつけに心は空にあくがれて身をも離れぬ花の夕影	○	×	○	○	そのままに／見し面影ぞ身をも離れぬ（細）
八	琴の音に心通ひて来しかどもうき身離れぬ我が涙かな	○	○	×	×	うきは（奈）
八	月のみや空に知るらん人知れぬ涙の隙のあるにつけても	○	○	×	×	
十三	仮初めの別れとかつは思へどもこの暁や限りなるらん	○	○	×	○	なるべき（細）
十三	帰り来む命知らねば仮初めの別れとだにも我は思はず	○	○	×	○	
十四	きぬぎぬの別れは同じ涙にてなほ誰が袖かぬれまさるらん	○	○	○	×	
十四	誰が袖の類はあらじ涙川うき名を流す今朝の別れは	○	○	○	×	
十四	夢に添ひうつつに見ゆる面影の覚めて忘るる時の間もがな	○	○	○	×	もなし（奈）
十五	忍ばずは訪はましものを人知れず別れの道のまた別れ路を	○	○	×	×	
十五	惜しからぬ身をば思はずたらちねの親の心の闇ぞかなしき	×	○	×	○	とまりゐて闇に迷はんあとぞ（細）
十六	なげきこる山路の末は跡絶えて心砕くる斧の音かな	○	○	×	×	

十六	風渡る篠の小笹のかりの世を厭ふ山路と思はましかば	○	○	×	×	山路は（奈）
十六	道の辺の草場の露と消えもせで何にかかれる命なるらん	○	○	×	×	「風渡る」歌と順序が逆（奈）
二五	思ひきやうきに巡りし水車嬉しき世にも逢はんものとは	○	○	×	×	ものかは（奈）

参考文献

鹿谷祐子「お伽草子『ちごいま』の柏木物語受容」（『名古屋大学国語国文学』一〇六、二〇一三年十一月）

岩坪健編『『源氏小鏡』諸本集成』二〇〇五年、和泉書院

片岡麻実「『稚児今参り物語』成立私考―和歌受容の側面から―」（『研究と資料』七〇、二〇一三年）

片岡麻実「『稚児今参り物語』における『木幡の時雨』受容補考」（『研究と資料』七〇、二〇一三年）

世界にはばたく『ちごいま』——メリッサ・マコーミック氏の論文の紹介

古典文学研究が長らく研究対象としてきたのは、『源氏物語』に代表されるような、古くからその価値が認められてきた作品でした。そして『ちごいま』のような、中世に多く生み出された「お伽草子」と呼ばれる短編物語はさほど顧みられてこなかったのです。『ちごいま』の場合、児物語の中でも少し変わった作品であることや、『とりかへばや物語』などの先行する異性装の物語の影響こそ指摘されていたものの、作品を単独で取り上げて論じることはほとんど行われませんでした。

しかし近年、文学史の周縁に追いやられてきた作品群の価値に目が向けられる中で『ちごいま』研究をめぐる状況も大きく変化しました。国内の研究者が『ちごいま』を取り上げるのみならず海外でも紹介され、伝本や本文の成長、先行の物語や説話との関係、そして成立・享受圏など、さまざまな点について検討が行われるようになったのです。ここではその一つである、ハーバード大学のメリッサ・マコーミック氏の論文「中世の児《ちご》物語における女修験者《しゅげんじゃ》について——山、呪術、そして母なるもの——（Melissa Mccormick "Mountains, Magic, and Mothers: Envisioning the Female Ascetic in a Medieval Chigo Tale" (Crossing the Sea: Essays on East Asian Art in Honor of Professor Yoshiki Shimizu, Princeton University Press, 2012)）」を紹介したいと思います。

マコーミック氏は本書で取り上げた甲子園学院本『ちごいま』のような小型の白描《はくびょう》絵巻の専門家で、こうした形態のテクストを主に女性による、女性のためのものと見ています。そしてこの論文では、白描絵巻のみならず彩色絵巻の『ちごいま』にも女性の視点が認められることを示した上で、当時の女性たちが『ちごいま』絵巻に託した思いや『ちごいま』がどう読まれていたかについて考察を加えているのです。

それでは内容を細かく見てゆきましょう。まず論文の前半部では『ちごいま』の物語内容や絵の描写に女性の視点が見出されることが指摘されます。中世の児物語の多くは、先に「児をめぐる愛と欲望の世界」で見たように、女人禁制の寺院を舞台として僧の児への恋を描いており、児を欲望する僧の視点から書かれたものと思われます。しかし

『ちごいま』では、児の恋の相手は女性（内大臣家《ないだいじん》の姫君）に設定されています。また児の乳母《めのと》などの女性が物語を大きく動かす存在として位置付けられるほか、絵の中では内大臣家の女房たちが中心に配置される構図も多く、画中詞によって彼女たちの会話が生き生きと描かれているのでした。マコーミック氏はこうした『ちごいま』を、児物語が女性の視点から改作されたものと見、児を寺院の領域から取り出して、女性によって制作・享受されてきた貴族の男女の恋物語の男主人公に描き直していると指摘します。そしてそこには当時の女性たちが抱いていた、児を自分のものにしたいと思う潜在的な欲望や、邪悪な僧に捕らえられた児の解放というイメージが影響を及ぼしていると述べるのです。

そして後半部では、児物語と同じく男性宗教者のためのものであった修験道と『ちごいま』がどのように向き合っているのか、という問題を取り上げます。マコーミック氏によれば、修験道とはあの世に繋がる境界であると同時に生命力と死の根源である山への信仰をベースにした宗教で、前近代の日本において上流階級の精神的・社会的な生活に影響を与えていました。そこにおいては修験者、あるいは山伏《やまぶし》と呼ばれる男性たちが、聖地とされた山に籠って厳しい修行を行います。そしてこの修験道には、中世の宗教世界に少なからず見られる女性差別の傾向が強くあらわれていました。修験者の修行の場である山の神々は女性とされることが多く、山の形状が女性のイメージで捉えられることもあったのですが、多くの場合その霊場は女人禁制でした。奈良県の吉野山と熊野を結ぶ奥駈道《おくがけみち》もそうした霊場の一つで、現代でも「女人結界」という女性が入れない場所が残っています。しかしながら『ちごいま』絵巻は、修験者と深い結び付きがある天狗《てんぐ》の母親・尼天狗を登場させ（**十六〜十九**）、またヒロインである姫君が天狗の支配する深山でさまよう様子を描写しています（**十五〜十六**）。マコーミック氏はこのような『ちごいま』絵巻を、修験道の中で女性に与えられた位置と、それに対する女性の抵抗、という視点から読み解いてゆくのです。

論文の中でまず明らかにされるのは、修験道の女性差別とはただ聖地から女性を排除することに留まらないということです。女性の存在なしに生殖は不可能であり、修験者たちも皆、女性である母親から産まれてきたはずでした。しかし修験道の教義の中では、そのような女性の「母」としての役割が矮小化されてしまうというのです。論文の記述に即して具体的に説明すると、修験者たちの教義の中で峰入りは死と再生のイメージで捉えられ、山は子宮に見立てられます。また修験者たちの衣服や持ち物にも仏教的意味と同時に、子宮や胎児の成長に関わる象徴的意味が付与されます。たとえば、仏具や生活用品を入れて背負う「笈《おい》」は、母胎の象徴とされています。修験者たちはそれらを身につけて「子宮」たる山に入り、厳しい修行を経験することで、女性の肉体から生まれた自分は一度死に、超自然的な力を行使する存在へと生まれ変わると考えるのだそうです。

そうした言説に反抗する女性たちは古くから少なからず存在しました。彼女たちの多くは男性中心の社会的制度や修験道の宗教的言説に抑えつけられ、願望を遂げられないままに終わってしまいます。にもかかわらず、女性たちの抵抗は続いてゆきました。そして『ちごいま』もまた、抵抗の一つの形であるとマコーミック氏は指摘します。なぜなら『ちごいま』では、尼天狗は修験者をモデルとした天狗の女性リーダーで、天狗（修験者）たちの母、修験者たちが山岳修行を通して求めた超自然的な力の使い手として描かれます。先に『ちごいま』では児物語の世界が女性中心に改変されたと述べましたが、天狗の領域も同様に、女性を排除した世界から女性中心の世界へと変換されているのです。また物語のヒロインである姫君は、天狗の住まう山――すなわち修験者の聖地をさすらっており、その行為は山岳修行の代替と解釈しうるものです。しかもそのときの姫君は妊娠しており、象徴的な子宮としての「笈」ではなく、本物の、しかも胎児を宿した子宮を体内に秘めています。マコーミック氏はこうした描写を、尼天狗や姫君に修験者のイメージを重ねた上で、女性としての「産む」力を強調したものと見ています。

最終的に『ちごいま』の中では、彼女たちは当時の社会を支配していた家父長的な価値観の中に回収されてしまいます。尼天狗は息子に殺されますし、姫君は山を下りて児と結婚します。しかしこのような物語を読む女性たちは、登場人物に感情移入することで疑似的に修験道の霊山に登り、尼天狗と出会い、そして女性修験者をイメージするようになるのではないか、というのがこの論文の結論です。すなわち『ちごいま』は、現実の霊山に立ち入りを禁じられた女性たちをヴァーチャルな山岳修行に導き、女性修験者との出会いを可能にするというのです。

現代日本の漫画やアニメ、ライトノベルの中には、女性の修験者や天狗の活躍が肯定的に描かれた作品が散見されます。修験道の女人禁制の価値観は、今やサブカルチャーの世界において影響力を失いつつあるようです。よって我々には、尼天狗の存在や姫君が天狗の棲む山をさすらうことの意味は見えにくくなっているのかもしれません。しかし現実にかなわない願いを、物語を書く／読むという行為を通して実現しようとする試みは、昔も今も変わりません。マコーミック氏の論文をきっかけに、『ちごいま』に込められた中世の女性たちの思いを辿っていただければと思います。

（服部友香）

『ちごいま』から絵ものがたりの世界を拓《ひら》く

絵巻とは、詞《ことば》（文字）と絵（図像）の複合によるテクストであり、更にそれを観ながら読む行為によってはじめてテクストの意図する機能が発揮されるという点で、もっともすぐれた多元的テクストの典型といえましょう。

ここでは、文字・記号や図像によって読まれるために書かれた人類文化の生み出した知の遺産を全て「テクスト」と呼びます。もちろん書物はその代表ですが、絵や音声、身体の所作もみなテクストに他ならず、どれも読まれ、解釈されることによって意味を発信します。

そして、『ちごいま』は長らく「絵ものがたり」として享受されてきたテクストです。絵巻や絵本という、物語絵の伝本として存在しているというばかりでなく、その絵巻は、彩色の大型絵巻と白描小絵という対照的な形態で作られ、しかも双方ともに厖大《ぼうだい》な画中詞が加えられて物語テクストの一部を成しています。反対に、奈良絵本（一般に「奈良絵本」と呼びますが、必ずしも奈良で作られたわけではありません）は画中詞を有さず、詞《ことば》と挿絵のみで成る形です。しかし、絵の中に現れる登場人物のセリフとしての画中詞という、まさに絵ものがたりの発現といえるテクストこそが『ちごいま』の面目躍如《めんぼくやくじょ》たるところなのです。

大寺の児《ちご》が今参りの女房として懸想《けそう》する内大臣家の姫君の許《もと》に仕え、想いを遂げる、という新奇な趣向は、その発想じたいが中世の王朝物語の生命力を如実《にょじつ》に示すものです。それは、新蔵人《くらんど》（「蔵人」とは天皇の秘書官）として妹が兄蔵人の代りに帝に仕え、その寵《ちょう》を獲《え》てしまう『新蔵人』絵巻のような、異性装による性と役割の越境を企てる冒険により、男女の邂逅と契りが成し遂げられるという、一群の中世物語の系譜のうえに生み出されました。実は女人である新蔵人と帝の同性愛的な結びつきと相似て、『ちごいま』も実は男である今参りと姫君とは同性愛ともみえる同衾《どうきん》の姿を呈します。しかし、内実は紛《まぎ》れもなく少年と少女《ボーイミーツガール》の恋という普遍的な定石です。彼らの、幸せな結婚と子孫の繁昌に至るまでの困難と試練の一端が、このトリッキーな変装による内大臣家奥方への潜入なのでありました。

変装を解いて寺に戻った児は天狗に拐《さら》われ、今参りによって身籠《みごも》った姫君がその失踪に絶望して家をさすらい出て、深い山中を彷徨《ほうこう》します。これらも、それぞれ児物語（『秋夜長物語』）や王朝物語（『源氏』の浮舟《うきふね》）をふまえています。そのうえに山中の異界である天狗の住処に尼天狗によって導かれ、更に魂《たましい》を付けられて二人ながら救われ、帰還するに至るところは、およそ人類普遍な通過儀礼としての成人・成女戒に根ざす設定で、単なる趣向を越えた世界が、園池に迷いこんだ児の垣間見《かいまみ》から始まるのです。

尼天狗による児と姫君への庇護と救済は、『ちごいま』の最も宗教民俗的な側面をあらわしています。天狗の首領太郎房《たろうぼう》の母である尼天狗は、己が宿業《しゅくごう》により天狗道に堕ちたことを悲しみます。そこからの解脱《げだつ》を求めて身命《しんみょう》を捨てることも厭《いと》わない志《こころざし》の持ち主です。昔話に連なるお伽草子の物語には少女を援《たす》ける山姥《やまんば》のような地母神（豊穣を生み出す母なる神）的な異界の存在が登場しますが、この尼天狗はそうした民話次元には還元できない、中世宗教世界独自の使命を負った存在です。

鎌倉前期の延応元年（一二三九）、摂関《せっかん》家九条道家の病に際し、邸《やしき》に仕える女房に憑依《ひょうい》した天狗に慶政上人《けいせいしょうにん》が尋問した記録調書『比良山古人霊託《ひらさんこじんれいたく》』には、当の「比良山古人」なる天狗が身の上を語るのに、その伴侶となる尼天狗が登場します。天狗界（魔界）とその住人たちは、『七天狗絵《しちてんぐえ》』にみるように、中世にあって大きな存在感をもって立ちはたらいていました。そうした記憶が『ちごいま』の尼天狗にも反映されているように思われます。天狗が欲し、捕らえた児は、元は摂関家かそれに準ずる大臣家の出自で、事情あって登山し、児となった身の上です。彼は山の座《ざ》主《す》に寵愛され、その膝下《ひざもと》を離れぬ、山僧たちのアイドルでありました。

この座主の姿は、九条家出身の天台座主にして歌人の慈円《じえん》を想起させます。慈円は、自らを児に取りなした百首歌を詠じ、その生涯にわたり童形の聖徳太子と比叡山を守護する山王十禅師《さんのうじゅうぜんじ》を深く崇敬《すうけい》し、己の願いを託した高僧でした。そして伝承世界では、山王化身の児と契り、その捨てられし形見が生い育ち十禅師社の巫覡《ふげき》となったといいます（『郎御子記《ろうのみこき》』）。その験力《げんりき》により内大臣家の姫君の憑物《つきもの》を落し、また天狗道に対抗する祈祷《きとう》を営む『ちごいま』の山の座主僧正《そうじょう》の原型はおそらくは慈円が意識されているのでしょう。

山の座主に仕え、支配される児と、内大臣家の后《きさき》がねとして深窓に養育される姫君とは、もとより出会うはずもない身でありましたが、皮肉にも座主の祈祷参入に侍童《さぶらいわらわ》として同行したことにより巡りあうことになります。大臣殿は、この偉大な験力を期待された座主のクライアントでもありました。ただし児は、後に藤原北家の裔《すえ》であったことが明かされ、明らかに姫君の内大臣家と同格かそれ以上の出自でした。このあたりにも、慈円および天狗とゆかりのある九条摂関家などを念頭に置いていることが推察されます。

児は、座主僧正にとって「片時も御身を放ち給はぬ（片時も傍らから離さない）」存在であり、また、天狗の太郎房にとっても「身を放つまじき人（我が身から離すわけにはいかない人）」でした。座主と天狗とは明らかにこの児をめぐって、その所有権を争奪《そうだつ》し、法力《ほうりき》や通力《つうりき》を競いあう、ともに「山」の宗教世界を司《つかさど》る主《ぬし》として、まさしく鏡像《きょうぞう》関係にある支配者です。それは絵巻のイメージの上にも、よく表象されています。とくに彩色絵巻では、座主はもみあげから髭《ひげ》を蓄えた精力的な壮年男性として、また太郎房も髪髭の生いあがった畏《おそ》ろし気《げ》な山伏姿で描かれ、ともに彼らの主宰する山僧たちの遊宴と天狗どもの興宴とは、遊芸と肉食の違いはあるものの全く相似しており、二つの世界は実はひとつの世界の表裏をなすものであることが示されているのです。

児は、男性中心の（「山」は女人結界ですから、女性は排除される領域です）聖域と魔界にまたがる両義的な世界から、里をへて女装によって女房たちの家（内大臣家）に入りこみ、今度は今参りとして仕える主である姫君の身を離れぬ〝お気に入り〟となって思いを遂げました。こうして、児は、山寺（僧）と大臣家（女房）と天狗界の三つの世界を経歴するのです。その過程で、彼にとっての異界である二つの世界は、そこに入るためと、そこから脱出するために、それぞれ援け、手引する乳母《めのと》と尼天狗が、いわば擬似的な母として活躍します。乳母は児の失踪後に後世《ごせ》を弔《とぶら》うため尼となり、尼天狗は己の犠牲と追善による転生を願って果たして転生します。座主と太郎房の二人の男性世界の司祭者／首領に対抗するかのように、母性を司る巫女的な産婆役として、二人の尼はその役目を果たし、最後に報われるのです。

このように、ジェンダーと宗教性が深く結びついた動的な関係性が、児と姫君が境界を越える冒険ものがたりとしての『ちごいま』の世界像を創り上げています。それは、ことさらにあらためて構造パターンに還元するまでもなく、本地《ほんじ》物語（神仏の由来を説く物語）や寺社縁起（寺社の由来を説く物語）に通底する、中世物語の普遍的世界像に根ざすものでしょう。ただしかし、『ちごいま』は、それを〝絵ものがたり〟メディアならではの技法としての画中詞——描かれる全ての登場人物にお喋りさせる詞《ことば》の多声的な交響によって構築する、ユニークな達成を、児と姫君の越境とともに成し遂げているのです。

（阿部泰郎）

あとがき◉『ちごいま』との出会いの軌跡

名古屋大学文学研究科における比較人文学研究室の創設と共に始められた室町物語『新蔵人』絵巻の演習の成果は、報告書『新蔵人物語の研究』（二〇〇五）を経て、『室町時代の少女革命』（笠間書院、二〇一四）として世に問いましたが、その次に取り組んだのがこの『ちごいま』でした。この時の参加者は本書の共編者の鹿谷・江口・服部・末松に加えて、出口游基・日沖敦子（現文教大学講師）の六名でした。

当時、『ちごいま』の伝本は、完本としては今もってなお行方の知れない彩色絵巻と、奈良絵本の岩瀬文庫本しか無く、両本を比較することから作業は始まりました。『御伽草子絵巻』（奥平英雄編、角川書店、一九八二）に収録された彩色絵巻の写真版を拝見しに角川文化財団へ訪れたり、徳川美術館の展覧会に出陳された個人蔵の白描小絵断簡を一同で食い入るように眺めたりしたのも懐かしい思い出です。個人蔵の白描小絵断簡については、その本文や画中詞の情報もお教えいただき、白描絵巻が彩色絵巻と奈良絵本の本文の中間的な位置にあり、しかも彩色絵巻と同様に豊かな画中詞を含む、重要な伝本であることが察せられました。

二〇一〇年には、慶應義塾大学の石川透教授らと、ニューヨークのメトロポリタン美術館において、キュレーターの渡邉雅子氏の許で、奈良絵本・絵巻国際会議の『秋夜長物語』絵巻をめぐるワークショップに参加しました。そこで『ちごいま』の研究成果を報告すると共に、児物語の系譜のなかで位置付ける試みを行った際、同じく報告されたメリッサ・マコーミック教授（ハーバード大学）も『ちごいま』をめぐって、はからずも共通した関心と認識を抱いていらっしゃることを知りました。この出会いを契機として、二〇一三年、名古屋大学にメリッサ氏をお迎えし、既に氏が著され発表されていた『ちごいま』に関する優れた論文（本書にもその概要を紹介させていただきました）を前提として意見を交換し、校訂本文や注釈稿に眼を通していただきました。さらにご自身が彩色絵巻を調査された際の成果をご教示いただきました。それによって研究は大きく進展し、二〇一四年秋には、公刊されたばかりの『室町時代の少女革命』を携えてボストン、ハーバード大学を訪れ、メリッサ氏を座長として『ちごいま』のワークショップを開催することができました。これらの成果を元に、『新蔵人』に続く『ちごいま』の一般読者向け書物の公刊を準備していたところに、思いがけない出会いが到来したのです。

『ちごいま』の彩色絵巻が、慶應義塾大学斯道文庫による千葉県銚子市円福寺の蔵書調査において見いだされたのです。二〇一五年夏、斯道文庫の調査撮影に参観を許され、一同でこの絵巻を開いた時の驚きは今も忘れがたい思い出です（その際にあげた大きな〝黄色い声〟で斯道文庫の皆さまにご迷惑をおかけしてしまったことを、改めてお詫びいたします）。この円福寺本絵巻一巻は、明らかに今も行方の知れない彩色絵巻の室町末期の写しでした。その末尾は、画中詞を書き込まない下巻の一段を加え、更に独自の本文を付け加えて強《し》いて一篇の完結をはかった本でありましたが、これも絵ものがたりの享受と再生の運動の現象の一つとみることができるでしょう。

更に驚くべき出会いがありました。その年の秋に、当時、西宮市の甲子園学院短期大学講師であった箕浦尚美氏（現同朋大学）より久米アートミュージアムで開催される「奈良絵本VS白描絵巻」展に『ちごいま』の白描絵巻が出展されることをお知らせいただきました。ところが、いただいたちらしに載っていた『ちごいま』の写真は我々の知る白描小絵断簡の『ちごいま』ではありませんでした。早速展覧会に赴き、これは我々が未見の『ちごいま』であることを確認しました。そして展観終了後に御許可をいただき、当時の宮本学芸員の御配慮の許で、編者一同で調査・撮影を行うことができました。ここに、本書の底本となる、白描小絵の絵巻が新たに出現したのです。末尾に「粟田口法眼」の墨印を捺《お》す、室町後期の甲子園学院本は、既知の個人蔵断簡と共通する図様と詞書、そして画中詞を有した上下二巻の完本であり、彩色絵巻と奈良絵本の間をつなぐ白描絵巻の全貌が知られることになりました。ここに『ちごいま』の諸形態の伝本がそれぞれほぼ完全に揃い、絵と共に比較できるという貴重な事例を目の当たりにすることとなったのです。そこで、改めてこの甲子園学院本を底本として、その詞書と画中詞を元に校訂本文を作成し、その時撮影させていただいた画像データを元に、絵と共に全ての影印を掲載して、読み易い現代語訳と注釈も加えた書籍として世に出そうと作業を進めたのです。

　幸いにも、本絵巻を所蔵される甲子園学院理事長久米正子先生の格別な御厚意により、その全体を影印と翻刻により公開することが許されました。優れた日本の文化遺産である絵ものがたりの価値と意義を、次代を担う若者のために教育を通じて伝えようとされる理事長の御志によるものと承ります。そのお気持を我々一同も受けとめ、少しでも果たすことができればとの思いが大きな励みとなりました。改めて、深く感謝申し上げるところであります。加えて、三原市立中央図書館をはじめとして公刊に至るまでの間に、ご教示を蒙り、惜しみなく資料を提供していただき、お導きいただいた多くの方々に、同じく感謝を捧げます。また、表紙には、近藤ようこさんの筆になるりりしい児姿をいただいて、飾ることができました。とても感激しております。これらの研究と公開に至る全ての過程において、本書の編者全員が分担者であるところのJSPS（日本学術振興会）グローバル展開プログラム「絵ものがたりメディア文化遺産の普遍価値の国際共同研究による探究と発信」の助成と支援を受けました。本書はまさに、その最先端の成果と発信であることを銘記いたします。

阿部泰郎

室町時代の女装少年×姫《ボーイ・ミーツ・ガール》

『ちごいま』物語絵巻の世界

監修者

阿部泰郎（あべ・やすろう）

名古屋大学大学院人文学研究科附属人類文化遺産テクスト学研究センター教授。

著書に『湯屋の皇后』（1998 年）、『聖者の推参』（2001 年）、『中世日本の宗教テクスト体系』（2013 年）、

『中世日本の世界像』（2018 年）（いずれも名古屋大学出版会）など。

編者

江口啓子（えぐち・けいこ）

豊田工業高等専門学校講師。

共著に『風葉和歌集新注一』（青簡舎、2016 年）、『風葉和歌集新注二』（青簡舎、2018 年）。

論文に「画中詞の創作―『住吉物語』絵巻と『児今参り』絵巻」（『説話文学研究』53 号、説話文学会、
2018 年）、「『新蔵人』絵巻にみる画中詞－越境するテクスト」

（『名古屋大学国語国文学』109 号、名古屋大学国語国文学会、2016 年）など。

鹿谷祐子（しかたに・ゆうこ）

国立木浦大学校日語日文学科招聘教員。博士（文学）。
共著に『風葉和歌集新注一』（青簡舎、2016 年）、『風葉和歌集新注二』（青簡舎、2018 年）。論文に「お
伽草子『ちごいま』の柏木物語受容」（『名古屋大学国語国文学』106 号、名古屋大学国語国文学会、
2013 年）、「『我が身にたどる姫君』一品宮と不婚内親王立后」（『古代文学研究第二次』古代文学研究会、
2013 年）など。

末松美咲（すえまつ・みさき）

名古屋大学大学院人文学研究科附属人類文化遺産テクスト学研究センター研究員。博士（文学）。

論文に「絵草紙屋「小泉」と奈良絵本制作―勝興寺蔵『硯わり』を中心に」

（『名古屋大学国語国文学』110 号、名古屋大学国語国文学会、2017 年）、

「お伽草子『硯わり』における物語化の方法―加藤家本系統を中心に」

（『伝承文学研究』65 号、伝承文学研究会、2016 年）など。

服部友香（はっとり・ゆか）

愛知教育大学非常勤講師。

論文に「『住吉物語』と小野小町－引用された小町詠のはたす機能を中心に」

（『中古文学』83 号、中古文学会、2009 年）、

「『小町集』における「山里」－屏風絵の「山里の女」との関わりから」

（『名古屋大学国語国文学』99 号、名古屋大学国語国文学会、2006 年）など。

2019 年 3 月 31 日　初版第一刷発行

発行者　池田圭子

発行所
笠間書院

〒 101-0064　東京都千代田区神田猿楽町 2-2-3
電話 03-3295-1331　Fax03-3294-0996　振替 00110-1-56002

ISBN978-4-305-70875-5 C0093

組版　ステラ／印刷・製本　モリモト印刷
乱丁・落丁本はお取り替えいたします。
http://kasamashoin.jp/